茅盾研究

「新文学」の批評・メディア空間

桑島 由美子

汲古書院

序——ポストコロニアル研究と中国二十世紀文学

メディアとしての近代文学

　今なぜ茅盾研究なのかと敢えて問うならば，中国，日本のみならず，在米の研究者を中心としたポストコロニアル批評，翻訳文化の言語横断的研究において，茅盾が今日改めて欧化，モダニティなど様々な視点から議論される対象となって来ている為である。1985年「二十世紀文学史」概念の提唱から今日に至るまで，パラダイムの見直しを契機として「文学史の書き換え」が進められる中，茅盾と「新文学」の制度化という問題が再びクローズアップされるようになって来ている。それは茅盾が新文学を理論的に先導し，新しい文体による欧化小説の創出に寄与したばかりでなく，その出版メディアとの関わりから，文学「制度化」の象徴的存在でもあったためである。

　例えばリディア・リウは「『中国新文学大系』の成立：正典，理論，合法化」[1]において，文学史の問題について触れ，文学史叙述の常套句となっている『新青年』，文学革命，文学結社の成立，白話文学運動，リアリズム小説の勃興などから説き起こす語り方の起源が，茅盾の『新文学大系』編纂方針によるものであるとし，選ばれた作品の正典化のための努力，近代中国文学をどのように読み，評価すべきかについての本質的な定義付けが行われていると指摘する。一方で，新文化主義者が西洋を権威として文学の形式やジャンルに至るまでそれを踏襲したことは，国民国家統一を背景として進められた文学史編纂が一面で，自己植民地化のプロジェクトであったことを物語ってもいる。茅盾が主張する「新文学」の合法性と「新文学運動の最初の十年間の概括，1917－1927」という歴史認識は，反帝国主義闘争から，国共対立への転換を文学史の時期区分として提示し，このようなパラダイムが継承されて，後の文学史家は共産党のイデオロギーに沿ってそれを一層政治化していった。

また周蕾（レイ・チョウ）は，鴛鴦蝴蝶派文学における女性と現代性（モダニティ）の問題を論じるに際して，茅盾について度々論及している。ここで見えてくるのは欧化とナショナリティの狭間でのアイデンティティの揺らぎ，疎外の内面化とでも言うべき問題で，茅盾論としても興味深い指摘が見られる。彼女によれば，茅盾の文学観の根幹を為すものは19世紀リアリズムであり，それは近代における唯一の真の芸術的伝統であって，白話文学は永遠の価値を付与されている。事実の分析と心理の探求，そして客観的な観察という科学的な手法，そしてあらゆるカテゴリーからの文学の独立を標榜しながら，彼は芸術の為の芸術という唯美主義には至らなかった。自然主義の「自然」という用語に付与されている高い美学的価値も相俟って，一方で「西洋化」を隠蓑とし，近代における非常に反映主義的な傾向のある「リアリズム」の強調へと移行していく。そして社会改革を実現するためのメディア（媒体）としての近代文学という理想に行き着くのである。

　しかし一方で鴛鴦蝴蝶派文学は「剝奪され，搾取され，差別され，それゆえ「民族化」される」という近代中国を読むためのポストコロニアルなコンテクストの一部となり，このことを端的に示す例が茅盾の伝統的「鴛鴦蝴蝶派」小説の否定に見られる。それは言い換えれば五四作家による「女性化された大衆的な文化」に対する徹底的な破壊であった。このようにリディア・リウとレイ・チョウに共通する認識は，五四作家の，権威と合法性を主張する『中国新文学大系』編纂者たちの集団の〈男性的イメージ〉に起因している。鴛鴦蝴蝶派との対比で語られる茅盾の文学は，その小説の反クライマックス的な性質と時代を象徴する文化装置としてのフェミニティ，女性という比喩を介して企てられる〈革命〉の決着をつけることのできない複雑さを示唆している，と言う。鴛鴦蝴蝶派文学を一つの社会的コンテクストに位置付け，逆に「新文学」にも照射している点が斬新であり，「新文学」が社会的機能に還元されるメディアとしての「近代文学」であったことを雄弁に語っている。[2]

文学研究多元化と二十一世紀の視点

　これまで「新文学」といった時，狭義には「知的エリートによる啓蒙の文学」を指し，事実二十世紀においては知識人が，人文主義の伝統を盾とし，時に「文学の言説」によって，歴史を先導してきた経緯があるが，90年代に入って，特に鄧小平の南巡講話以降急速に顕在化したグローバリゼーションと文化商業化の波及によって，文学も娯楽化，大衆化が急速に進展した。85年頃からは欧化への抵抗として土着文化や伝統的文言小説への傾倒も見られたが，このような厳粛な文学はやがて周縁化され，前衛文学もその媚俗性によって知的先進性を喪失してゆく。最近では1930年代上海の新感覚派などにその端緒が見られる，無国籍的な，近代都市の風俗を描いた欧化通俗小説が，若い世代の支持を得て主流となりつつある。かつては知識人のみが，半植民地下の抑圧と二律背反の「欧化」「モダニティ」に直面してきた歴史を顧みれば，二十一世紀に入って大衆化と全面欧化現象が，一挙に実現を見たことはまさに劇的な変化と言えるであろう。

　これに先立つ「二十世紀文学史」概念の提唱が近現代文学における通俗小説の吸収・統合の先駆けとなったことは，今日，様々な議論を呼ぶところであるが，民族的な国民文学史研究に「東西文化の衝突と合流」というマクロな文化的視野を導入した「二十世紀文学史」が，それまでの歴史還元論を脱して，文学研究多元化と学術興盛の時代を招来したことはまぎれもない事実である。特に通俗文学の見直しに寄与したのは陳平原（1956-）が，『中国小説叙事模式的転変』の中で，晩清文化と鴛鴦蝴蝶派の大衆文学の現代性（モダニティ）に照射したことで，近代小説が伝統小説の通俗性を棄てて，むしろ書面化，文人化に向かったと言う指摘は，白話文学運動の進展を軸として論述される正史へのアンチテーゼとなった。中国文学の「モダニティ」「モダニズム」は植民地主義や文化的侵略と分かち難く，複雑な様相を呈するが，文化的ルネサンスと称揚された五四文学の記念碑的地位も，近代都市におけるハイブリッドな文化形成も新旧の文学形式，文学的モチーフを検討する中で相対化され，再考を余儀なくされる。80年代に大学院に進

んだ若い世代を中心として，新しい文学，思想研究は実践的に大きな成果を挙げ学術交流の国際化も進展していった。

一方で対外的開放に伴って中国に流入したポストモダン諸学や，欧米に滞在する中国文学研究者が増えたことも大きく影響して，国内外の文化批評は装いを新たにし，中国の「近代文学」をグローバルな視点から捉え直し，文学と教育，情報，テクノロジー，エスニシティの問題までを包括的に論じるまでに変容しつつある。表層的には社会経済の変化を根拠に，都市部を見る限り日本の1970年代，80年代に譬えられる状況であるが，新しい映像文化が越境的な文化テクストを提供し，ＩＴによるメディア環境の進展著しい中で，近代文学研究は，かつてないほどメディアに注目するようになっている。しかし目にするのは，視覚文化，大衆芸術，マス・カルチャー研究の氾濫であり，近代メディアの主流として「文学」が担った役割，影響力については十分に解明されていない。

茅盾研究：文化批評とメディアからの再考

茅盾研究について言えることは，理論的に明晰な文学観，同時代の文学批評についてはこれまで多く言及されてきた反面，散文，時事的な社会批評は，小説の題材や創作理論と深く関わるものでありながら歴史的な背景が複雑でもあり，言及されることが極めて少なかった。また茅盾の伝記資料や，近代出版関係の資料が出揃った今日においても新文学運動と二十世紀の出版文化メディアとの関わりについて論じた総体的な研究は見られない。元来，近現代文学史と社会文化史的に見たインフォストラクチュアとは深く繋がっており，十九世紀後半以降の上海エリアの文化状況は，特に重要と思われる。以上のような問題意識から「新文学」をめぐる茅盾のメディア論的思考や，社会思想を中心として，その文学との関わりについて論述を試みたい。

第１章では，1920年代における政治，女性，エスニシティをめぐる批評的営為，また文学研究会と出版文化メディアとの関係に着目し，特に商務印書館という近代出版機構の発展，著作家協会と多様なネットワーク，文壇の独占とギルド化，

文学の自律の問題などから，近代文学黎明期におけるパラダイムの転換に，文学研究会がどのように寄与したかを考察する。第2節では五四時期女性解放思想の先駆とも言える茅盾の一連の評論と，文学への影響について論じる。初期の小説では「女性と恋愛」が小説のモチーフとして重要だが，それに先立つ女性論，ギルマンとエレン・ケイを中心とした欧米の女性解放論，新性道徳や自由恋愛論などを批判的に検討する。また文学の起源論でもある神話研究については，イギリス人類学派の影響，イポリット・テーヌの種族，環境，時代という文学観への共鳴，リアリズムの提唱とその神話的色彩，ナショナリズムへの方向模索などについて論じた。

第2章では，国民革命期のメディア，特に『民国日報』の性格に着目し，同時期の人的ネットワークや社会評論，政論について分析する。また今日における茅盾研究は，1981年の茅盾の党籍回復によって，方向づけられ，発展して来た経緯を踏まえて，新しく発見された一次資料，北京党案檔案館所蔵の「中央文献匯編原案件」の「中共中央給東京市委的信」（1928年10月9日）を中心に，茅盾の党籍回復の要請が早くから考慮されていたことを立証し，政治的的評価について再考を加えた。党籍問題が封印されてきた背景を検証し，一知識人の負った喪失感と，政治認識を見ていくことで，茅盾の文学観の逸脱として見られがちであった文学史上の論争問題についても再考した。

第3章では30年代の出版文化メディアとの関わり，文芸大衆化論争，散文創作や社会時評などを取り上げ，『子夜』執筆前後の思想状況について論じた。また北欧における中国近現代文学研究の成果として J. D. Berninghausen の『茅盾の初期小説』(*MaoDun's early fiction, 1927−1931: the standpoint and style of his realism*) から第1章，第3章，第6章を抄訳，ここでは処女作『蝕三部作』『創造』『野薔薇』から代表作『子夜』に至る主に1920年代の中短編小説について詳細な分析を加えている。「重写文学史」については，第四世代に属する汪暉の『子夜』論を取り上げた。汪暉は茅盾が魯迅以上に後世の文学に影響を及ぼす「茅盾伝統」を形成したとして，「魯迅研究の史的批判」のテーマを引き継ぎ，「新文学」の制度化と経典文学について考察を加えている。

第4章では、1930年代から40年代の文化出版事業の状況と「生活書店」をめぐる知識人像、抗戦時期の出版ジャーナリズムと作家との関わり、40年代の文芸メディア空間の海外への拡大など、これまで死角とされて来た東南地域の抗戦文芸運動や、1950年代の香港文化界に着目することで、戦後の「胡風批判」の一端を見ていく。一方『筆談』に連載された40年代の歴史的小品『客座雑憶』について、時代背景を考察し、あわせて香港滞在時期の茅盾について読者論的分析を試みた。大陸作家の東南アジア華人社会への影響や、抗戦期メディアと「生活書店」に代表される共産党の文化政策との関わりについては、シンガポールでの資料調査、および現地在住の文化人、ジャーナリストの証言を交えて、その概要を明らかにした。

注
（1） リディア・リウ著、中里見敬訳「『中国新文学大系』の成立」『言語科学』（九州大学大学院言語文化研究会）36号、2001年。
（2） レイ・チョウ著、田村加代子訳『中国と女性のモダニティ』みすず書房、2003年。

茅盾研究
──「新文学」の批評・メディア空間──

目　次

序　ポストコロニアル研究と中国二十世紀文学　　　　　　　　　i

第1章　文学研究会と「新文学」の誕生
　　　　　──新思想と文学批評──　　　　　　　　　　　　　3
　第1節　文学研究会同人と茅盾──「新文学」の批評空間──……5
　第2節　社会思想の形成『共産党月刊』『解放与改造』『新青年』…21
　第3節　初期の女性解放論『婦女雑誌』『民国日報・婦女評論』……35
　第4節　文学の起源論・神話研究………………………………47

第2章　党人ジャーナリストから作家への転身
　　　　　──国共合作時期の政論──　　　　　　　　　　　　59
　第1節　『政治週報』と対国民党工作……………………………61
　第2節　『漢口民国日報』主編の時期……………………………66
　第3節　茅盾の党籍問題に関する新資料…………………………74

第3章　『子夜』の歴史的背景とフィクションの時空　　　　　　89
　第1節　左聯時期の批評『申報・自由談』『文学』『訳文』『太白』…91
　第2節　『子夜』の社会背景………………………………………102
　第3節　民族ブルジョワジーの形象とロシア文学
　　　　　──十九世紀ロシア社会史から見た『子夜』──………110
　第4節　欧米における茅盾研究

目　次

　　　──初期小説のテキスト批評・技巧・文体──…………124
　第5節　「重写文学史」と汪暉『子夜』論 ……………………198

第4章　抗日戦期文化界と出版メディア　　　　　　　227
　第1節　香港時期の散文『客座雑憶』考………………………229
　第2節　「生活書店」と作家──胡風と茅盾の周辺から── ………261
　第3節　東南アジアにおける抗日文化運動と大陸作家………273

先行論文 ……………………………………………………………295
茅盾関係文献 ………………………………………………………307
研究論文・初出一覧 ………………………………………………317
あとがき ……………………………………………………………319
索　　引 ……………………………………………………………321
　作品名索引……321
　人名索引………323

茅 盾 研 究
――「新文学」の批評・メディア空間――

第1章　文学研究会と「新文学」の誕生
　　　　――新思想と文学批評――

第1節　文学研究会同人と茅盾
―――「新文学」の批評空間―――

茅盾のメディア批評

　蘇州，南京，杭州，常州など，かつて印刷，書籍文化の中心であった江南の文化都市が衰退し，明清時代の，江南の思潮，書籍，学問，人材にいたるまでが，かつては周縁に位置づけられた，上海，広州に流入して近代都市においても多くの人文書館が見られるようになった19世紀末には，外国の資本や技術を導入した近代的な出版文化事業設立への胎動がすでに始まっていた。
　江南エリート文化を歴史的背景に，文化資本としての古籍の版本を再生産する人文書館が，専ら印刷業に携わっていた時代から，やがて商務印書館のような近代的出版機構が，時代の要請を受け新学制に即した教科書の編纂，雑誌や大量の翻訳出版，図書館の設立や，学術団体との交流，人材の育成など教育文化事業全般に手を染めていくようになる。19世紀末から20世紀はじめにかけて清政府が「興学堂，派遊学」を奨励し，新しい知識人階層が出現したことが，近代報刊事業発展の社会的基礎となった。
　1910年代に，この商務印書館編訳所に着任した沈雁冰，のちの作家茅盾は，西学の伝播，新文化運動の思潮を背景に，清末小説の流行によってすでに市場を獲得していた文芸雑誌の刷新を通じて，「新文学」を提唱し，この後1940年代に至るまで，雑誌，書籍において文学というメディアが，事実上，公共圏を半ば独占した時代にあって，茅盾の文学批評やメディア論は，一つの先蹤として影響力を持ち続けた。作家としての面貌に加えて編集者茅盾の足跡には，出版と近代文学との相互浸透的な，構築関係を見ることが出来よう。
　近代メディアの黎明期にあって，商務印書館では投稿規定，稿料の制度化などがすでに実現していたが，茅盾のメディア論においては，出版文化市場に必要不

可欠な主体的要素として作者，編集出版者，読者を挙げ，中でも市場と連携する読者を最も重視している。[1]

しかし一方で，出版文化市場の動向に読者が影響力を持つことを認めながらも消費の側に決定を委ねることに危惧を抱き，この矛盾を解決する上でも読者との対話など，独創的な試みを進めて来た。

例えば初期の「文化消息」や「読者専欄」などの雑誌批評は，読後感的な印象批評でありながらも，作家，読者との対話を媒介として，批評における自己の主体性を認識するという独特のスタイルを確立している。時には誌上で自作自演の論争を展開するなど，読者の注意を喚起する演出も散見される。

また『小説月報』誌上における批評専欄と書評は宣伝効果と相俟って，文化価値や文化創造を重視する視点からの，新しい文学批評を生んだ。『小説月報』改革における鴛鴦蝴蝶派への批判は，今日一つの文化批判として，近代文学の大衆性，モダニティを問い直すという視点から読み返されている。

茅盾は1916年から1927年までは商務印書館の職業的編集者として，1927年から1949年まではフリーの編集者として，1949年以降は文化部長の要職にあり，兼業の編集者として生涯を通じ，出版文化に深く関わってきた。

30年代に入ると雑誌『文学』に『書報述評』という批評専欄を設け，『文芸陣地』においても書評を欠かさなかった。また新進作家の作品や，刊行物に配慮を示し，宣伝効果も狙って，新興の左翼雑誌を推奨する文などを，数多く執筆している。1934年は，上海を中心として様々な期刊が創刊され，「雑誌年」と呼ばれるが，この時期も読者としての知識人，大衆，通俗化の傾向などに分析を加えている。1936年には『立報』副刊『言林』に小型新聞の編集理論，技術など，多様化する戦時のメディアについても論評している。

1942年，全国の書籍出版数のうち，文芸書籍が41.7％を占め，文学メディアが公共圏を独占していることに関しても，茅盾はむしろ社会科学，自然科学等の非文芸書籍の比率を増やすことが真の文化建設であるとしながらも，社会現象としてはこれを重視し，『雑談文芸現象』（1944）という一文の中で，出版現象とは，即ち「文芸書籍の供給状況」のことであると述べている。

一方編集出版者は文化動向に留意しつつも，社会文化の発展に寄与すべきことを説き，知名度の高い作家で読者を呼び込むことを「明星（有名作家）主義」として，無名の作家，青年作家の掘り起こしと育成に力を注いだことはよく知られている。「速写」や「報告文学」などの執筆スタイルを新たに考案したのも茅盾であった。抗日戦期はまた重版が社会現象となった時期でもあるが，文芸書の中身は著しく通俗化の傾向を示した。戦時メディアにおいては「文章入伍」のスローガンを提唱し，香港で主編となった『筆談』では国内外の時事評論に多くの紙面を割いている。

商務院書館の文化史的背景と晩清文化

　商務印書館の歴史的背景を辿ると，19世紀中葉の太平天国運動が江南社会に与えた影響，その後の欧米植民地政策や，清朝の一連の改革に深い関係が見出せる。近代的機械印刷による教科書等の編訳出版は商務に限らず，1880年代には40余りがあり，商務と同時代の書館，書局は数十に上る。この時期の上海印刷文化全体を見た時，新式の印刷技術という側面のみならず，江南の文化都市が衰退し，上海，広州など，近代都市が新たな発信基地となっていったことに着目すべきだろう。江南地域は全国で最も多くの進士を擁し，書院，講会，詩社文社，蔵書家等，伝統的な文化資本を擁している。商務印書館の所長であった張元済にしても家伝の蔵書が，太平天国の時期散逸したという。新式印刷企業は重要な文化資本の再生産，文化再建の基地という役割を担っていたのである。

　民国前夜とは異なり，19世紀80年代の上海に存在した書館は，ほとんど文人書館であった。例えば文瑞楼（1880）中西書局（1882）著易堂（1890前）抱芳閣（1882前）などで，その特徴は文化資本である古籍の版本を有していることにあった。つまりは上海印刷文化の本質は私家蔵書，書院蔵書から書籍生産とその市場化，流通化への転換期にあり，また江南エリート階層の文化再生産の基礎を築くことで，上海書商はその重要性を高めていったのである。

　このような文化背景を顧みたとき，商務印書館の歴史的意義は，文人書館に見

られた印刷業から近代出版業への転換点にあって，技術，企業，知識の職業化という方向への意識改革を伴っていた点に認められる。また江南の各層から流入した文化資本のみならず，帝国主義，宣教師文化，国際資本との競合など，新しい歴史的背景のもと，初期商務を担った幾人かも，教会学校で教育を受け，外国資本の英字新聞の印刷に関わるなどの経験を経て，近代出版業に手を染めている。また近代都市上海には書籍に実用，専門知識を求める一般読者が出現しつつあった。晩清文化は梁啓超が言うように「学生日多，書局日多，報館日多」といった社会現象が支配的な時代であった。

　尚，商務印書館が日本の教科書出版の草分けである金港堂の技術と資本を吸収して成功を収めたことは，今日，全球化（グローバル化）の時代に民族企業の模範として再認識されているが，「日本資本との合弁」時期の史実については，どの資料においても一様にごく簡単な記述が見られるだけである。新学制への転換期に当たり，教科書の出版は中国における過半数のシェアを占め，商務印書館に大きな収益をもたらした。

商務印書館の文化事業

　近代都市の読者層を獲得するために，西洋の新しい学術の翻訳，そして印刷，出版事業へと商務印書館は大きく躍進を遂げていくが，これは初代編訳所長，張元済の尽力によるところが大きく，その生涯は商務印書館と切り離すことが出来ない。張元済は浙江省海塩の人で，光緒年間の進士であり，総理各国事務衙門に職を奉じていたとき，自ら英語を学び西学に通じ，人材の育成にも当たっていた。戊戌の政変に際し，予てから変法を主張していた張元済は，官を辞し，李鴻章の取りはからいにより上海の南洋公学（上海交通大学の前身），訳書院院長に就任するとともに，1901年に商務印書館に入り直ちに商務印書館編訳所を設立した。南洋公学は盛杏生によって設立され，日本の維新に倣って，西学による自強を標榜する新式学校であった。奇しくも南洋公学が設立された1897年は，商務印書館が正式に創業をはじめた年でもある。

第1節　文学研究会同人と茅盾

　張元済は，維新の挫折という教訓から，欧米の諸科学，自然科学は言うまでもなく，哲学，経済学などの社会科学について翻訳と，書籍の刊行を推し進めるため，1902年に商務印書館編訳所を設立し，高夢旦に引き継ぐ1918年まで所長の任を務めた。それまで，その名のとおり，印刷を業務としていた商務印書館は，編訳所に多くの人材を擁して書籍の編集，印刷，発行の三位一体の文化出版企業へと変貌する。商務印書館編訳所の人員は江蘇省の人が最も多く，その中でも常州人が最も多かったという。

　西学を重視することから，多くの欧米留学生や，南京，上海，北京の著名な文化人が編訳所に任用され，新部門も開設されて一大機構を成すに至った。1922年から1924年の間に商務印書館編訳所の人員は過去最高の266人に達した。その人材は多彩で，例えば当時の中国を代表する二つの科学団体，アメリカ留学生による中国科学社と日本留学生による中華学芸社の成員など，多くの青年学識者は商務印書館編訳所に在職した経験を持つ。また茅盾の数多くの出版メディアとの関わりは，商務印書館時代の人脈に負うところが大きいが，中華書局の陸費逵，開明書店の章錫琛，世界書局の沈知方など多くの著名な出版家はみな編訳所出身である。この三書局は国語教科書を通じて「国語運動」とも深いかかわりを持つにいたる。

　1907年に上海宝山路に商務印書館印刷所，編訳所の新社屋が完成，1909年には三階立ての新しい図書資料室「涵芬楼」が建設され，近代図書館の先駆けともなった。そこに所蔵された蔵書，善本古籍や全国地方志などは，張元済自らが収集したものであり，1909年には版本学者の孫毓修が招聘されている。1924年には上海で最大の規模を誇る東方図書館が開設され，蔵書は一般の閲覧にも供されている。

　1930年代は商務印書館の全盛期に当たり，全国に85の分店を持ち，抗戦以前には，香港，シンガポールを含め，全国の主要都市に40以上の分支店を擁したが，1941年に重慶に移って以降，文化界における地位を急速に失っていく。この時にはもはや商務印書館は40年代の進歩的文化から取り残される状況にあったのだろう。[2]

　商務印書館という維新の気風に充ち，新思想が醸成され，近代文学が結実する

空間にあって，この時期，茅盾はどのような文学観を抱いていたのだろうか。次に文学研究会同人の群像を見てゆきたい。

小説月報の改革と文学研究会

『新青年』グループが，科挙廃止後の第一世代であり，新しい思想・文学のディシプリンを模索していったように，五四運動時期の知識人は，中国伝統社会のエリートから見て新世代と言われる。シュウォルツによれば，彼らは「国家と人民との間の悲劇的地位」[3]にあった。一方に，軍閥の無能と国家の専制，もう一方に無数の雑多な群衆，そのはざまにあって，社会，政治，そして文化的危機を乗り越えてゆかなければならなかったのである。

上海商務印書館に在って，『小説月報』の改革に尽力し，最も早期の党員として中国共産党の建党工作に関わった茅盾，そして「新社会」グループの群像は，急激に「ロシア」化する傾向にあった文壇知識人の岐路を示唆する。

中国における最初の純文学団体である文学研究会については，写実主義を標榜しながら，確固たる文学上の主張を持たず，思想的にも『新青年』の後塵を拝するに過ぎないと言った評価が為されているが，大出版社の文学雑誌という高度に産業化されたメディアを通じて近代知識人のコミュニティが形成された経緯について検証してみたい。

『繡像小説』『新小説』『月月小説』『小説林』といった代表的な清末文芸誌の流行は1907年頃がクライマックスとされ，以後衰退に向かう。この間，林紓の翻訳小説が，小説という文学ジャンルに対して大きな意識変革をもたらすが，初期の林訳小説の多くは商務印書館から出版されている。その流行の最盛期は1912年前後であった。

『小説月報』は商務印書館編訳所内の小説月報社から1910年8月に創刊され，1931年12月に停刊する。初期の編集は，旧派文人である惲鉄樵，王蘊章である。新旧文学の転換期にあって，1909－13年は小説雑誌の沈滞期に当たる。

鄭振鐸，耿済之らが，文学研究会成立に向けて動きだしたのは，1920年9月か

ら11月にかけてのことで,彼らは新しい文学雑誌を出して,世界文学の紹介,中国旧文学の整理,同人の創作発表の場を設けたいと話し合った。そこで,北京に滞在していた商務印書館の張元済,高夢旦らに話を持ちかけたところ蔣百里と相談したうえで,新しい雑誌は,その内容から『小説月報』と抵触すると思われるので出せないが,『小説月報』の改革を提案してきた。鄭,耿らは,これに不満であったが,とりあえずは,新しい雑誌を出すまでの基礎固めとして数人の同人をつのり,文学会を創設することにした。『小説月報』改革の任に当り,文学研究会との橋渡しとなったのが,商務印書館編訳所に入所して四年目の沈雁冰(茅盾)であった。

　宣統二年七月創刊の『小説月報』は「小説」ばかりでなく,社会,政治,歴史,科学,訳叢,雑纂,筆記,文苑,新知識,傳奇,演劇など,その内容は文字どおり,「消遣」のための雑誌とも言え,また作風は久しく鴛鴦蝴蝶派の手の内にあったために,誌面の改革はかなりの困難を伴うものであった。しかし,王統照らの賛同を得たこともあって,11月29日,北京大学図書館主任室において,第一回大会が開かれ,12月4日には耿済之の自宅で第二回大会が開かれ,会章を定め周作人が宣言を起草,北京の各日報と雑誌に研究会の宣言と簡章,入会の募集などが掲載され,翌1月4日北京中央公園にて成立大会が開かれた。「新文学」路線に切り替えてから『小説月報』はその売上げを二千部から一万部に引き上げ,「新文学」の作品を発刊する国内最大の雑誌となった。その後,1932年上海一二八で商務印書館が焼失し,停刊となるまで文学研究会はつねに『小説月報』を公認の拠点としてきた。

　このように,文学研究会の背景には,東洋随一の大資本を擁する商務印書館という出版社の後ろだてがあり,新文学による若手読者層の獲得という要請も与ったと思われる。茅盾の回憶からは,「その実姿を変えた官界に過ぎなかった」旧態依然とした商務印書館内の改革派としてその手腕を発揮した様相が窺えるが,ともすれば当時の茅盾の文学観は,文学の社会的功利に流れ,捉えどころがない。茅盾自身述べているように「民国九年(1920年11月),文学研究会が北京で正式に成立した。これは最初の純文芸社団である。しかしながら,この団体の発起の主

旨は，諸外国，各時代の文学上の新運動初期における文学団体の成立とは大いに異なっていた。文学研究会の成立は，特定の文学理論を宣伝鼓吹するためではなかった。」[(4)] またその意義は，「1．連絡感情　2．増進知識　3．建立著作工会的基礎」であり，このうち3の意味するところは即ち作家組合の基礎，後の作家協会の原型でもあり，文学研究のために理解し，協力しあう社会的基礎の確立に主眼が置かれる。発起人の一人である郭紹虞によれば，会の発足に当たっての彼らの意気込みは，「団結，救国，社会改造」の実現に尽きるものであり，『新青年』の思想を「新文学」に拡散させることに意義があった。茅盾は「文学研究会がたとえ宣伝の中に高い政治的抱負を持ち出さないとしても，会の青年たちは決して見識の浅い個人主義者ではなく，彼らの魂はまだ純潔である」[(5)] と考えていたという。アメリカのメディア論研究者，ジェームズ・ケアリーは，コミュニケーションを「送る」「伝達する」「情報を与える」という伝達のシステムと見なす支配的な見方に対して，「儀礼的コミュニケーション観」を提起している。それはすなわち「参加する」「連合する」「協力する」「共通の信念を持つ」といったコミュニティを組織し，象徴作用を媒介するものとしてのメディアである。未だ1930年代上海のような論壇ジャーナリズムが見られないこの時点で，象徴作用を媒介するものとしての「文学というメディア」を主役として前面に押し出したところに，文学研究会の独異性が認められる。

　茅盾の初期文学論は，主に外国の文学思潮の紹介に費やされ，いわば review としての性格が強いが，文学と社会との関係に触れた言葉にむしろ独自の主張が表れている。例えば「クロポトキンは，"言論の自由のないロシアでは，文学批評が，一般人が政治思想を吐露する運河である。"と述べている」（「文学批評的効力」）「ハンガリー文学史は，即ちハンガリーの政治史である。政治的社会的背景を除いて，ハンガリー文学史に背景はない。」（「文学与政治社会」）といった政治と文学の関係が示され，そしてさらに「文学が人（即ち著作家）に属するという観念は，今はもはや過去のものになった。文学は作者の主観の産物でも，個人のものでもなく，興にまかせての遊戯でも失意の時の慰めでもない。逆に人が文学に属するのである。」（「文学和人的関係及中国古来対文学身份的誤認」）として，文学の

社会的位置づけの転換がはかられている。

　世界文学の紹介について見ると，ロシア文学，フランス文学など第一次大戦以後の各国の文学状況について目配りがあり，戦後の文芸思潮のみならず，弱小民族，被圧迫民族にも関心を払い，翻訳文学の本数からすると，ロシア68本，フランス40本，イギリス35本，デンマーク31本，スウェーデン21本，ポーランド13本，ハンガリー13本，インド28本，日本23本と，北欧，東欧の比率が高い。この影響を受けてか，小説の題材も小市民生活，知識人の問題，反戦，恋愛などロマン主義の色彩が濃厚に念じられる。作風も感傷主義的な古典趣味の域を脱していないものが少くない。

　文学研究会の第一回創作討論を見ても，参加者の文芸観は多様である。例えば瞿世英は，「創作與哲学」の中で，「文学の本質は哲学（思想）である。」と述べ，鄭振鐸は「文壇の弊病は，思想と題材のあまりにも浅薄で単調であること」としている。また王統照は「創作家は，必ず自己の哲学思想を持たなければならない。」と文学の思想重視の傾向は共通しているものの，「芸術」「人生」「文学」などをめぐる解釈はまちまちで，必ずしも写実派支持が多数とも言えず，信条的にも各々趣を異にする。「文学研究会は，政治的団体ではなく，その会員にも当然政治的な結び付きはない。故にいわゆる団体としての主張はない。言い替えれば，各会員の議論や主張は個人がその責任を負うのであって，団体とは関係が無い。」[6]という茅盾の発言は，会員の緩やかな連携とその多層性という一面を窺わせる。

　このように文学結社が社会的発言力を獲得し，近代知識社会の過渡的形態として機能したように，一方的で政党，政治団体にも学術研究団体の側面が認められるようである。少年中国学会においても，1922年6月の北京同人（李大釗，鄧中夏ら）の呼掛けには「文学者は……革命的民主主義運動に参加し，……人を感動させる文学を創造して民衆の覚醒を促す。」という下りがあり，「少年中国」には，茅盾の実弟沈沢民をはじめ多くの論客が白話詩や文芸批評を寄せている。沈沢民は自ら「少年世界」創刊によって，文学活動の場を開拓するなど，意欲的であった。[7] しかし，このような傾向は，一面政治運動が，文学運動にまで後退を余儀なくされた証でもあった。

文学研究会には茅盾も含め浙江の同人が多いことが知られるが，文学と社会をめぐる，この時期に特徴的な見解の中で，これまで殆ど顧みられなかったものとして，茅盾の同郷人でもあり文学研究会の有力な支持者でもある蒋百里の文学論がある。彼は保守派（研究系）の軍人であるが欧州文学史や，モーパッサンの紹介などの他，「社会主義をいかに宣伝するか」という一文において社会主義宣伝の方法を三つ挙げ，第一に人民に現代経済の常識を広く宣伝して理解させ，第二に知識人に社会主義の根本原則を宣伝して十分に理解させ，第三に文学を利用して，情操を鼓舞し青年たちを社会主義への「同情」に向けさせること，としており社会主義の宣伝における文学の効用を力説している。[8]この他にも，周知のように，陳独秀が，「社会文学」を称揚し，文学上の三大主義として「国民」「写実」「社会」を挙げているのは，茅盾の早期文学観の先蹤とも言えよう。鄧中夏，陳望道，沈玄廬，瞿秋白ら初期共産党の知識人が文学について論じ，共産党成立後の党員による文学論文，評論はかなりの数に上る。ちなみに，文学研究会の同人のうち共産党に参加した者には，沈雁冰（茅盾），沈沢民，陳望道，曹靖華，張聞天，瞿秋白がおり，この他にも，李達，李漢俊，陳毅は，文学研究会の機関誌に積極的に投稿している。さらに左連に所属した者に，王任叔，沈雁冰，瞿秋白の3人が挙げられる。

新文学運動の最も早期の組織化として見た時，文学研究会の成立と分化は歴史的に興味深い。茅盾が「文学研究会が成立してから，その会員たちは，ある者はどこかの田舎町で教師などをしながら，その土地の文学愛好青年たちと交わり，それが分会となっていった。折りよく，地方新聞をひとつの「地盤」として一副刊を請け負うようになれば，その分会は機関誌を持ったも同然であった。」[9]と述べているように，文学研究会は全国にその基盤を広げていった。文学研究会会員の130人中，浙江省，江蘇省，あわせて67人と最も多く，福建，湖南，山東，広東と続く。年齢構成から見ると，61人中20代が42人，30代が12人，と青年が大半を占める。同郷，同窓，師弟関係，友人などの地縁，血縁を介した親密圏から構成される集団でもあった。「新潮」が北京大学の狭い枠内にとどまり，「少年中国学会」も組織的に弱かったことから見れば，文学研究会は新文学運動による知

第1節　文学研究会同人と茅盾　　　　　　　　　　15

識人の一定の組織化を実現したのである。1922年の文学論戦が，文学研究会が「文壇を壟断」しているとの批判に始まったことも，その勢いを裏付けるものであろう。知識人の愛国心に訴え，「ロシアの路」を提示した新文学運動は短期間のうちに勢力を拡大し，茅盾の報告では1922年から1925年の間に，成立した文学社団と文学刊行物は百を下らず，正確にはそれを上回るであろうとしている。[10]

資料　文学研究会会員録
　　一、孫伏園：北京宣外丞相胡同晨報館
　　二、王統照：北京前門内中国大学
　　三、周作人：北京西城八道湾十一号
　　四、鄭振鐸：上海宝山路宝興西里九号
　　五、沈雁冰：上海宝通路順泰里十一号
　　六、葉紹鈞：上海香山路仁余里二十八号
　　七、湯澄波：広州嶺南大学
　　八、柯一岑：Herrn Itzen Kuo, bei Dr. Kalenscher Kantstr, 47 Charlottenbury, Berlin, Germany
　　九、許地山：Mr. Hsü Ti Shan, c/o Mr. R.K. Evans, 10 The Avenue Barvet, Herts, England.
　　十、瞿世英：Mr. S.Y. Chü. c/o Mr. Z. Chao（趙任）44　Sacramento Street, Cambridge, Mass. U.S.A.

姓名	号	籍貫	曾習之外国語	通信住址	登記号数
朱希祖	逷先	浙江海塩	日文、法文、英文	北京徳勝門草場大坑二十一号	1
蒋方震	百里	浙江杭県	徳文、日文、法文	北京籠筥胡同	2
周作人	啓明	浙江紹興	日文、英文、世界語、古希臘文	北京西城八道湾十一号	3
許賛堃	地山	福建龍渓	英文、古希臘文	Hsu Ti Shan c/o Mr. R.K. Evans, 10 The Avenue, Barvet, Herts,	

				England.	4
郭希汾	紹虞	江蘇呉県	日文、英文	蘇州曹胡徐巷八号　開封中州大学	5
葉紹鈞	聖陶	江蘇呉県		上海閘北香山路仁余里二十八号	6
孫福源	伏園	浙江紹興	英文	北京宣外丞相胡同晨報社	7
王統照	剣三	山東諸城	英文、法文	済南南関後営房街三十八号　北京中国大学	8
沈徳鴻	雁冰	浙江桐郷	英文	上海宝山路宝通路順泰里十一号	9
鄭振鐸	西諦	福建長楽	英文	上海宝山路宝興西里九号	10
耿匡	済之	江蘇上海	俄文、法文	赤塔中国代表辦事処	11
瞿世英	菊農	江蘇武進	英文、法文	S.Y. Chü c／o Mr. Z. Chao（趙任）44 Sacramento Street, Cambridge, Mass., U.S.A.	12
黄英	廬隠	福建閩侯	英文	上海新重慶路慶余里二号	13
張晉	昭徳	浙江平湖	俄文	哈爾浜（？）	14
劉健	星軒	湖南益陽	英文、挪威文	益陽信義大学	15
王晴霓	晴霓	山東諸城	英文	済南甲子通信社	16
宋介	唯民	山東滋陽	英文	北京王剣三転	17
郭弼藩	夢良	福建閩侯	英文	上海愛文義路八十八号自治学院	18
許光迪	暁航	直隷清苑	英文	保定育徳中学	19
易家鉞	君左	湖南漢寿	英文、日文	湖南漢寿小南門	20
陳聴彝	大悲	浙江杭県	英文	北京南横街小川淀三号	21
王星漢	仲宸	山東蓬莱	英文	北京大学新潮社	22
白鏞	序之	京兆宝坻	英文	山西太谷銘賢学校	23
謝六逸	六逸	貴州貴陽	英文、日文	上海北四川路宜楽里神州女学	24
耿承	式之	江蘇上海	英文、徳文	唐山交通大学	25
劉嘉鎔	鉄著	雲南蒙自	英文	北京大学東斎	26
唐性天	性天	浙江鎮海	徳文	寧波第四中学	27
金兆梓	子敦	浙江金華	英文	北京大石作二十六号	28
傅東華	凍蕅	浙江金華	英文	上海宝山路商務印書館編訳所	29
柯一岑	一岑	江西	英文、徳文	Itzen Kuo, bei Kalenscher, Kantstr 47. Cearlottenbury, Berlin, Germany	30
范用餘	足三	江蘇如皐	英文	北京後門内三眼井七号	31

第1節　文学研究会同人と茅盾　　　　　　　　　　　17

蘇馭群	宗武	江蘇泰県	英文	北京大学	32
宋錫珠	麗卿	山東城武	英文	北京弓弦胡同南華学舎	33
王　虞	受慶	江蘇	英文、法文	北京東四牌楼十条胡同六十二号	34
王世瑛	荘孫	福建閩侯	英文	福州布政司埕王宅	35
劉廷芳	亶生	浙江永嘉	英文	北京盔甲廠燕京大学	36
劉廷藩		浙江永嘉	英文	北京劉廷芳転	37
耿　勗	勉之	江蘇上海	英文	北京東城万宝蓋八号	38
沈　頴	士奇	江蘇呉県	俄文	哈爾浜地方審判庁第一分庭	39
瞿秋白	秋白	江蘇武進	俄文、法文	上海大学	40
李之常	慎五	湖北武昌	英文、徳文	美国	41
李　晉	君毅	貴州貴陽	日文	北京貢院東街八号	42
徐其湘	六幾	福建連江	日文	上海望平街時事新報館	43
陳　瑕	遐年	安徽懐甯	英文、日文	安慶万安局一号	44
沈徳済	沢民	浙江桐郷	英文、日文	上海沈雁冰転	45
江　新	小鶼	江蘇呉県	法文	未詳	46
陳其田		福建	英文	上海全国基督教協会	47
胡学愚	愈之	浙江上虞	英文	上海宝山路華興里一百五十六号	48
劉延陵	延陵	江蘇南通	英文	南通川港鎮顧逸岑転	49
滕　固	若渠	江蘇宝山	英文、日文	上海美術専門学校	50
顧誦坤	頡剛	江蘇呉県		北京大石作三十二号	51
潘家洵	介泉	江蘇呉県	英文	北京大石作三十二号	52
兪平伯	平伯	浙江徳清	英文	杭州西湖兪楼	53
李石岑	石岑	湖南醴陵	英文、日文	上海宝山路三徳里B字三号	54
夏勉旃	丏尊	浙江上虞	日文	上虞白馬湖春暉中学	55
徐玉諾	王諾	河南魯山		廈門集美学校師範部	56
厳　素	既澄	広東四会	英文	上海北四川路青雲里十六号	57
胡天月		(已故)			58
朱自清	佩弦	江蘇江都	英文	寧波第四中学	59
劉　復	半農	江蘇	英文、法文	北京大学転	60
張毓桂	辛南	直隷平郷	英文、法文	陝西西安(？)	61
陳小航	小航	雲南	英文	雲南(？)	62
費覚天	覚天	湖北	英文	北京灯市口徳昌飯店	63
周　蘧	予同	浙江瑞安		瑞安第一巷	64

周建人	喬峰	浙江紹興	英文	上海宝山路商務印書館編訳所	65
胡哲謀	子眙	浙江四明	英文	上海宝山路商務印書館編訳所	66
兪寄凡	寄凡	江蘇上海	日文	上海美術専門学校	67
黎錦暉	均荃	湖南湘郷		上海静安寺路中華書局	68
馬国英	国英	江蘇		廈門大学	69
楽嗣炳	嗣炳	浙江		上海南陽橋国語専修学校	70
熊仏西	化儂	江西豊城	英文	Foo-Hsi Hsiung, Columbia University, New York, U.S.A.	71
鄧繹	演存	江西南城	英文	上海商科大学	72
趙伯顔	生佐	四川江安	英文、日文	未詳	73
謝婉瑩	冰心	福建閩侯	英文	Miss Margarette Hsih, Wellesley College, Wellesley, Mass., U.S.A.	74
趙光栄	英若	江蘇嘉定	日文	上海新聞路大通路口経遠里一〇〇一号半	75
王鍾麒	伯祥	江蘇呉県		上海宝山路香山路仁余里八十号	76
仝汝卓	汝卓	浙江慈谿	英文	北京大学	77
陳望道	任重	浙江義烏	日文	上海白爾路三益里五号	78
劉靖裔	大白	浙江紹興	日文	上海江湾復旦大学	79
王任叔	任叔	浙江奉化		奉化錦渓高小王仲陽転	80
趙景深	景深	四川宣賓	英文	長沙第一中学	81
李戊于	青崖	湖南湘陰	法文、英文	長沙瀏正街六十六号	82
張近芬	崇南	江蘇嘉定	英文、徳文	上海麦根路同徳医薬専門学校	83
葛有華	又華	安徽績渓		浙江泗安転西畝恒泰豊	84
劉佩琥	虎如	浙江金華		上海滬江大学	85
侯曜	翼星	広東	英文	南京東南大学	86
顧毓琇	一樵	江蘇無錫	英文、徳文、法文	Mr. Yusu Koo, 149 Austin St, Cambridge, Mass., U.S.A.	87
湯澄波		広東花県	英文、法文	広州嶺南大学	88
葉啓芳	芬分	広東三水	英文、日文、古希臘文	広東市第三甫東桟	89
朱湘	子沅	安徽太湖	英文、徳文、法文、世界語	上海宝山路宝興西里十五号	90

第1節　文学研究会同人と茅盾

余祥森	訒生	福建閩侯	德文	上海宝山路商務印書館編訳所	91
梁宗岱	菩根	広東新会	英文	広州嶺南大学	92
徐章垿	志摩	浙江海寧	英文	北京石虎胡同七号	93
李勗剛	穎柔	直隷北平	英文	北京崇内豆腐巷八号	94
楊敬慈	敬慈	貴州貴陽	英文、日文	北京晨報館転	95
樊仲雲	得一	浙江嵊県	日文、英文	上海閘北天通庵路協隆里六十四号	96
翟　桓	毅夫	安徽涇県	英文	H. Chai, 550 Public Ave., Beloit, Wis., U.S.A.	97
顧彭年	朋彦	江蘇崇明	英文	上海宝山路商務印書館編訳所	98
傅尚霖	迪雷	広東普寧	英文	英国倫敦	99
呉立模	秋白	江蘇呉県	英文	上海江海新関	100
于道泉	伯源	山東臨淄	英文	済南斉魯大学	101
孫光策	俍工		湖南宝慶	南京厳家橋九号	102
沈仲九	仲九	浙江紹興	日文	上海青島路洪発里二十四号	103
王守聡	亜蕡	直隷天津	英文、德文	天津南開松盛里十号	104
厳敦易	易之	江蘇東台	英文	上海交通銀行	105
徐名驥	調孚	浙江平湖	英文	上海閘北天通庵路協隆里二十八号	106
褚保鼇	東郊	浙江余杭	英文、日文	上海静安寺路中華書局編輯所	107
蘇兆龍	躍衢	江蘇塩城	英文	上海宝興路新宝興里二十九号	108
陳　鋳	雪屏	江蘇宜興	英文	北京沙灘新開路同安公寓	109
桂　裕	澄華	江蘇呉県	英文	上海宝山路商務印書館編訳所	110
伍　麟	剣禅	四川	英文	北京前門内中国大学	111
曹靖華	靖華	河南盧氏	俄文	北京馬神廟中老胡同十五号	112
張大田	亜権	熱河凌県	俄文	北京東城禄米倉三十九号	113
甘之光		広西岑渓	英文	広州嶺南大学	114
陳栄宜		広東番禺	英文	広州嶺南大学	115
司徒寛		広東開平	英文	広州嶺南大学	116
潘啓芳		広東南海	英文	広州嶺南大学	117
陳栄捷		広東開平	英文	広州嶺南大学	118
劉懋元		広東新会	英文	広州嶺南大学	119
陳受栄		広東番禺	英文	広州嶺南大学	120
陳　逸	酔雲	浙江嵊県		上海静安寺路中華書局編輯所	121
王魯彦		浙江鎮海	世界語、英文	鎮海大碶頭楊家橋余泰号転	122

趙熙章	熙章		俄文	満洲里郵局	123
潘垂統	垂統	浙江余姚		南京東南大学	124
豊 仁	子愷	浙江石門	英文、日文	上虞駅亭車站	125
顧均正	均正	浙江嘉興	英文	上海宝山路商務印書館編訳所	126
章錫琛	雪村	浙江紹興	日文	上海宝山路宝山里六十号	127
胡学志	仲持	浙江上虞	英文	上海福建路商報館	128
許 傑		浙江天台		上海西門安徽公学	129
王以仁		浙江天台		上海西門安徽公学	130
高君箴	蘊和	福建長楽	英文	上海宝山路宝興西里九号	131

註

（1）『茅盾全集』第16巻第490頁。人民文学出版社　1988年版
（2）　商務印書館に関する資料は数多いが，ここでは特に次の書籍を参考にした。
　　　汪家熔著　『商務印書館及其他』中国書籍出版社　1998年10月
　　　『商務印書館九十五年』商務印書館　1992年　北京
　　　宋原放主編　『中国出版史料 第一巻』山東教育出版社　湖北教育出版社
　　　『中国近代現代出版史学術討論会文集』中国書籍出版社
　　　吉少甫主編　『中国出版簡史』学林出版社　1991年11月
（3）　Benjamin Schwartz., The Intelligentsia in Communist China and Russia: A Tentative Lemparision. 1960, P 615.
（4）　茅盾は，文学は人生を描くためのものである。文学者が描こうとする人生は，決して，一個人，一家庭の人生ではなく，一社会，一民族の人生である。」（「現在文学家的責任是什麼」『東方雑誌』第17巻第1期）と述べている。
（5）　郭紹虞「関於文学研究会的成立」『新文学史料』8, p.147-148。
（6）　茅盾（雁冰）「『"中国文学史研究会"底提議』的按語」『時事新報・文学旬刊』第五十五期, 1922年11月11日。
（7）　少年中国学会の場合,「学会」とは，Lerned Society ではなく, Intellectual Society の意味である。少年中国学会は，知識社会の過渡的形態として典型的なものと言え，本質的に規定すれば，知識分子による群衆運動であり，メンバーのその後の経緯は，学会が政党と文学運動の共通の母体であったことを示している。
（8）　蔣百里「社会主義怎様宣伝？」『改造』4巻2号, 1921年10月。
（9）　茅盾「関於文学研究会」「明報」四十一期。
（10）　茅盾「中国新文学体系・小説一集導論」。

第2節　社会思想の形成
『共産党月刊』『解放与改造』『新青年』

上海共産主義小組

　写実主義を主体とした文学啓蒙活動の背景にも，ある時期を境として社会理論の浸透が認められるが，同時期の上海共産主義小組への参画は，いかなるものであったのか，その経緯について触れたい。特に小組への参加の時期については，中国を代表する茅盾研究者葉子銘氏の調査（「関於茅盾生平的若干問題」『文学評論叢刊』8，1981）でも，不明とされているので，再考したい。

　上海を皮切りに，北京，武漢，長沙，済南，広州各地に共産主義小組が誕生するが，茅盾の回憶によれば「さて，ここで，上海の共産党小組について話しておこう。1920年7月上海共産党小組が成立した。発起人は，陳独秀，李漢俊，李達，陳望道，沈玄盧，俞秀松だった。はじめは他に張東蓀と戴季陶がいたが，二人は会議に一度出ただけでやめてしまった。なんでも張東蓀があげた理由は，彼はこの組織を元来学術的研究団体と考えていたのだが，共産党そのものだというのでは，参加できない。というのは彼は研究系に属し，さしあたり研究系から脱退する意志がないから，というのであった。戴季陶がやめた理由は，孫中山の三民主義に抵触するのを恐れたからだろう。わたしは，1920年10月李漢俊の紹介で共産党小組に参加してから，これらのことを初めて知った。私と同時に共産党小組に参加した者には，他に邵力子がいた。」[1]とある。

　張東蓀が脱退したことを小組参加後はじめて知ったとあるが，張東蓀については別に次のようなことも述べている。「1920年，商務印書館でまだ『小説月報』の編集に当たっていない時，『時事新報』副刊『学灯』への投稿を見ていた『時事新報』の主編張東蓀が，人材を発見したと思い，私を『時事新報』の仕事に引っ張ろうとした。あれは7〜8月のこと，彼が用事が出来て上海に行ったので，私

に 2 ～ 3 ケ月『時事新報』の主筆代理を頼んだ。この一時期も，私は『時事新報』に一つの短文を書いた。これ以後，私はついに張東蓀には仕事を頼まれることはなかった。一つには『小説月報』の編集に当たらなければならなかったし，二つにはこれは重要であるが，私はマルクス主義を信奉しはじめていたし，張東蓀は公にマルクス主義に反対したからである。」(2)

1920年 7 ～ 8 月張東蓀が上海に用事があり，というのは明かに上海共産主義小組結成のためである。しかし時期が曖昧にされ，具体的な内容に触れていないことに，慎重な配慮が見られる。仮に，当時代理編集者として留守を頼まれるほどに，同業者としての親交のあった張東蓀から，上海行きの内容を聞かされていなかったとは考え難い。

さらに，1920年10月という茅盾の記述も鵜呑みにはできない。鄭明著の『五四時期的陳望道』によれば，「五四運動以後，先進的知識分子は，次々と刊行物を創刊し，マルクス主義の書籍を編集し，マルクス主義の伝播工作を行った。陳望道は『新青年』を編集すると同時に，陳独秀，李達，李漢俊，沈雁冰らとともに，共産主義小組—マルクス主義研究の設立計画に着手した。1920年 5 月，上海共産主義小組が共産国際の助力のもとに成立した。」という記述がみられ，小組成立の準備段階から沈雁冰（茅盾）がこれをサポートしたことになっている。一方陳望道においては，「"マルクス主義研究会"には，陳独秀，沈雁冰，李達，李漢俊，陳望道，邵力子などが参加」(3)とある。しかし邵力子は「1920年 5 月には上海で"マルクス主義研究会"が組織された。（メンバーの名前が列挙され）この他，商務印書館には沈雁冰，楊賢江がいてよく議論に加わったが，研究会には参加していなかった。」(4)と多少ニュアンスが異なる。一方張国燾の『我的回憶』では，「茅盾は，1921年に，第一次マルクス主義小組の成員として，中国共産党に参加した。」のであり「楊明斎は，ロシア共産党籍から中共の党員へと転入したが，沈雁冰，俞秀松などの参加と同じく，全て第一次正式会議以後のことである。」(5)としている。また，茅盾研究の第一人者である孫中田氏は，「1921年 2 月から 3 月に李漢俊の紹介で第二次マルクス主義研究小組に参加した。」としている。更に包恵僧によれば，「1921年 1 , 2 月上海支部は沈雁冰，邵力子にまで発展した」(6)

第 2 節　社会思想の形成『共産党月刊』『解放与改造』『新青年』　　23

とあり，また別の回想で「当時上海の党員は多くはなかった。……陳望道，邵力子，沈雁冰は1921年春に加入，沈沢民は初夏に加入，李啓漢は同年メーデー以後やっと加入した。」(7)と述べている。また李達は，「邵力子，沈雁冰は党が発足してから加入した。(以後両者とも退出)」(8)としている。

　同じく古参党員であっても，その後共産党に残った者と，邵力子，李達のように国民党側に移った者とでは，沈雁冰の小組，党活動参加時期についてその記述に微妙な相違が見られる。しかし，邵力子の回憶にあるように，当初はあくまで楊賢江とともに，商務印書館側からオブザーバーのようなかたちで参加していたことは十分考えられる。

　上海共産主義小組の特色は，教育程度が高く比較的若いメンバーが多いと言うことであった。十数人のうち，大部分は大学や専門学校を卒業しており，早くからソ連に渡って半工半読していた楊明斎の他，高等中学程度は，李啓漢ただ一人である。年齢的にみると最年長が陳独秀（41歳），最年少が茅盾の実弟，沈沢民（19歳）であった。ほとんどの成員が二十代であったが，すでに反帝反封建の革命活動を経験していた。(9) ところで，茅盾の建党工作への参加の契機を作ったのは，李漢俊であった。李漢俊は，原名を李書詩と言い，字を漢俊，名を李人傑と言う。1890年 4 月（光緒16年 3 月）湖北省潜江県坨埠垸の知識人の家庭に生まれた。十二歳で渡日，暁星中学，日本高等学校，東京帝国大学工学科に進み，大学在学中に河上肇を通じてマルクス主義の研究に転じた。まだ当時二十代前半の若さであった茅盾は「彼の人柄と学問とに心から敬服し……」その指導のもとに，一貫して建党工作を行ったのである。李漢俊については，回想録に詳しく紹介されているだけでなく，後の散文『客座雑憶』（1941年『筆談』に掲載）にも，有能で，虚飾のない，実務家肌の活動家として哀惜をこめて描かれている。建党工作への参加は，李との個人的関わりによるところが大きかったと思われ，党内での立場も李と同じく自由主義的な考え方を持っていたと推測される。

　中国共産党一全大会において，党組織に関して，李漢俊は，マルクス主義を認め広めようとするものは，誰でも実践的活動に参加する義務を負わないで，入党を認められるべきであると主張し，李達と陳公博もこの見解に同意していた。一

方には，劉仁静ら，プロレタリアート独裁の確立をさし迫った目標とする反対派が存在し，李と劉は，大多数からみれば両極端派であった。郭沫若の『創造十年』によると，茅盾は自由主義グループに心情的に同調していたという。[10]

　李漢俊は，一大の論争の結果，上海を離れ，1927年に国民政府が広州から武漢に移って来るまで，湖北省政府の教育庁長として，国民党員という身分で活動していた。その李漢俊の最期について，茅盾は回想の中で次のように述べている。「1927年7月15日，汪精衛が左派の仮面を取り去って，南京との合流を策した時，李漢俊は，正論を持して譲らず，共産党のために弁護し，汪一派のために，ついに反動派に殺害された。」[11]『漢口民国日報』が停刊となったのは，7月18日，その直後，茅盾は武漢を後にする。そして東京への亡命の際に党との連絡が途絶え，茅盾は離党したかたちになるのだが，その党籍問題の経緯については第2章で後述する。

『共産党』月刊の周辺

　宣伝の方面について言えば『新青年』が旧くからの公開宣伝刊行物であったのに対して，『共産党』月刊は秘密刊行物であった。李達によれば，1922年9月には，『共産党』月刊を秘密刊行物として継承し出版する一方，上海に人民出版社を設立している。[12]上海共産党小組における茅盾の主たる活動はと言えば，『共産党』月刊への執筆であった。再び回憶に戻る。「当時，上海共産党小組は，李達を編集長として，党機関誌の刊行の準備に大童だったところで，わたしは，小組に参加早々，執筆を依頼された。この機関誌は後に『共産党』と名付けられた。『共産党』は上海共産党小組成立後出版された最初の地下機関誌で，『新青年』とは分業の形で，共産党の理論と実践，第三インター，ソ連及び各国の労働運動のニュースを宣伝，紹介するのを専門とした。寄稿者はすべて共産党小組のメンバーだった。」[13]この「寄稿者がすべて共産党小組のメンバー」であることを盾に取れば，茅盾は同誌第二号（1920年12月7日発行）から寄稿しているので，1920年10月という先の茅盾自身の証言は，辻褄が合うことになる。

第2節　社会思想の形成『共産党月刊』『解放与改造』『新青年』

『共産党』月刊は，1920年11月7日，上海で創刊され，Ｂ６版，50ページ前後で，半ば秘密出版であった。『共産党』月刊が創刊されたのは，民主主義者との統一戦線維持の姿勢を崩さない『新青年』では，充分にマルクス主義の宣伝を行うことが出来ない為であって，『労働界』とともに，中国共産党の結成準備に大きな役割を果たした，とされている。『共産党』月刊については，日本の図書館では，その復刻版を見ることが出来ず，北京の人民文学出版社に依頼し，文革中に出された復刻版を入手した。これら『共産党』月刊に掲載された茅盾の翻訳については，全集の中に組み込む予定もないと言うことで，その内容に触れておくことは，それなりの意義があるものと考える。

また近年，ようやく着手され始めた初期共産党関連の文献の中に茅盾の逸文とおぼしきものが散見される。上海小組が共産党の核になった背景には，上海グループが，1920年当時，マルクス主義の受容に於て最も研究が進んでおり，社会主義文献の出版が盛んであった等の特殊事情があったと言う。初期の段階においては，李漢俊，李達，陳望道，施存統らの留日グループが中心となり，社会主義諸学説の論文を専ら日本に求めていた。『新青年』が上海共産主義小組の機関誌となってからは，堺利彦，山川均らも依頼を受けて執筆している。一方1921年１月７日，茅盾の実弟，沈沢民と張聞天は，社会主義の文献を読むために日本に留学している。

ところで，これまで「共産党小組」については五四運動（1919年〜20年）の前後にマルクス主義の影響を受けた青年知識人達が，1921年７月の党創立へと向かう過程で各地に作った小グループという大まかな位置づけがあるだけで，その活動について具体的検討は行われていなかった。「上海党小組は，地方組織の拡大はもちろんのこと，月刊誌『共産党』を発刊し（1920年11月），学習文献「中国共産党宣言」を制定した（同月）だけでなく，労働者の組織化にも取り組んだのであり，実際上党中央としての活動をおこなっていた。」[14]とされ，「上海小党組の成立をもって，中国共産党が成立したと言ってよいと思われる。」[15] また包恵僧によれば，当時「中央」という名称こそなかったが，上海党が中央の機能を持ち，各地方組織が事実上支部であったことが確認できる。[16]

ヴォイチンスキー来華と社会主義文献の翻訳

　さて，1920年春，ヴォイチンスキー来華以後は，共産党の組織化が進むと共に社会主義文献に変化が見られ，アメリカ共産党，アメリカ労働共産党系の『Communist』『Voice of Labour』『One Big Union Monthly』『Class Struggle』（いずれもアメリカ社会党系の Charles H.Kerr & Company 社）などを出典とするレーニン，コミンテルン関係の文献が主体となる。

　茅盾の回想からは抜け落ちているが，周仏海の回憶『扶桑笈影溯當年』と『我逃出了赤都武漢』によれば，民国九年秋「ある日，私と張東蓀，沈雁冰は環龍路漁陽里二号に仲甫を訪ねた。その時，第三インターナショナル極東代表のロシア人ヴォイチンスキーが同席していた。」[17]「張東蓀から，陳独秀が我々に用があるからと言われた。その時彼（張東蓀を指す）とともに，環龍路漁陽里二号を訪ね，陳と会ったが，これが最初の出会いであった。その時話に加わった者は，私と張，陳の二人の他に，沈雁冰（即ち茅盾）と第三インターナショナル代表のヴォイチンスキー，そして通訳の楊明斎などの者もいた。」[18]とあり，いずれも沈雁冰が立ち会った人物として登場する。

　茅盾の回憶によれば，1920年陳独秀が上海に来てから茅盾にインプレコールを渡し，ロシア紹介をするように依頼したというが，時期的に見て『Communist International』が，あるいは『Communist』とも考えられる。いずれにせよ，コミンテルンの影響は，英米を経由して中国に到着したのであり，この時期の英語文献の翻訳の一部分は，茅盾の手によるものである。

　当時はまだ訳語（末端組織の名称など）の統一が取れず，試行錯誤の後が著しいことは，先の機関誌『共産党』の上に，最も顕著に現れている。一例を挙げれば，党の末端組織の名称は『共産党』第一号で，李穆[19]が「支部」とし，第二号でＰ生（茅盾の筆名）[20]が「小隊」とし，第三号では，訳者不明だが「結合」という訳語が当てられている。訳語にしても，このとおりで，体系的な組織論は準備する時間もなく，建党工作が行われた。

第2節　社会思想の形成『共産党月刊』『解放与改造』『新青年』

　以下，茅盾の翻訳について解題を加えてみたい。
　「共産主義是什麼意思」：内容は，アメリカ共産党中央執行委員会宣言である。合衆国の労働者に向かって，なぜ政府は労働運動を撲滅させようとしているのか，アメリカ共産党の目的は何か（それは労働者階級の政府を作ることである。）を説き団結を呼びかけている。
　「美国共産党党綱」：九章から成る。第一章，名称，宗旨，党徽，第二章，入党資格，第三章，組織，第四章，管理，第五章，文字連合，第六章，訓練，第七章，経費，第八章，会期，第九章，国際。
　「共産党国際連盟対美国Ⅰ.W.W（世界工業労働者同盟）的懇請」：1920年正月，中央執行委員会会長G.Zinovievの講話で次の項目からなる。共産主義とⅠ.W.W，将来の奴隷国，然らざれば社会革命，資本家の国家，労働者階級専政，労働者の国家，生産と分配の組織，民主主義の集中権，政治，革命の議会主義，社会革命と将来の社会。
　「美国共産党宣言」：三部からなり，それぞれの項目は次の通りである。（1）資本主義の破壊，資本主義の略奪，帝国主義，戦争と革命，国際連盟の共産党への対し方（2）階級戦争，国家の性質，選挙競争，工業組合主義，群衆行動，労働者階級の専攻，眼前の工作（3）共産主義社会の改造，経済の改造，政治の改造，社会の改造。
　「共産党的出発点」：ハドソン原著，大戦および世界各国の問題と分析「紙老虎的帝国主義者」という表現が見える。
　「国家興革命」：レーニン著，未完。第一章のみで，（1）階級対立の非和解性の産物としての国家，（2）軍人，囚人など特殊な団体，（3）（4）は見えない。
　「労農俄国的教育」：労農ロシア教育総長ルナチャルスキーの講話。
　これらの翻訳について茅盾は次のように述べている。「私は，同誌第二号（1920年12月7日発行）に「共産主義とは何か」（副題「アメリカ共産党中央執行委員会宣言」）「アメリカ共産党綱領」「コミンテルンのアメリカⅠ.W.W（世界工業労働者同盟の略称）に対する要請」「アメリカ共産党宣言」の四篇を訳載した。これらの翻訳

活動を通じて，私は，共産主義とは何か，共産党の綱領と内部組織はどんなものかなどを初歩的に理解した。とくに「アメリカ共産党宣言」は，マルクス主義の理論とそれのプロレタリア革命実践への応用についての簡明な論文で，資本主義の崩壊，帝国主義，戦争と革命，階級闘争，選挙，大衆工作，プロレタリアート独裁，共産主義社会の改造等々が述べられていた。翻訳の仕事からこれら生産主義の初歩的知識を得た事により，1921年4月7日発行の『共産党』第三号に，私は「自治運動と社会革命」を書き，当時の省自治運動家達が鼓吹していたブルジョワジーの民主なるものを批判し，それが実際には軍閥，帝国主義に奉仕するものであり，中国の前途にはプロレタリア革命があるのみであることを指摘した。同号にはまた，私が翻訳した「共産党の出発点」（アメリカ，Hodgson著）も載った。1921年5月発行の『共産党』第四号に，私はレーニンの「国家と革命」第一章を訳載した。これは英訳本から重訳したものである。私は第一章を訳しただけで，マルクス主義の文献をいくらも読んでいない私が，この時点で『国家と革命』を訳そうとすること，しかも完訳することはとても無理だと感じ，潔く中止した。もっとも『共産党』も月刊で第七号まで出したところで停刊になってしまった。当時私はマルクス主義の基本的文献をもって読まなければならないと痛切に感じていたが，実践活動が増える一方で，どうにもならなかった。」[21]

　石川禎浩氏は『中国共産党成立史』（岩波書店　2001年）の中で茅盾のこの発言について触れ「かれは，第一章だけしか翻訳しなかったことの理由を，自らの能力不足に帰しているが，実はかれが当時参考にしたであろう『クラス・ストラグル』には，そもそも第一章しか掲載されていなかったのだった。」(79頁)と述べている。また更にアメリカ共産党入党の経歴を持つヴォイチンスキーの影響によって，上海の共産主義運動はいちはやくレーニン流の運動論，組織論を摂取し，ボリシェビズムの受容がなされたと論評している。

新文化運動をめぐる論争と社会観の形成

　時期的には，建党工作に関わる辺りから，名士派文学の否定など，文論にも階

第2節　社会思想の形成『共産党月刊』『解放与改造』『新青年』　　29

級的視点が導入され大きな変化が認められるが、さらに五四期における、文化状況に即して新理想主義などの哲学的諸潮流、アナキズム等多様な社会思潮への対応などについても、考察していきたい。

　茅盾が1917年12月に書いた「学生と社会」は、平易な社会論であるが、チェコのマリアン・ガーリックによれば、厳復の進化論と、思想上、陳独秀の影響が見られると言う。⑵学生を一国社会の種子とし、国勢を左右するものとする、強い国家意識と国民国家建設の熱意が唱われている点に、陳独秀を思わせるものが確かにある。茅盾は回想録の中で、これは「二千年来の封建主義的求学思想を論駁したもの」としている。

　「我国の古訓には、所謂先王の法に遵いて過てる者は、いまだこれあらざるなりと。また曰く、知らず識らず帝の則に順うと。皆ただに、奴隷道徳の四字のために注解をなすのみならず。此れ独り行事のみ然りと為さず、求学何ぞ独り然らざらん？戦国の時、策士縦横して、おのおの一説を抱き、もって列国の君に干め、各異に窮通すといえども、要は一己の学業を精研し、一己の見解を発揮するを為すを失わず。……」「ここに於て学問の道、社会風気をもって主体と為し、一己の才力の偏する所と、その性の近き所とを顧みず、青年の美質を戕賊し、社会の進歩を阻礙すること、此より甚しきと為すなし。世を挙げて尽く汶汶然として人に従う、夫れいずくんぞ大学問家の今日の世に生ずるを得んや。」⑵

　陳独秀が、欧州文学発展史に、特にその文学と思想との関係に着目し、科学と実証哲学こそが文明発展の要であると認識するがゆえに、写実主義の文学思想を肯定し、「文以載道」を否定しながらも、文学を工具として利用しようとしたように、茅盾の場合も、科学と芸術の統合として写実主義を一つの前提とし、クロポトキンの「互助論」に基づく、被圧迫民族の連帯を模索しつつ東欧、北欧などを一つの範とする政治社会における文学のありかたを考究していった。

　マルクス主義への着目は、ロシア十月革命以後にようやく見られるようになる。1917年と言えば、茅盾は商務印書館編訳所に入ってちょうど一年目である。この頃から1920年に『新青年』グループと接触するまでの間には、「1918年の学生」において、20世紀における社会改革の意義を説いているほか、「トルストイと今

日のロシア」において，マルクス主義，つまりマルクス主義のロシア的展開に注目している程度である。「トルストイと今日のロシア」については，回想の中に，これが1918年〜19年に『新青年』に発表された李大釗の「庶民の勝利」や，「わたしのマルクス主義観」，その他のマルクス主義の学説に触発されたものであることが明記されている。その上で「だから，十月革命，中国にマルクス主義の伝えられるこの一時期の間に，ロシア革命の「動力」と「遠因」について，当時「有志の士」は，常々議論探求していた。私のこの「トルストイと今日のロシア」は，文学が社会思潮に引き起こす影響という視点から少しばかり試論を企図したのである」[24]と述べている。論点は未熟にせよ，ロシア革命とトルストイという作家を通じて，革命の遠因を探り，世界を覆うその胎動を肌で感じとろうとする熱意が窺われる。しかし1920年以降も，マルクス主義に対する分析は至って冷静で，「ニーチェの哲学」の中では，経済決定論への批判も見られる。[25] ニーチェを紹介した動機については，回想の中で，「要するに，私が当時なぜニーチェに興味を持ったかと言えば，ニーチェが猛烈な筆致で伝統思想を攻撃しようとしており，思想解放を欲求していたからである。ニーチェはまた買弁哲学を攻撃した。」[26]としているように，あくまでその思想は「奇形の桎梏でしかない旧道徳を破壊する武器」のひとつに過ぎなかった。

　1919年にはラッセルの「自由への道」出版に先だって，張東蓀の「ラッセルの政治思想」を補足しつつ紹介し，ラッセルのギルド社会主義による社会改造は，社会主義，無強権主義（アナーキズム），工団主義（サンディカリズム）の欠点を補うものと評価している。[27]

五四運動の総括

　クロポトキン，エレン・ケイ，ニーチェなど茅盾がきわめて深い関心を持った思想家について見ると，これらは，一面的な関心を示されているだけで，自然観，社会観などに影響を及ぼしたにせよ，世界観として定着するほど完結性のある思想として捉えられているわけではない。

第2節　社会思想の形成『共産党月刊』『解放与改造』『新青年』

「自治運動と社会革命」[28]において，省自治運動の推進，縉紳運動から完全な人民自治への社会進化の必然性を説いているが，時期的にはこの辺りからマルキシズムの影響が顕著に表れて来る。1921年，アナ・ボル論争本格化の余波を受けて「中国無政府主義"質疑"」[29]では「中国の国民性が無抵抗主義（アナキズム）に適合しているというなら，大きな誤りである」と，アナキズム批判を展開し，「"個人自由"的解釈」[30]では，ボルシェビズム批判に抗しつつ「ボルシェビズムが反個人主義であるというなら，それ以外の社会主義も全て反個人主義だ。」「むしろ，問題になっているのは，"個人の自由"の制限だろう。個人の自由と個人主義は別のものである。」と論じている。

そして「全ての煩悶は消えた」という力強い言葉が見られるのは，「五四運動と青年達の思想」[31]であるが，五四時期の思想的彷徨の終止符とも言えるこの文章の概略を見ておきたい。

まず彼は，五四運動を辛亥革命と比較して，政治上の意義は辛亥革命に及ばないが，ある共通点も見いだせる。としている。その一つは，新名詞の流行であり，辛亥革命以後「平等」「自由」が社会的に普及したように，五四以後は「改造」「解放」が人々の口に登るようになったことである。二つ目は，成功して勢力が拡大したかと思うや，すぐに古い勢力に遮断される。つまり，新勢力がにわかに沸騰して消滅する現象があげられる。結局二度の転機によって，人々は真の「平等」「自由」のみならず，「改造」と「解放」も得られなかった。

次に彼は五四の思想上の変遷に再び眼を向ける。この時期は，運動の発生時点から，当然，愛国運動の全盛時代である。また，西欧思想の影響を受け，何に対しても懐疑的な態度が発生し，現行の政治，社会状態，経済制度，家庭組織，などに大変な不満が生じた。懐疑的態度は胡適という先生の熱心に提唱した実験主義の賜である。ここから個人主義が生じる。つまり新しき村運動，人道主義，無政府主義などもここから生じる。青年達には改造の意欲がなかったが，新しき村では理論上，この社会改造の欲求を満足させた。一方で欧州戦争の惨禍に対する嫌悪から人道主義が叫ばれ，また様々な失望によって，無政府主義も大変流行した。「以前にはみながみな，愛国を提唱したのに，この時になると，どんな国家

もどんな政府もいらなくなったのである。」上記の三つの主義を茅盾は個人主義の結晶とする。

　さて、理想と現実の相違に煩悶を覚えた青年達は、一部は恋愛から「享楽」に走り、一般人に「反動」の旗を挙げさせることになった。そうでない者は、自らをマヒさせ、無自覚、無感覚に日を過ごす。「彼らの懊悩をとり除くには、それ相応の主義が必要であり、その堅固な信仰によって、一生の精力をこの目標に向かって尽くし、前進することが必要であった。」そして自分も又、この思想の大変動期にあって、深い煩悶に悩まされていたのだが、「マルクスの社会主義」という道を捜し当てたと述べる。「私の究極的希望はまさにここにある。そして、一切の煩悶はすべて煙のように消失した。」そして人間の煩悶は久しく続くものでなく、これを享楽や反動で解決する事なく、一つの主義を確信すべき事を主張する。以上が「五四運動と青年達の思想」（1922年、上海交通大学における五四記念講演）である。茅盾はひとつの主義の確信を提唱しているが、ここで注意を要するのは、社会主義と対置される言葉はあくまで「個人主義」であることである。（これに関連して、エレン・ケイの著作「社会主義と個人主義」などが想起されるべきかも知れない。）

　五四退潮のきざしとともに失意の青年たちの間に瀰漫しているのは、利己的独善的個人主義である。もとより五四青年の、新思想に対する熱狂や心酔に、茅盾はきわめて冷淡であった。「佩服与崇拝」に見られるように、感服することと崇拝とは別であるのに、中国人は専ら盲従や偶像を求め、崇拝心ばかりが強いと批判している。また「「人格」討論」[32]を見ると、張聞天は茅盾が現代人の人格を否定し、現代人の一切の意思を無視していることを不満とし、「環境を変えれば済むものではない。」と人格育成の重視を訴えている。アナキズム批判においても、アナキズムは超人を必要とし、超人とは唯我者であると述べているように、五四退潮期における茅盾は一切の人格を否定するまでに個人主義を嫌悪し、個人主義に通ずるあらゆる新思潮を退けることをもって、五四の総括としているのである。

第 2 節　社会思想の形成『共産党月刊』『解放与改造』『新青年』　　　　33

結　語

　以上，五四期における茅盾に焦点を当て，新文学運動の思想的遠源の一端を顧み，その政治活動については，「回想」を出発点としながらも，多くの資料に当り，疑義と問題点を明確にしてきた。文壇の性格や，初期におけるコミンテルンとの交渉などは，その後の文学史を方向づける一つの要因として看過できない。

　茅盾においては，獣性の文学から人性の文学へという深刻な問題意識をはらんで人道主義を標榜した五四文学運動は，次第に「怨以怒的文学」という煽動的な色彩を得て，社会心理に迎合することなく，近代社会の病理を注視するがゆえに個の否定をもって幕を閉じる。ここにおいて「個の解放」と「個人主義の超克」とが，矛盾することなく一つの出路を提示することになる。時代の要請とは言え，文学と社会が論理的にも分かち難く結び付きながら，思想的模索自体が著しく社会功利に偏している点には，些かとまどいを覚える。さらに「革命の矛盾」を描くために創作の筆を取った国民革命期にその足跡を辿り，国共関係に重ね合わせられ，そこに象徴される知識人のアンビバレンスに眼を転じてゆきたい。

註
（１）　茅盾『我走過的道路』上，人民文学出版社，1981年，174－175頁。
（２）　茅盾『我走過的道路』上，人民文学出版社，1981年，245頁。
（３）　陳望道「回憶党成立時期的一些状況」1956年6月17日。
（４）　邵力子「党成立前後的一些状況」1961年7月。
（５）　「張国燾回憶中国共産党"一大"前後」1971年。
（６）　包恵僧「共産党第一次全国代表大会的幾個問題」1978年8月12日。
（７）　包恵僧「共産党第一次全国代表大会前後的回憶」1953年8月9日。
（８）　李達「中国共産党的発起和第一次代表大会経過的回憶」。
（９）　『共産主義小組』（上）中国共産党歴史資料叢書，中共党史資料出版社，1987年，27頁。
（10）　郭沫若も『創造十年』で文学研究会の中で，茅盾は進歩的な考え方の持ち主であったようだと語っている。陳望道に同情的であったという証言もある。

(11) 前掲『我走過的道路』上，178頁。
(12) 李達「中国共産党的発起和第一次第二次代表大会経過的回憶」。
(13) 茅盾『我走過的道路』上，人民文学出版社，1981年，175頁。
(14)(15)(16) 味岡徹「「中国共産党小組」をめぐる若干の問題」『駒沢大学外国語学部論集』30，1989年，および包恵僧「包恵僧的一封信」（1961年1月29日）。
(17) 周仏海『扶桑笈影溯當年』陳公博，周仏海回憶録合編（1988年，台北，躍昇文化事業公司）113－114頁。
(18) 周仏海『我逃出了赤都武漢』陳公博，周仏海回憶録合編（1988年，台北，躍昇文化事業公司）133頁。
(19) 李穆「共産党和他的組織」『共産党』第一号，1920年，11月7日。
(20) P生訳「美国共産党党網」『共産党』第二号，1920年12月7日「加入第三国際大会的条件」『共産党』第三号，1921年4月7日。
(21) 前掲『我走過的道路』上，175－176頁。
(22) Galic, Marian., Mao Dun's Struggle for a Realistic and Marxist Theory of Literature.
(23) 茅盾（雁冰）「学生与社会」『学生雑誌』第4巻第12号，1917年12月5日。
(24) 茅盾『我走過的道路』上，人民文学出版社，1981年132頁。
(25) 茅盾（雁冰）「尼采的哲学」『学生雑誌』第7巻第1至4号，1920年1月。
(26) 茅盾『我走過的道路』上，人民文学出版社，1981年，133頁。
(27) 茅盾（雁冰）「羅塞爾『到中国的幾条拟径』『解放与改造』第1巻第7号，1919年12月1日。
(28) 茅盾（P生）「自治運動与社会革命」『共産党』第三号，1921年4月7日。
(29) 茅盾（冰）「"中国的無政府主義" 質疑」『民国日報・覚悟』1921年9月。
(30) 茅盾（Y.P）「"個人自由" 的解釈」『民国日報・覚悟』1922年8月29日。
(31) 茅盾（沈雁冰）「五四運動與青年們底思想」『民国日報・覚悟』1922年5月11日。
(32) 茅盾（冰）「"人格" 雑感」『民国日報・覚悟』1921年7月24日。

第3節　初期の女性解放論『婦女雑誌』『民国日報・婦女評論』

　1920年前後から『婦女雑誌』『民国日報・婦女評論』を中心として間断なく書かれた茅盾の女性解放問題に関する数多くの論稿は、新青年グループを中心に展開された女性解放論の位牌を継ぎながらも、さらに西欧思潮の批判的受容、中国の現状への踏み込んだ洞察など、随所に創見をあらわしている。とりわけ女性解放を直接、間接に象徴的なテーマとして新しいモラル（新道徳）の啓蒙を意図した初期の小説との重なりには、興味深いものがある。本稿では、茅盾が同時期の諸潮流を視界に入れつつも多岐にわたって論じた女性解放論を包括するとともに、特に社会思潮としての女性主義（feminism）の周辺に焦点を当てたい。[1]

婦女解放論の展開

　20世紀はじめより、諸革命の機運が高まる中、女子教育の普及、婦人雑誌の出版などを契機として、女性解放が論じられるようになったが、『新青年』において封建体制や儒教イデオロギーの打破が企図されるや、その要としての女性解放論議がにわかに沸騰するに至った。五四時期の女性解放論の画期となったのは、李大釗が1919年2月に発表した「戦後の婦人問題」であるが、ほぼ時を同じくして、茅盾の最初の女性解放論「解放された婦女と婦女の解放」[2]も発表されている。この中で、茅盾は欧米の婦女運動の歴史と現状を、産業革命、労働運動の発生から説き起こし、物質文明の発展、新思想の普及、上流有識婦女の政治解放、つまり女子参政権にいたる社会変化、さらに大戦後の状況に即して述べている。社会改革を重視し、女子の社会に対する権利と義務が明かになったことを高く評価して、その意義を強調している。その基調は、李大釗とほぼ重なっている。

　この時点では、女性論そのものが一般論に流れているが、この他にも「世界二体系の婦人運動と中国の婦人運動」「女子参政権を論ず」において、欧米の婦人

運動に分析を加え,結論として婦女運動の最終目標を「1.新道徳,2.両性の新しい社会習慣,3.政治」であるとしている。(3)

次に当時盛んに論議された婦女の経済独立について見てみたい。経済独立についての最初の評論「家庭服務と経済独立」(1920年5月)では,この頃『星期日』『平民』『新婦女』(4)等で提唱されていた,経済的独立を第一義とする論調に異論を唱えている。

彼は,「家庭服務と経済独立」の中で,ギルマンの言う「男女の関係は,実際のところ経済の関係である。」という定義は,男女関係における道徳思想の力関係を軽視するものであるとして,人格の不平等から問題にすべきことを説く。また,経済的に自立できない原因は家庭服務にあるのではなく,社会組織が根本的に変わり児童公育などが実現することが重要であるとする。婦女問題をまず経済的独立から論じるのは,西洋の例を見てもわかるように病的な状態だとまで言い,「わたしは,婦女問題は倫理の改造からはじめるべきであり,それでこそ文化運動の真の意義と合致すると信じる。」(5)と述べている。この時点では,おそらく婦女問題を専ら文化思想面で論じていた『新青年』のグループと同じ視点にあるようだ。

ところが,一年後の1921年8月に発表した「婦女経済独立討論」では,主張が打ってかわり,理論的に見れば,婦女の独立が理にかなっていることは疑いの余地がない,とした上で,ただ都市と郷村ではその社会生活の相違から,事情が異なることを述べている。この変化は,1920年10月より,上海共産主義小組に参加して以後の変化であり,李漢俊らの影響によるものと思われる。(6)

上記の「婦女経済独立討論」と同じ誌上(『婦女評論』第3期)には李漢俊の「女子はいかにすれば経済独立を得られるか」も見える。李漢俊の立論は明解なものであり,「経済的独立とは,男女が同等の生存権と労働権を有し,支配,被支配の関係でなくなることであり,女子の経済的独立は,現行の経済制度を打破することにより得られる。」としている。また第三階級(資産階級)と第四階級(無産階級)の見解を分け,後者の立場で論じている。しかし,経済的独立の問題はほとんど茅盾の興味を引かなかったようで,女性論の主な論点は再び社会改革,

第3節　初期の女性解放論『婦女雑誌』『民国日報・婦女評論』　　　37

人格の平等，新道徳と自由恋愛に振り向けられている。

　次に，当時『婦女雑誌』の編集に関わり，婦女問題論壇形成の一翼を担っていた茅盾の他誌批評について見ておきたい。

　例えば「『少年中国』婦女号を読んで」は，1920年1月5日の『婦女雑誌』第6巻第1号に発表され，すでに『婦女雑誌』主編となっていた茅盾の他紙特集号についての論評であるが，この中で，彼はこの特集号の婦女問題に対する主張が穏健で楽観的に過ぎることを指摘し，一方で急進派についても危急を招くものとして懸念を示している。具体的には李大釗の「婦女解放とデモクラシー」，田漢の「第四階級的婦人運動」を理性的で適切な評論と認め，刺激的な言葉で礼法旧制度を罵るだけの文章とは異なるとしている。また，L.F.Ward の『純正社会学』(7)から「社会の中には優性階級と劣性階級があり，劣性は圧迫と苦しみの中で当然進歩せず，優性も全社会の進歩が無いとき自分だけ進歩できはしない。」との言葉を引き，婦女問題も同様であるとしている。

　一方，もうひとつの紙面批評「『新婦女』を評す」では，厳しい論評の中に，茅盾の婦女解放への姿勢が窺われる。(8)『新婦女』は，1920年1月1日に創刊され，婦女問題に対して，マルクス主義的観点からの考察，ソヴィエトからも影響が見られることが知られている。具体的には陳望道の「我想（二）」（第四巻第四号，1920年11月15日）では，資産階級の婦人運動と無産階級の婦人運動は異なることが強調され，郭妙然「馬克斯学説和婦女問題」（第五巻第一号，1922年5月1日）では，マルクスの唯物史観とマルクスの婦人観を紹介している。しかし，当初は資産階級民主主義の婦女観を代表していたこの雑誌に対する茅盾の批判はかなり辛辣である。茅盾はまず，著作界に身を置くものとして，新旧を問わず，主張を忘れてはならないとし，主張がないのなら，それは病気でもないのに呻いてみせるようなもので，筆墨の浪費であり，「梅花万歳」という小説には全く芸術性も思想も，文芸の目的（人生のための）もなく，これなら老婆が子供に歌って聞かせる歌の方がましであると述べている。ついで，「婦女的思想革命」と「新婦女的新道徳」の両編についても，特に後者は，ドイツ・オーストリア系のフェミニストの間で論議された新倫理学（dieneue ethik）の問題であるべきなのに，本質

的に旧いものと変わらない新道徳を持ち出して全く得るところがないとしている。このような，論調の著しい変化から見て，茅盾の婦人解放論の転換はやはり，上海共産主義小組への参加と深く関わっていると考えられる。

ギルマンとエレン・ケイ

　それでは次に，茅盾が欧米思潮の受容に際して，女性主義（feminism）についてどのように見ているか，「所謂女性主義的両極端派」に即して一瞥したい。
　この「両極端派」とは，男性と女性の間にいかなる差別も認めない米国のギルマンと「性」の限界や，本能の差異を認める北欧のエレン・ケイを指す。ここで，彼がギルマンに批判的なのは，英米と北欧の社会背景が異なるように，中国の社会的実状に，ギルマンの説が到底見合わないと考えるためである。この両者を紹介するにあたり，「フェミニズム全体の議論や主張に，私は満足していない。また，いくつかの自称フェミニストの家庭，仕事，社会参加等に対する提議や主張には，なおさら不満である。だからそれらについては語らないことにする。」[9]と述べ，いま世界の経済潮流によって生じた新しい趨勢を見るなら，将来中国の婦女運動は「どこからどこへ向うのか」という最も解決困難な問題にぶつかるはずだ，としてその出路を模索するために，西洋フェミニストの両極端派の論争点を見ようとしている。結論から言うなら，彼は西欧文学の変遷を「文学進化」と捉えたように，フェミニズムを社会経済の各発展段階において進化するものと見て，何が正しいかは時代が決めるとしている。
　フェミニズムの急進派ギルマンに対する異論は，茅盾の婦女経済独立に対する認識という一点に集約されているようだ。彼は，「所謂女性主義的両極端派」の中で，中国の社会背景に触れ，次のように述べている。
　「手工業から機械工業への転化は，中国では始まったばかりである。手工業の搾取が，近い将来婦人を家庭の外へ追いやることは，避けられないことである。つまり，婦女経済独立を婦女解放の唯一の要件に持ち出さなくとも，婦女が"家庭の人"としてあることが不可能になることは明かなのである。」茅盾の意

識の上では，経済的独立よりも，「求学の問題，および本人の同意を得ない結婚の廃止」の方が切実な問題なのである。その他の評論でも，ギルマンの大著『婦女与経済』から度々引用しているが，根本的には急進派ギルマンの立論は，彼の理解の外にあると思われる。

一方のエレン・ケイについては，茅盾が中国に於けるその紹介者となったことは特筆すべきことである。エレン・ケイの『恋愛と結婚』『児童の世紀』は，英，仏，独をはじめとして11カ国語に翻訳されており，とくにドイツでは彼女の同調者が最も多かったと言われる。日本では，森鷗外をはじめとして，多くの先人が彼女の著作に着目し，金子筑水や，平塚らいてうにより，翻訳，紹介がなされている。

エレン・ケイの理論は，茅盾の婦女解放論の前提を成す理論体系となるまでに受け入れられており，中国の婦女問題を歴史的に分析するうえでも，方法論として踏襲していることが，「新性道徳的唯物史観」から明瞭に読み取れる。[10] エレン・ケイの世界観は，宗教的進化論主義であり，その最大の特徴は「対立と調和」の構想の中に現れている。対立するふたつの世界観は，東洋的世界を代表する仏教的生命観とキリスト教的生命観である。「対立と調和」により，エレン・ケイは自己主張力と，自己抑制力との調和，東西人生観の調和，ひいては古代思想とキリスト教思想との調和について熱心に述べている。またエレン・ケイの場合は，婦女問題そのものから出発するのではなく，自然主義と進化論の影響を受けたとされるその教育思想に基づいて家庭や結婚を考えていく方向性を持っており，この点でも茅盾の関心と本質的に近いものと考えられる。[11]

以下茅盾の評論を個別的に見ていきたい。

まず，翻訳に関して，「『愛情与結婚』訳者案」[12]において，エレン・ケイを紹介している。この中で茅盾は，スウェーデンのエレン・ケイ女史は，北欧女性の先覚であり，モンテッソリー，ジェーン・アダムスと並ぶ現代の三大女傑の一人であり，『愛情と結婚』『愛情と倫理』『母職の新生時代』などは，世界的に流行しているが，中国だけ語る者がいないと述べ，国内でも女性運動が興っているとき，これを紹介しないのは遺憾であるとして『愛情と結婚』の中から，特に結婚

の目的に関する論議を取り上げている。つまり，生活の困難が愛情を打ち消し，結婚主義をして愛情でなく利益のためとなっていることは現実社会の遺憾な点である。また，愛情のない結婚は，子女に対して大きな害を残す。女子の精神的独立のためには，愛情を重んぜざるをえない。また女史の貞操観念は霊肉一致を説き，現在の男権に偏った道徳に強く反対している，等々。

また茅盾がなみなみならぬ関心を示したのは，エレン・ケイの母性論である。『東方雑誌』（第17巻，第17号，1920年9月10日）に発表された「愛倫凱的母性論」（「エレン・ケイの母性論」）では，ケイの母性（motherliness）の尊重，母職（motherhood）の提唱を高く評価している。

エレン・ケイは，来るべき世紀は児童の世紀であると述べている。そこで，現在，婦女運動の中で最も重要なのは母職の問題であって，これは児童にとっては自分の母親の代理を務めるものはいない，という母性論に基づいてる。歴史初期の母性は力強い自然力に過ぎず，温柔と粗暴が共に見え，児童に対する保護は盲目的であった。分業はもとはなかったが，生理的に女子が授乳することから保育を全面的に担うことになる。母性に潜在的なものは，利他主義であり，人類の文化は利己主義と利他主義が交互に発展して成ったものである。父性に対して，母性の発展が速やかなことは心理学的に解明されている。いわゆる母職とは鳥獣のように子供の養育で事足りるものではなく，精神的な訓育にこそ婦女の責任がある。彼女の理想とする母性とは，遺伝学説，民族衛生，児童心理などの学説に基づいたものである。またケイは，現代ヨーロッパにおける人工成長率の低落と，人類品性の堕落とを，母職を軽視する不健全な婦女運動に帰している。（以上，沈雁冰「エレン・ケイの母性論」より抜粋）エレン・ケイが茅盾の興味を引いたのは，現在の婦女運動の理想が浅いことを指摘し，国家あるいは社会が母性の自律を妨げてはならないとするその母性論であった。それは帰するところ中国民族の前途，民族進化の基幹を握る母性の問題への関心に他ならない。

このように，母性の自律性や母性保護の訴えをはじめとして，多くの点で茅盾が共鳴していたと思われるケイに対し「エレン・ケイ学説の討論」[13]では，一部見直しがはかられている。この一文は『民国日報・婦女評論』（1921年1月9日）

第3節　初期の女性解放論『婦女雑誌』『民国日報・婦女評論』

に掲載され，同誌にすでに発表された「所謂女性主義的両極端派」に対する読者の意見に答えるものである。読者の意見とは，要するに女性の才能は多面的で，母親となることだけにあるのではないという意見への批判と，児童「私育」を攻撃して，公育を鼓吹し，ギルマンの婦女独立に同情することは賛成しかねると言うものである。これについて，茅盾は次のように申し立てている。

　エレン・ケイは，児童の精神を育むのは母親の愛であるとして，母親が児童を保護，育成すべきだとしているが，これは現在実現可能だろうか。現在の社会では家計が困難であって，児童の物質的条件（衣食住）が充たされず，精神どころではない。これは第一の打撃である。第二に，現在の社会は上から下まで暗黒の中にあり，少数の良好な家庭は保身に汲々としている。エレン・ケイは『婦女運動』のなかで「母職」に尽くすべき事を述べているが，母職を破壊する社会制度に無関心ではいられないので，「母職の復興」という形で運動を進めている。そのためには，社会全体の改革が必要なのであるが，中国ではまだその段階に至っていない。エレンの学説が完全に真理であっても，むしろ児童公育を早期に実現すべきである。……云々。ここでは，茅盾の「所謂女性主義的両極端派」に対する読者馮虚の意見が載せられているわけだが，これは架空の人物で茅盾本人に他ならない。恐らく「所謂女性主義的両極端派」に対して，読者からの反響がないので，論争を自作自演したと思われるが，このような例は他にも見られるようである。

　さきに述べたように，経済独立問題を試金石として，彼が上海共産主義小組に参加（1920年10月）する前後では，女性論にも大きな変化が生じている。この一文も，いわば自己批判を，読者との対話形式で展開したのであり，彼自身の矛盾や混乱に焦点を当てているようにも思われる。しかし茅盾の場合は，むしろ社会経済的分析を放擲して，恋愛論を展開していく傾向が1921年以降顕著である。また，経済独立問題以外にも，労働問題や階級問題に一時的に関心を向けているが，彼の女性論の主流をなすことはなかった。そしてまた，茅盾は初期の短編小説集『野薔薇』において，若い女性の群像を描きながら，どの小説においても経済的要因を作品に取り込むことは無かった。

恋愛論

「女子解放の意義は，中国においては恋愛の発見に他ならない。」[14]

これまで見てきたように，茅盾の女性論には，良妻賢母主義とも受け取れる母性の擁護論や，経済独立説への懐疑的態度など，むしろ保守的とも思われる一面，恋愛論，貞操論については些か勇み足ですらある。

いくつかの評論からわかることは，婦女解放に対する社会の誤認や混乱の収拾をはかろうとしていることである。例えば政治的反動が強まる中で，社会変革の展望を見失った青年男女が恋愛に逃避し，結果的に堕落したとしても，それは中国を数千年にわたって支配してきた礼教が，中国人を禽獣の道に堕落させた結果であり，彼らを犠牲者であるとして弁護する。「"男女社交"の賛成と反対」[15]の中で，茅盾は社交と恋愛を混同すべきでないとし，さらに「男女社交問題再論」[16]では，男女社交における多くの怪現象の原因を，社会制度と男女社交を乱用する者が多いことに帰している。茅盾は，男女社交を鼓吹する者の中には，中国社会が無味乾燥なので，男女社交で解決するとしている者もあり，あるいは男女社交を盾にとって，人道主義を自任する者が妻と離婚せずに新しい恋愛に走ることもあるが，これは，形を変えた一夫多妻にすぎないと指摘する。「解放と恋愛」[17]では，女性達がなにものも顧みず"恋愛の影"をつきとめようとする態度について語るが，「恋愛の発見」はすなわち，「伝統的恋愛観の否定」と一対であり「青年と恋愛」[18]では，伝統的恋愛観を，禁欲主義と"風流韻事"とから成るものとして否定している。

最終的に茅盾は，自由恋愛を肯定する反面，旧社会の倫理体系を貞操主義イデオロギーとして排斥し，自由恋愛においては貞操は全く問題にならないことを主張している。これより先に，新青年グループの間で論じられた貞操問題は，どのようなものだったのだろうか。陳独秀は，劉延陵が「自由恋愛」(『新青年』4－1，1918．1.15) の中で，極端の自由恋愛と独身主義に反対していることに対して，「自由恋愛に賛成するなら制限を設けるべきでない。」としている。胡適は，男子

専制の貞操論を否定し，貞操は女子のみに強要されるべきではないとしながらも，彼自身は自由恋愛を主張するものではないとしている。また周作人は自由恋愛を提唱する一方で，与謝野晶子の「貞操論」を紹介し，貞操は道徳ではなく趣味，信仰，潔癖であり，他人に強要すべきではないとした。また陳啓修の唯物史観による分析なども見られる。

　これらの論議を見ても，自由恋愛と貞操は内在的関連を持つことを前提としているようであり，貞操観念そのものの否定には至っていない。そういった意味で，茅盾の「恋愛と貞操の関係」[19]には独異性が見られる。

　「中国において，女子解放の福音を宣伝するなら，その一歩は，貞操観念というこの魔障の打倒でなければならない。」[20]

　茅盾はまず，貞操観念が男子だけが持つ永久的占有の産物として発生した歴史的経緯を述べ，これは中国ばかりでなく，ヨーロッパ各国の権利と義務の観念が発達した場所でも同様であるとして文明批判を展開している。英国の現行の離婚法が明かにしているように，その不公平な夫婦の権利，義務観念は，中国の貞操観念とまったく同じで，男子の独占権を侵犯した女子を制裁するために設けられたものにすぎない。

　次に，貞操の本質について，一般的な見解として，それを「信仰」と考えるものと，「義務」(すなわち貞操も道徳の一つとする)と考える二派があり，両者の欠陥をそれぞれ指摘している。義務説については，拘束によって人類が道理の外に逸脱しないようにするという発想がそもそも不健全であり，頑で皮相浅薄であり，時には混乱を招くし，悪習として根付くものであり，男女の関係を物質的関係以上のものとして見ておらず，多くの盲点をかかえているとする。一方で，信仰説の方は男女の間に貞操問題のある由縁が，これを厳格に履行すべきとの意図を含んでいるという点を故意に見逃しており，根本的に焦点が不鮮明であるとする。

　茅盾によれば，恋愛が恋愛である絶対条件は霊肉一致であり精神的結合を欠いた男女の関係については，これを恋愛とみなさず，また男女の間に生ずる一種の神秘的感情，特殊な心理状態の誘引も恋愛とみなされない。「すでに，恋愛が霊

肉一致であると認めた以上，貞操は問題とならない。なぜなら貞操が表にあらわれるのは，肉体においてであり，精神においてではないからだ。……すでに恋愛が霊肉の一致と認める以上，精神と肉体が一致していないものは当然それを恋愛と認めることはできないのである。すでに恋愛でないとされたものがどうして貞操を語る資格があるだろうか。それゆえ貞操と恋愛の関係は，それぞれかたちは異なっても趣旨は同じであり，不可分なものなのである。恋愛であるならば，貞操は守らずとも自ずからある。恋愛でないからこそ貞操をもって制裁するのだけれども，このような精神と肉体の一致せざる恋愛が，すでに不貞のきわみである。男女の間に貞操がなければならないという主張は，まさに耳を覆って鈴を盗むようなもので，これ以上自己を欺くものはないのである。」[21]

　貞操観念の徹底打破において，茅盾の主張は，『新青年』誌上での論議をすでに超越している。さらに「新性道徳的唯物史観」においては貞操という観念そのものを過渡的な概念として否定するに至るが，この構想はエレン・ケイが，ヨーロッパにおける性欲概念進化の過程を説明してこれを正しい結婚の概念に結び付けようとしていたことに負うものと思われる。[22]

おわりに

　商務印書館発行の『婦女雑誌』と茅盾との関わりが，職業的なものであるなら，『民国日報・婦女評論』は，その同人誌的性格から些か趣を異にする。『婦女評論』では，副刊という小冊子の体裁をとりながらも，半ば試行的に，婦女問題がかなり具体的な掘り下げられた視点から論じられているが，その社友には，「文学研究会」や「共産主義小組」の成員も少なからず名を連ね，邵力子のようにこの後，共産党の知識分子とともに『民国日報』内の左派形成を先導した人物の名も見える。[23]とりわけ六大副刊の一つ，『覚悟』の執筆陣が深く関与し，女性の意識改革を鼓舞し，教養誌としての『婦女雑誌』とは異質なコミュニティを形成した。別居（逃婚）問題や困難をきわめる女性の自立など時事的な論題について適宜，特集を組み，通信欄への投書，討論，社会調査などを通じて社会事象の多様性に

第3節　初期の女性解放論『婦女雑誌』『民国日報・婦女評論』　　　45

目が向けられた。

　茅盾の初期小説に見られる恋愛至上主義，無謀な恋愛に殉じてゆく「時代女性」像は，このような過渡期の現実を超え，更なる変革の希求をそこに仮託するものではなかっただろうか。

　これら両誌における茅盾の論議の中で，最も特徴的なのは，人道主義的な婦女解放論や婦女運動一般の理想の低いことを批判する一方で，男女の関係の物心両面における改造を「個の解放」の契機として最大限に鼓吹しようとしていたことである。それは，婦女問題プロパーに限定して考えるよりは，李大釗らが「少年中国」運動に掲げた「個の解放」の理念にも通ずる構想として理解できる。そして最終的には西欧 feminism の諸潮流への関心は，未だ中身の不鮮明な「新道徳」とマルクス主義とを調和させる一つの媒体となり，茅盾の場合には「新性道徳の唯物史観」（1925年）で一応の決着を見たように思われる。その経緯は，茅盾の五四期における思想形成において，一つの伏線を成している。

註
以下（　）内に筆名を付する。
（1）　先行研究としては，南雲智「茅盾の婦人解放論」『桜美林大学中国文学論叢』4号，1973年10月は，婦女解放に関する評論を解題的に紹介している。また文学との関わりでは，三枝茂人「茅盾の性欲描写と『蝕』『野薔薇』における性愛」『中国文学報』（京都大学）40，1989年10月が挙げられる。
（2）　茅盾（佩韋）「解放的婦女与婦女的解放」『婦女雑誌』1919年11月15日。
（3）　茅盾（雁冰）「男女社交公開問題管見」『婦女雑誌』第6巻第2号，1920年2月5日。
（4）　『星期日』は，少年中国学会成都分会発行，週刊で1919年7月13日創刊。
　　　『平民』は，天津女界愛国同志会と天津学生連合会合弁の小型通俗刊行物，半月刊，1919年11月1日創刊。『新婦女』は上海務本女子中学の教師による創刊，1920年1月1日。
（5）　茅盾（YP）「経済服務与経済独立」『婦女雑誌』第6巻第5号，1920年5月5日。
（6）　茅盾（雁冰）「婦女経済独立討論」『民国日報・婦女評論』1921年8月17日。
（7）　L.F.Ward（1841-1913）アメリカの社会学者『純正社会学』は，"Pure Sociology"

を指す。
（8） 茅盾（佩韋）「評『新婦女』」『婦女雑誌』第6巻第2号，1920年2月5日。
（9） 茅盾（冰）「所謂女性主義的両極端派」『民国日報・婦女評論』1921年10月26日。
（10） 茅盾（雁冰）「新性道徳的唯物史観」『婦女雑誌』第11巻第1号，1925年1月5日。
（11） エレン・ケイの教育思想には，モンテーニュの自然主義教育論，ルソー，ドイツの実際教育家ザルツマンの示範教育論（進化論の影響を受けており，スペンサーの後天遺伝理論を取り入れている。）の影響があると言われる。
（12） 茅盾（四珍）「『愛情与結婚』訳者案」『婦女雑誌』第6巻第3号，1920年3月5日。
（13） 茅盾（冰）「愛倫凱学説的討論」『民国日報・婦女評論』1921年11月9日
（14） 茅盾（冰）「解放与恋愛」『民国日報・婦女評論』1922年3月29日。
（15） 茅盾（冰）「"男女社交"的賛成与反対」『民国日報・婦女評論』1921年9月21日。
（16） 茅盾（冰）「再論男女社交問題」『民国日報・婦女評論』1921年9月21日。
（17） 前掲「解放与恋愛」。
（18） 茅盾（沈雁冰）「青年与恋愛」『学生雑誌』第11巻，第1号，1924年1月15日。
（19）（20）（21） 茅盾（佩韋）「恋愛与貞操的関係」『民国日報・婦女評論』1921年8月31日。
（22） エレン・ケイと同じく，茅盾においても恋愛の絶対不可侵は結婚観に及ぶ。「鄭振鐸君の主張する"逃婚"を評す」では鄭振鐸の"逃婚"（愛情のない夫婦の別居問題）を弁護している。茅盾（沈雁冰）「評鄭振鐸君所主張的"逃婚"」『民国日報・婦女評論』第91期，1923年5月16日。
（23） 社友としては，艾宣，李毅韜，呉怡怡，童恩慈，呉曙天，楊之華，沈玄廬，沈雁冰，沈沢民，李漢俊，李鶴鳴，邵力子，汪馥泉，沈仲九，陳望道，陳徳徴，孫俍工，夏丏尊，高銛，唐伯焜，葉楚傖，劉大白，鄭太朴が挙げられる。

第4節　文学の起源論・神話研究

　現代中国における神話研究，ひいてはフォークロアの研究は，特に初期の段階に於て，作家，音韻学者，言語学者，歴史学者等，他分野の人々の余業に負うところが大きい。茅盾にも『中国神話研究ＡＢＣ』を初めとする少なからぬ論著があり，中国神話研究の草分けの一人でもあるのだが，その学術的貢献は，ともすれば「小説家の余技」程度の関心しか示されてこなかった。
　しかし，茅盾の神話研究は，時期的に見ても中国の神話研究の先鞭をつけた先駆的業績である事は確かであり，その神話理論は，文学の起源論として，茅盾の文学観にも影響を与えている。本稿では，その神話論の特徴を知る上で，最も重要と思われる三つの論著の解題によって，初歩的な考察を試みたい。
　商務印書館の編訳所時代（1917－25年）から『荘子』『淮南子』『楚辞』などの編纂に携わり，又広く外国の神話を紹介してきた茅盾は，目録学者孫毓修と共に，『中国寓言初編』の編集に当り，民国6年10月には初版，民国8年11月には第3版が出ている。（また同時期孫毓修とともに児童読物として『童話第一集』を出しており，これも多くの読者を獲得している。）中国古代寓言の典範を先秦両漢に限定して体系化し，文化遺産に現代的解釈を加えたこの編著には独自のスタイルが備わっている。
　1922－23年，上海大学においても，小説研究の一環として，神話学を講じており，1925年頃から『小説月報』『文学週報』などに神話研究に関する論述が連載される。それら一連の論述の集大成とされているのが，『神話研究ＡＢＣ』（1929年1月出版，『中国神話研究初探』に同じ）である。
　この著作の最大の特色は，イギリス人類学派の神話理論を応用している点にある。本国イギリスでは，御伽噺の著作によってもっともよく知られ，周作人も傾倒したというアンドリュー・ラング[1]や，『原始文化』の著者，タイラー等の分析視角が，広範に中国神話研究に導入されている。
　日本においても，ラングは，フォークロアでは，柳田国男に，また近代神話学

では高木敏雄に方法論的示唆を与えた人として記憶される。ラングが"Myth, Ritual and Religion"で示したような，進化論を機軸とした通文化的な方法による世界神話の比較分析は，日本や中国における草創期の神話研究に裨益する所が大きかったようである。

　茅盾の神話研究に関する論述には，次のようなものがある。

　　1925年　（1）「中国神話研究」小説月報16－1
　　1926年　（2）「各民族的開闢神話」民鐸雑誌7－1
　　1927年　（3）「各民族的神話何以多相似」文学週報5－13
　　1928年　（4）「自然界的神話」文学週報一般4－1
　　　　　　（5）「《楚辞》与中国神話」文学週報6－8
　　　　　　（6）「中国神話的保存」文学週報6－15/16
　　　　　　（7）「人類学派神話起源的解釈」文学週報6－19
　　　　　　（8）「神話的意義与類別」文学週報6－22
　　　　　　（9）「北欧神話的保存」文学週報7－1
　　　　　　(10)「希臘神話与北欧神話」小説月報19－8
　　　　　　(11)「希臘羅馬神話的保存」文学週報7－8/9
　　　　　　(12)「埃及，印度神話的保存」文学週報7－12
　　　　　　(13)「関於中国神話」至大　大江月報3
　　　　　　(14)『神話的研究』商務印書館百科小叢書
　　1929年　(15)『中国神話研究ＡＢＣ』上ＡＢＣ叢書
　　　　　　(16)『神話雑論』例言　上海　世界書局
　　　　　　(17)『北欧神話ＡＢＣ』上海　ＡＢＣ叢書社
　　1933年　(18)「談迷信之類」申報月刊2－11
　　1934年　(19)「読《中国的水神》」文学3－1

　一連の研究を補足説明すると，（1）では，神話とは何かという問いかけから，中国神話の材源の検証などに触れている。英文の書（デンニスとウェルナー）への

批判も含む。(3)では,各民族の共通項としての創世の物語と,洪水神話を列挙し,その著しい相似性についての神話学者の諸説を紹介している。結論としてラングの妥当性を認めている。(4)は,ラング『神話,習俗と宗教』の第五章を紹介している。(5)は,『楚辞(選注本)』(商務印書館1928年9月出版)の諸言と重なる。(13)は,鐘敬文『楚辞中的神話和伝説』に対する論評であり,(19)は,黄芝崗『中国的水神』(生活書店,1934年発行)の比較をしつつ帰納する方法論を,ラングの原則に近付くものとして高く評価している。

またラングの宗教学に関する著作としては,次のようなものがある。(いずれも出版社は,Longmans, Green, and Co., London)

"Magic and Religion"
"Custom and Myth: Studies of Early Usages and Belief"
"Myth, Ritual, and Religion"
"Modern Mythology: a Reply to Professor Max Muller"
"The Making of Religion"

1. 『近代文学体系的研究』1921年

鴛鴦蝴蝶派,学衡派との論戦において,茅盾は,彼らは主観的で,古人に追随するばかりであり,「倫理学,心理学(社会心理学),社会学などを研究したことがない。」[(2)]と論難している。

新興諸科学の概念は,人類学的な神話理論をも含めて,ある時には新文学の理論的根拠としての意味をも持っている。

茅盾の神話研究は,1920年代半ばから始まるが,初期の文学論の中では,『近代文学体系的研究』の中に,イギリス人類学派タイラーの神話理論の影響が見られる。同著は,劉貞晦,沈雁冰共著『中国文学変遷史』(上海新文化書社,1921年)の後半部(新文学)にあたるもので,次のような構成になっている。

　　第一章　総　　論

（甲）近代文学何以重要
　　　（乙）近代文学界説
　　　（丙）近代文学的淵源
　　第二章　近代文学主要的幾類
　　　（甲）説部　小説和短編小説
　　　（乙）詩
　　　（丙）劇本　長劇和独幕劇等
　　　（丁）結　論

　共著者である劉貞晦は，北京大学教授で，当時，茅盾は26歳，出版時期が1921年と早いこともあり，この文献は今まで，捜し出すことができず，幸いにして，北京の中国現代文学館で資料調査の際，はじめて閲覧することができたのであるが，珍しく総論的体裁の整ったこの論著が，中国でも一般にあまり知られていないのはなぜだろうか。茅盾の初期文芸観を論じたいくつかの論考や専著にも，引用されていない。

　文学と原始宗教の関係，神話と短編小説の関係などに触れた内容は，茅盾の初期文学観に見える概念（例えば「人類共通の感情」を機軸として展開する文学史など）が，やはり文学以外の分野から借りてきた概念であることを窺わせる。こういった飛躍的と見える解釈も，旧文学打破のために必要であったと思われる。

　『近代文学体系的研究』の内容を見ると，初期の他の論著と同じく「芸術」という言葉は，文学形式＝技術（手法）という意味で使われている。故に文学は「純粋の芸術」でありえず，文学はその起源から個人の思想を表現するものであったとする。また文学は神話から短編小説に進化したとして，タイラーと同じく，原始人の瞑想や原始心性に文学の起源を求めている。

　　　　近代文学大系的研究　　　　　　　　　　　　　　沈雁冰
　　　第一章　総論
　　　　（甲）近代文学何以重要
　　文学最初的起源，是表示一個人的思想的。太古的人民，飽腹嬉游的時候，感著山川雲霞自然的美麗，心脳中鼓舞欣感到極端，便不期然而然的発出一種讃

嘆歌幕的声音，自然而和諧，流利而清亮，可以感動人，促成同様的快樂，這種声音，用文字寫出來，便成了文學，我們現在稱為民歌，稱為謠，稱為古詩的，就是指這一類了。到後來，人民的知識漸漸開展，知識一開展，對於一切自然現象便覚得詫異，既對於一切自然現象覚得詫異，便想研究出他的所以然来，而又研究的方法不對，研究不出來，於是便用鬼神做答案，以為一切自然現象乃至人事禍福，都是鬼神在那裏操縦。既認有鬼神了，便生出禳祭鬼神的事來，祭神的用意無非是（一）祈福（二）報謝兩層目的，祈福的時候果然要把人民的要求説給「上神」聴，報謝的時候也要將人民欣感的意思説給上神聴，在当時便是歌謠負荷這使命，所以到這時代，文學已成了一種社会的工具，不僅是個人表示悲歓情感的東西了。然而正因文學成了社会的工具，所以他的格式，他的内涵，便愈益発達完成了。

所以那時的神巫祭師——就是唱祈神歌的——很受社会尊敬，因為他所做的事，関係於全社会的幸福。

再後，由部落時代進到国家時代，君權已打破神權，祈福報謝的文學既已無用，便變而為歌頌君主功徳，文学已不復為社会的工具，転變成貴族階級的玩好。這種情形，在中國最為顯明，漢朝一班詞賦之臣，排班在金馬門的，等諸倡優侏儒，開開皇帝的心罷了。司馬遷執筆為太史公，記載一朝的事實，責任豈不很大，而他老人家発牢騷話，亦是這様説，可見当時待文学之士的情形，無怪揚雄要鄙夷文學，以為不是道了。在中國是如此，在西洋何嘗不是如此。即以英国為例，英國在伊利沙伯女王的時代，文學家盛極一時，莎士比亜的劇本人人視同拱璧，然而澈底講來，莎老先生若不是得著女士的喜歓，貴族的趣奉，能到這個地位麼？　当時的大文家差不多全是内庭供奉的人，和漢朝正像極了。不過英國呢，終究不受拘束，自然主義在法國興起後，英國人也就接過火把來，中國却従漢直到清竟可説到現代，還是供奉文學呵！

然而一講到近代文學，便就不同，文學離脱『供奉時代』，重復做社会的工具。文學重復替民衆負荷祈福的使命，不過所向祈的，不是神，却是人道，是正義。文學重復做一面，反映出人的生活，——民衆的生活。文學重復很自由的表現出思想，是人中一個人的思想，——民衆思想的結晶。

後に茅盾が『夜読偶記』の中で「神話的リアリズム」と名付けた「リアリズムの淵源」の萌芽を，ここに見ることができる。それはリアリズムや階級闘争が文芸においては本源的なものであり，古来リアリズムは生活の真実を表現するだけではなく，二つの文化の闘争を反映し，発展を遂げてきたとする。

同時期の評論，「文学与人生」の中で，茅盾は，文学と人生の関係は，単に社会的であると言うだけでは不十分であるとして，次のように述べている。「文学と人生とは簡単に説明すれば以上のようなものに過ぎない。ここで我々は一つの教訓を得た。つまり，およそ文学を研究しようとするなら，少なくとも人種学の常識を必要とし，少なくともそのような文学作品の生まれた環境を知ること，少なくともその様な文学作品の生まれた時代精神を理解することが必要であり，かつその様な文学作品の中の，主人公の境遇と心情を知らなければならないのである。」[3]

人種，環境，時代精神という「人生のための文学」の三つの要件は，イポリット・テーヌ（Hippolyte Taine, 1828-93）のミリウ（環境）説によるところが大きいと思われる。（自然主義自体の基礎が，テーヌの実証主義美学による。）特に環境という概念は，後の創作を大きく規定することとなったが，人種（民族）の認識も，科学的文学（自然主義文学）の根拠であるとして，茅盾がエスノロジーを深く感知していた事は，興味深い。人類，あるいは平民という言葉は，文学現象を抽象化する上で必要なタームであったと思われる。

「人類の感情」（平民の感情）を盾に取った「近代文学」の重要性として，以下のように述べられている。

（1）近代文学は貴族の玩具ではなく，供奉の文学ではなく，社会の工具であり，平民の文学であるから重要なのである。

（2）近代文学は，一握りの貴族の生活の反映ではなく，大多数の平民の生活の反映であるから重要なのである。

（3）近代文学は，一握りの貴族の感情表現，喜怒哀楽の反響ではなく，大多数の平民の人道正義を欲求する呼び声であるから重要なのである。

（4）近代文学は旧守の退化の文学ではなく，前向きに真理を猛求する文学

第4節　文学の起源論・神話研究　　　　53

であるから重要なのである。
　（5）近代文学は，空想的な虚無の文学ではなく科学的な真実の文学であるから重要なのである。

　1921年に書かれた茅盾の数多くの文学論の中でも，特に反封建思想と人道主義を標榜し，後のリアリズム理論の骨子を彷彿とさせる『近代文学体系的研究』は，文壇の刷新に華々しく活躍した，初期の茅盾における新文学とイデオロギーとの二重構造を暗示している。

2.「中国神話研究」1925年

　19世紀ヨーロッパのフォークロアは，国家意識の高揚を背景にしていたが，中国でフォークロアへの興味が起こった時，つまり五四期の知識人達は，民族の過去と史的遺産に対する偶像打破に没頭していた。北京大学で起きた歌謡収集運動にしても，本来政治的な国家主義的な色彩はなく，むしろ伝統的エリート文化に対するアンチテーゼとしての色彩が強かった。しかし，この初期の局面から数年後には変化が生じる。北伐の進展によって，国民政府による統一の機運が高まったことも，一つの要因と思われる。
　『中国神話研究』のひとつの特質は，まさにそういったナショナルな意識を窺わせる点にある。
　この論著では，そもそも，茅盾の神話研究の方法論的模索が，自国の神話に対する弁護の中から始まったことがわかる。この中で，茅盾は最も初期に中国に紹介された二つの論著，デンニス（N.B. Dennys）の『中国民俗学』("The Folklore of China"）とウェルナー（E.T.C. Halmes Welner）の『中国神話と伝説』（Myth and Legends of China）について論評している。
　このうち，後者については，その最大の欠点は，材料が錯雑であることとし，理論面においても，中国神話の成立の「外因性」や，停滞史観に反論している。その十年後に書かれた「読『中国的水神』」でも，黄芝崗の比較，帰納的な方法論を，ラングに近づくものとして高く評価するとともに，再びウェルナーに対す

る批判が見える。そして神話研究の方法論の結論として，一つには，秦漢以前の旧籍から，中国神話の「原型」を捜し出すこと，二つ目は，秦漢以後の書籍，さらに現存する民間文学の中から，中国神話の演変（進化）を考究することとし，民間文学の見直しを強調する。

一方，神話研究に仮託されたナショナリズムは，ラングの原始一神教論（今日では通用しないが）の受け取り方にも端的に現れている。「もしラング氏の各民族開闢神話の方式から見るなら（彼の方式によれば，最も遅れた民族は，天地万物が一匹の虫，兔，あるいは他の動物によって一挙に作られていたとしている。先進民族は，天地万物を創造したのは，神あるいは超人的な巨人であり，又，万物は順を追って作られたという。）中国の開闢神話とギリシャ，北欧の神話は互いに似ており，後になって偉大な文化を持つようになる民族の神話にも恥じないものである。」[4]

また「楚辞与中国神話」では楚辞を中国の『イリヤッド』『オデッセイ』になぞらえ，これは最も早期の文人文学であり，美麗，纏綿，夢幻を特徴とし，民間文学の神話と伝説をその源泉としていた，と述べている。

ところで，「中国神話研究」の冒頭に於て茅盾は，神話の起源について，既に死んでいる解釈については触れないとし，生きている解釈，つまり，アンドリュー・ラングの「神話は原始人の信仰と生活の反映である。」という言葉を引用している。そして，マッケンジーもまた「神話は信仰の産物であり，信仰は又経験の産物である。」と述べているとして，唯物論的な解釈に歩み寄りを見せる。さらに神話の歴史化や改修の事例を挙げ（つまり北欧神話のキリスト教化など），中国の神仙故事の中で原始人の信仰と生活に当たるのは何であるかを弁別することから，神話研究を始めようとしている。

中華民族の原始信仰と生活状況を表現した神話は，次のように類別されるとする。

　　一，天地開闢の神話
　　二，日月風雨およびその他の自然現象の神話
　　三，万物来源の神話
　　四，記述神

五，幽冥世界の神話
　六，人物変形の神話
　以上のように，『中国神話研究初探』のアウトラインは，ほぼ「中国神話研究」の中に出尽くしているとみてよい。
　中国神話の特殊な事情に関する洞察も見られる。「中国古代の文学家は，『詩経』の中の無名詩人以外は，ほとんどが政論家，哲学家である。政論家が神話を引くときには，神話を古代史として引用するのであり，哲学家が神話を引くときには，神話を寓言として引いて来て自分の意見を明かにするのである。」[5] このように，神話と古代史との関係，神話と寓言との関係，中華民族と「精霊崇拝」，神話と迷信など，比較文化的な視点からの概念分析のいくつかも，そのまま『中国神話研究初探』に持ち越され，次の課題，つまり中国神話の系統化を準備している。

3．『中国神話研究初探』1929年

　茅盾が日本亡命中に，携帯していた僅かな資料を駆使して書いた論著であるが，神話研究の代表的著作であり，邦訳もある。（玄珠著，伊藤弥太郎訳『支那の神話』，地平社，昭和18年9月15日初版）
　構成は次のようになっている。
　　第一章　幾つかの根本問題。
　　第二章　保存と改修
　　第三章　変化と解釈
　　第四章　宇　宙　観
　　第五章　巨人族と幽冥
　　第六章　自然界の神話及びその他
　　第七章　帝俊及び羿・禹
　　第八章　結　　論
　以前から茅盾は，ラングの学説に全面的に信頼をよせているが，とりわけ各民族の神話の相似性を説明する「心理説」については綿密に検証している。[6]「心

理説」によれば，人類は，その進化の原初的段階に於て，その思想や自覚心の発達上，各民族が相通ずる形跡を持ち，その発展（進化）が進むにつれ，異同が生ずるとする。

　茅盾のこの論著とほぼ同時期に出版された黄石『神話研究』謝六逸編訳『神話学ＡＢＣ』なども人類学派の神話理論を紹介しているが，もとより紹介の域を出ない。この論著は，茅盾自身が言うように「一つには草創的な性質であり，二つには序論的な性質である」ことは否めないが，東西の神話から縦横に事例を引きながら，「心理説」「遺形説」などラングの学説を中国神話に於て検証していることは興味深い。材源としては『山海経』を比較的重視し，中国神話の「原形」の考究を試みている。

　茅盾の論述は，一見してわかるように，ギリシャ神話，北欧神話と中国神話との個別的なアナロジーを列挙している。それは例えば，神話の歴史，文字学派など解釈上の問題から，洪水神話，天地創造，楽園，山岳信仰，巨人，太陽神，その他の自然神，運命神，民族英雄，などに及ぶ。

　例えば，ギリシャの弦歌詩人は，神話に新解釈を加えたり，美化することが多く，悲劇作家も合理化を計ったが，中国では「太史公」の執筆と同時に神話の大部分が消滅したのではないか，としている。（歴史化の徹底）また西洋の「文字学派」が指摘した「言語の疾病」は，中国の古籍中の神話材料が「字の訛り」と見なされてきた事に対応する。

　個別の分析に際しては，華南，華中，華北の地域性に着目し，その北方的要素，南方的要素をそれぞれ世界各民族の神話と照合したり，多様な要素の混合構造から，中国史における地域的交流にまで言及している。最終的には中国神話を，多様な社会意識形態の総合体という側面から捉えており，その流動的側面（歴史家，伝播など）に留意しつつ，普遍的側面を把握しようとしている。

　ちょうどクロスワードパズルの空白を埋めるように，ほとんど系統をもたない中国神話の原型を修復する試みがなされている。たとえば，北欧神話の豊かさを引き合いに，『三百篇』以後の北方神話衰退の理由を分析しつつ，中国における北方神話の存在証明を試みて，「中国の開闢神話が，南方の帽子を戴し，北方の

第4節　文学の起源論・神話研究　57

衣装をまとっているということも断言できる。」[7]としている。

　北方神話衰退の理由の一つは，歴史化によって神話的色彩が失せたことの他に，北方民族が，「史詩的」でなく「散文的」な生活を送っていたため，「神代詩人」が出現せず，そのまま春秋戦国の「写実的な」社会生活に入って行ったためとされている。

　最終的には，中国における民間の哲学，原始宇宙観，自然界に対する認識，神話の美麗などを，断片的にでも蘇生させることが，この論の主な関心事のようである。

結　　論

　茅盾の神話研究と，小説の執筆は，ほぼ同時期に始まっているが，幻想と現実が交錯し，恋愛問題一般に政治的シンボリズムを絡み合わせた初期小説の寓話的性格には，神話的要素が垣間見えるようだ。『近代文学体系的研究』の中で，文学の進化は，神話から短編小説へと進むと述べているが，彼自身，初期の創作においては，寓話的な色彩の濃い短編小説を数多く書いている。

　また，その擬人化を特色とする特異な自然描写は，アニミズムを連想させるし，『虹』『蝕』『子夜』『煙雲』など，自然現象を小説のタイトルに採用する辺りにも茅盾の神話趣味の片鱗が窺われる。史詩的あるいは歴史と未分化とも言われる茅盾の小説は，一方で神話的ベクトルを持ち合わせているのかも知れない。しかも，神話におけるリアリズム（神話的リアリズム）という概念は，発展的にリアリズムを見て，広義の（縦の広がり）リアリズムを支持する立場の茅盾にとって，重要な理論的根拠になっている。

　茅盾の文学論には，人類学，心理学等の理論を広範に取り込みながら，最終的にはマルキストとしての自己の政治的立場にたちかえるような，巧妙な理論展開が特徴的に見られる。神話研究の場合にも，一貫してイギリス人類学派を論拠としながら，その思想においては，当初から階級的，民族主義的，唯物論的な志向の強いことは，ここで見てきた文献の中に明かである。

初期の文学進化論から，晩年の『夜読偶記』にいたる茅盾の文学史観の理念的難解さは，例えば，テーヌの環境論もしくは，民族，平民，国民等の抽象化された理念など，社会科学的概念を文学史の系統化の基準としていくことから生じるのではないだろうか。少なくとも，民族学的アプローチによって，文学史の視野を広げただけでなく，初期の進化論を克服して中国神話の構造的理解に進むプロセスは曲折に満ちている。五四の潮流の中で，新しい科学と哲学の，無限の可能性を信じた，当時の知識人における意識の様相の一端が窺われる。

註
（1） 周作人とラングの関係については，「習俗与神話」（『夜読抄』所収，香港実用書局出版，1966年，28頁）を参照。民国22年2月11日付の一文では，日本留学中の1907年以来のラングへの関心，ラングの人と思想について詳しい。ハガード（Haggard's H.R.）とラングの共著 "The World Desire" を『紅星佚史』と改題して翻訳したことが，最初の契機であったようだ。
（2） 茅盾「現在文学家的責任是什麼？」（『東方雑誌』17－1，1920年1月10日）。
（3） 茅盾「文学与人生」，松江『学術演講録』第一期，1923年。
（4） 茅盾「中国神話研究」，（『小説月報』16－1，1925年）。
（5） 同上。
（6） 茅盾は，「各民族的神話何以多相似」（『文学週報』5－13，1927年）の中で，心理説について次のように解説している。「心理説（Psychological Theory）則ち，神話起源の解釈における人類学派の主張であり，この派は各民族神話の相似を原始人の思想，情感の相似，経験の相似に求めるが，彼らの自然環境が同じではないので，彼らの神話に「同じ中にも相違がある。」とする。この説はグリム（Gurimm）が提唱し，まだ完全ではないが，人類学派の諸大家が，これを更に拡大強化して強固な理論を打ち出している。」
（7） 茅盾『神話研究初探』（『茅盾評論文集』下　人民文学出版社，1978年，277頁）。

第 2 章　党人ジャーナリストから作家への転身
　　　　──国共合作時期の政論──

第1節　『政治週報』と対国民党工作

『民国日報』副刊における時評

　1920年代，中国において都市の新聞ジャーナリズムが成立し，その商業価値を支える副刊の編集に著名な文化人を据えたことから商業誌と文壇の形成はもとより深く関わっている。邵力子と，茅盾らの対応によって，この時期の学生運動，上海各層民衆を先導する役割を担ったのは『民国日報』副刊であった。

　茅盾は，1924年の3月から，同年秋にかけて『民国日報・社会写真』『民国日報・杭育』『民国日報・覚悟』に，短いコラムがほとんどであるが，ほぼ連日執筆している。この背景には，上海執行部初期の段階において（つまり改組前後の時期），中共上海地方委員会兼区執行委員会には，国民運動委員会（改組後には国民党委員会）が設けられ，そこから沈雁冰（茅盾），瞿秋白，惲代英，向警予らの精鋭が国民党に送り込まれていたという事情がある。(1) さらに広州方面からは，中央執行委員候補の毛沢東が派遣されて来ていた。それら共産主義者たちは，邵力子のもとに結集することを通じて，『民国日報』内の左派を形成した。(2) それを反映して，本紙上や，特に『覚悟』副刊上に共産党員署名の論説がいくつも掲載されている。特に民国13年の5月から8月に多く，先に示した茅盾の執筆時期，つまり1924年3月から同年秋にかけてと一致している。

　その他，『民国日報・婦女週報』『漢口民国日報』などの主編を担当したことなど，『民国日報』副刊との関わりは深いが，『民国日報』は国民党系の新聞であったが単なる党機関紙ではなく，上海市民を対象とした商業紙でもあり，時期によっては左派系もしくは共産党員がイニシアチブを握ったこともあり，その性格は決してブルジョア路線として片付けられるものではない。邵力子らの活躍により，『民国日報・覚悟』は，すでに五四運動において，マルクス主義の普及，新生ソビエトの紹介，婦女問題の先駆的取り上げ等で重要な役割を果たしていた。

ところで『民国日報』内の左派が邵力子のもとに結成されたことと関連して、同じく邵力子が副校長を務めた上海大学について見ると、教職員のメンバーが国民運動委員会（国民党委員会）と重なることに気づく。上海大学は、鄧中夏、惲代英、蕭楚女、沈沢民らの担当する『中国青年』、秋白の『新青年』および『嚮導』の基地でもあった。五・三〇後、江蘇省委員会が上海大学等の左派勢力を駆逐した際にも、これに対抗して共産党が組織した上海教職員救国同志会の宣言を登録するなど抵抗を見せたのは上海『民国日報』（葉楚傖主編）であった。

『政治週報』と国家主義批判

1925年末、国民党宣伝部が発行した『政治週報』（毛沢東主編）の反攻欄に茅盾は国家主義批判の文章を掲載している。「政治週報発刊理由」に「反革命運動に向かって宣伝し、以て反革命を打破することが、政治週報の責任である。」とあるように、当時強まりつつあった反共宣伝に抗することを一貫した任務としていた。

右派の策動が強まった社会背景について、国民党左派の陳公博は「1925年頃の共産党の威勢は確かに人々に威圧感すら与えていた。」とし「共産党は労働者を抱き込むために、先ず彼らを扇動してストライキを決行するように仕向け、ストに入ると援助が必要だからそこをねらって介入し、所轄の官庁に労働者に代わって党から代表を派遣して、労働者のために援助を引き出す。このようにストがあるたびに労働者や労働組合を手中に引き入れて、自分たちの勢力を伸ばしていった。」[3]このような事態が、国民党の統括外の地域にも波及したことについて、陳公博は「共産党の宣伝上手が大きな原因であった。」と宣伝の極めて巧みであったことを強調している。一方右派の幹部たちは、胡漢民がソ連に行ってからは常に危機感に脅えていたと言う。

1925年12月に、武漢から要請があって、中央軍事政治学校武漢分校に赴任することになった。1925年末になると、国民党内の右派集団は、西山会議を召集して、国民党内の左派と共産党員を排除し始めるが、上海においても、この動きは顕著

第1節 『政治週報』と対国民党工作

で，茅盾と惲代英が対右派進攻の矢面に立つ形となった。1926年初，茅盾，惲代英たちは，国民党第二次全国代表大会の代表となるが，この大会の参加者は，事実上，左派と共産党員が優勢で，大会閉幕後，中共広東委書記陳延年の要請により，茅盾と惲代英はそれぞれ国民党中央宣伝部，黄埔軍官学校政治教官として広州で任務に就くことになる。上海方面での学生の選考などを終え，同校の政治教官として赴任したのは1927年1月のことで，政治教官主任は先に広州で一緒だった惲代英であった。この分校時代，茅盾は同人的な集まりであった上游社の発行する『上游』の編集に当たっている。上游社のメンバーは，孫伏園，郭紹虞，呉文棋，陳石孚，顧仲起らで，その一部は文学研究会の会員であり，一部は上海商務印書館の職員であり，その他，北洋軍閥の青年政治工作員などで構成されていた。

当時，国民党中央宣伝部は汪精衛であったが，まだ赴任して来ておらず，毛沢東が代理部長を務め，茅盾はその秘書として蕭楚女らとともに宣伝大綱の起草などに当った。また主要な任務として，毛沢東がすでに四期編集していた『政治週報』の実質的な編集を担当した。『政治週報』第五期に編集された三編の文章は，いずれも当時曹琦，左舜生らを代表とする国家主義派に対する，共産党員茅盾の政治主張として書かれたものである。これは二月には毛沢東が農民運動の視察のため，密かに韶関に赴き，茅盾が代理宣伝部長となった折り，一時的に『政治週報』「反攻」欄を引き継いだことによる。[4]

茅盾の「国家主義の"左排"と"右排"」は，右派が巧妙に捻り出した警句として「左手を挙げて赤化の左派を打倒し，右手を挙げて反革命の右派を打倒する。」という言葉があるが，それは深く"中癖"に犯された民衆の信任を得ようとしてのカモフラージュに過ぎず，決して彼らが右排することはないと批判する。ここで連想するのは，湖北の県城を舞台に，農民運動に怯える国民党員たちを風刺を込めて描いた中篇小説『動揺』である。

『政治週報』掲載の，国家主義批判の文章は，同時期の瞿秋白論文『国民革命運動中の階級分化——国民党右派と国家主義派の分析——（1926年1月29日）』ほどの分量と精緻な政治理論の集積を備えるものではないにせよ，むしろ同時期の

毛沢東論文『中国社会階級の分析（1926年2月）』のように、中国社会の現実を濃厚に匂わすレトリックの強いものになっている。特に『国家主義とニセ革命、不革命』は、茅盾の故郷でもあり、つまり自分のテリトリーとして熟知している浙江地方一帯の、奇妙な国家主義の流行について鋭い考察を行っている。上記の瞿秋白論文で謳われる、中間層は今や結集しつつあり、反革命の右派は少数になりつつある、という結びの句は印象的だが、茅盾が注視するのは、まさに中間層の中核、革命の高潮に脅える中堅知識人たちの「動揺」という現実である。

この茅盾の考察は、武漢政府における左派と右派の対立が、究極的には、江浙地方の掌握をめぐる争いとなったことを考えあわせると意味深い。四・一二政変の「成功」は、江浙地域における武漢政府（左派）の後退に他ならず、茅盾は早くから江浙の、同郷人たちの自己保身の心理を見抜いて懸念しているのである。

3月18日に「中山艦事件」が起きると、茅盾は一時上海に引き上げる形となった。しかし広州にいる間に、香港の新聞が、茅盾を「赤化分子」として書き立てたため、上海の商務印書館にも北洋軍閥孫伝芳の手入れがあり、商務でも面倒を恐れたので、茅盾は十年に及ぶ編訳所での職を辞した。これ以後、武漢時代にわたって、茅盾の党活動が最も盛んな一時期となったと言える。

上海では、国民党上海特別市党部主任委員の職務に就き、また国民党中宣部の上海における秘密機関－交通局局長をも務めた。また広州にいた頃、毛沢東に委嘱された一連の宣伝工作、つまり上海における党報の発行や（『中華新報』を改名し『国民日報』を創刊する予定であった。）『国民運動叢書』の編集などに取り組んだ。毛沢東との邂逅は、茅盾の創作にもいく久しく影響を及ぼしたと思われる。茅盾によれば毛沢東と最初に顔を合わせたのは、1923年8月5日、上海地方兼区執行委員会第六回会議の席であったと言う。この時の決議の全文を引いて、彼は「これは毛沢東の提案に基づいて行われた決議で、毛沢東が早くから共産党が武力を掌握するという問題に注意を払っていることがわかる。」[5]と述べている。後の広東においては茅盾は毛沢東の部下であったが、彼の人間像に触れるようなエピソードを交えた記述が回想録に見える。この頃毛沢東が責任者となって指導した広東農民運動広州所の第六期は、他の講習所に比べて最大の規模を誇っていた。

後に茅盾は，水滸伝に題材を取った歴史小説『豹子頭林冲』の中で農民運動の指導者として井崗山の毛沢東に重ねたイメージで作品を描いているが，この作品が『小説月報』に掲載されたの1930年8月のことで，毛沢東の主導権が確立される以前のことである。

註
（1） 江蘇省檔案館資料編研室「第一次国内革命時期江蘇党組織発展簡況」『群衆論叢』1981年4月。
（2） 大徳「上海執行部小史」『現代資料』第一集。
（3） 陳公博『中国国民党秘史』（岡田酉次訳）講談社，1980年，35頁。
（4） 茅盾『我走過的道路』上，人民文学出版社，1981年，303頁。『茅盾談話録』所収の「羊城晩報」1980年8月4日でも同じ口述が見られるが，聞き手の記者，金振林は，毛沢東がこの時期韶関で農民運動を考察したという話は初耳だと述べている。
（5） 茅盾『我走過的道路』上，人民文学出版社，1981年。

第2節 『漢口民国日報』主編の時期

農民運動の支持と宣伝

　『漢口民国日報』は1926年11月に創刊され，この当時名義上は国民党湖北省党部の機関誌であり，国民党からの監督と制約を受けてはいたが，実際には共産党員が編集に携わっていた。報社社長は董必武，総経理は，毛沢民，一代目編集長は，宛希儼，二代目は高語罕で，茅盾は高語罕から引き継いだ。茅盾が総編集を委任されたのは蔣介石の反共クーデター直前，4月はじめのことで7月上旬まで任務に就いた。

　特に，1927年3月の国民党二届三中全会前後から，国民党の指導集団の干渉が著しくなったようである。4月以降，武漢国民党に従って，指導集団は，革命から離反し始め『日報』への圧力を強めた時期，茅盾は主編の職務に任じられたのであり，共産党の宣伝と，国民党の干渉の両面に対処しなければならなかった。

　毛沢東がすでに指摘しているように，国共の「両党の論争は，その社会性質から言えば実質上，農村関係の問題にある。」北伐戦争が勝利発展する過程で，共産党指導による農民運動は拡大進化した。農村問題に対する共産党と国民党右派との革命主導権争奪の問題は，1927年4月から6月にかけて激化した。

　この時期，焦点となるのは，「大革命」史観の根源とも言える，毛沢東の『湖南農民運動考察報告』を世に出したのが，瞿秋白かあるいは茅盾かという問題である。

　竹内実氏によれば「毛沢東は1927年1月4日から2月5日にかけて湖南省の農民運動を視察し，中国共産党の機関誌『嚮導週報』（一九一期3月12日発行）に先ず，「湖南農民運動視察報告」の第一回分を掲載（『漢口民国日報』中央副刊，中央湖南省委員会機関誌『戦士』にも発表）したが，中共宣伝部長・彭述之によって継続を打ち切られてしまった。………瞿秋白は，大会で自己の政治的意見をまとめた

第2節 『漢口民国日報』主編の時期

「中国の士の階級」というパンフレットを配布したが、それに毛沢東の「湖南農民運動視察報告」をつけたといわれる。しかし、配布されたのは、瞿秋白の論文だけだったという説もある。瞿秋白が序をつけて、報告全文を、武漢・長江書店から刊行した『湖南農民革命（一）』があやまり伝えられたのかもしれない」[1]とされている。

この中の『民国日報』掲載分は、茅盾の手によるもの、という説、又瞿秋白が載せたという、秋白の妻、楊之華による回憶の記述も見ることが出来る。

> 秋白は武漢に来る前に、毛沢東の「湖南農民運動革命」という小冊子を『民国日報』に一部分だけ載せたところ、彭述之らの日和見主義者たちに掲載を禁止されたのだった。瞿秋白は、武漢に来てからも、毛沢東の著作をきわめて重視し、彭述之との闘争をすすめ、彼自ら序を書いて、党の名義で毛沢東のこの著作を単行本にして出版したのだった。[2]

これを見る限り、瞿秋白の指示を受けて、茅盾が『民国日報』に、あるいは掲載したものとも推測できる。

いずれにせよ、党内の理論的少数派の一人、毛沢東のこの報告は、中国革命を意識的に農民革命段階に「進化」させようとしていたスターリン指導下のコミンテルンの目にとまり、急浮上することになったのである。

一方で1927年6月9日の記事から窺われるのは、連載予定であった李立三の『中国職工運動概論』について、茅盾が理由をつけて掲載を見送っていたことである。『子夜』の主題である李立三コースへの批判、二つの路線の闘争はこの時期からその前奏が認められるのである。

農民運動について詳しく見ると「湖南では、農民運動が国民革命を推進していったのではなく、国民革命の展開が農民運動を歴史舞台の前面に押し出したものにほかならなかった。」「『漢口民国日報』を見ると、左派指導部は、原則的には、大衆運動の発展を指示していた。しかし、同時に、武漢を中心とした左派政権の基盤強化のために、後方の湖南からの米穀移入を強く期待した。寧・漢対立後、列強の軍事・経済封鎖、江浙金融資本の為替取引拒絶等で、経済が麻痺し、大量の失業者が出るにつれて、湖南米への期待はほとんど絶対的なものに近くなった。」[3]

と言われる。茅盾の社論に見る農民運動への支持や，政策レベルを考慮し，広州の轍を踏まぬよう，郷村における権威体系を破壊し，反動勢力を排除して，武漢政府の存立基盤としての後方強化をはかるものである。一方で茅盾は，毛沢東と同じく，左派急進主義をむしろ警戒していたと思われる。

同時期，毛沢東を前面的に支持した瞿秋白の場合は，農民問題を，土地国有化の視点から根本的に論じようとしている。彼は毛沢東が主任をしていた第六期広州農民運動講習所で「国民革命における農民問題」を論議している。武漢において，茅盾は『漢口民国日報』の編集において重要な問題は，漢口で分管宣伝工作に当たっていた瞿秋白に支持を仰いでいたことから，瞿秋白の影響を無視することはできない。

茅盾が「革命勢力を整理せよ」の中で述べているように，民衆を武装させるだけでなく，封建勢力を取り除いて，郷村に民主政権を実現させるということ，民主政権という言葉を繰り返しているのは，瞿秋白の『中国革命中の論争問題』にも同様に見られる傾向である。又，商工業者を，帝国主義と封建勢力の被害者として，革命連合戦線に引き入れようとしている点も，瞿秋白『孫中山と中国革命運動』に早くから見えている論点である。

農民階級闘争に関するニュースの宣伝効果を高めるために，茅盾は特に「農工消息－光明与黒暗之闘争」専欄を開拓し，また汪精衛によって，国民党の訓令，条例を載せる「緊要新聞」版に工農運動の圧制の訓令が出されるようになった4月中旬以降にも，社論において全面的に農民運動の発展を擁護する立場をとった。

1927年5月1日，陳独秀は中央の名義で「国民党工作大綱」を提出し，次のように規定した。「国民党新聞社に服務する党員は，これらの新聞を共産党の新聞として利用してはならないし，国民党決議の精神に照らして工作しなければならない。」

陳はまた面と向かって茅盾を批判し，「工農運動および婦女解放のニュースを制限すること」を強制した。茅盾は当時すでに，陳独秀の右傾投降主義を警戒していた。「引き続き『漢口民国日報』の編集に当たるようになった時，農民運動「行き過ぎ」説は既に広まっていた。その一つは陳独秀の意見であり，もう一つ

は瞿秋白の支持する毛沢東の意見であった。聞くところによれば，この二つの意見は，当時武漢にいたコミンテルン代表の対立を反映しているとのことであった。」(4) この時茅盾は，結局瞿秋白，董必武らと相談し，陳独秀の意見を誤りと見なし，右傾路線を制圧した。馬日事変後，唐生智の部下で第八軍軍長，李品仙の通電が，工農運動に無実の罪を着せ，反面で許克祥の罪を解き，新しい反革命事件を画策するに至った。茅盾は李品仙の通電を社論で扱うに際し，工農運動に対する指責を省略し，「政府が真相を解明し，速やかに解決すべきこと」「現在長沙事件の解決にあたっては，事実上の調査から明らかにし，中央の調停を待たずに，厳重に処罰すべきこと」とした。茅盾が，このようにいかなる状況においても臨機応変に方法を講じることにより『漢口民国日報』は，当時において事実上，共産党の手による最初の大型日報に姿を変えていった。

四・一二クーデターと反蒋宣伝

四・一二クーデターによる主導権の争奪は，統一戦線強化の一つの緊迫した問題であった。1927年4月16日，周恩来らは，中共中央に建議し，武漢はすみやかに東伐討蒋のために出兵するように求めたが，陳独秀らに拒絶された。4月下旬，茅盾は，『漢口民国日報』に繰り返し蒋介石討伐，東征スローガンのニュースや文章を搭載し，特に蒋の東南七省における暴行を列挙した。一方で第一次国内革命戦争後期には，まだ一種の二次的傾向であった「左傾」が無視し得ない状況になりつつあった。それは主に対民族資産階級の階級としての酌量上に現れて来た。共産党の理論家の中には，コミンテルン指導者を蒋に追随するものとし，民族資産階級も既に反革命に変質したとする見方があったが，茅盾はあくまで，蒋介石との関係で，民族資産階級を被害者として見る立場を変えていない。

「国民革命の未だ成功せざる時，工商業者と工農群衆とは同一の運命にある。国民革命中の同盟においては，工商業者と工農群衆の革命同盟が，中国国民革命の唯一の出路である。」「真の工商業者でない大地主と買弁階級は，助けにはならない。なぜなら大地主と買弁階級は帝国主義と軍閥の代理人であり，彼らは工商

業者を搾取する人間であるから。」「蔣は，買弁階級の援助を得て，苛酷な雑税，臨時軍事費等を工商業者の肩上に加えた。」(5)

又蔣一味に人質にとられ，25万元の保釈金を要求された栄宗敬の例を挙げて，「工商業者は，既に耐えられなくなっている。反蔣機運は，醸成されている。」とも述べている。

1927年4月から7月にかけては，中国革命の重要な結節点であった。共産党が理論準備と実践経験不足から，挫折を強いられたこの時期，茅盾は実際工作の場にあって，二つの路線の闘争においても自己の立場を死守した。

資産階級と革命主導を争奪し合う闘争において，武装問題は大変重要であるが，蔣介石のクーデターに際し，共産党は全く受け身で軟弱であり，少なからぬ共産党員が武装の欠如を痛感した。共産党が開催した何回かの中央会議上，周恩来，蔡和森，瞿秋白らは，特にこういった状況の危険性を訴え，軍事力強化を要請した。茅盾は夏斗寅が革命に謀叛する一週間前に『漢口民国日報』上で『鞏固後方』と題する社論を書いており，後方強化のために民衆を武装させ，潜伏している反動勢力に対し，大規模な掃除を行うべきことを主張し「我々は後方強化を考えるに，一に民衆を武装させ，二に武漢反動派を厳しく鎮圧し，三に郷村の封建勢力を根本から取り去るべきで，この三つは一つでも欠けてはならない。」(6)と述べる。また当時，国民党党員の三分の二以上は，共産党指導下の工農群衆であった。この状況に鑑みて，社論において国民党中央が党員全体に武装させ，「すぐにでも入隊年齢の党員にそれを実行させ，一律に軍事訓練を受けさせること」を希望した。彼は，事実上，中国共産党指導下にある武漢「中央軍事政治学校」に対して，それが，共産党の思想教育下で，真に革命武装することを切実に希望し，又この学校に対し，「軍事科が政治訓練を強化し」「政治科が軍事訓練を強化し」て，革命を保護し，工農の利益の保護に貢献することを要求している。

又彼は広東の革命民衆が追いつめられたことを教訓として次のように述べる。「第一期北伐時，広東の革命勢力は，反革命の厳しい迫害に合っている。これは一つの良い教訓である。広東の革命民衆は何ゆえ，瞬く間に反革命を被り，新軍閥の圧迫で足場を失ったのか。これは，革命民衆の武装準備が充足せず，反革命

第2節 『漢口民国日報』主編の時期

に到底及ばない為である。広東の反革命民団は30万丁の銃を持っているのに農民自衛軍はわずか3万を持つに過ぎぬ有り様で，10対1の比率である。現在第二期の北伐において，後方の強化は，単に民衆の組織を堅固にするばかりでなく，革命の規律を遵守し，民衆の武装を充足するようにすべきである。」[7]

更に「革命勢力を整理せよ」では，農民運動に則して，民主政権の実現を展望する。彼は「蔣介石の軍事独裁とナポレオン式の政権下では民主政権が許容され得ない。」とし，農民運動の過熱を「疾風怒濤時代の必然的現象」と弁護した上で，次のように述べる。

「しかし疾風怒濤の後には，整理が最も必要であり，目前の整理工作を緩めることは出来ない。言い換えれば，農村の革命勢力を政治的方式に納め，農村の自治機関を建立し，農村の民主政権を確立しなければならない。農村の自治機関は，国民政府の農村における支店であり，農村の革命勢力は，ただ「国民政府農村支店」の指導のもとにおいて，確実に一般農民の利益を謀ることが出来，又，先にこれらの農村に自治機関を強固にうち建てることによって，国民政府は，農村の中に深い堅固な基礎を持ち，農村の封建勢力の息の根を止めることができるのである。だから，中央執行委員会の訓令は，農民協会が悪徳地主を保護することではなく，原始的な革命行動を正し，革命民衆の民主政権へ発展させようと言うものである。地主であっても，悪徳地主でない者については，革命に反対する者でないかぎり，政府の保護を受けられるだけでなく，農村政権に参加する資格を得るのである。これが民主政権の精神であり，革命勢力整理の精神である。」[8]

しかし現実には農民運動は武装も不十分で弱体であった。再び「各県の土豪劣紳を粛清せよ」と呼びかけているが，この時点では白色恐怖が広がり，武漢政府は内部的崩壊を遂げてゆく。「本紙の本省ニュースを開いて見れば，各県のニュースは，全て土豪劣紳が党部を叩きこわし，民衆を惨殺したというものばかりである。三週間ほど前，私たちは各県の特約通信員に対し，各県の建設的なニュースに注意を払うよう通達した。しかし不幸にも各県からもたらされたのは，こういった悲惨なニュースばかりであった。湖北全省で，4～5県を除き，他はすでに白色恐怖となり，土豪劣紳の政権が成立して，陰で国民政府の民主政権と対抗して

いる。これはきわめて重要な局面と言わざるを得ない。ある者は，これら土豪劣紳の反攻は，農民運動が行き過ぎで，また大変幼稚であったことの反動と考え，農民運動さえ下火になれば太平無事と思っている。この意見は，ひどく誤っていると言わざるを得ない。最近土豪劣紳の暴力は，完全に組織的，計画的反攻となり，彼らの目的は，土豪劣紳の政権を再建し，国民政府の譲歩に取ってかわって，農民を圧迫し，彼らの政権を承認させることである。我々はこれを許容できようか？」[9]

『漢口民国日報』社論の中でも，「討蒋与団結革命勢力」(1927年7月9日) など四・一二以後の蒋介石と南京政府に対する非難は激しく容赦がない。同時に革命の転機に当たり，反蒋機運を醸成しつつ，蒋介石の「疑似」ボナパルティズム論，共産主義による三民主義の継承論など史識を傾注して論陣を張った。

先ず「五・五記念において私たちが持つべき認識」では，1921年5月5日の孫文の広東政府樹立と，マルクスの生誕とを重ねて「五・五」記念の歴史的意義を確認する。

六年前のこの日，孫総理が臨時総統職に就いた時，中国の大局は暗黒と光明の分岐点にあった。「現在，革命勢力の拡大発展は，昔日を凌ぎ，また第二の陳炯明−蒋介石が反逆を起こしている。しかるに私たちは現在の事象から過去を回想してみて，蒋介石の反乱が，まさに陳炯明の反乱と同じく，革命に損害を与えるだけでなく，革命の更なる進展に背くものであることを知るのである。私たちが孫総理の遺訓を遵守して，死をかけて闘えば革命の勝利は必ず掴み取れるだろう。」[10] 光明と暗黒が勝敗を決する時，光明の勢力には一つの中心が必要であり，それによって一切の革命勢力を団結させ，暗黒勢力との闘争を指導すべきであると述べる。

ここで陳炯明に準えて蒋介石の「謀叛」を糾弾したように「袁世凱と蒋介石」では蒋を袁世凱の化身とする。「歴史はすでに再演された。歴史上の運命もまた，必ずや再演されるであろう。袁世凱の革命勢力迫害は，一時は功を奏したものの，袁世凱はついに自分が皇帝になると言う良き夢を実現できなかった。——蒋介石のたのみとする反動勢力は，袁世凱の実力には及ばない。」[11] この同じ文章の中

で，蔣介石にとっては，三民主義のみならず，国民党ですら，自分の欲望を遂げるまでの間の商標に過ぎないとして，最後の論説となった「討蔣と革命勢力の団結」では，革命の本来の目的は「三民主義を以て，非資本主義国家を建設することである。」[12]と述べて蔣介石の打倒を呼びかけ，武漢全市を覆う白熱した討蔣の革命情緒，民衆の革命に対するあらたな認識を強調するとともに，結集を始めた反動勢力を罵倒している。そして7月15日に武漢政府は分共を宣言し，茅盾もまた地下に潜る。

註
（1）　竹内実『毛沢東と中国共産党』中公新書，1972年，65頁。
（2）　楊之華『憶秋白』。
（3）　板野良吉『湖南省における国民革命と農民運動──湖南農民運動再論──』埼玉大学紀要人文科学編33。
（4）　茅盾『我走過的道路』人民文学出版社，1981年。
（5）　沈雁冰「鞏固農工群衆的与商業者的革命同盟」『漢口民国日報』1927年5月20日。
（6）（7）　沈雁冰「鞏固後方」『漢口民国日報』1927年5月11日社論。
（8）　沈雁冰「整理革命勢力」『漢口民国日報』1927年5月16日社論。
（9）　沈雁冰「粛清各県的土豪劣紳」『漢口民国日報』1927年6月18日。
（10）　沈雁冰「"五・五"記念中我們應有的認識」『漢口民国日報』1927年5月5日社論。
（11）　沈雁冰「袁世凱与蔣介石」『漢口民国日報』1927年5月9日。
（12）　沈雁冰「討蔣与団結革命勢力」『漢口民国日報』1927年7月9日。

第3節　茅盾の党籍問題に関する新資料

　茅盾は，1929年に出版された短編小説集の序論である「写在《野薔薇》的前面」の中で，「過去」「現在」「未来」を象徴する北欧神話の三女神を喩えに引き，「現実主義の北方民族は「現在」を掌握し，「過去」に恋々とせず，「未来」を瞑想することもない。」[1] また，ギリシャ神話の運命の女神は，「無惨に運命の糸を断ち切る」[2] とも述べている。そこには国共分裂後のエアスポットのような「同時代」を描こうとする当時の心境が集約されているかのようだ。代表的評論である「牯嶺から東京へ」[3] においても，何かを払拭したかのような批評の弁舌の冴えとはうらはらに，「北欧運命女神」のような多分に比喩的な表現の真意は自ら明かされることなく，同時に日本亡命前後の経歴上の空白が，そこに微妙な影を投げかけていた。本稿では，彼のいう「断ち切られた糸」をたぐっていくことによって，作家茅盾の全体像の見直しをはかり，一見「転向」をほのめかすかのように見える，初期の評論や，小説の題材に潜む政治性とそのリアリティを掘り起こしたい。また国民革命期の，茅盾の政治活動と「党籍」問題に関するいくつかの新資料を提示し，彼の創作活動の原点について，見直しを謀りたい。

陳独秀の影響

　初期の政治活動に関する伝記的研究において，附に落ちない点のひとつは，陳独秀と茅盾との接点が，ほとんど抜け落ちていることである。しかし，自伝や評伝が語らずとも，同時代の著作をテクストとして詳細に検討すれば，茅盾の初期評論は，政治意識や，社会観，文学理論のタームに至るまで，陳独秀の影響を強く受け，これを踏襲しているかに見える。

　1920年代初期，『新青年』の潮流は分岐し，ひとつの流れは文学研究会の機関誌『小説月報』へ，もうひとつは『共産党』月刊に引き継がれた。両誌を主持した茅盾の初期評論は，『新青年』の延長線上，とりわけ陳独秀や李大釗の影響下

第3節　茅盾の党籍問題に関する新資料

にあると思われる。そして文学研究会と、建党以前における事実上の党中央、上海共産主義小組に参画した茅盾（沈雁冰）は、常に「組織の人」として在った。そこに『新青年』同人の気概、強い啓蒙意識や「英雄主義」の色彩はすでになく、むしろ彼と張聞天との論争に見られるように、人格主義の超克を掲げ、個人主義を収拾するため、マルクスの「社会主義」に傾倒していったことを、彼自ら告白している。

　歴史の証人として、彼は、コミンテルン代表ヴォイチンスキーが、はじめて陳独秀の公邸を訪れ、会見した時も、そこに同席している。

　包恵僧の回憶によれば、「陳独秀夫婦の寝室は、当時としては非常に美しかった。真鍮製ベッド、ソファー、鏡台、机があり、壁には精緻な書画が何本か掛けられていた。」[4]という。当時上海における会合は、全てここで行われ、新青年社の本部もあったこの場所に茅盾も頻繁に出入りしたはずである。

　茅盾の初期短編小説のひとつに『創造』という資産階級の若い夫婦のすれ違いを描いた佳作があるが、この作品は当時としては珍しい装飾を凝らしたこの夫婦の寝室の描写から始まる。美しい調度品の一つ一つが描かれ、モスグリーンのテーブルクロスや、淡青色の花瓶に活けられた紅い薔薇、ソファーに脱ぎ捨てられた女主人の衣裳、藍色のサテン地の旗袍など、そして化粧台には琥珀の燭台、刺繍のハンカチ、香水、紙白粉、手鏡——手袋などの小間物が並べられている。そして紗のカーテンを通して差し込む太陽の光が、漆の乳白色の床を金色に染めている。この些か当時としてはハイカラな寝室の描写は、物語の導入部分を非常に印象深いものにしているが、『創造』に描かれる中国のノラ、嫻嫻の夫との決別は、国民党、コミンテルンからの自立を遂げようとする中国共産党の意識を潜在的に物語るとも解釈できる。外ならぬ陳独秀の寓居で、建党工作のため来華したヴォイチンスキーとの交渉に立ち会った茅盾は、中国共産党の創世神話を描こうとして、この一篇を残したのではなかっただろうか。

　彼がその発端から「組織の人」であったのは、政治活動においてだけではなかった。文学研究会は、組織の組み方、発展のプロセスから歴史的評価に至るまで、その後の左翼文学運動の組織である左聯や、生活書店の原型を思わせる側面を併

せ持つのであるが、文学界の組織化には常に彼の尽力があった。

1926年、十年間にわたる商務印書館編訳所での職を辞し、国民政府の中枢にあって党人ジャーナリストとして、報刊工作に従事した彼は、その時期の見聞を通じて「人生」を経験した、と述べるが、実際には国共合作下の共産党員として、対国民党工作という重責を担っていた。この青年期の体験が、その小説の輪郭を成す。しかし、四・一二クーデター後、交通封鎖に遭って南昌行きを断念した茅盾は秘かに上海から東京へ向かうが、この時より党との連絡が途絶えてしまう。この「党籍」恢復の問題は、にわかに解決するかにみえて、この後錯綜する党の路線問題も絡み、永久に封印されてしまった。伝記的研究においても、このことの意味はほとんど問い返されていない。

1925－26年の党活動

党籍問題に入る前に、国民党上海地方機関での要職に就き、国民党内における左派の勢力拡大に尽力した1925－26年の党活動について、重要と思われる一次資料から補足したい。つまり国民党清党委員会が押収した「著名跨党分子沈雁冰」の日記、書簡、文献目録等であり、四・一二後、国民党上海特別市清党委員会は、共産党の革命破壊を実証するために、多くの資料を次から次へと公にしているが、ここには『我走過的道路』ではほとんど触れられていない、この時期の国民党右派との闘争が生々しく明示されている。国民党によって改訂された部分があるにしても、1925－26年の国民党右派との闘争の一側面を見る格好の資料である。『新文学史料』に掲載された「国民党清党委員会交布的有関沈雁冰的幾則材料為茅盾「回憶録」提供片断的印証及補充」を参考に、見ておきたい。[5]

1927年7月7日、叛徒の密告により、上海にあった共産党の四つの秘密機関は破壊され、幹部も多数逮捕された。その中には、茅盾の直接の部下、鄭明徳、梁閨放の名も見え、彼らが茅盾から預かった資料もともに押収された。

捜査において、印刷物五十余箱、籐の箱が一つ発見され、その箱には、前年跨党分子が受領した資金の帳簿（控え）四冊、中央交通局各省の通信簿全て、汪精

第3節　茅盾の党籍問題に関する新資料

衛の沈雁冰宛書簡三通，日記数冊，その他，共産党関係の書籍多数が埋蔵されていた。この「籐の箱」の中身は，全て茅盾が仕事で管理していた公文書および私的な書簡，日記および書籍で，恐らく彼と夫人の孔徳沚が1927年初め，中央軍事政治学校武漢分校に赴任する際，上海の寓居には，茅盾の実母と二人の子供だけを残していくため，置き場所に困って，仁興坊機関に置き，管理を委託したものと思われる。そしてその管理に当たっていたのは，顧治本（常熟の人，清党前，第一区の組織部部長を勤め，その区の党部のために尽力した。），曹元標，常熟の人，前任は，一区党部青年部長，梁閨放，女子，嘉興の人，前任は，一区党部婦人部長，鄭明徳，嘉興の人，前任は沈雁冰が責任者であった，中央交通局の会計担当，である。このうち，梁と鄭については，沈雁冰の回想の中に叙述がある。国民党「二次代表大会以後，上海交通局の任務が多忙となった……私は，中共上海特別市委に，状況を説明し，人材の派遣を要求した。すぐに，鄭（男）と梁（女）という夫婦が派遣されてきたが，彼らはいずれも知識分子であり，党員であった。二人は会計と記録を担当した。女性が会計を担当し，男性が会議の記録と公文書類の受領と発送を担当した。彼が『政治週報』の登記や国民党中央宣伝部の公文書も取り扱った。しかしはからずも，交通局の古くからのスタッフは，この新人の二人の知識人と協力しようとせず，しばしばトラブルを引き起こし，暗に二人を私のプライベートな縁者と見なしていた。……」[6] この二人が私的な人員と見なされるほどに沈雁冰と密接な関係にあったことが窺われる。

　この「籐の箱」の押収は，国民党にとって大きな収穫であり，共産党の四つの秘密機関の破壊と沈雁冰関連の資料を査収したことを大きな収穫と見なし，7月11日の『申報』紙上に簡単なニュースとして載ったあと，一か月後の8月11日「破壊共産党秘密機関経過」8月14日，15日「上海特別市清党委員会披露中国共産党操縦上海本党幹部之真凭実据」がいずれも『申報』紙上に公表された。国民党当局は，これを，中国共産党攻撃の，つまり「清党」のための格好の武器にしようとしたのである。清党委員会の公表した資料は，二つの部分に分かれ，ひとつは沈雁冰日記の摘録であり，もうひとつは，蔵書目録および彼が所轄していた上海交通局の資料目録，および帳簿である。

8月4日の『申報』には,「在沈雁冰日記中検出」の副題で,以下のような内容が公表されたが,これは日記の原文そのものではなく,削除,改竄が施されている。[7]

その中に,最近の政治状況について記した箇所があるが,それによると,5月15日に国民党中央全体会議において「整理党務案」が成立してから本党の国民党政策は,混合から聯立に変わった。これまでの混合情勢の利点は,分散的ながら国民党と団結できるということ,欠点は,国民党分子の反感を招き,同志の国民党化を招いたということ,そこで今からは,混合から連合路線へ転換する。……高級党部を放棄し,低級党部と区分部の仕事を掌握する。第一区党部については,区党部自体が整っていなければ,各分部も発展し得ない。区党部のわれわれ同志は,二三日のうちに指導に赴き,区分部は,我々少数で多数を指導しなければならない。完全に同志による分部は,方法を構じて,各分部に分散してゆく。以下は,整頓の方法である。……

このように,各区分部の整理,幹部の訓練,宣伝工作の強化,国民党右派勢力への反攻などについて,具体的な方策が述べられている。

これにより,次のような事実が明るみに出る。孫中山の死後,国民党右派は戴季陶の著作より窺われるように革命主導権簒奪のため,与論の形成に余念がなかった。西山会議派が国民党内の共産党員から党籍を剥奪することを提議し,上海執行部にその影響が及ぶに至って,10月7日,中共上海区委は共産党の指導強化のために沈雁冰を組織部指導委員に任じたのである。彼が,真っ先に着手したのは,七つある区党部の再編であった。

しかし,中山艦事件後,あからさまに反共を目的とした「整理党務案」が提出されることになる。この時期,沈雁冰は1926年1月,広州で国民党「二大」に参加し,国民党中央宣伝部秘書として広州に留まる。4月初,上海に戻る時,毛沢東から指示されたのが,日に日に反動化する『民国日報』のかわりに『国民日報』を起こすことと,惲代英に替わって中央宣伝部上海交通局の仕事に当たることであった。また『国民運動叢書』[8]の編集も正式に委託された。

沈雁冰は，4月に中共上海区委委員に任じてからは，主に「民校」工作（民校とは国民党の代称である。）に当たった。6月18日区委全体会議では，候補委員兼「民校」主任に改任された。『我走過的道路』の中で茅盾は，「この時私は，国民党上海特別市党部の主任委員を兼任した。」としている。同時に，中共上海区委員書記羅亦農が国民党上海特別市党部党団書記を一か月にわたって兼任することが決定され，[9] 党部の整理に当たっているが，押収された茅盾の日記から，この6月18日の決定が茅盾の手回しによるものであることがわかる。

　7月10日と8月11日の『申報』には，汪精衛と沈雁冰の往復書簡（私信ではなく，公務の書信）が掲載され，「七・一五」政変後，汪精衛と蒋介石との間の矛盾が露呈した状況の微妙な変化が看取できる。8月11日の汪精衛の沈雁冰宛書簡には蒋介石が「通共」したため打破すべきと書かれ，8月12日に蒋介石は総指令の職務を解かれる。14日には白崇禧は汪精衛と寧漢合作問題を討議し，こうして武漢の右派と南京の右派は「同志」となった。

　国民党当局は四・一二以後，書簡をはじめ，沈雁冰に関するこれらの材料を公表し，共産党が国民党幹部を操縦しようとした証として侮蔑したのである。しかし，周恩来が述べているように合作時期の共産党は極力，左派に協力して，右派に対する理論的，実際的闘争を強めていったのである。沈雁冰は，その急先鋒として，水面下でかなり重要な役割を果たしていたと言える。

日本亡命時期の党籍恢復問題

　四・一二クーデター後，南昌蜂起に参加せず，牯嶺で静養した後日本に亡命してついに党との連絡が途絶えた経緯，その後の党籍回復の問題については，茅盾の歴史的評価を大きく左右するひとつの焦点でありながら，ほとんどその真相が明かにされていない。そこで，北京中央檔案舘の一次資料を分析し，改めて党籍問題に言及を試みたい。[10]

　茅盾は1928年7月初上海を離れ，神戸を経て東京に赴いているが，同年10月9日に中共中央は，中共東京市委（のち日本特支と改名）に宛てて次のような返信を

送っている。特に五項に注目されたい。

以下の資料は、北京中央檔案舘所蔵の「中央文献匯編原件」による。

中共中央給東京市委的信（1928年10月9日）

東京市委：

収到你們的来信，茲特答復如次：

一、遵照国際組織原則，凡外国党員在某国時必須加入該国党的組織，惟因中国同志在日的組織事実上有些困難，一時不能直属于日本党部故仍帰中国党管轄，但你們必須注意与日本党発生関係。

二、市委改組名単中央批准如下：李徳馨（書記），王哲明（宣伝），鄭疇（組織）除君垣，潘蔭堂等五人，李王鄭三同志為常務委員，望即査照。

三、楊虎城中央已允其加入，交由你們執行加入手続如下：須三固同志的介紹，候補期為半年，再望你們与他読一次話指明両点：（一）目前党的任務主要的是争取広大的群衆以準備暴動，而不是馬上就要実行総暴動，総暴動是党的前途，目前尚不是一個行動的口号，而是一個宣伝的口号，尤不是毎個同志一加入就要派回国来暴動。（二）毎個党員加入後，如在工作上有需要時，党仍須調其往他処工作，不応給某個同志以固定時期的修養。

四、沈雁冰過去是一同志，但已脱離党的生活一年余，而他現在仍表現的好，要求恢復党的生活時，你們可斟酌情況，経過従（重）新介紹的手続，允其恢復党籍。

五、連瑞埼此間僅知其民校左派，並非同志。

六、六次大会還開過，（下抄時，我当時未摘）

七、技術問題，時間亦無多的辨法，目前只好適用原有辨法，不過在写説時須加以万分的小心罷了。

八、中央的新通信処如下：（下原欠）

1928年3月5日中共中央答復日本特支的信（摘録）

4、你們如有関於社会科学書籍的課本可寄回国来，中央審査後如覚可用当能

設法印出。最好先將書名及大綱函知，以便預復可訳与否。

1929年7月30日中共中央給日本特支的信（摘録）

四，注意思想闘争：注意社会科学研究的運動自然之你們主要工作之一。因為你們要取得学生群衆，思想上的征服是很重要的問題。所以社研会応吸引収広大的群衆参加，過去把社研会秘密起来，真是最重要的錯誤。你們応利用社研会的名義，公開的作社会科学的講演，介紹馬克思列寧主義，並有計画的公開的発行刊物与叢書，現在日本有些同志翻訳書籍在国内出刊，你們応利用社研的名義把他們組織起来有計画的翻訳，並鼓励非同志来做這一工作。這一計画如果能実行，可以找一個固定的国内書店替你們出版，中央宣伝部還可以替你們審査。

五，你們決議只注意静的工作，行動和闘争的計画説得極少，這是很不好的表現。本来現在日本的同志，有一部分是国内失敗以後出去的，帯了很深的革命失敗的情緒，因此畏怕闘争，這是可以影響到党的組織的，這是値得你們厳重注意的問題。

以上からわかるように，主な内容は組織機構に対する中央の意見および市委の指導メンバーの改組などについてであり，さらに楊虎城の入党問題や，沈雁冰を含めて幾人かの党籍問題に触れているわけである。時期的には，中共六大の直後であり中央の総書記は向忠発であり，実際の責任者は李立三である。

さらに張魁堂氏の文面によれば，[11] 当時，東京市委は5人いたが，中国留日学生が迫害を受けた事件を契機に次々に帰国した。それがちょうど1928年夏のことであり，書記の李徳馨らは，7月から8月には既に国内にいた。そこで中共中央が茅盾の党籍恢復を考慮したこの手紙は，残念ながら行き違いになったまま，日の目を見なかったのである。

また上記の返信からわかることは，茅盾が離党した時期はこれまで，日本に亡命した1928年7月頃とされていたが，1928年10月9日の手紙の中で，離党してすでに一年あまり，という下りがあることから組織上の関係を失ったのが，もう少

し早い時期であると推測されることである。茅盾が1936年にスメドレーに依頼されて「自伝」を書いた時の記述と，この書信の時期は一致している。(12)

当時，東京市委が組織として十分に機能していれば，党籍の問題は早々に解決していたかも知れない。もとから中国共産党員が少なからず滞留していた日本に茅盾がやってきた目的のひとつが党籍の恢復ではなかったのだろうか。

このような東京市委の人事移動に伴う行き違いを知らない茅盾は，日本で行動をともにした党員の楊賢江や中央からも，自分が見捨てられたものと誤解したようである。茅盾自身は党組織と連絡が途絶えた理由について「おおかた私が書いた「牯嶺から東京へ」を見て，ある人は私が資産階級に投降したと思い，再び私を求めることがなかったのだろう。」(13)と回想している。また茅盾は帰国後，一時瞿秋白のもとに身を寄せるが，この時再び瞿秋白に，党籍を恢復したいとの胸のうちを明かす。そして，その後も結局瞿秋白から返答をえられなかった。瞿秋白もまた党中央から追われ，失意の日々にあったことを思うと，その要請に応じえなかったのかも知れない。楊之華の回憶によれば，かつて周仏海も瞿秋白を訪ねて党籍恢復を願い出ているが，瞿秋白は応じなかった。周はもと武漢行営で，秘書に当たっていたが，鄧演達は，彼が西山会議派活動に参加していたので，また後には蔣介石が鄧演達を牽制するために，彼（周）を軍校秘書長兼政治部主任に任じたためと言う。一方，周仏海と同じく，「一大」以後離党した李漢俊も共産党の党籍恢復を申請していたが，湖北省委は，李を認め，周を却下している。(14)

いずれにせよ，前掲の二つの資料が物語るのは，共産党中央が，茅盾の党籍恢復を早くから考慮していたにも関わらず，東京市委の人事的交替など，時期的なタイミングからその機会を永久に逃したという事実である。

党籍恢復へのプロセス

このように見てゆくと，瞿秋白の具体的な助言のもとに進められた『子夜』の執筆は，茅盾の党籍問題と微妙に絡んでくる。少なくとも，茅盾が，この時期にはすでに党籍を恢復したいという気持ちを抱き続けながら，牯嶺から東京へ，そ

第3節　茅盾の党籍問題に関する新資料

して上海へと流浪を続けながら，創作の筆を取ったという事実は，再確認しておきたい。

　更に抗日戦期の状況については，第4章「抗日戦期文化界と出版メディア」で詳述するが，胡愈之と潘漢年ら地下党員の活動によって，生活書店は，一出版機構を超えた抗日文化運動の砦となり，その「生活書店」を支えた最も有力な作家が茅盾であった。

　シンガポールにおける生活書店の実地調査においてインタビューに応じてくれたジャーナリストで，新馬華文文学研究者でもある方修氏の証言によれば[15]，この時期茅盾は，共産党の文化運動に協力的であったとはいえ，地下党員であった可能性はないと言う。

　さらに現在，文学史において，生活書店は左聯と社聯の遺産を継承したことになっているが，方修氏は，その談話の中で，他の左翼作家は，生活書店の編集者である鄭振鐸，胡愈之とはむしろ意見を異にし，彼らの仕事に対しても，（例えば世界文庫の編輯などに）批判的であったことを指摘している。時期的には，確かに左聯が1930年前後に成立した当初，まだ生活書店の活動は活発とは言えず，左聯が解散した1935－36年頃，入れ替わるように事業基盤を拡大していったが，左聯も元来，独自の機関誌を持ち，専ら生活書店に依拠していたわけではなく，両者に何等継承関係は有り得ないとしている。しかし，抗日戦期，一出版機構を超えた官僚組織にまで発展した生活書店は，各地で八路軍や地下党との接触を深め，入党者が増え，各地分散化と支店の増大が，共産党の影響力を強める結果となった。漢口・重慶で，中共中央長江局・南方局の国統区における指導が始まって，生活書店は周恩来から重視され，1939年から1947年の間にわたって，直接の指導を受けた。書店の幹部と南方局が常に連絡を取り，鄒韜奮も八路軍と直接関係している。

　そこで改めて，共産党の文化工作に一貫して歩調をあわせてきた茅盾の独異性と，この時期の文筆活動を見直す必要を感じる。

　ここで，延安に赴いた茅盾が，1940年代はじめに，再び党籍回復を申請した背景について見ておきたい。『茅盾年譜』によれば，1940年9月下旬，延安に滞在

中であった茅盾は，張聞天の手から，周恩来より茅盾宛の電報を受け取る。その内容は，国統区文化戦線の強化のために，茅盾が重慶で，文化工作委員会の常務委員として工作に当たるよう要請し，国統区に於て茅盾の影響はきわめて大きいものとしていた。（郭沫若はすでに第三厅を退出して，政治部に於ては，この文化工作委員会を組織していたのである。）張聞天は，重慶ゆきは，あくまで彼らの意見であり，茅盾自身の決定に委ねたが，出発に及んで茅盾は，党中央が彼の党籍恢復の問題を研究してくれるようにと，旧知の間柄でもある張聞天に願い出ている。数日後，張聞天は茅盾に中央書記の意見を次のように伝えている。今のところ茅盾は党外に在って活動した方が，今後の統一戦線工作に於て有利な点が多いだろう。茅盾が理解してくれることを望むと。

　新疆政変，皖南事変直後の複雑な事情が続いていた1940年前後は，まさしく四・一二クーデター直後の状況を思わせるものがあった。とりわけ，茅盾は親共の仮面を脱いだ盛世才のもとで，一時は新疆の文化建設に従事し，新疆政変を身を持って体験しているのである。

　最期に，党籍回復を認めた胡耀邦の「悼辞」を見よう。[16] 1981年3月14日，しばらく昏睡状態にあって，すでに回想録の執筆も断念した茅盾は，事実上の絶筆と言える最後の書信「耀邦同志暨中共中央」を息子に口述させたと言われる。そして同年3月27日に永眠する。

胡耀邦同志在沈雁冰同志追悼会上的悼辞（1981年4月11日）

　　沈雁冰同志従青年時代起，畢生追究共産主義的偉大理想。早在1921年，他就在上海先後参加共産主義小組和中国共産党，是党的最早的一批党員之一，並曾積極参加党的籌備工作和早期工作。1926年，他以左派国民党員的身份参加国民党第二次代表大会，以後在漢口主編左派喉舌『民国日報』。1928年以後，他同党雖失去了組織上的関係，仍然一直在党的領導下従事革命的文化工作。他曾於1931年和1940年両次要求恢復党的組織生活，第一次没得到党的左傾領導的答復，第二次党中央認識為他留在党外対人民更為有利。在他病危之際，為了表達対党的無限忠誠和熱愛，表達他対偉大的共産主義又事業堅貞

第3節　茅盾の党籍問題に関する新資料　　　　　　　　　85

的崇高的信念，他仍再一次向党中央申請追認他為中国共産党党員。中共中央
根拠沈雁冰同志的請求和他一生的表現，決定恢復他的中国共産党党籍，党齢
従1921年算起。

　胡耀邦の弔辞では，簡潔な表現ながら，1931年と1940年の二度にわたる党籍恢
復の申請が，その忠誠と熱意のあかしとされているが，上記の資料でも明かなよ
うに，日本亡命時期における中共中央の書信は，歴史に埋もれて確認されること
も無かったようである。それにしても，1931年は『子夜』の，1940年は『腐蝕』
『霜葉紅似二月花』など代表的長編小説が書かれた時期と奇妙にも符合するわけ
で，この見方からすれば，さしずめ『蝕』三部作は，一度目の党籍恢復を求めて
いた時期の作品と言えよう。

結びにかえて——歴史的テクストとしての『蝕』——

　文学史研究においては，茅盾の文学観の逸脱と見られがちであった論争問題も，
視点を広げれば，ひとつの時代を通過した革命認識のリアリティから発したもの
として見直すべき必要があろう。革命文学論争は，共産党の諜報局員でもあった
潘漢年の中宣部座談会における「魯迅，茅盾への批判を止めよ」[17]という発言で
収拾に向かったが，売文生活への転身を余儀なくされた茅盾の小説は，政治的題
材に「恋愛の外衣」を纏わせ，そこに何を訴えようとしていたのか。革命文学派
の批判とはうらはらに，瞿秋白，沈沢民らは『蝕』の中に明かに政治的な含意を
読み取っていた。瞿秋白はその絶筆でもある『多余的話』の中に，「茅盾の『子
夜』『動揺』は，もう一度読みたい作品である」と述べているし，沈沢民は遙か
モスクワから東京の兄茅盾に宛てて羅美の筆名で『「幻滅」について』を寄せ，
「中国の民衆生活に関する最も深い情緒を描いた。」と賞讃している。『蝕』三部
作の中でも，猛威をふるう湖北の民衆運動や糾察隊，運動を指導しえない党幹部
の脆弱を，巧みな風刺で描ききった『動揺』は，それ自身が彼にとって，陳独秀
主義の清算と言える側面を持つ。「ひき続き『漢口民国日報』の編集に当たるよ

うになった時，農民運動「行き過ぎ」説は，既に広まっていた。私たちも党内に二つの意見があるのを承知していた。その一つは陳独秀の意見であり，もう一つは瞿秋白の支持する毛沢東の意見であった。聞くところに依れば，この二つの意見は，当時武漢にいたコミンテルン代表の間の対立を反映しているとのことであった。」[18]と茅盾は回想しているが，武漢時期の報刊工作は瞿秋白に支持を仰いでいたばかりでなく，この時期の政論は，農民運動の支持と宣伝，国家主義批判，共産主義による三民主義の継承論，蒋介石の「疑似」ボナパルティズム論等，多方面にわたる。

『動揺』のきわめて概念的な作品の構図の中で，投機分子胡国光と妥協分子方羅蘭の対置に加えて，第九章では，方羅蘭と貞淑な妻梅麗の間の微妙な亀裂やすれ違いにかなりの紙面を割いている。あたかも国民党の裏切りを，梅麗夫人の怨念に込めて，ひとつの悲観哲学として結晶させているかのようである。

この謎ときにも似た小説に埋め込まれたメッセージを，彼はどこに向かって投げかけていたのか。生涯を「党外」の党活動に捧げた茅盾の原点は，言い知れぬ喪失感からの脱却にはじまるのかも知れない。

註
（１）（２）　茅盾「写在『野薔薇』的前面」原載　大江書舗版『野薔薇』1929年。
（３）　茅盾「従牯嶺到東京」原載『小説月報』第19巻10期　1928年。
（４）　包恵僧「老漁陽里二号的回憶」。
（５）　包子衍「国民党清党委員会公布的有沈雁冰的幾則材料」『新文学資料』1989年。
（６）　茅盾「中山艦事件前後——回憶録（八）」『新文学史料』1980年第３期13頁。
（７）　二つの会議の議事的内容が挙げられている。中には出版問題や，中山主義研究会に施存統を責任者として招聘することなども，記述されている。
（８）　毛沢東の出版計画を受けて，上海に到着後，すぐに茅盾は「国民運動叢書上海事務処」に赴任している。
（９）　茅盾『我走過的道路』人民文学出版社。
（10）　中共中央給東京市委的信（1928年10月９日）檔案館資料の書写（唐天然氏所蔵）によるもので，文字が不鮮明な箇所がある。この資料については，「1928年中共中央曾考慮恢復茅盾党籍」（江蘇省社会科学院刊『江海学刊』1991年第４期）という覚書

において，部分的に引用されているのみである。
(11) 張魁堂『党的文献』1990年第2期。
(12) 茅盾はこの「自伝」の中で，「茅盾は牯嶺で半月の療養のあと，秘かに上海に戻った。この時，彼は共産党とはすでに組織的な関係が切れていた。」と自分を三人称で表現している。
(13) 茅盾『我走過的道路』(中)，人民文学出版社，15頁。
(14) 羊漢「1927年秋白在武漢時代的情況片断」『瞿秋白研究』399頁（1989年1月）。
(15) 方修氏は1921年生まれ，広東省潮安の出身で，1930年代よりシンガポールに定住の後，ジャーナリストとして活躍しており，後，馬華新文学史研究の第一人者となる。
(16) 胡耀邦同志在沈雁冰同志追悼会上的悼辞『人民日報』（1981年4月11日）。
(17) 夏衍「記念潘漢年同志」『人民日報』1982年11月23日。この会議で，潘漢年は中央のこの論争に対する意見を伝え，主な誤りは教条主義と宗派主義にあるとして，即刻魯迅と茅盾に対する批判を止めるよう求めた。
(18) 茅盾『我走過的道路』(上) 人民文学出版社，1981年，328頁。

第3章 『子夜』の歴史的背景とフィクションの時空

第1節　左聯時期の批評
『申報・自由談』『文学』『訳文』『太白』

左翼文化運動とメディア

　左聯時期には，茅盾の回想録にも出版に関する詳細な記述が見られるが，茅盾が文芸評論，時評を数多く寄稿した上記の副刊，文学雑誌について一瞥したい。

　左聯は1930年3月に，創造社，太陽社に所属する作家と魯迅，茅盾らが大同団結して結成された半政党的組織である。銭杏邨の回想によればその結成前後より，革命文学派は構成員の殆どが党組織に属していたと言う。左聯において，五四新文学運動以来最も重要な文学団体である文学研究会は，当初ほとんど等閑視されていたと言ってよい。茅盾をはじめ「文化支部」のメンバーとして参加した王任叔，藩漢年との関係で入会した彭家煌などを例外として，文学研究会の主要な作家は，ほとんど関与していなかった。左聯成立後，二年目に茅盾が日本から帰国した際には，鄭振鐸，葉聖陶が外されていることを馮雪峰に問い正している。

　しかしこの時期，茅盾をはじめとする上記の文学研究会成員は，左聯の作家にも発表の場を提供し，機関誌の代替的役割を担った文化期刊に深く関わることで，実質的に左翼文化運動とメディアを掌握していった。

　左聯の機関誌としては『中国ソビエト革命とプロ文学の建設』が掲載された『文学導報』は，茅盾が編集委員会に参加するなど積極的に参加していた『前哨』が発禁になってから同誌を改名したものである。『文学導報』については「内容は専ら文芸理論研究で，当面は国民党が鼓吹する民族主義文学を重ねて批判する必要があると認識した。文学創作を，重要な地位に引き上げるため，私たちは，また，文学作品を主とする大型刊行物を作ることを決定し，公開した。」[1]としている。これが即ち，9月に創刊された丁玲主編の『北斗』であるが，丁玲はその活動，決定，宣言などはすべて魯迅，茅盾に常に指示を仰いでいたと述べてい

る。『文学月報』については，茅盾の回想録の中でも同誌は上海の左聯書記処が『文学導報』（『前哨』）を継いで『北斗』の後創った最後の一つに当たる大型の文芸刊行物であり，その存在期間は半年であったが，その影響力は非常に大きかったとしている。

茅盾はこの時期『文学』の編集に心血を注ぐ。鄭振鐸，茅盾は王雲五のもとで保守化する商務印書館から『小説月報』の復刊は果たせないと見ていたが，学院派の期刊と呼ばれたこの文学総合誌は，1930年代に装いを変えた『小説月報』でもあった。その内容は複雑な社会背景を反映して多様化したが，一方で新文学の発展を支える新人の発掘，育成などに意欲的であった。『申報・自由談』の改革は，国民党の検閲による軋轢などにより，資産階級向けの報刊を発行していた民族報業資本家がある時期から政治的態度を変えたことにも起因している。

『申報・自由談』の改革について茅盾は次のように回想している。

　　1932年11月『申報』の復刊『自由談』が改革されたと聞いた。『申報』もまた鴛鴦蝴蝶派の巣窟であった。その改革は十年前の『小説月報』の改革と同様，進歩者を奮闘させ，落伍者を驚かせた。しかも『自由談』の改革は『小説月報』の改革とは異なっていた。『自由談』は『申報』の副刊で，紙面が限られているとは言っても毎日読者と顔を合わせるのであり，『申報』は，中国上流人士や小市民の座右の書であるばかりでなく南洋華僑の間でも流行した。『小説月報』の発行部数は最も多いときで，一万ちょっとであったが，『申報』では毎日十数万発行した。こんなわけで『自由談』の改革は一時世間の注目を集めた。

　　しかし新しい編集者は誰か。後で知ったことにはフランス帰りの黎烈文であった。彼は湖南人で，フランスに数年留学し，帰国後は故郷の湖南には帰らず，12月1日から『自由談』の編集を受け継いだ。黎烈文は，もとは日本留学生で，日本にいた時，よく『文学週報』に投稿していた。日本からフランスに転じたのだろう。

　　同時にまた，私が聞いたところでは，黎烈文と『申報』の主人，史量才は一面識の縁では無く，黎の父親の親友が史量才を熟知していて，史が『自由

第1節　左聯時期の批評『申報・自由談』『文学』『訳文』『太白』　　93

談』改革の意ありと聞き，黎烈文を推薦したのである。……中略……黎烈文は『自由談』を引き継ぐに当り，先ず郁達夫，張資平，葉聖陶，施蟄存に原稿執筆を当たった。何日かして，開明書店が一通の『申報』からの手紙を持ってきた。それは黎烈文が書いたもので，私と『自由談』への執筆を契約するものだった。私は黎烈文が『自由談』を改革するつもりならなぜ張資平を求めるのかと思った。……以下略……[2]

　かつて茅盾が改革した『小説月報』と同じく，『申報』も鴛鴦蝴蝶派の巣窟であり，「茶余酒後消遣」の文風から，一変して時事的雑文で名を成すようになった。『申報』の歴史は古く，1871年に遡る。Ernest. Major をはじめとする四人の英国人の共同出資で始められたこの新聞こそは，上海『新聞報』天津の『時報』アメリカ教会の『益世報』などに先駆け，帝国主義列強の中国における文化侵略の幕開けを告げるものとなった。以後1907年頃より経営不振となった『申報』館を1912年に史量才が銀12万で買い受けたのである。副刊の中でも，『自由談』は，1907年以来の永い歴史を持つ。王純根（古文学家王鴻鈞の孫で，のち『礼拝六』に移籍）呉覚迷などが編集に当たり，1916年からは南社の同人が寄稿するようになった。総じて，民国初年は鴛鴦蝴蝶派の全盛時代であり，20－30年代初期にもその余波が残っていたと言える。

　奇しくも『申報』60周年に当たる1931年には九・一八が重なり，史量才は「今後本報努力的工作――紀念本報六十周年」でも時局を意識した進歩的傾向を明らかにした。黎烈文の改革は，他の機関誌が，ほぼ壊滅状態に追い込まれる時期にあって，左翼作家を引き寄せ，紙面の革新に拍車をかけた。魯迅，瞿秋白らとともに茅盾も精力的に『自由談』に寄稿した。結局，1934年5月には，黎烈文は，職を追放され，さらに11月には史量才が暗殺されて『自由談』の新風に終止符が打たれる。

　1933年から1934年は，文芸政論，雑感時論が著しく発展し，魯迅は130編，茅盾は，60編以上の雑文を発表しており，質量ともに魯迅が後にこの時期の成果を編集した『偽自由書』『准風月談』に匹敵すると言われている。その内容は，文芸問題，文化問題，復古傾向への批判，青年の思想問題，社会政治と多方面にわ

たる。茅盾の作品の内容も同様の広がりを見せている。また『自由談』は，社会批評，文明批評において五四以来の屈指の副刊であり，雑誌『中流』はこの遺風を継ぐとされている。

　『申報・自由談』の編集者である黎烈文は，国民党反動派からは左聯のメンバーと思われていたようだが，魯迅との個人的な関係によるもので，左聯には関与していなかった。文学研究会の会員でもあった黎烈文自身は雑文は書かず，早くに『舟中』という小説を書いていて，これは中華書局の「平民文学叢書」の中に納められている。その他散文や，モーパッサン，メリメなどの翻訳もある。彼が雑文を重視し，提唱したにも関わらず自身は雑文を書かなかったのは一つには青年時代の教育があろう。商務印書館時代には専ら古典文学に親しみ，日本，フランスでも文学を専攻した。彼は『申報・自由談』の編集に当たる一方で，魯迅，茅盾らが創設し，後に黄源が編集する『訳文』にも積極的に投稿している。また多忙な中，『太白』の編集も担当し，『太白』停刊後は自ら『中流』を創刊しているが，ここでは『自由談』における小品文論争が継続された。八・一三戦争勃発後も黎烈文は茅盾，巴金とともに『烽火』の編集に当たり，福建において改進社を組織して，雑誌『改進』を創刊している。戦争終結後，許寿裳，喬大壮，台静農らとともに台湾に在って，一時は台湾大学で教鞭を取ったようである。1972年台湾で病没した。[3]

　1934年になると国民党は左翼書刊を部分的に解禁したこともあり，新しい刊行物が次々と創刊され「雑誌年」と呼ばれた。いずれも短命に終わった『訳文』『太白』（陳望道主編）はいずれもこのような背景で創刊された。『訳文』は翻訳中心であるが，ソ連文学や外国文学などの紹介において進歩的傾向を示し，同時期の世界文学大系の編纂とも連動する。『太白』の「白」は白話を意味し，陳望道，曹聚仁，葉紹鈞，黎烈文，鄭振鐸，朱自清ら太白社の機関誌として，林語堂の有閑的小品文に対抗した。1935年前後より，後述する生活書店との連携や，出版形態における経営と編集の分離など新しい傾向も見られるようになる。次にこの時期における茅盾の雑感，時評の内容を見ておきたい。

九・一八以後

　1931年9月18日，日本軍は沈陽を占領した。東北軍の張学良は蔣介石の「絶対不抵抗命令」に従って，東北軍の大部分を山海関内に撤退させ，わずかな軍で抵抗した。数ヶ月以内に日本軍は遼寧，吉林，黒龍江の東北三省を占領し，熱河進攻を開始した。

　蔣介石の不抵抗主義に抗議して，上海の学生，労働者のストライキ，北京，天津の学生による対日宣戦の誓願など，抗日のムードが高まったが，蔣介石はこれを弾圧し，11月29日には鄧演達が殺害されるに至る。翌1932年1月28日，日本軍は上海に進攻し，5月5日国民党政府は日本と「淞滬停戦協定」を結び，上海を非武装区とし，上海から蘇州，昆山地区に至る地域の駐兵権を失った。

　この年の2月3日，茅盾，魯迅，葉聖陶，郁達夫，丁玲，胡愈之，陳望道，馮雪峰，周揚，田漢，夏衍，陽翰笙ら43名が連名で「世界文化界告世界書」を発表し，日本の侵略と国民党の不抵抗主義に反対して，中国抗日闘争への支援を呼びかけている。このような戦局を背景に，『申報・自由談』においても国難の問題が多面的に論じられた。茅盾は「血戦後一周年」の中で，一・二八から一年経った上海の弛緩した空気の中に戦争の荒廃を見て嘆息する。[4]「古美術歓迎」では，戦火の中，北京の古美術が列車で運び出される有様を風刺している。「日本帝国主義の大砲が，四時間以内に，「天下第一の関門」を打ち落として以後，お偉方たちは今度は，北京文化都市の古美術を気にかけている。今はまだ大丈夫，天津は陥落していない。そこで古美術品は箱に詰めて運ぶばかりになっている。」「しかし，陰謀を画策する日本帝国主義は，北京の古美術が行ってしまったからといって，手を緩めるわけではない。彼らは今や慌しく熱河辺境に兵を増やしている。私たちは汽車で古美術品を運び，彼らは汽車で兵を運ぶのである。北京・天津の民衆たちは，古美術を載せた汽車が南下して行くのは見るが，兵を乗せた汽車が北上して来るのは見ていない。ただ日本軍が一歩一歩迫り来ることを耳にして，置き去りにされ，訴えるすべも無い涙を飲み込むのである。」[5]

国難に際して，有力者が力を，資産家が財を寄付することがあっても，民衆は救国運動への参加すら許されていない。「最も重い圧迫を受けているものは，それだけ反抗の意志も堅く，戦闘力も大きい。つまり私たちは，当面，反日帝国主義者の民族革命闘争において，最も深刻に圧迫されている「労苦大衆」の助力を無視できないということである。」と民族革命闘争を呼びかけている。「"抵抗"与"反抗"」では一・二八の教訓によって，「抵抗」とは実際には「座して死を待つ」自殺であると認識し，受身の抵抗から積極的反抗への転換を呼びかけている。(6)

学生運動と啓蒙

中国の青年運動史から見て，九・一八事変後の学生による抗日救忙運動は一つの頂点を示した。事変後，三ヶ月あまりの間に，上海，北京，天津，漢口，広州，済南の学生が，南京に代表団を派遣して，抗日を請願した。中でも12月17日の連合デモは，規模として最大である。一・二八以後は，共産党による上海民衆反日救国会，上海民衆反日救国義勇軍などに参加する青年も増え，共青団組織，またその傘下にある半武装組織（青年義勇軍・少年先鋒隊など）も広範に拡大した。一方で「民運」のような群集組織も出現し，青年運動と民衆運動とが相乗的に発展を見た時期である。抗日の起点をここに求め，学生が抗日救忙の民族意識を先導したことは疑いを入れない。

茅盾の「学生」と題する文章には，学生に対する社会的偏見と無理解，そして茅盾の憂慮が述べられている。大革命期「国家大事は，到底，青年学生に委託することは出来ない。」ことになり，影を潜めていた学生運動が沈陽事件によって再燃し，世間の耳目を引くことになったが，一般的には「気違いじみた妄動，他人に利用されるだけ」との悪名を得ることとなり，批判の的となっていた。「学生は知識分子であって兵隊ではなかろう。こんな些細な事実も，ついに多くの人は理解しないのだ。この「無理解」の下で，学生という名称は，またも悲劇の極点を指しているのである。」(7)「"逃"的合理化」では，「かつて女性は大変不幸

であった。一挙一動全て誤りであり，何をやっても罵られた。今やこの不幸は学生の頭上に落ちてきた。進んでも非難され，退いても非難されるのだ。」「北平の大学生は理解しかつ記憶したのだ。今度はもう銃剣や銃の柄に"突進"しても仕方ない。また"自ら足をすべらせて水に落ち"ようとは思わない。」[8]
学生が擾乱分子と見なされ，保守派に非難，弾圧の口実と機会を与えることを最も危惧している。同時期の評論「洋八股を論ず」では，ファシズムを最新の洋八股であるとして「洋八股にはまた二つの得意とする筆法がある。それは麻酔と人騙しである。これは"婉曲な論法"ではあるけれども，その力量は正面切っての単刀直入に劣らない。国家八股には本来このような手法があった。しかし洋八股がこの両者に対して研究し，その変化の究め尽くせないこと，計り知れないほど妙を究めていることには遙かに及ばないのだ。また最近の事実から見ると我々洋八股学生の，のぼせ上がり方は，その師にも劣らない。」[9]と述べている。このように当世の学生たちの虚無的，頽廃的な気質や，投機的傾向に深い危惧を抱いていると同時に，「談迷信之類」[10]のように辛亥革命前夜の青年を回顧する文章も見える。

文芸大衆化論争における瞿秋白との岐路

　ともに五四以来屈指の理論家として文化界を指導してきた茅盾と瞿秋白との間に交わされた文芸大衆化論争は，この時期における左翼知識人の岐路を考える時，意義深いものがある。瞿秋白の理論的貢献は，時代を先取りするが故に歴史的趨勢を超越し，彼の理解者であった茅盾や魯迅もその評価に慎重な姿勢をとらざるを得ない側面があったと思われる。魯迅は晩年，亡き瞿秋白の遺文を編集し，『海上述林』を刊行しているが，内容は翻訳に限定されている。茅盾の場合も病身を押してその死の一年前に瞿秋白に対する個人的思い出を綴った「回憶秋白烈士」を残している。
　茅盾と瞿秋白が最初に出会ったのは，1923年の春で，瞿秋白はソ連から帰って間もなく党の運営する上海大学教務長社会科学系主任として「社会科学概論」を

教えており，茅盾は同じ時期「小説研究」を担当していた。これ以前にも茅盾は鄭振鐸と親しかったことから瞿秋白の『餓郷紀程』『赤都心史』の原稿を早くから眼にすることができ，少なからず注目していたという。1923年当時，上海の党員は40人あまりで，「上海地方兼区執行委員会記事録」によれば茅盾は区執行委員会委員で，国民運動と婦女運動を担当しており，瞿秋白は1923年6月，党の第三次代表大会上，中央委員に選出されて主に大衆運動を担当していた。茅盾は商務印書館小組，瞿秋白は上海大学小組に所属していたが，1923年7月より1924年1月までの半年間の間，彼らは会合で何日かおきに顔を合わせていた。さらに武漢時代，茅盾は中央軍事政治学校武漢分校の政治教官となり，『漢口民国日報』の主編を兼ねていたが，漢口旧英租界輔義二十七号にある中宣部の二階に瞿秋白が住んでいたこともあり，二人は頻繁に往来している。

　以上のような経緯を経て，30年代に入ると茅盾の『子夜』『三人行』などの創作に対する瞿秋白の側からの批評や助言など，文学上の交流は一層深まるが，文芸大衆化論争はこれに先駆けて茅盾の創作にどのような影響を及ぼしたのか，再考すべき問題である。

　瞿秋白の文芸大衆化論は，清末の諸文化運動を「第一次文学革命」，いわゆる五四文学革命を「第二次文学革命」とし，二度の革命が不徹底に終わった事から，「第三次文学革命」として文芸大衆化を企図したものであり，「五四式口語」を批判的に捉え，真の口語文体の創出と，普遍的価値を持ちえる書き言葉の必要性を唱えている。瞿秋白が，文語と白話の折衷にすぎない五四以降の新文学に対してきわめて低い評価を下しているのもこのためである。

　瞿秋白は，「絶対の口語」論に依拠して，漢字のラテン化を提唱し，ロシア滞在中の1929年にはマルクス理論と実地調査に基づいて，「新中国文草案」をまとめている。マルクス理論は，則ち言語を上部構造と捉え，その推移を発展段階論に対応させて言語理論を構築していくものである。この草案の中で，彼は「併音法」を三種に分類している。「普通併法」（声調を表記しないでも意味を弁別しうるもの）「特別併法」（同音字が非常に多く，読音上の区別が非常に曖昧なもの）「例外併法」（文法上の意義や，特別な字尾を表記する）つまり言表を記号素で弁別する第一次文

節作用に「普通併法」が，音素で弁別する第二次文節作用に「特別併法」が対応する二重文節である。このような二重構造から見れば，漢字表記はむだの多い音節文字体系と見なされる。しかし，瞿秋白は，書記言語一般への文学言語の相互的な位置づけについて模索することなく，その言語改革を「文学革命論」に直結させようとしており，当時としてはかなり高い理論水準から文芸の大衆化について論じているのであるが，それは結局創作を尊重する茅盾から見れば，到底危惧を抱かずにいられないものであった。

　茅盾は瞿秋白が，「新文言」で書かれた「新文芸」はたとえ「革命的」であっても大衆にとっては依然として「高級料理」であるとの見解に同意する。しかし，「五・四」式白話の否定を根拠に真の現代中国白話の創出を企図する瞿秋白の論は，五四新文学の否定にすら結び付きかねないものであった。事実瞿秋白は，「五四」式新白話は口で読めないが，旧小説白話は読んで理解できる点で，大衆への伝達に寄与するとの認識を示し，五四文学伝統の位置づけを，旧文言が士大夫知識人に限定されていたこととパラレルに捉え，さらに旧白話に替わる徹底した大衆語の必要性を強調しているのである。

　五四文化運動の歴史的意義を否定的に評価しかねない瞿秋白の性急さに危惧を抱いた茅盾は，大衆への伝達効力を過大にふりかざす瞿秋白に対して，「文字」の問題より「技術」が先決であるとの見解を示す。これに対して，瞿秋白は，茅盾にとって重要なのは，優れた大衆文芸の創出であるが，彼にとって重要なのは，「広大な大衆文芸運動」であると応酬している。ここに至って，「五四」以来の新文学運動に挺身してきた茅盾と，革命運動を推進していくためには，ソ連流の文化政策を優先し，「五四」の提起した文化価値への無情な裁断をも辞さない意気込みの瞿秋白との岐路が顕在化してくる。

　広範なプロレタリアートの領導による文化運動への脱却か，五四文学の継承か，という分岐点にあって，茅盾は徹底した五四白話擁護論に立って，在来の文芸をいかに大衆に接近させるかという大衆化論を展開することになる。そもそも，茅盾は，新文学運動を単純な白話運動とは考えていなかったのである。

　茅盾は上海の都市労働者の使用している「通用語」が半上海語に過ぎず，「共

通語」となりえないとして，瞿秋白のいう「真の現代中国語」の存在を否定し，その理論を切り崩そうとしている。

ソ連直輸入の言語政策をテコに中国における広大な大衆文芸運動を推進しようとしていた瞿秋白と，五四に自己規定を求めてつねにそこに立ち帰ろうとする茅盾との相違は知識人と大衆の関係をどう捉え，その上で現状をどのように把握するかという主体である彼らの自己規定にも関わっている。

この点から見れば，瞿秋白は早くから，中国の伝統的な知識人のありかたにきわめて批判的であった。1919年，彼は「知識階級的家庭」という文章の中で，知識は民衆の血と汗の犠牲の上に成立しており，財産の私有制を否定する以前に知識の私有制を否定する必要のあることを強調している。マルクス主義文献に接して間もない瞿秋白の脳裏に在ったのは没落した知識階級である自己の否定,「知識の独占による知識の私有制の否定」であり，没落した士大夫が唯一占有している知識は，もはや何の価値のないものであり，自らが無産階級となり，民衆の知識奴隷となることによってのみその存在意義を見いだせるとして，五四文化運動の啓蒙主義や，知識人の果たす役割について悲観的な見方をしている。

論争の過程で茅盾は瞿秋白の「無産階級」という言葉を故意にかあるいは，無意識のうちに「新興階級」と読み替えているが，茅盾が「知識階級」の歴史的役割を全面否定するのではなくて，新興中産階級の連合を新しい知識階級と見立て，歴史的主体としての役割にも期待していることが読み取れる。文芸大衆化の問題もつきつめればそのような両者の知識人観の相違が，大衆文芸に対する認識の相違を生み出しているのである。

註
（1） 茅盾『我走過的道路』中，人民文学出版社，1984年。
（2） 同上172－183頁。
（3） 黎烈文については康咏秋『黎烈文評伝』湖南人民出版社，1985年を参照。
（4） 茅盾「血戦後一周年」『申報・自由談』1933年1月23日。
（5） 茅盾「歓迎古物」『申報・自由談』1933年2月9日。
（6） 茅盾「"抵抗"与"不抵抗"」『中学生』第33期，1933年2月1日。

（7） 茅盾「学生」『申報・自由談』1933年3月4日。
（8） 魯迅「"逃"的合理化」『申報・自由談』1933年1月30日。
（9） 茅盾「論洋八股」『申報・自由談』1933年5月1日。
（10） 茅盾「談迷信之類」『申報月刊』第2巻第11期，1933年11月15日。

第2節 『子夜』の社会背景

　辛亥革命の後，旧来の支配者，官人階級の特権が破壊され，思想の自由，出版の自由が可能となると，民主主義と立憲主義に加えて経済学，および社会学の理論が討論されるようになった。一方で国民革命の成長は，与論の動員を必要とし，文学革命が発生した。

　しかし1925−27年の革命は何ら現実問題を解決せず，反省の中から，社会改新の次の段階を決定するためには，中国社会の性質を完全に理解する必要があるとの認識が生まれた。これにより，古代と近代の社会史研究の進歩が促され，更に中国社会の性質をめぐって，1931−33年，中国社会史，社会性質論争が『読書雑誌』『動力』といった雑誌を中心に展開された。

　この論争は，それ以前にも，国民党左派の陶希聖グループを代表とする『新生命』により，また熊得山や，1928年に古代中国に関する論文を発表し始めた郭沫若を含む急進的グループを代表する「思想」によって，ある程度先鞭をつけられていたとも言う。

　また同時期日本でも『日本資本主義発達史講座』(1932−33年刊) が刊行され，「講座派」と「労農派」の間に「資本主義論争」が盛んであった。これと比較した場合，中国の社会性質論争は，学術上の論争である以上に，これを革命理論に直結させ，意識された政治闘争として展開された点に著しい特徴がある。

　中国社会の性質をどのように見るかについては，大きく言って二つの立場があった。一つは資本主義社会と見る立場であり（資本主義社会説）であり，もう一つは半封建社会と見る立場（半封建社会説）である。

　厳霊峯，任曙，王宜昌，王亜南，余沈，孫倬章，劉鏡園，学稼などが前者の立場をとり，朱其華（朱新繁），朱伯康，潘東周，王学文，胡秋原，劉夢雲，劉蘇華，伯虎，夢飛，沈沢民，亦如などが後者の立場をとっていた。

　正確には，両者とも，外国帝国主義の支配，資本主義的諸関係の存在，封建的残存物の存在は認めており，その違いは中国社会の支配的ウクラードを資本主義

第2節 『子夜』の社会背景

的諸関係，封建的諸関係のどちらに求めるかという点にあった。

1920－30年代には，資本主義的諸関係が，中国に於て支配的役割を果たし得る実在的可能性を持っていたことも確かであったが，資本主義社会説は，現実の支配的諸関係と現実の発展方向とを混同し，現実を可能性一般に解消する方向に向かった。また半封建社会説に立つ者も，この点への批判を見逃していた。

戦略問題の対立から見れば，半封建社会の主張者は，プロレタリタートのヘゲモニーによるブルジョワ民主主義革命を考えていた。劉夢雲や劉蘇華のようにソビエト革命方式を強く打ち出していた者と，沈沢民のようにコミンテルン第六回大会の立場を強く打ち出していた者とがあった。

資本主義社会説の主張は，プロレタリア革命を考えていた。この両者の対立は，スターリン派とトロツキー派，中国共産党派と反中国共産党派の闘争として行われた。だがこの政治的対立はこの論争においては表面的なもので，スターリン派内部の対立が政治的には深刻であった。

しかし，ここで資本主義社会説の主張の中に農民運動に対する信頼の欠如が見られることには注意を要する。

劉鏡園は，たとえ朱徳，毛沢東が長江流域を占領できたとしても，それは農民政権だから，太平天国運動の場合と同じように，彼らが大都市を占領した途端に，商人と妥協し，腐敗堕落する。これがスターリン派の言う工農民主専制の運命である，と述べている。[1]

当時，中国の労農運動は，コミンテルン及び中共中央の指導の下に，必ずしも順調な発展を遂げず，苦境にあった。そこで現実に農村を中心に展開されていたソビエト運動をどう評価するか（肯定するのか否定するのか）という点に，中国におけるスターリン派とトロツキー派の本質的な対立があった。

更に中国共産党内部では，スターリン派内部の対立が激しかった。それは農村重点主義の毛沢東らと，都市重点主義の瞿秋白，李立三，王明らの対立であり，コミンテルンは後者に近かった。毛沢東の認識は，中国経済の発展の不均等性が，革命の発展の不均等性と長期性，困難性を生み出すとするのだが，毛沢東路線が主導的地位を占めたのは，1935年以降のことである。

スターリンは，1927年の革命敗北以後における中国の革命情勢を，1917年7月のロシア革命の一時的敗北以後の情勢とかなり似通ったもの，と見ていた。スターリンは，農村の革命運動を軽視していたわけではなかったが，権力の奪取という視点から都市を重視したので，「武装した革命的農村を以て，都市を包囲する」方向は，そこには存在しなかった。また，毛沢東の長期的展望に対し，スターリンは比較的短期的決戦を予想していた。

　中国革命の不均等発展は，中国革命に固有の特殊性であり，コミンテルンは，スターリンと同様，その不均等発展の本質を理解していなかった。コミンテルン第六回大会（1928年7月）にせよ，1930年7月のコミンテルン『中国問題に関する決議』にせよ，農村ソビエトを以前より重視していたにしても，都市重視の方針は変わっていない。

　中国社会性質論争に参加した人々に共通の認識は，これが従来の論争と異なり，科学的思考方法である唯物弁証法を基盤にしているという自負心であった。いわば封建的（衒学的）考え方，資本主義的（プラグマティックな）考え方を排除しようという思想改造運動としての動きである。ここではじめて，広大な農民層が中国近代革命の主力として把握された。スターリンおよびコミンテルンとは逆の方向に論争は傾いていったのである。

　しかし，科学的方法の提起には意義が認められるにしても，論争の内実は，「ただ「資本主義」「民族主義」「半植民地」および「封建経済」といった一群の言葉の上に繰り返し脚注式の説明を加え，あちこちから若干の中国経済の現象を拾い上げてそれを言葉と比べ合わせてみる，ということだけのように思われる。」[(2)]という状況であった。社会性質論争そのものは，トロツキー派，あるいは中国共産党内部の極左的理論との闘争に於てわずかに積極的意味を持つに過ぎなかった。この対比に於て毛沢東路線は新たな可能性を秘めていた。

　中国側が，スターリン，トロツキーの実像を理解し得なかったように，モスクワでは中国社会の現状を把握するすべがなく，この決定的すれ違いのうちに中国革命は多大な犠牲を強いられ，翻弄された。

　このような時，「状況を理解するただ一つの方法は，社会調査を行い，社会の

各階層の生活態度を調査することである。」と、社会調査を強調した毛沢東の結晶方向は、論争の限界を超克する方向への一つの結実であったかも知れない。毛沢東の『湖南農民運動考察報告』は、中国共産党機関誌『響導』に発表されてわずか二ヶ月後に、コミンテルン執行委員会の機関誌『コムニスチーチェスキー・インテルナツィオナール』(1927年5月27日第95号)に掲載され、コミンテルン第八回拡大総会におけるスターリンのトロツキーに対する論駁の根拠として呈示されたことが知られる。[3]

茅盾の『子夜』と社会性質論争との関連については、「『子夜』はどのように書いたか」にも詳しく書かれており、「当時の中国社会の性質に関するいくつかの論文を読み、私が観察した材料とそれらの理論を対照させてみて、私は一層小説を書いてみたくなりました。」[4]と、創作の動機が社会性質論争にあったことを明らかにしている。この小説は徹底した社会調査といくつかの論文を参考にして書かれた中国社会の現状に関する一つの報告書とも言える。ゴーリキーは手放しでこれを賞賛し[5]、またフェドレンコは次のように述べている。

　　その頃、上海は世界の視聴を集めていた。かつて人々がマドリッド攻防戦の外電から新聞を読み始めたように、今では誰もが上海の情勢はどうなっただろうか、と思いながら新聞を開くのだった。……その頃ソビエト人達は、上海という複雑きわまる小世界を理解させてくれる本にはどんなものでも飛びついていた。……しかし、そうした本は極めて少ない。というよりむしろ、殆どないと言ってもいい状態だった。ただその唯一の例外だったのが長編『子夜』で、それは現代上海の生活を、希にみる鮮やかさで描いていた。原書でこの小説を読めるというのが、東洋大学の私の同窓達の特権であった。そのため、私の若い友人たちはこの特権を大いに利用した。……本は次々に手から手へ渡っていき、当時大学で使われていた表現を借りれば、本は「ひとまわりした」のであった。[6]

　　長編『子夜』は、疑いもなく、当時この作家が創作したもののうちで、最も強烈なものであった。

この作品の中で，幾つもの違った顔を持ち，対照と矛盾に満ちている上海は，茅盾という作家に有能な年代記作家を見いだしたのであった。英米資本の中国侵入をはじめ，外国ならびに中国資本家同士の利害の衝突，勤労者達の権利に加えられた新たな攻撃，——こうした全ての現象が，その極端な形で現れていた上海を舞台にして，彼の筆によって鮮やかに表現されたのであった。(7)

　再び，社会性質論争に眼を転じると，スターリン派内部の対立にまで眼を向けたとき，茅盾は非常に微妙な位置にあると，言わざるを得ない。彼は一方で毛沢東に同情的であり，他方，瞿秋白，沈沢民およびコミンテルンと近い関係にある。『子夜』の主題を分析して分かることは，実弟である沈沢民が同時期に執筆して社会性質論争に寄与したとされる『第三期における中国経済』(8)との直接的な影響関係である。(『第三期』というのは，コミンテルンによって提起された用語で第一次大戦直後の革命情勢を「第一期」，ドイツ革命の敗北による相対的安定期を「第二期」とし，これに続く「世界資本主義の一般的危機」の現段階をあらわす言葉として広く流布していた。)

　　現在中国は第三期——資本主義の一時的安定破壊の第一歩——世界経済恐慌の真只中にある。(9)

　　第三期における世界資本主義の一時的安定の破壊は，目前世界恐慌が暴露せるところの現象によって視察するに，中国経済の発展に対しては，左の如き諸種の影響を発生する。
（１）恐慌が列強間の植民地市場××（検閲による伏せ字。以下同じ）をして，ますます激化せしむる結果，世界唯一の協定関税国たる支那市場に対して列強空前の激烈なるダンピング闘争を発生する。
（２）世界農業恐慌の異常なる進化により，且つ工業恐慌により，必然的に植民地原料をして，生産過剰を発生せしむる結果，支那のすでに久しく継続せる農業恐慌をして更に新たなる打撃に遭遇せしめる。
（３）この他，世界資本の過剰により，資本輸出の必要がますます切迫する

結果，列強間の支那×××闘争も，更にまた空前の激烈を呈し来り，由来すでに久しき支那の軍閥は，ここに至りて新しき且つ拡大された規模をもって重演せられざるをえない。[10]

以上が沈沢民の国際経済における中国経済の位置づけであるが，更に以下の点から，問題の考察が行われている。

一，農業経済崩壊における新傾向
二，民族工業の破産
三，手工業工場と手工業
四，国内市場
五，貨幣資本の支配と国家財政
六，第三期における帝国主義の対支那経済政策
七，ソヴェート区域の経済

この論文の随所に『子夜』における社会現象の描写を彷彿とさせる箇所が見られる。茅盾はまさにこの論文の主張を過不足なく形象化することに成功している。例えば，二，民族工業の破産において，沈沢民は現状分析の後，「要するに我々は，支那民族資本工業の破産は，決して将来の問題ではなくして，すでに既成の事実である。といふことができる。」[11]とし，トロツキスト派への回答としては次のように述べている。「諸君は，1928年支那の民族工業が戦争の一時停止により稍々恢復を見た時にあたり，解党派の連中が「支那の資本主義はすでに発展しつつある。支那ブルジョアジーの安定はすでに開始した。」と高唱したことを記憶しているだろう。だが事実は正にその反対であり，その時，民族工業の非民族化はすでに開始されていたのである。現在における民族工業の現状は，当然解党派の「理論」をして完全に破産せしめた。」[12]

そして滅亡しつつある民族資本家の唯一の出路については次のように述べる。

　　そこで彼らは唯一の出口として労働者に対する××の××に想到する。何故なれば，生産過程の前の一段の原料の購買（貨幣－商品「訳者注」）を既に金融資本のために控制され，更に後の一段（商品－貨幣）をも金融資本によ

り佔奪されている彼らは，唯中国の生産過程と労働力の購買の中に，その出口を求めざるを得ないのである。だから「生産の合理化」「科学的管理法」の呼声は，世上に大いに喧しくなった。(13)

『子夜』の重要な伏線である金融資本が産業資本を圧倒する状況についても，論文中で繰り返し強調されている。彼はこれを第三期における「地主，商業資本，高利貸しと工業資本の『三位一体』の形成」(14)とし，その具体的形態が貨幣資本の支配である。と結んでいる。

沈沢民のとりあげた歴史的事実との関連で，臨場感を印象づけられる一例を挙げておきたい。

> 「国民政府」要人にして巨万の財を擁していない者はいない。蒋介石は一人で上海に幾多の地所を有し，数多い大小の野菜市場はみな彼のものである。公債取引所において，彼は一個の最大の大手筋であり，聞くところによれば，閻馮との戦争中，彼は十数万元を馮の軍隊に贈賄し，三十里を退却せしめて，公債の相場を引き揚げ，贈賄額の数倍する利益を得たといふ。支那の貨幣資本は，すでに日に益々国家機関と混合しつつ共に成長しつつある。(15)

これは『子夜』の中で，アメリカ資本に結び付いている買弁資本家，趙伯韜の密謀として描かれる。つまり，西北軍（馮玉祥軍）との交渉で，一里（576メートル）について銀一万，三十万で三十里，という金で退却してもらう話を想起させる。詳細に検討すれば，『子夜』は前述したフェドレンコの言う「上海は，茅盾という作家に有能な年代記編者を見いだした。」(16)という言葉どおり，フィクションである以上に，歴史叙述であり，ルポルタージュであることが理解できる。

沈沢民の『第三期における中国経済』は，『ボルシェビーク』（1931年5月）に発表され，代表的な幹部派の見解であり，トロツキー派の見解に対蹠的であり共産党内部でも論議を呼んだ論文と評価されている。(17)

註
　ここでは，社会性質論争そのものを論じるのが目的ではないので，概観する上では，載国輝「中国『社会史論戦』紹介にみられる若干の問題」（『アジア経済』13－1，1972

第2節 『子夜』の社会背景

年) に提示された文献を参考にした。主なものを以下に挙げる。田中忠夫『支那経済の崩壊過程と方法論』学芸社, 1936年, 任曙・厳霊峯等著 (田中忠夫訳)『支那経済論』中央公論社, 1932年, 矢沢康裕「労働運動と中国社会論」(『講座近代アジア思想史1』1960年), ウィットフォーゲル (平野, 宇佐美訳)『支那社会の科学研究』岩波書店, 1939年。

(1)　劉鏡園「評両本論中国経済的著作」(第二輯) 39−46頁。
(2)　王亜南 (中国経済研究会訳)『半植民地経済論』青木書店, 1955年, 49頁。
(3)　伊藤秀一「湖南農民運動考察報告」の露文初訳 (『歴史学研究』402号, 青木書店, 1973年11月40−47頁所収)。
(4)　茅盾「『子夜』是怎様写成的」原載『新疆日報』副刊1939年6月1日。
(5)　趙景深『文壇憶旧』上海北新書店, 1948年, これによると茅盾自ら『動揺』と『子夜』をロシア語に翻訳したように書かれている。
(6)　フェドレンコ (木村浩訳)『新中国の芸術家たち』朝日新聞社, 1960年, 91頁。
(7)　前掲『新中国の芸術家たち』, 92頁。
(8)　邦訳「第三期における支那経済」(任曙等著, 田中忠夫訳『支那経済論』中央公論社, 1932年)。
(9)　同前, 557頁。
(10)　前掲「第三期における支那経済」558−559頁。
(11)　前掲「第三期における支那経済」567頁。
(12)　前掲「第三期における支那経済」570頁。
(13)　前掲「第三期における支那経済」571頁。
(14)　前掲「第三期における支那経済」580頁。
(15)　前掲「第三期における支那経済」581頁。
(16)　前掲『新中国の芸術家たち』。
(17)　前掲「第三期における支那経済」訳者附記。

第3節　民族ブルジョワジーの形象とロシア文学
―― 十九世紀ロシア社会史から見た『子夜』――

　創作に、評論に縦横に才筆をふるい，同時代の社会的構図を描破してきた茅盾は，『子夜』以降，抗戦期の小説でも「民族ブルジョワジー」をしばしば題材に取り上げてきた。『子夜』については，エミール・ゾラの『ルーゴン・マッカール叢書』の影響が最も大きいと指摘されてきたが，十九世紀末のゴーリキーもまた，フランス文学の中に描かれた，いまだ目にしたことのないブルジョワ社会の集団的なポートレイトから啓示を受け，ロシアにおける「未完」のブルジョワジーたちの運命に思いを馳せたのであった。

　茅盾が，フェデレンコに語った言葉によると，彼はロシア文学の中でも，ツルゲーネフ，チェーホフを愛読し，ファジェーエフ，カターエフ，トルストイ，シーモノフ等を机上の書としたと言う。この小稿では茅盾が『子夜』執筆の動機に，「ロシア文学は中国文学の上に大きな影響を及ぼしています。これは私についてもいえることです。例えば，『フォマ・ゴルジェーエフ』は，古い中国における民族資本家階級の立場について私の興味を呼びおこし，『子夜』を書く気にならせたのです。」[1]と述べていることから，『フォマ・ゴルジェーエフ』の著者ゴーリキーとの対置によって，両作家の資本家像を社会史的コンテクストの中に位置づけ，作品成立史の一端を顧みてみたい。

　『未完のブルジョワジー』とは，帝制ロシアにおけるモスクワ商人の軌跡（1855-1905）に関する研究であり，オーウェンの労作である。この著作は，茅盾が『子夜』のモデルとしたと告白しているゴーリキーの『フォマ・ゴルジェーエフ』の時代背景に当たる。[2]

１．1890年代のロシアにおける資本主義の発展

　ロシア資本主義についての論争がクライマックスに達したのは，マルクス主義

第3節　民族ブルジョワジーの形象とロシア文学　　　　111

がロシアで影響力のある思潮になり，労働運動の重要な要素になる90年代であった。すなわち「合法マルクス主義」は，本質的に「資本主義」を正当化するもので，ロシア思想の発達におけるその役割は，西欧で自由主義経済学が演じた役割に匹敵するものとされた。

　『フォマ・ゴルジェーエフ』は，1898年に書かれ，1899年に発表されている。これは，ゴーリキーの最初の長編小説（ゴーリキー自身は「中編」としている）であり，第二期の創作活動に入る転換点を画した作品とされている。

　1890年代には，ゴーリキーは革命サークルと結び付いており，ナロードニキ思想を克服しつつあった時期のマルクス主義に接近していた。彼の第二期から1905年の革命に至る作品には，レーニンとの交流が影響を現してくる。ゴーリキーはこの小説中で，真に人間的なものが，ブルジョワジーの虚偽のモラルと不可避的に衝突する様相を示そうと試みた。

　この小説が発表された同年，レーニンはその代表的な論文のひとつ『ロシアにおける資本主義の発展』を著し，ロシア社会の特殊な発達の道を主張するナロードニキの見解に反駁している。それは，レーニンが，まだ30歳に満たぬ青年で，社会運動家として無名の新人であった時期の著作である。そしてゴーリキーは，この小説においてレーニンの理論を具体的な形象によって提示し立証したと言われる。則ち，レーニンが資本主義の進歩的役割とともに，この経済制度の過度的役割を指摘したように，ゴーリキーは資本主義が歴史的に滅亡の運命にあることを示した。

　　もしロシアにおける前資本主義を資本主義と比較するならば，資本主義のもとでの社会経済の発展はきわめて急速なものである，と認めねばならない。だが発展のこの速度を，技術と文化一般の現代の水準のもとで可能なはずの速度と比較した場合，実際に，ロシアにおける資本主義のこのような発展は緩慢であると言わねばならない。そしてそれは緩慢でしかありえない。なぜなら資本主義とは両立せず，その発展を遅らせ，「資本主義によっても，資本主義の不十分な発展によっても苦しんでいる」生産者達の状態を極端に悪

化する旧時代の諸制度が，これほど豊富に残っている資本主義国は一つもないからである(3)。

　……国の経済発展は，1816年の中途半端な改革と，この改革に絶えず新しい反動的な「訂正」を持ち込むことによって，改革の実現を妨げてきた半封建的な専制的な全体性によって保持された農奴制の残りかすのために妨げられてきた。それでもやはり，この発展は，テンポにおいては，西欧諸国のどの国をも追い抜いていた。(4)

　レーニンによって，マルクス主義論は経済決定論ではなく，経済と社会が分離し得ないとの認識によって，いわば擬制の社会としての近代の神話を科学的方法で崩壊へ導く役割を果たしたのである。しかし，統計数値を配した精緻なこの労作には，非合法出版を避けるため，農地改革後の歴史過程を経済的側面に限定し，外国貿易に関わる資料を削るなど，きわめて制約も多かった。そのような時代に，ゴーリキーの文学は，いわば一つの寓話によって，「ロシアにおける資本主義の発展とその終焉」を提示し，レーニンの主張を補足するとともに，それを一歩先んじることとなった。

　『子夜』の時代背景も，民族資本の束の間の躍進期であった。

　中国の近代的工業発展は，1895年に始まる。近代工業の大多数は，初期には外国の経営によるものであったが，1933年までに中国人所有工場が生産高の約七割を占めるようになった。1923－36年の工業成長率は平均8.3パーセントに達した。中でも最も重要な功績は，繊維産業であり1928年にピークに達した。経済の近代化過程は，1933年以降に進み，ある程度加速化され，経済構造の変化が生じた。(5)

　『子夜』の主人公は，製糸工場を経営する民族資本家である。当時，中国における機械製糸業は，マジャールによって「本質的には……純民族工業のほとんど唯一のもの」(6)と規定された。しかし中国における機械製糸業は，奇形的発展の緒を表し，結局日本製糸業と中国における在来の生産形態との二方向から攻撃を受けた。さらに中国ではこの時期，外国帝国主義の資本攻勢と世界経済恐慌の影響を被り，内からは頻発する内戦によって農村経済が破壊され，都市経済も危機

に直面していた。これらの圧迫が民族ブルジョワジーのイデオロギー的立場を動揺性の高いものにしていた。『子夜』において買弁化を拒否し，封建勢力と妥協できなかった主人公は孤軍奮闘の末，出口を失うのである。

2．民族ブルジョワジーのゆらぎ

　このような資本主義の空前の躍進の時期にゴーリキーは民族ブルジョワジーに対し，何を期待したのか。

　1896年に全ロシア産業博覧会と産業大会が開催され，ゴーリキーは二つの新聞の通信員として，そこに集まった商人＝資本家たちを観察した結果がこの小説に反映したのだと言われる。[7] ここで，彼はブルジョワジー達の「無定形性」を確認すると同時に，その政治的積極性の増大を見た。事実，1905年までの間に，ブルジョワ意識は成熟し，モスクワには自由主義的なブルジョワジーと共に，保守的なブルジョワジーも形成された。

　ゴーリキーは，次のように述べる。全ロシアの大工業の代表者たち――彼らは国民の「最も堅固な部分」および「国家が正当に期待できる鉄壁の守り」であり，これは「年頃の青年達」であり，彼らは病めるロシアに惚れ込んで彼女に求婚しつつあり，彼女をニコライ・ロマーノフ皇帝と離婚させる必要があることを知っている。[8]

　商人階級（クプチィ）は，ロシア社会の中で特殊な階級を形成していたが，工場主もここに含まれ，商人というよりはむしろ実業家である。貴族や僧侶とは違い，身分は世襲制ではなく，二つある商人ギルドに加入金を払って身分を獲得する。彼らは，僧侶，農民と並んで，社会でもっともヨーロッパ化されず，その生活習慣は伝統的で，民族性を豊かに内包していた。そして，急速な工業化は，身分という言葉を次第に駆逐し，ひとつの階級としての意識が形成され始める。

　瞿秋白が中国社会における民族ブルジョワジーの位置を分析し，その岐路を示したように，このときロシアの商人階級は岐路にあった。瞿秋白によれば，商人階級と小市民層の間に経済的連結があるので，民族ブルジョワジーは相当な影響

力を持つ政治勢力である。小市民層の間でも，特に小商人は，根本的に不安定な勢力であるので，革命闘争が強くなればなるほど民族ブルジョワジーと容易に手を結ぶ。また，民族ブルジョワジーによる一党独裁は，それが与える秩序に魅力を感じる小農民までをも引き込むのである。民族ブルジョワジーは，帝国主義の圧力を受けているので，反帝国主義であるが，それが商業から大工業に移行するに連れ，政治的妥協に傾いていくのである。[9]

サッワ・モロゾフ[10]という実名のロシアの資本家は，『フォマ・ゴルジェーエフ』の中でフォマと対立するロシア商人の典型的形象であるマヤーキンを評価して次のように語る。

> そうです。政治づいた商人がわが国に生まれつつあります。彼らはそのまずい仕事ぶりと同じくまずい政治を行うだろうと思う。農民国での自分の位置の不安定性を明確に理解しているような工業家に，私は会ったことがありません。わが国の工業家は――盲です。原料と労働力における国の無尽蔵の富が，彼らを誘惑しているのです。彼らは文盲の農民達の愚昧，労働者の数が少ないことと組織されていないことに期待をかけており，このような事態が長く百年に渡ってそのまま続くと確信しているのです。…わが国に革命が勃発し，革命に対して準備していない全ての人を巻き込む時，それは無政府状態の性質を取ることになるかも知れない。だが，ブルジョワジーは，抵抗のための力を自分のうちに見いだすことができず，塵芥のように一掃されるでしょう。[11]

ブルジョワジーの急速に増大しつつある経済力と政治的欲求は，ロシアの「専制」との離婚を示さず，反対に直接の同盟者となる道を進んでいくのだが，『フォマ・ゴルジェーエフ』は彼らへの警鐘であり，この小説はその出発点にすぎなかった。(以下，一連の作品の中で，『アルタ・モーノフー家の事業』は，レーニンの影響を離れたゴーリキーの最初の作品であると言えるが，中国では柔石による翻訳がある。)

第 3 節　民族ブルジョワジーの形象とロシア文学　　　　　　　115

民族ブルジョワジーを題材とした作品の系譜

ゴーリキー
1899年　『フォマ・ゴルジェーエフ』
　　　　（『ロシアにおける資本主義の発展』レーニン）
1901年　戯曲『小市民』

1909年　『オクーロフ町　三部作』
1910年　戯曲『ヴァッサ・ジェレスノーバ』
1908－1913年　レーニンのゴーリキーへの手紙が書かれた時期

1924年　レーニン死去
1925年　『アルタ・モーノフー家の事業』
1928年　トロツキー派追放

1931年　戯曲『エゴール・ブルイチェフとその他の人々』
1933年　『ドズチガーエフとその他の人々』
--------------------------------↓------------
茅盾　　　　　　　　　　　　　↓
1933年　『子夜』

1938年　『第一階段的故事』

1942年　『霜葉紅似二月花』
1943年　『走上崗位』

1945年　戯曲『清明前後』
1949年　『鍛錬』

3．原始的蓄積の騎士

『フォマ・ゴルジェーエフ』には，イグナート・ゴルジェーエフとフォマ・ゴルジェーエフいう資本家の父子が登場する。イグナートは，物語の前半で姿を消すが，フォマと対照的な人物でありながら，決して否定的には描かれていない。

> 「今から60年ほど前，ヴォルガ河で，何百万という身代が，おとぎ話のような速さでつくられていた時のこと，イグナート・ゴルジェーエフは富裕な商人ザーエフの艀の一つに人夫頭として働いていた。
> 　力が強くて顔立ちも美しく，それに馬鹿でなかった彼は，どんなことをしても常に幸運がついてまわると言った人々の一人であった。がそれは彼らが――才能があって勤勉だからというのではなくて，むしろありあまる精力を蔵しているので，自分の目的に向かって進む時は，そのやり方を深く考えてから選択するなどということは思いも及ばないし，また出来もしない。自分の欲望以外には他に法則を知らないからなのである」[12]

これは小説のイントロダクションの部分であるが，「純ロシア的な健康な粗野な美しさ」に満ち溢れた，そして「良心をも自分の目的の奴隷にする」[13] 精力的な青年として登場する。

ゴーリキー自身の言葉によれば，イグナートの典型は「強欲者＝建設者」のタイプに属するのであり，ロシアの資本主義にとって特徴的な原始的蓄積の騎士である。彼は「われわれは与えるためではなく，取るために生きているのだ」と豪語して憚らない。

イグナートが，他の資本家（商人）たちと異なるのは，勇敢で事業への情熱を持ちながらけっして吝嗇でないことだろう。

呉蓀甫の中にも建設的な企業家の風貌を肯定的に描こうとする意図が窺える。呉蓀甫の性格，気質は，先のイグナートと類似する点が多く，特に茅盾の「生理

第3節　民族ブルジョワジーの形象とロシア文学　　　　117

主義」的とも言われる描写において効果を示している。

　『子夜』では，冒頭から上海へ出てきた「古き屍」則ち呉蓀甫の老父の死が描かれ，古い中国も又，新しい時代の嵐の中に風化し去ることを暗示している。[14]『フォマ・ゴルジェーエフ』では，イグナートの死によって，その枠を破り出る新しい世代，フォマが登場する。この父の死という設定は，ゴーリキー文学に見られる「孤児のモチーフ」[15]に属するものであって，八月の澄み切った空の下で，ニコライ寺院の鐘の音に包まれて息を引き取る「イグナートの死」には「古き社会の屍」に対する嫌悪感は示されない。むしろ，ナロードニキによって「西欧から輸入した人工的産物」と裁断されていた資本主義観を否定し，ロシアの伝統に無縁ではなく自然に発展してきた現象として資本主義の進歩性が認められ民族資本家としてのイグナートは美化されている。

　資本家の運命をテーマとした一連の作品の中で，『フォマ・ゴルジェーエフ』はおとぎ話のような骨格を備え，資本家像の原型を示しているが，『フォマ・ゴルジェーエフ』のみならず，ゴーリキーの晩年の作品『エゴール・ブルイチョフとその他の人々』においてもこのような強欲な建設者である資本家，商人が小説の中心に据えられたことについて，批評家は当惑を示した。それが暴露のためでなく，はからずも好意的に描かれているということがゴーリキーの後退とも受け取られた。

4.「白いカラス」

　イグナートは「原始的蓄積の騎士」であると同時にその状態の不安定性，ブルジョワ階級の終末の根源，運命の全悲劇，階級的，思想的，道徳的葛藤を描き出すための装置でもあった。

　『子夜』と同じく『フォマ・ゴルジェーエフ』でも周辺人物において，資産階級の社会病理の一端が綿密に描写されている。

　「妻の卵型の非常に端正な顔には，微笑の浮かぶことは滅多になかった。いつも彼女は何か考えていた。…略…大きい商業都市の喧噪な生活は，この無口な女

を面白がらせなかった」[16]と描かれるイグナートの妻ナターリャの二つの特質，つまり事業欲に燃える夫に理解されぬ内面の世界に沈滞し，都会の生活に馴染めず足繁く教会に通う逃避的行動に出る点は，空想にふける林佩瑶（呉蓀甫の妻）太上感応篇に逃避する呉恵芳（呉蓀甫の妹）など，同じく資本家の身内の肖像に見いだせる。

以下，教育を受けたために商家の生活に満足できない娘（リューボフィ），都会を彩る社交界の女性（ソフィア），無気力な知識人（エジョフ），などに『子夜』における上海の女子学生や「社交花」，知識青年などを対置した時，資本家の周辺を彩る様々な人物像は，構造的にシンメトリーをなしているようにも見える。

フォマの形象については，『フォマ・ゴルジェーエフ』の発表直後，ロシアの批評家たちは，「罪を悔いる商人」（トルストイ『復活』のネフリュードの「罪を悔いる貴族」をもじった表現）また「白いカラス」と論評した。「白いカラス」にはある群れと手を切ったが，また他の群れに加わっていないとの含みが込められている。

フォマは資本家の家に生まれ，資本の相続人たる地位を持ちながら，労働者たちの発する信号を感知せずにいられず，道義的な自責から，最終的には同じ階級の仲間に相対するプロテスタントとなる。特に政治的野心を持つ名付親のヤコフ・マヤーキンとは激しく対立する。

「すると，私には行く道がないんですね？」そしてフォマには実際行く道が無い。

小説全体から見た主人公の位置づけからは，呉蓀甫の絶路と敗北も，フォマの反乱と敗残者となる結末も，政治権力を志向する故に反動化する資本家と対決した結末である。買弁化を拒否した呉蓀甫にはイグナート的な気質だけでなく，フォマの「白いカラス」が投影されている。

さて，『フォマ・ゴルジェーエフ』から30年を経て，1930年代のはじめに至り，晩年のゴーリキーは，再び資本主義諸国における危機と，資本家階級内の崩壊現象を注意深く見守る中で，再びかつての「白いカラス」を思い起こしていた。戯曲「エゴール・ブルイチェフとその他の人々」で，挫折したブルイチェフとその

第3節　民族ブルジョワジーの形象とロシア文学　　　　119

周囲の人々との葛藤を描いたのもそのためである。また「ドスチガーエフとその他の人々」では、「戦争－革命」の定式の中でその内容が一層大きく展開されていく。このような状況にあって『子夜』がタイムリーに世に出た時、ゴーリキーがいち早くこれを賞賛したのはいわれのないことではなかった。

5．中国における「未完」のブルジョワジー

　中国においても、同じく「戦争－革命」というパノラマの中で、茅盾における民族資本家像は展開していく。

　『子夜』以後、抗日戦下において金融資本家と産業資本家との抗争は一層激しさを増していった。『第一階段的故事』は、薩空了の依頼で、『立報』の副刊に連載したもので、いわゆる「通俗化」において成果を納めた作品である。

　40年代の茅盾は常に在野にあって、抗戦文芸をあらゆる側面からフォローすると同時に、その過程で左翼自由主義者たち、「生活書店グループ」と関係を深めていく。社会的混乱による生活苦が知識人のモラルを脅かす一方、知識分子は社会のあらゆる基層部分に遍在するようになる。流亡を余儀なくされたのは、知識人ばかりでなく、杜重遠のように工場をたたんで、奥地の文化建設に貢献する民族資本家達も民族民主運動の論陣を張った。こういった中で、『子夜』以来のテーマは、実業救国、中国的コーポラティズムを包含する立場へと発展し、作品にもそれが反映される。『清明前後』では、重慶の黄金疑獄を題材として、政府批判にまで筆が及んでいる。更に言えば周而復が、1958年に上海解放後の民族資本家像を描いた大河小説『上海的早晨』は、このテーマを継承しており、もう一つの『子夜』とも言える。

　茅盾の後期の代表作で、やや異色の作品『霜葉紅似二月花』は、民族ブルジョワジーを扱った作品の中でも、民族形式に則り、最も円熟した風格を示すに至った。『霜葉紅似二月花』では様々な人物像が見られるが、中心人物の一人である銭良材には孤独の影の中にも「孤軍奮闘」の悲劇はもはや見られない。

たとえていうと，ここに道がある。一筋のかすかな道がね。しかし，道連れがまだやって来ない。——というより，道連れがまだ見つからないのだ，それに……。(17)

この言葉にも，ささやかながら中小農民との連帯を模索する理想主義者銭良材の未来が暗示されている。『霜葉紅似二月花』の空間がたたえる静謐さは，これに続く激動の革命時期のための前奏にすぎなかったのかも知れない。しかし作品は，それを描くことなく未完のままに終わった。

6．小市民画像

ゴーリキーが，ロシアに何千とある地方都市（茅盾にとっては鎮），つまり田舎町を構造的に描くことによってロシア社会の断面図を描き，小市民をいくつかの典型に描き分けたように，茅盾の知悉していたのも田舎町であり，『霜葉紅似二月花』では，民国初年頃の江南の一県城における新興の民族資本家と旧派の地主との抗争を年代記風に描いている。またこの作品は「地方都市の人々のイデオロギー（意識形態）は，一般に言われるほど，単純なものではない。」という『子夜』後記の言葉を思い起こさせる。

ゴーリキーの世界感覚の根底にあるオクーロフ気質（ロシアの地方小都市の因循姑息な小市民の生活とその気質）と呼ばれるものは，茅盾の小説世界の基調でもある。茅盾のゴーリキーに関する文章には，伝記的紹介，作品紹介，追悼文などがあるが，「小市民画像」についても「オクーロフ町」読書記などの論評がある。(18)

茅盾は『子夜』執筆の前後にも，「ある翻訳者の夢」など，スケッチ風の小品において多くの小市民画像を描いている。『春蚕』に始まる農村三部作が「穀賊，繭賊傷農，豊収成災」を提示しているとするなら，戦局の経過などを交えて描く市井の人々の顛末記は，都市小市民や下級インテリの辿る同じ道をカリカチュアして見せている。左連期において茅盾が最も心血を注いだ雑誌のひとつである『文学』は，誌上で国防文芸を推奨してもいるが，都市の小市民，知識人に対し

第3節　民族ブルジョワジーの形象とロシア文学　　　121

て，国難期の啓蒙を意図したことが窺われ，民族ブルジョワジーの末路と同様，この時期茅盾の追究したモチーフの一つが鮮明に看取できる。

7．おわりに

　文学的な影響関係は，その背景にある思想上の論争や問題をも作品がひきずっていくことに他ならない。文学作品はある時は歴史を映し，またある時は，歴史が文学の中で意識的に発展，進化させられていく。
　この小稿では，茅盾文学のモチーフのひとつである「中国における商業資本の運命」「民族ブルジョワジーの末路」が何に由来するのかを，ロシア社会史とゴーリキーの文学にまで遡り，両者の微妙な交錯を通して『子夜』における作品成立史の一端に焦点を当てた。一連の資本家像の中に民族的リアリズムを探求し続けた茅盾の足跡は，フランス自然主義のみならずロシア文学から啓発され，移植された「未完のブルジョワジー」の中国的な展開でもあったのである。

註
（１）　フェドレンコ（木村浩訳）『新中国の芸術家たち』朝日新聞社，1960年，123頁。
（２）　オーウェン著，野口建彦，栖原学訳『未完のブルジョワジー』，文眞堂，昭和63年初版。
（３）　レーニン（山本敏訳）『ロシアにおける資本主義の発展』下，岩波書店，1981年，214頁。
（４）　ボリス・ビャーリク（山村房次訳）『ゴーリキーの運命』上巻，新日本出版社，1975年，150頁。
（５）（６）『支那蚕糸業における取引慣行』東亜研究所，1944年，103頁。
（７）　ゴーリキー（宮原克巳訳）『フォマ・ゴルジェーエフ』青木書店，1953年，上巻，292頁。
（８）　前掲『ゴーリキーの運命』上巻154頁。
（９）　詳しくは瞿秋白『支那革命ト共産党』国民思想研究会，1931年，邦訳。
（10）　前掲『ロシアにおける資本主義の発展』下134頁参照。
　　　当時，最大級の工場主の多くがもっとも小さな「人民的生産」から資本主義に至る

すべての段階を通ってきたことの例証のひとつ。
(11) 前掲『ゴーリキーの運命』上巻191頁。
(12) 前掲『フォマ・ゴルジェーエフ』5頁。
(13) 同前，11頁。
(14) 「この老人は，康有為，梁啓超ら維新派の人物ということになっており，古い中国の象徴，古い世代の象徴として捉えられている」(小西昇「『子夜』創作方法について」『熊本大学教育学部紀要』20)の他，揚承淑「茅盾と島崎藤村の自然主義文学観の構造」でも父親への投影が「嫌悪に近い気持ち」であることが指摘される。
(15) ゴーリキーの代表作の多くが孤児を主人公としている。
(16) 前掲『フォマ・ゴルジェーエフ』上巻，12頁。
(17) 茅盾（立間祥介訳）『霜葉紅似二月花』岩波書店，1980年，237頁。
(18) 茅盾がゴーリキーについて言及している論述や翻訳は以下の通り。
1921年3月10日海外文壇消息（二十三）俄国文豪高爾基被逐的消息。
　　7月10日「社会背景与創作」『小説月報』第十二巻第七号
　　　　「…国内創作小説的人大都是念書研究学問的人，未曾在第四階級的社会内有過経験，象高爾基之做過講師，陀斯妥那夫斯基之流過西伯利亜。」
　　11月10日海外文壇消息（一〇一）高爾基的「童年」生活『小説月報』第十二巻第十一号
1923年11月10日『巨敵』（高爾基著　署雁冰訳）『中国青年』第四期
1930年1月1日「関於高爾基」『中学生』創刊号
　　6月1日「高爾基」『中学生』第二十五期
1938年12月1日「影片『高爾基的少年時代』」『文芸陣地』第二巻第四期
1940年6月11日「紀念高爾基雑感」『新中華報』
1941年6月15日「高爾基与現実主義」香港『大公報』
　　6月18日「紀念高爾基」『華商報』
　　10月16日「小市民画像（読書記)」『筆談』第四期
1945年6月18日「流浪生涯－高爾基生活之一頁」（蘇A．羅斯金著　署茅盾訳）『新華日報』
1946年6月15日「高爾基和中国文壇」『時代』周刊第六年二十三期，十六日の『群像』第十一巻第七期，二十一日の重慶『新華日報』，二十四日の『華商報』にも見える。
　　6月18日中華全国文芸協会等八文化団体主催の「高爾基逝世十周年紀念会」

第3節　民族ブルジョワジーの形象とロシア文学

に出席。午後七時，上海「蘇連呼声」電台で「高爾基与中国文学」を講演。

「高爾基和現実主義」『連合日報』晩刊

29日「高爾基与中国文学」『時代』第一六三期,「高爾基研究号」

1947年5月23日「高爾基世界文学院」「高爾基博物館」を書く。

第4節　欧米における茅盾研究
――初期小説のテキスト批評・技巧・文体――

緒　　言

　欧米における茅盾研究と言えば、Yu-Shin-Chen, "Realism and Allegory in the Early Fiction of Mao Tun," Indiana University Press, 1986（中国語版は陳幼石『茅盾〈蝕〉三部曲的歴史分析』1993年）がある。陳幼石女史は茅盾の初期小説を「革命に殉じた同志たちへの挽歌」であるとして、小説に鏤められた隠喩について、詳細な分析を加えている。一例を挙げれば、『幻滅』に描かれた二人の女性の出身地は、慧が1926年に農民運動の勢力が最大となった黄陂、静女士は湖南農民運動を連想させる長沙である。国民党左派の象徴である抱素と、この二人の三角恋愛は、第三国際の下で黄陂と黄岡の両地における土地改革の激化が、1927年春から夏にかけての国共分裂の引き金になっていることの隠喩であると言う。同じく『追求』における史循の自殺は、1928年5－6月、共産党の新しい指導者と第三国際の間に新しい恋愛関係が育まれていた、いわゆる「ソビエト段階論」を背景としていると言う。茅盾の小説を一貫して political allegory として見る視点に、大きな特徴があると言えよう。

　またアメリカ留学の経験のある台湾人学者彭小妍女史の著作『リアリズムを越えて』[1]が刊行され、「ユートピアの希求」として、沈従文、巴金、茅盾、曹禺らを取り上げている。茅盾については「企業烏托邦的幻滅：茅盾《子夜》的階級闘争」として『子夜』論が試みられている。参考文献にマンハイムの「イデオロギーとユートピア」を上げているが、フランクフルト学派以来のアメリカ知識社会学の影響と感じさせるアプローチである。彭小妍は「五四文学作品の啓蒙、革命の精神と、十九世紀ヨーロッパの写実主義、浪漫主義とはかなり趣を異にする。例えばバルザックの写実小説は、科学研究の影響を受けてその叙事語態は客観的で、冷静であり、その目的は偏りなく現実を「呈現」している。五四小説の

第4節　欧米における茅盾研究　　125

叙事はと言えば，往々にしてあらかじめ立場を設け，主観意識が強烈であり，その目的は現実を「批判」し，それによって読者の危機感を喚起して意識を共有し，現実世界改変の目標を実現することである。両者の基本的差異について考えてみる価値があるのではないか。」[2]と述べている。欧米における茅盾研究は，今日でも新しい境地を開拓しつつあり，方法論的にも多くの示唆を与えてくれるように思う。ここでは欧米では伝統的なテキスト批評を踏まえた論著として『茅盾の初期小説』[3]について見て行きたい。

1．"Mao Dun's Early Ficton 1927－1933"
1．1．方法論の折衷

同論文は，茅盾の初期小説をその立場（イデオロギー）と文体論的視点から論じた学術論文である。副題にもある「立場」とは，茅盾の中心的思想，道徳的見解，偏見，文化規範，現実の概念化のモード，政治的傾向，教訓的目的，これらすべてを総括して茅盾の初期小説のイデオロギーとして論じている。序において，その方法論的模索について触れているが，著者は，他の政治教義的な，あるいは社会心理的な著作に取られた方法を茅盾に適用させようとして挫折を繰り返してきた。その結果様々な批判理論の折衷に行き着くが，その基本を新批判（ニュー・クリティシズム）に負っているように思われる。作品を作品以外の情報から遮断し，全体の有機的統一にこだわらずに不確定な要素を積極的に取り込み，テーマとシンボルの探索を図っている。

序において，ウェイン・C・ブースの言う「含意の著者（Implied author）」について度々言及しているが，論述の中でも審美的観点から，茅盾の傍観的技法，距離を置いたアイロニーの美的効果を積極的に論じている。ブースは，『虚構のレトリック』[4]の中でテクストと現実の作者との実体のよくわからない関係を問題にするよりも，その作者が創造したテクストが生み出すレトリカルな効果から逆に「作者」を規定するほうがもっと深い意味があると述べているが，作品から作者を照射する視点は，この論文に一貫している。

この論文は，茅盾研究が，歴史的社会的な意義から高く評価される1930年代の

中長編小説ばかりに集中してきたことを反省し，1932年に発表され，中国現代文学史の画期とされる長編小説『子夜』以前の短編小説群のみを研究対象として選び出している。その中には散文詩に近い作品もあり，いずれも試作的性格が濃く，主観叙情的で，欧米文学の影響も直接的，多面的である。著者によれば，客観的批評を意図しながら，印象批評に陥ったとのことであるが，これ以外にマルクス主義批評の要素も混在しているように見受けられる。

1．2．中心的矛盾

これは"Central Contradiction"という一つのテーマとなっていて，言葉，イメージ，象徴などが，このテーマをどのように取り巻いているかを問題としている。著者によれば，初期小説における多様なプロットや主題的関心は，事実上，二三の中心的主題（テーマ）のバリエーションである。そこで，バーニングハウゼンは，この「中心的矛盾」を茅盾の回帰的テーマとしている。

夏志清が，プルセークの批判に対して，「茅盾が初期小説においてとりわけ得意としたのは，イデオロギー的なものと性愛的なものとの関係の二元性である。」[5]と述べているように，個人の心理的人格によって，両極端の個性が弁証法的に分割されて示されるとともに，性愛の関係の上に政治的シンボリズムが重ね合わされている。このような意識的な二元的設定について考察が加えられる。

1．3．存在の意味

「中心的矛盾」と同じく，もう一つの回帰的テーマとして「存在の意味」が不可欠であり，その他のイデオロギーを割り出す布石でもある。中国，日本では茅盾の小説を批判的アプローチに由来したものとして扱っているので，マルキシズムの関心，観念，カテゴリーに言及するだけで，そのイデオロギーと立場が狭く限定される。しかし，小説に取り上げられる革命や政治の問題は必ずしも完成した作品の主要な関心としては，現れない。

著者の無意識の次元においては，小説のテーマは，人間存在の意味，人生の価値の探求であり，思想的混沌の中で，最終的には伝統的，革新的を問わず，全て

の既成の人生哲学を拒否していくのが，初期小説の人物像である。茅盾自身，五四期におけるニーチェへの傾倒など，実存主義に触発されるところも大きく，経済危機，疎外，社会的地位の縮小などに直面した中産階級の知識青年たちが人間存在の意味という解き難い問題と取り組み，実存主義的享楽主義，もしくは，未来主義に向かう過程が描かれる。

例えば『虹』は，五四の覚醒した女性を描いているが，この作品のテーマはまさしく生存の希求である。特に寓意的なプロットにより，当時の中国知識青年たちの様々な理想的哲学的傾向を誇張しているが，それが作家の無意識の次元で，小説のイデオロギー的偏向をもたらしている。自己破滅的，快楽的ニヒリズム，アンモラルな態度の『追求』に対する批判や，瞿秋白の『三人行』批判を見てもわかるように，中国共産党の政治路線やマルキストの政治信念を取り込むことには，茅盾はあまりにも無力であった。

1．4．モダニズムと疎外

茅盾の小説に見る現代社会の諸相に対する告発は，モダニストの主観論とは異なり，マルクス主義的な急進主義と人道主義とに端を発していることが，まず確認されている。結局，これらの特質は，現代的な疎外の文体的強調と思われ，モダニズムでは，「中心的意識」（登場人物や主人公の遠近法を通じてプロットが表現される。）における思考や信条の断片を織り込んだ性格描写の技法が多く用いられるが，それはモダニスト作家達が現代人の根本的な「内なる現実」（苦悩，疎外，倦怠など）を強調する方法に近いものである。1930年の上海という都市のモダナイズは，作家の想像力を捕らえて離さなかったはずであるし，それと対照的な都市近郊の農村の崩壊，著しい衰退と，伝統的な秩序の上に立つ小農経済のシンボリズムへのこだわりを『農村三部作』で見せている。こういった事態を拒否しつつも取り込まざるを得ない相反する感情もまた，モダニズムの一側面である。

文学上のモダニズムについてのもう一つの可能性として，19世紀リアリズムの技法が独自に変形させられたと考えられる。もともと前衛的なものは，中国人の興味や趣向の体系に相いれなかった。1920年から1925年における，中国の作家に

対する西欧の前衛的な文学の影響を扱ったボニー・マクドゥガルの著作からも，この時期中国にモダニズムの受容された可能性は見あたらないという。しかし，茅盾には，マヤコフスキーなどロシア未来派の影響が見られると言う。

モダニズムの具体的な表れとしては，次のような要素が挙げられる。

茅盾初期小説の若い主人公たちが抱える倦怠。彼らを取り巻く現実と，分裂した自意識，疎外。(多くは意識の流れ，的なナレーションの技法を伴う。)，非個人的な「第三者の客観性」，幻覚，つまり「倒錯した意識」の兆候としての知覚的，概念的な歪み，夢，不安な超現実的なイメージ，アンモラルな官能主義，現代技術の危険な人間破壊の側面の告発，「夢」が効果的に使われている点など。

客観的条件から見て，ヨーロッパにおいて，第一次大戦の無意味な人的損失に知識人が失望し，人間の理性と社会秩序に対する「幻滅」が生じたと同様に，彼が身を投じた革命の挫折によって生じた強い否定的情緒とモダニズムの要因とのアナロジーについても指摘されている。また，アービング・ハウ，フランク・カーモード，ライオネル・トリリングなどから引用しながら独自の考察を行っている。

1．5．作品論への新たな視点

従来，茅盾のリアリズム理論や，『子夜』におけるリアリズムなどは盛んに論じられ，理論的草分けとしては評価されながら，『子夜』については「ヨーロッパ文学におけるリアリズム理論を導入しようと努力しながら，ついに中国人生来の現実主義へと屈していった。」「フィクションは，作品外の現実と地続きで，現実に向かって開放されて完結することがない。」[6]などと論評されてきた。しかし，創作を始めてから『子夜』に至る初期の作品のリアリズムについては，内容とスタイルの多様性ゆえ，包括的に論じられることはなかった。

従来，1927年から1933年に至る作品の変遷は，批判的リアリズムから社会主義リアリズムへの移行期として理解されてきた。この論文では，初期小説におけるリアリズムの位相と変遷を分析した上で，その流れを重厚で主観的な心理的リアリズムから，社会経済小説へ，つまり，経済的な力関係に関心が増して行き，更に後の報告的スタイルや歴史性の強いものへと移行すると表現している。

第4節　欧米における茅盾研究　　　　　129

考察によれば,『一個女性』では，階級基盤の基底が見られ,『色盲』において，基底——上部構造がさらに明確になる。『路』と『三人行』には既成の概念や抽象的な思想が目だち，批判的リアリズムから『子夜』の社会的リアリズムへのはっきりとした転換点と言える。『三人行』が『蝕』と構造的に近い事からも，比較が容易である。また30年から31年にかけての政治的シンボリズムの散在は，リアリズムよりシンボリズムと寓話に向かう傾向を示している。そして，寓話的作品におけるリアリズムの継続に注目している。

　論文の中では，独立した作品論として『創造』と『三人行』が取り上げられている。『創造』は，茅盾の処女短編小説であるが，バーナード・ショウの『ピグマリオン』の影響が指摘される。『三人行』は，大革命挫折後の，それぞれタイプの違う青年の生き方を示唆しているが，この作品の分析は些か冗長にすぎるようである。この二作品だけでなく，1927年から1932年に書かれた茅盾の全ての中短編小説を射程に入れて，詳細な分析が行われている。

1．6．レトリックの基本的な特徴

　全創作にわたって，一貫して用いられている「独特の特性を醸し出す要素」についての分析が為されている。

　茅盾の場合，しばしば見られる距離を置いた調子，冗長さ，ぎこちない文章構造と巧妙な言い回しには，西欧リアリズムを確証させられる。プルセークは，茅盾の素描における内的独白の広範な使用を，トルストイの技法（客観的語りと主観的語りの相互作用）の影響としている。

　イロニーと風刺とが，存在する美的距離の維持を促進する。距離とは，ここでは読者とプロットの事件との直接的な緊密性である。例えば，素描について言えば，カメラの眼が部屋の中を這っていって，調度品の一つ一つを映し出すような映写の方法を特徴的だと指摘している。（ナレーティブ・モードは,「カメラの眼」と「三人称」の意識によって，分けられる。）語りの角度から初期小説の変化を見ると，語りの角度に多様性（内在的現実性，外在的現実性）がなくなり，非個人的な語りが，人物の内在的現実性を外から示すようになる。

表1　分析されている全作品の目録を執筆順に示すと以下のようになる。（特に変遷期を示すとされるものをマークしている。）

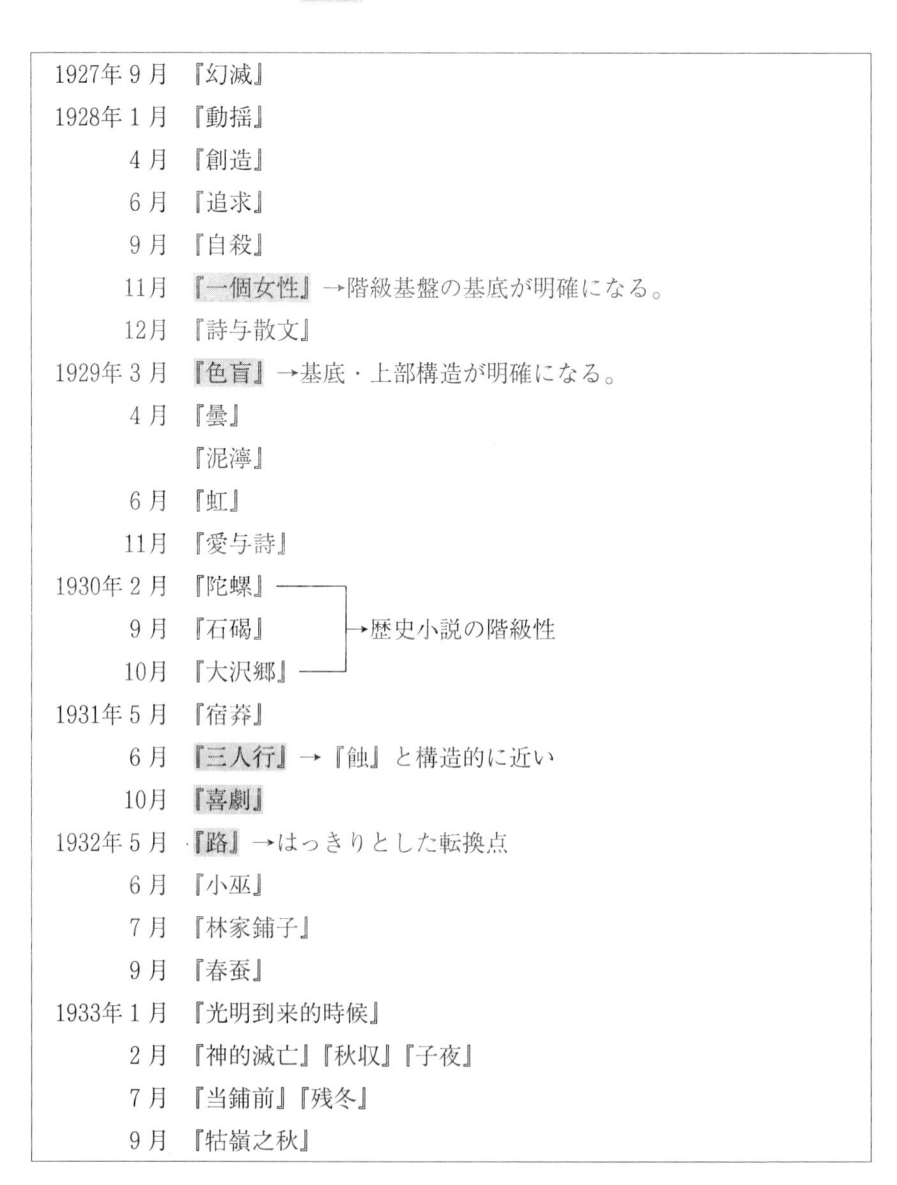

```
1927年9月　『幻滅』
1928年1月　『動揺』
　　　4月　『創造』
　　　6月　『追求』
　　　9月　『自殺』
　　　11月　『一個女性』→階級基盤の基底が明確になる。
　　　12月　『詩与散文』
1929年3月　『色盲』→基底・上部構造が明確になる。
　　　4月　『曇』
　　　　　　『泥濘』
　　　6月　『虹』
　　　11月　『愛与詩』
1930年2月　『陀螺』┐
　　　9月　『石碣』├→歴史小説の階級性
　　　10月　『大沢郷』┘
1931年5月　『宿莽』
　　　6月　『三人行』→『蝕』と構造的に近い
　　　10月　『喜劇』
1932年5月　『路』→はっきりとした転換点
　　　6月　『小巫』
　　　7月　『林家鋪子』
　　　9月　『春蚕』
1933年1月　『光明到来的時候』
　　　2月　『神的滅亡』『秋収』『子夜』
　　　7月　『当鋪前』『残冬』
　　　9月　『牯嶺之秋』
```

第4節　欧米における茅盾研究　　　　　　　　131

　著者が強調しているのは，茅盾が同時期の作家の誰よりも深く心理的領域に踏み込んでおり，そのリアリズムは心理的領域にあるということである。つまり，古典的な19世紀リアリズムの，均質でしばしば饒舌なナレーティブの形態よりも，20世紀前半の，現代ヨーロッパ文学の特徴により近いものである。また寓意的な技法とイデオロギーのせめぎ合いが見られる。その一方で，明清の通俗文学のナレーションの常套句なども見られ，章回小説の域を脱していない一面が指摘される。

　擬人化が用いられる場合，それは，崩壊した意識や疎外と結び付いていて，茅盾のメタファーの典型であり，またかなり芸術的効果を狙う場合が多い。（例えば，ティーポットが割れて，床一面に散らばったその青ざめた破片が天井を見上げているなど。）

　もう一つの特色的なメタファーとして，主人公の精神的色盲をテーマにした『色盲』に典型的に示されるカラーコードがある。このカラーコードは，政治的シンボリズムとしても広範に用いられていて，潜在的なコミュニストと赤い色の取り合わせなどが挙げられる。その他人物の容貌のステロタイプ化，中心的意識に用いられる天候や，自然環境や，感覚的刺激などの断片的描写，光の描写，擬態音などによる聴覚的背景に特色がある。また，建国後に修正された技法として，「含意の著者」の非個人のナレーティブがテクストからほとんど消されていると言う。

1．7．補論
（1）　リアリズムの諸相
　"Mao Dun's Early Ficton 1927－1933"ではリアリズム理論と実践（作品）との関連などはほとんど問題にしていないので，そういった視点から補足しておきたい。
　茅盾のリアリズム理論は，文芸のあらゆる要素と方向性を全てリアリズムに収斂させようとする傾向にある。例えばリアリズムに相反する神秘主義や現代派についても，一面批判しながら，それらの認識作用を取り込んでいく姿勢が見られ

る。『夜読偶記』に「同時に我々は，象徴主義，印象主義，ないし未来主義の技巧における新しい成果は，現実主義の作家あるいは芸術家によって吸収され得るものだったので，現実主義作品の技巧を豊かにした。」[7] とあるように，全ては真実を伝えるというリアリズムの目的をより効果的にするための技巧的問題にかかっている。また茅盾は早くにロマン主義の美学から近代的でアイロニックな美学への転換を模索しており，ステファンヌ・マラルメへの傾倒も見られる。

　茅盾のリアリズムが，創作の次元で，心理的色彩を濃厚に示すのは，技巧的な側面でリアリズム深化の試みが成されている所以であろう。リアリズムを含め，同時期のヨーロッパ文学にあらゆる表現の可能性を，吸収していく過程で，茅盾のリアリズムは形成されたのではないかと思われる。とりわけ20年代後半の初期小説に於てその傾向は顕著であるが，後の社会性の強い作品に於ても，環境が人間の心理に及ぼす影響と，その心理を通じて環境を告発するという（例えば『腐蝕』）傾向が強く，心理描写を広範に用いている。心理的リアリズムは茅盾にとって，時期的に限定されるものではなく，一貫して本質的意味を持ち続けたと言える。

(2)　近代と反近代

　モダニズムについては，中国における1930年前後の現代派の評価が不十分ということもあり，また茅盾にその影響があるかどうかは未解決の問題であるから，ここでは保留するが，しかし，茅盾の内なる近代と反近代の相克という視点が，問題の糸口になるのではないかと思う。

　茅盾の強国化への志向とは裏腹の内なる反近代への回帰は，その文学論にも大きな影を落としている。高畠穣氏は「茅盾の『夜読偶記』をめぐって」の中で次のように述べている。「近代精神構造の一つの特徴を脱出への欲望と言うふうに言えるとすれば，それと対蹠的な回帰への欲望を，前近代的な精神構造と考えてもいいだろう。つねに立ちかえる根拠地を持つ，あるいは持とうとすることは，この回帰への欲望の端的な現れであり，その限りに於て茅盾の「生活の根拠地論」は，前近代的風土から生まれたものと言わなければならない。あるいは土地と切

第4節　欧米における茅盾研究　　　　　　　133

り離せない農村的社会関係の意識への反映，つねに土地を志向する農民意識を理論的水準にまで高めたと理解してもいい。その限りで近代は乗り越えるべき一つの壁であった。」[8] さらに所謂「近代派」を否定的媒介として現実主義を社会主義現実主義に止揚しようとする近代的な立場を考えてみるべきではなかったか，とも述べている。

『農村三部作』のスケッチとも思えるような散文「桑樹」「香市」「故郷雑景」などを見ると，上海近郊にある小鎮の風景と生活が描かれているが，そこで彼が見るのは，経済の原理に浸食された社会構造と，文化との断絶であり，その痛ましい傷跡である。例えば「香市」では，「廟前の烏龍淵の一面の清水は昔のままであった。しかし，淵の後ろにある舞台は，崩れ倒れて柱が痩せた人の肋骨のようにあらわに「野ざらし」になっていた。一切が私が子供の時見た香市と違っていた。」[9] との描写があるが，農民と子供の祝祭であった「香市」は，市況振興をもくろむ何人かの小商人が農民のひからびた懐から僅かな金を絞り取ろうとするイベントに化していたのである。

また，「桑樹」[10] に見られるような小さな桑樹に心血を注いで財産をなしたはずの小農民の転落は，この時期のきわめて回帰的なシンボリズムである。更に言えば李立三コースの挫折によって都市から農村への視点の転換点にあって，農村の風景を描写するだけでなく，小農経済の破壊に伴う郷村の革命的な潜在性を，これらの啓蒙を意図した散文の中で度重ねて強調しているのである。

機械をイメージした形容句やモダニズムの作家が好んで用いる擬人法は，小説に広範に用いられるが，散文の中にも「"現代化"の話」に見える。綿花を紡ぐ機械は「たくさんの黒光りして，うずくまった巨人のような機械――それがざらざらした腕――直径二尺ほどの鉄管――を伸ばして，手をつなぐような形に，工程を形造っている。」そして，紡績工場の中を詳細に描いた後，その工場の林立する町，国産商品の並ぶ商店，金融街の光景，公債市場，娯楽街，近代建築の威容を描き出すが，最後には農村の「現代化」に触れている。以前は農村の共同体の中に，自足的な経済制度もあったが，現在は容赦なく土地集中が加速している。「以前，高利貸しの土地併合は"蚕食"にすぎなかったが，現在農村資本主義の手

腕は"鯨呑"である。……この加速する農村の土地集中，この土地集中こそ最も顕著な農村の"現代化"である。」[11]

作品の中に一貫しているのは，上海近郊の郷村に色濃く影を落とす中国の不均等発展である。そしてまた，この当時の社会風潮であった楽観的なポピュリズムも郷村への愛着を助長しているようであるが，『子夜』の観念性と裏腹の『農村三部作』の力強い象徴性，作品のみごとな受肉化は，茅盾文学の依って立つ基盤を暗示しているように思われる。

註

（1）（2） 彭小妍『超越写実』聯経出版，1993年，1頁。彭小妍は米国ハーバード大学比較文学博士，台湾大学助教授を経て中央研究院中国文哲研究所教授。

（3） J.D.Berninghausen著，桑島由美子訳『中国近代リアリズム文学の黎明』角川書店刊，1993年3月（原題："Mao Dun's Early Ficton 1927–1933: The Standpoit and Style of his Realism"）。拙訳書への書評としては，代田智明「茅盾という名の「矛盾」についての考察」（『東方』1994年）がある。

　　J.D.Berninghausen のその他の著作として，Revolutionary Literature in China, Ｕ－Ｍ－Ｉ, 1976. および The Central Contradiction of Mao Dun's Fiction（Merle Goldman, Modern Chinese Literature in the May Force Era, Harvard University Press, 1977所収）などがある。

（4） ウェイン・C・ブース著，米本弘一，服部典之，渡辺克昭訳『フィクションの修辞学』書肆風の薔薇，1991年2月。

（5） C.T.Hsia（夏志清）『中国現代文学史1917–1957』伝記文学出版社，1979年。

（6） 中野美代子「『子夜』論──中国近代小説の限界」『北海道大学人文科学論集』第10号，1973. 12。

（7） 茅盾『夜読偶記』（『茅盾評論文集』下，人民文学出版社，1978年）56頁。

（8） 高畠穣「茅盾の『夜読偶記』をめぐって」『近代文学』14（1），1959年6月。
また現代派について，銭理群は，20世紀は多くの思潮が急進的性質を帯びたが，「未来派」が最も急進的であったし，1930年代には多くの現代派作家が左傾したがこの点の内在的関係がまだ十分明らかにされていないと指摘している。（前掲『二十世紀中国現代文学三人談』44頁）。

（9） 茅盾「香市」『申報月刊』1933年7月15日。

（10） 茅盾「桑樹」『申報月刊』第三巻第九期，1934年9月15日。

(11) 茅盾「"現代化"的話」『申報月刊』1933年7月15日。

2. 翻　訳

2.1.「創造」——茅盾の最初の短編小説

　（彼の二作目の小説）『動揺』を1927年の終わりに完成させ，1928年の始めに『追求』を書き始めるまでの間に茅盾は最初の短編小説を書いている。1928年2月23日と署名された『創造』は，長さおよそ1万4千字の幾分散漫な短編小説である。タイトルはこの物語の中心的主題に基づいている。それはつまり，利己的な夫が，新妻のまだ柔軟で未成熟な性格と価値観を自分の理想のイメージに仕立てようとする努力を書いている。このテーマはＣ．Ｂ．ショウの『ピグマリオン』[1]を彷彿とさせ，その影響を感じさせる。

　30歳になる夫の君実と妻の嫻嫻は結婚して2年余りを過ごした。物語の始まりは，ある晴れた朝の二人の寝室である。その寝室の描写をしばらく挟んでから，二人とも目を覚まし，読者は二人の会話から，最近嫻嫻はますます自分自身のことを考えるようになり，夫の欲求不満をかっていることを知る。彼女の新しい友人である李女史の手ほどきを受けて，嫻嫻は政治活動に参加するまでになっていた。

　二人の間で交わされる切れ切れの会話による解説以外には，話は主に非人称のナレーティブによって表現されるが，その声は，時には具体的に示されないマイクロホン－レンズのように機能し，又多くの場合，人物や背景を越えた「肉体から分離した」遠近から語りかけるかのようである。（この非人称の"客観的な"ナレーティブは茅盾に典型的に表れるもので，プロットへ導くという，その存在を意識させずに読者の反応を操ることができる。）しかしながら，このナレーティブは読者に対して，君実の意識の中に突然起こる感情や夢や思想に直接的な接近をもたらすのである。

　物語は三つの部分に分かれる。一部と三部はある朝の寝室が舞台となり，「小説の中の現在」の中での出来事である。第二部は君実自身や彼がどの様にして嫻嫻と結婚するに至ったかを理解するのに必要な背景についての説明である。小説

第4節　欧米における茅盾研究（翻訳）　　　　　　　　137

上の過去において年代順にいくつかのエピソードが語られ，それぞれについて君実がどの様に対応したかが詳しく書かれている。

２．１．１．君実の創造物としての嫻嫻

　君実は数年間にわたり自分の「理想の妻」を見つけようとしてきたが思いどおりにいかなかった。6，7年間も探したあげく残された方法は「磨かれていない宝石」を見つけ出すことであると決意した。つまり内容はないが受容能力のある花瓶を捜し出し，そこに彼自身の価値観を注ぎ込んで完璧な配偶者とすると言うのだ。結局彼は母方の従姉妹である嫻嫻を選び，彼女を教育するという大計画に着手した。嫻嫻は覚えの早さを示し，彼のあてがった自然科学，歴史，哲学，文学，そして先端的な現代的知識をすぐに学びとった。（五四世代の典型的な若者達がそうであったように君実と嫻嫻は西洋の著作以外は読まないのである。）嘆かわしいことに妻が政治に対する興味を全く欠いていると言うことに気づくと，君実は彼女が父親から受け継いだ（彼女の父親は政治を軽蔑する"名士派"で奔放な審美家である）のんきで超然とした態度を矯正しようと，プラトン，ホッブス，ルソー，クロポトキン，マルクス，レーニン，ニーチェ等を読ませるのである。政治に対する関心を起こさせて自由奔放な審美主義を払いのけると言う点ではこの試みは確かに成功であった。しかし妻が自分と同じ中庸で遵法の保守主義の政治観を持つものと予想したかれの期待は挫折せざるを得なかった。

　彼の思い描く理想的なイメージに嫻嫻を創り上げると言う計画のもう一つの側面には，情愛や性的刺激に対するはにかみや戸惑いを取り除くと言うことも含まれていた。結婚して数ヶ月という一番幸福な時期に，君実は何回か莫干山（浙江省の風光明媚な保養地）へ避暑に行くことを提案した。ちょうどこの頃嫻嫻は気後れしないようになっていたものの，官能においても，思想と行動の政治（ここでは女権運動）的独立性においても眼に見える進歩がなかった。

　『創造』の最終章では嫻嫻がとうとう夫の手の届かないものになってしまっているのがわかる。嫻嫻はイデオロギー的にも夫に比べて進歩的になり，精神的にも肉体的にも「解放された」のみならず，より強固な自我を持つにいたり，夫の

行為を繰っているのは嫻嫻になっている。彼女は自分の変化に対して夫の信頼を得ようと甘言を弄して慰めたこともあった、しかし、自分達が生き、そこで何事かを為さねばならない急速に移り行く世の中を解釈する機知や経験においても、今や共存のため彼の意見を変えるように説得を試みるのは嫻嫻の方になっていた。

寝室で妻が彼に寄り添っていて幸福を感じるときにも、君実は突然妻が情熱を装うことで彼の不満を反らそうとしているのではないかと思えてくる。更に彼は彼女が抱擁の時にこぼす涙は女性という種族に特有の弱さの表れであると誤解もしていた。君実は最終的に実権を握るのは自分であり、まだ彼は嫻嫻を操縦して自分の理想像に仕立て上げることが出来るという自信を一時的に取り戻すこともあった。彼はこのような思想や価値観（則ち彼女の傾倒していた政治活動）――そして社会の崩壊や個人の落ち込みの十二分な原因となる――を完全に打ち負かすまで戦わなければならなかった。

しかしながら嫻嫻はというと、彼女のアイデンティティに対する支配を取り戻そうとする夫の、余りにも厚かましく押し付けがましい試みを取り合わないのである。不思議なくらいに印象的な仕草で彼女はベッドを抜け出し、着ていたスリップを脱ぎ捨ててバスルームへ向かう。少したって下女の王がやってきて、奥様は伝言を残して別のドアから出て行かれました、と告げるところで茅盾は物語を締めくくる。その伝言は（間違いなく二つの意味を含んでいるのだが）もし私に追いつくことが出来ないなら私は待ってはいられない、というものだった。

2．1．2　いくつかの主題的要素

その後数年間に茅盾が書いた多くの短編や中編小説と同じように、『創造』では二人の人物の心理的な広がりをかなり強調している。一人の心理的な人格（君実の）は静的でもう一つ（嫻嫻の）は動的であるという興味深い夫婦の関係を事細かに描いているだけでなく、この長めで時に散漫でさえある短編小説の中で提起された問題は当時中国の現代的で"進歩的な"男女の間でよく議論されたものであった。著者は君実の好き嫌いを描いて見せようとしており、彼の心理的な様子や行為よりは、はるかに内的な思考、不安、動機などを描写している。小説

の中では現在になっている一章と三章で君実をベッドの中に設定したことは，ベッドを抜け出して去って行くことでよく表現された嫻嫻の「躍動」と対照的な君実の「停滞」を強調するものである。このことが結婚した男女の言葉と性愛による相互の影響と，心の推移を描写する上で効果的なコンテクストとなっている。

　悪い夢からさめた後，君実がそれについてどう考えたかという描写が，夢と言うものに対する君実と嫻嫻との永久不変の対立を私達に示している。君実は絶対夢を見たことが無いと言い張る。そして嫻嫻が夢の原因は何かと推測したり，夫も絶対夢を見ているはずだけれど目を覚ますまでに忘れてしまうらしいと，仮説を立てていることを蔑んでいた。特にこの問題は，彼の妻が思考と行動に於て急速に自立して行くことに直面したかれの危機感という中心的テーマに関連するのであるが，又君実の人格の重要な欠点――つまり自分の正当性を無理にでも証明しようとし，彼の意見を人に信じさせ，彼の価値観と判断に妻が従順な信頼を寄せることを喜びとする――といった欠点を読者に示唆している。

　おそらく茅盾は作家となって２，３年の内に，小説家として同時期の中国の作家達の誰よりも心理学の領域の探求に深く関わっていたと言えるだろう。こうしてみるとこの著者が時に登場人物の心理的な特徴について考えられる原因やそれを決定する要因を指摘しようとしていたということが興味深く思える。例えば『創造』の第二章に於て君実自身の背景を略述するに際し，彼の人格の形成は君実の父親が，息子を自分の理想と人生経験に当てはめて「創造」しようとした意識的な努力に由来する，と説明される。[5] その説明では君実は，嫻嫻が父親から直接譲り受けた悠長で超世俗的な哲学と政治に対する嫌悪感を許し難く感じていた。[6]

　茅盾の初期小説においては，成長した子供と両親との間の相互の影響と言うものが全く無視されていることも注意を要する。例えば『創造』では二人の父親が登場するが限定された範囲での叙述にとどまる。実際，一般には五四時代の若者達が儒者――それは，偽善的で，官僚主義的で，文化的には排外主義的で堕落しており，強大な中国の建設に不適格であるとされる。――の影響下にある世代を非難したようなあらゆる規範的な誤りについてこの前世代の人間達はほとんど責

任を感じていないと言うことも重要かも知れない。しかし茅盾の他の初期小説と同様に，この二人の父親は物語の進展上なんら重要な役割を与えられていない。(茅盾のプロットに於て中心的人物として父親が登場するのは奇妙なほどまれである。父親のことを述べるとき，彼らに対して払う注意は遠回しで，かれらが旧秩序の代表となったり，巴金の『家』に出て来る高老大爺のような影響力の強い人物として現れることは決してない。これは茅盾が十歳になる頃に父親が夭折したことに起因するかも知れない。)そのためであろうか，『創造』でも君実の父親は君実が二十歳の時に亡くなっており，1898年の「戊戌の政変」失敗後，官職を断念した人物と明記されている。嫻嫻の父親は奔放な人物で官職や実業を軽蔑していた。二人の内どちらも五四世代の知識人達が信頼できないとした伝統的な年輩の世代全体を具象化したと言う象徴的な意味を持っているわけではない。これはこの著者の小説に見られる一つのパターンであること以上の意味を持たない。

　都市の中上流階級の若者達に西欧の思想や習慣がもたらした様々な影響の中で，しばしば五四文学の題材ともなったのは"理想的な結婚"という(中国人にとっては)文化的にエギゾチックなものへの関心である。1919年以前には，個人の希望など全く考慮せずに家族が取り決める結婚という「概念」に対して中国の青年達が反抗する気持ちすら無かったのに対して，1920年代になると中国の都市の(他の地域ではなかった)知識青年達は次のような問題に熱中するようになった。一つは結婚相手の選択の自由，少なくとも予め家族が特定の誰かと取り決めた婚約を「拒絶する自由」，もう一つは，それと密接に関連するが，「理想的な結婚」の実現，つまり協調と愛情(理想的な夫婦関係という概念について西欧人が追求してきたようなロマンチックな愛情)に基づく夫婦の関係の実現の問題である。

　茅盾は君実と嫻嫻が結婚してしばらくしてから，お互いの趣向や願望の違いにどのようにして対処して行ったかを分析的に巧みに描写している。しかし彼の初期の作品及び『虹』のような心理的リアリズムの作品を大変興味深いものにしているのは，人間性を変化に富んだ躍動的なものとして提示している点である。『創造』について言えば，著者は彼の有名な他の著作や，同時代の他の小説家と比較してもかなり高い完成度に於て，二人の人物の間の関係の「進化」を確かな

第4節　欧米における茅盾研究（翻訳）

描写でさばいている。

　結婚当初夫と妻は趣向と性癖の決定的な相違に対処する「ゲーム」，つまり装置を考案しなければならなかった。最初お互いに「理想の結婚」を信奉していることが，為すべきことについて意見の相違がある時でさえ，別々の方法をとることの妨げになった。最初の取り決めでは君実も嫻嫻も互いに相手の性向に合わせようとした。一方の願望に合わせて犠牲になった方は「勝者」の惜しみない愛情によって埋め合わせをした。しかしながらこのゲームは結果的にすり減って行った。次第に嫻嫻が自分自身の道を歩みたいと言い出すと（これは君実が彼女を思いどおりに変えようとした無慈悲な試みへの当然の反応である）二人とも「各行其事」（別の方向へ進む）という「理想的な」妥協策に応ぜざるを得なかった。著者のこの進化する関係についての叙述は，多くの著者にとって手短かな問題である「現代の結婚」への言及と，嫻嫻の自我が独断的になって行くその経過を説明するという二重の機能を持っている。

　『創造』に於てもう一つの特徴的な主題的要素は「エロチシズム」についてのそれである。いま世界中で受け入れられているような文学や芸術における性愛的な要素が容認され優勢な立場を得るのはこの時から半世紀後であることを思うと，茅盾の作品のような「知識人向けの」純文学の中であえてこの要素を表現することの意味を，中国人でない同時代人が認識するのは難しいことである。今でこそ私達が控え目なエロチシズムであると感じるこれらの作品中の技法は，19世紀後半の西欧におけるリアリズムや自然主義に於て表れたエロチシズムに由来しており，類似性が認められる。ここでは，20世紀以前の古典的な中国の小説のいくつかと比較した場合彼の公表した小説はエロチックな内容に於てさほど斬新なものと言えない，と言うにとどめておく。にもかかわらず彼の同胞や左翼の批評家はそのエロチックな下りを一斉に批判し，茅盾の作品に見られたエロチックな要素は1933－34年頃にはほとんど消滅してしまう。

　C.T.Hsia（夏志清）教授の『中国現代小説史1917－1957』に書かれたこの小説についての分析に対するプルセーク教授の批判に答えて，夏は次のように述べている。

——彼の初期小説に於ては——茅盾がその思い入れによってとりわけ得意としたのは，イデオロジカルなものと性愛的なものとの関係の二元性である。茅盾の初期小説の中で時に目にするエロチックな一節は，彼の小説のプロットに読者の関心を高めて引き付けておくのに使われ，単に彼のスタイルにおける一つの要素にとどまらず，これらの作品の"意味"や"概念"と密接に関わっていることは疑いをいれない。(このことについては第四章以下で論ずる。)『創造』の書き出しに於て暗示されているように(既に第一章で引用した，注の26を参照)，茅盾や五四時期の作家達は儒教の儀礼や偽善的行為を徹底的に排撃するに際し，卑俗な言葉や興味をそそるシーン，性愛への直接的な言及などを用いたようである。

２．１．３．男性的ショービニズムと女性の解放

　この短編小説のプロットの鍵となる要素の一つは，夫が「理想的な妻」を創ることで自分のエゴを通して満足させ，彼女に対して知性とイデオロギーの支配を維持しようとした戦いである。さきに触れたように『創造』で皮肉を込めて示されるのは，君実の「磨かれていない宝石」であったはずの嫻嫻が，あらゆる方面で恩師（君実）を置き去りにし，家庭での務めに終わらないで，国家の大事に職責を果たし解放された個人となり政治に参加しようという女性運動に入って行く時点で彼を追い抜いてしまうことである。このため君実は少なからず狼狽する。

　『創造』にはこういった矛盾を扱った例が幾つか見られる。第一章で述べたこと以外にも第二部では君実の女性参政権に対する態度が描写されている。君実はアメリカの大統領（セオドア・ルーズベルト）が女性の参政権について提唱した"多くの女性が望むのなら，投票権を与えよう"という意見を支持するのだが，彼はまた，中国やその他の国では，イギリスで起きた「ブルー・ストッキング」のような急進的な婦人参政権拡張論者がいなくてもうまく行くのだと考える。[10] 最後の部分で君実は嫻嫻と議論し彼女を子供じみていると非難する。

> そうだ。確かに僕は君に政治に興味を持つように勧めた。でも実際の政治に飛び込むように言ったつもりはないし，まして未熟で非合法の政治活動に参加するなんてもっての他だ。[11]

『創造』の嫻嫻や『虹』の梅(メイ)の場合のように、個人の（恋愛・性愛を含めた）自己実現と政治や革命への献身の間に統合がみられる。しかし第五章の「立場」で示されるようにこれが全般的に当てはまるわけではない。

2．1．4．主題的シンボリズム

物語の最初で展開される、君実と嫻嫻の寝室にある調度品についての細かい描写は、この二人の人物の社会的地位や階級的基盤を明らかにしている。そして二人は夏には避暑地に行くほど余裕のある裕福な若い夫婦であることがわかる。君実は二十歳で父親の地所を相続して富を得、独立していると言うことらしい。このことは初期の作品においては経済的な関係や経済問題を書くことに全く興味をもっていない著者（彼はナレーティブにおいては二人の経済的な状況について直接言及していない。）にとって好都合であった。実際、君実と嫻嫻が金銭については全く議論しないという点は、茅盾の初期に書いた人物の典型と言える。

『創造』ではとても魅力的な人物嫻嫻が君実に対する「際だった」態度や言葉でのみ描写されているのに対して、君実については非人称の語りの声のアングルと彼の内的な思想や感情のみが示される。物語上の幾つかの点に於て君実は「焦点的人物」の機能を果たす。（つまりその人物の意識を通して読者はその他の人物を理解し、その人物の視野と認識の限界が読者の視点と理解を限定する。）[12]

「内的」な心の推移の描写、読者がその小説で最も強い反応を示し、影響力を持つ対話や挙動の描写、という両局面からただ一つの意識として読者に示されるような一人の人物を、著者は選び出しているのである。この物語の場合、茅盾はより同情的でない人物の方に焦点を当てたプロットと、読者の間にかなり意識的な「距離」を保っている。これは茅盾がそれを利点と見なすような一般化の手段や象徴として設定した人物を受け入れるわれわれに対しても説得力を同時に増して行く。確かに君実への注目は、茅盾自身の人生が抑圧され悲観的であった時期に、彼が挫折した否定的な人物を書くことに、より大きな自信をもっていた事に起因する。

君実と嫻嫻は同時に個として確立された「均整のとれた」人物、それ以上に普

遍化されたシンボルとして存在する。象徴として二人は五四新世代の否定的な面と肯定的な面を代表している。君実という名前自体が漠然とはしているが紛れもない儒者を連想させ，一方妻の名，嫻嫻は優雅で女性らしい魅力を含んでいる。私の考えでは，物語のはじめにある一束の書物の，狭量で厳格な儒者のような姿と，君実という名前には関連がありそうに思える。同様に花瓶から身を乗り出した深紅の薔薇の，伸びやかな若い女性のような姿態と嫻嫻という名前の間にも関連があるようだ。そして君実は（同時代に否定された儒者の老人のように）自己欺瞞的であり，眼前の問題と現実を把握できず，エゴという弱点のために権力欲にかられ，狂信的愛国主義者であり，現在に満足できず，未来への不安を募らせている。これは伝統的な儒者だけでなく新世代の否定的な面にも当てはまる。そして嫻嫻は，当時の中国の若い世代の，前向きで希望にあふれ，堕落しておらず，情熱的で現実的で自覚が高く，因習に捕らわれない側面を象徴している。（少なくとも彼女の官能的な面に関しては）。一方君実は自分の妻を，非常な行き過ぎ，矛盾，緊張，強い刺激，動揺，欲求不満，抑圧といった「モダニズムの象徴」（近代主義の象徴）と考えていた。[13] 彼は社会を崩壊させ人間に正しい道を見失わせるような「危険思想」から妻を救うため戦わなければならないと思った。[14]

　君実の考えは著者や受け手（読者）の立場とおそらく完全に矛盾するものである。しかし上で示したように，『創造』の全体としての意味づけで最も重要な部分のプロットの象徴的な解釈を可能にする物語自身の中に，幾つかの証拠が見出だせる。更に，議論する必要があるのは，君実が若い世代のうち，進歩的，革命的な政党ではなく，国民党に従った保守反動分子を象徴する機能を負わされていると言うことである。既に述べたように彼は「合法的な」政治の支持者であるとされる。（国民党はこの時までに都市エリートのうちでも保守的分子の中に入り込んでいた。）この物語の政治的象徴に関して更に付け加えるなら，君実はおそらく彼の妻が支持しているはずの「全ての人民による政治」（全民政治）という民主的，革新的なスローガンを非難していた。[15]

　嫻嫻のこれに対する返答は，機知に富んでおり，又毅然としたものであった。彼女は君実が自分に対して行き過ぎない程度に活動的になるのを勧めるのは物を

ねだる子供をなだめる親のやることと変わらないと言うのである。つまり大きくなってからと言う理由で子供自身が最初の願望を忘れてしまうまで約束の履行を延ばし続ける態度である。この二つの類似性（アナロジー）は嫻嫻を子供扱いして彼の従属物にするという君実の願望への批判と，国民党独裁政権が"まだ指導が必要"という名目で立憲的民主主義の実現を遅らせていることへの不満という政治的な意味とを表象している。[16]

2．1．5．いくつかの文体的要素

『創造』の最初の章は寝室の中をゆっくりと回して行くカメラーレンズのように機能するナレーティブで始まる。二つの机の上に置かれた数点の物や，部屋の調度品がかなり詳しく描写される。君実と嫻嫻の寝室に置かれた物について「客観的に」一つ一つ並べていく方法には，ヨーロッパの自然主義の影響があるように思う。また出だしの部分で部屋の調度品が次々に多角的に描写されるが，演劇における舞台効果や，映画における映写の技法（則ち，カメラはゆっくりと部屋の中を這って行く），にも明瞭に影響の跡が窺われる。

もう一つ『創造』の冒頭で目につく文体的技巧は，「擬人化」である。これは彼の文体において初期の時分から後年に到るまで全く変わることの無かった文学的技法であり，この作家の最も特徴的な要素の一つであった。人間の属性であるものを無生物に適応する技法はおそらく漢詩からもたらされたと思われる。詩人の感情とそれを取り巻く環境との隠喩的相互関係（"感傷の虚偽"）は少なくとも過去二千年にわたり漢詩の一要素であった。[17] "溌刺とした若い女性が微笑んでいるような"深紅の薔薇の花，文字を書いた葉書にペン先が触れて，女性の白い頬にキスしているかのようだ。気むずかしい様子の小さな赤い目の琥珀の兎がいて，"情け容赦なく"その兎を押し倒した紙の扇子を流し目でにらみつけている。――などは皆この物語の冒頭に見られる「擬人化」の例である。[18]

著者は，物語の冒頭，章や節のつなぎに精巧で手の込んだ，そしてかなり「比喩的な」言葉を使っているけれども，一段落か二段落以上にわたって続けることはしなかったし，おそらく出来なかった。ここでは彼は場面の設定に四段落をつ

ぎ込んでいるわけで，その長さが，出だしを異色なものとし比喩的でしかも自然な効果を挙げるのに成功している。そして君実と嫻嫻という二人の人物が紹介されるとすぐに物語は「心理的リアリズム」の領域に入り，語調と構文は，より散文的に「客観的」になってゆく。

　茅盾のナレーティブの速度を調整する様式では，一つの節から次の節に移る時変化が生じる。第一節においてはそのパターンは，君実の気持ちの中の現実的・触感的・官能的な経験の積み重ねのどれを選択するかで変化する。又過去の出来事を読者に示す"過去の回想"の形で表れる精神的な連携にも依拠する。例えば君実は妻の魅力に引かれているのだが彼女のややしかめた眉を見ると最近交わした口論のことが急に思い出される。ある朝嫻嫻が目を覚ますと，君実はまだ目を閉じたまま彼女が彼に寄り添ってくる感触を捉えようとしている。目を開けて彼女を見つめ彼女が快活に腕の中に飛び込んで来たとしても，突然，彼女の全てはまだ自分のものであるのに，彼女の内面（心）は既に彼の支配を抜け出ているという耐え難い事実を想起し，気分が損なわれるのである。[19]

　第二節では全体が過去の記述であり，君実の記憶にある一つ一つのエピソードに割り振られた時間の総体によってペースが決められている。『創造』の最終章では，そのペースは最初の章と似ており，肉体的感触，エロチックな刺激，そして心理的追求が交互に入れ替わる。

　「焦点的人物」として二人の主人公の内一人に重点を置いていることを考えるなら，『創造』においては対話の果たす役割に限界があるのも不思議ではない。主要なナレーティブのパターンは夫の気持ちの移り変わりや，なぜ妻は彼女の欲求に従って彼にとって望ましくない方向に変わってしまったのかと言う不満をかなり冗長に記述している。（彼に何か言うのをやめさせたり彼の気を引き立てるために彼女は媚びを武器にすることもある。）君実は更に不満と危機感を募らせていく。

　内面の立場に立った君実の思考や感情の細かい描写は，読者に嫻嫻の強さ堅固さ（ナレーティブは彼女の内的な抑圧や不条理にはいっさい触れていない。）を強く認識させるための，彼の歪められた評価とは無関係であるし，プロットの主要な課題を左右する役割を果たしてはいない。君実が妻の人格を占有し支配しようとする

感覚は心理的に異常な願望であり，又時代の変動や敏感な彼の妻の欲求の変化に対応する能力を持ち合わせなかった。現状を維持しようとする彼の試みは実を結ばず，更に皮肉なことに彼の存在そのものが全く嫻嫻に依存するものになってしまったことが描かれている。

物語の最後では，まだベッドに居る君実は，ほとんど悲しげな様子で座り込み，嫻嫻の意味不明の最後通牒に耳を疑いつつ，彼のあての無い不安定な「状態」に恐る恐る思いをめぐらす。物語の最後では知覚の変化が生じ，（小さな琥珀彫りの兔が彼の眼前で段々大きくなり，視界いっぱいに広がって，「丈夫」（Husband）と言う二文字，つまり嫻嫻が削り取った彼の愛情込めた銘字が映し出される。）これで妻の背反と，自己本意かつ専制的に彼女を「創造物」に仕立てようとした試みが完全に失敗したことが暗示され，夫の心理的な不安はいっそう増していくようであった。

2．1．6．批判と批評

著名な共産党の批評家，錢杏邨（チェン）が1930年7月に書いた「茅盾と現実」という論文では，嫻嫻が現実を把握しているのは確かだが，彼女の依拠している現実が性愛と快楽のそれであって，特異な現実である点が不満だとされている。[20] 錢は君実を過去を思い慕い，未来を望まぬ人物と解し，現在については，君実がしがみついていた嫻嫻によって表現されているという見解を述べている。

邵（シャオ）伯周は彼の1959年の茅盾の小説についての研究で，次のように述べている。「嫻嫻はその時代の影響を受けた女性であり，"現在を把握し" "未来を見通して"いる。[21] 周はさらに，心の奥底では，彼女も動揺し不安にさいなまれているとしている。[22] この1930年の錢杏邨の批評と1959年の邵伯周による分析はどちらも有用とは思えない。もっと有益なものとしては，やや短かすぎるが，夏志清による分析がある。

> 『創造』のヒロインは彼女の夫（そして調教師）のもとを去らねばならないと感じた。なぜなら彼女は曖昧な素人評論家である夫を追い越して，明確な社会主義者の位置に達していたからである。[23]

プルセークは物語の結末に内包される政治的意味の特異性を取り上げて『創造

に対する夏の解釈に対し問題提起をしている。

　　妻の別離の言葉は率直に解釈するには余りに漠然としているし，彼女が「社会主義者」としての道を歩んだとも断言できない。ただ言えるのは彼女が思想と行動において独立し，不明確な方向ではあるが政治にも興味を持つようになったということである。——ここでは茅盾の技法は，抑制の効いたドラマティックでない範囲に限定されたプロットにおいて，また夫と妻という中心的人物の細かな感情のニュアンスの描写において，またこの二人の実在性，理論上の見解，皮肉な対立などの描写において表現されている。[24]

　私の見たところ，夏が「社会主義者」という形容を漠然と用いているのを除けば二人の学者の間には意見の隔たりはないと思う。事実，夏とプルセークは茅盾の他の初期小説を少なくとも部分的には丹念に読んでいることが『創造』に対する解釈の基盤になっている。ただ私が言っておきたいのは，たぶん両者ともこの物語における心理学的な，またフェミニストの立場を十分に強調していないということだ。『創造』では嫺嫺が社会主義者になったかどうか，あるいは革命運動に加わったかどうかということは問題になっていない。

　構造と文体によって得られる多くの手がかりから，『創造』の解釈として最も的確なのは君実と嫺嫺との間の弁証法的分割，つまり彼らの生きた社会的変動の激しい時代，その急速な転換期における個人の姿勢により，あるものは進化しあるものは後退することを論証していることである。嫺嫺は自分自身の成長を自覚し，解放と自己実現の過程において彼女の啓蒙者（君実）を追い抜いてしまった。そして性的にも解放される一方で，君実の興味の範囲である狭い枠組みと家を抜け出て政治や社会という大きな問題に関わるようになった。

　この様な現象が起きたのは，旧い秩序が崩壊し，新しい知識と自由とが中国の若い女性の手にわたり，ちょうど君実を脅かしたように彼女達を活気づけたからである。一方彼は「新時代」の高揚に背を向け，エゴを満足させるためにただひたすら嫺嫺を支配しようとし，致命的な停滞の中で，萎縮するばかりの脅かされ傷ついた人間として示される。同時に彼の妻は，彼女の時代と彼女自身とを自分の手にいれ，解放的で勇気ある人間に成長していった。

第4節 欧米における茅盾研究（翻訳）

註
（ 1 ） この論文では文学的な典拠の研究はとりあげないが，ショウの有名な作品『ピグマリオン』（1912）との類似性については，言及しないわけにはいかない。ガーリックは茅盾の初期文芸批評におけるショウへの着目について言及し，ショウこそは茅盾の"初期に愛好した文学"としている。
See Gálik, *Mao Tun and Modern Chinese Literary Criticism*, p.21.
（ 2 ） "Chuangzao"（Creation), MDWJ, Ⅶ, 26.
（ 3 ） これは，イプセンの『人形の家』の最後でトルバルドから去っていくノラを思い出させる。ノラは，五四時期において，よく知られた西欧文学のキャラクターである。茅盾は後の小説「無題」でもこれに言及している。君実と嫺嫺の対抗関係にある動態性と，ノラとトルバルドのそれとの間には，いくつかの類似性が認められる。
（ 4 ） 茅盾はのちにこのジャンルが不得手であることを不満に思っていると述べている。1952年の『茅盾選集』の序において短編小説の難しさについても書いている。
　短編小説について言えば，私は多くは書いていない。それは私が長編小説を書くより，短編小説を書くことが易しくないと感じているためだ。厳密に言えば，私は自分の短編小説のほとんどが"簡潔にして鋭敏"でもなく，格別意義深くもないことを認めている。私の短編小説の多くは"人生の断片"を表現した以上のものではない。
Reprinted as an appendix to the 1958 *Mao Dun Wenji*. MDWJ, Ⅱ, 497-501.
（ 5 ） MDWJ, Ⅶ, 14-15
（ 6 ） Ibid., 18-19
（ 7 ） Ibid., 9.
（ 8 ） See C.T.Hsia, "On the 'Scientific' Study of Modern Chinese Literature," T'oung Pao, XLIX, 466.
（ 9 ） MDWJ, Ⅶ, 5-6.
（10） Ibid., 18-19.
（11） Ibid., 25-27.
（12） See Eastman, *A Guide to the Novel*, pp.32-33
（13） MDWJ, Ⅶ, 26.
（14） Ibid.
（15） Ibid., 27
（16） See Fairbank, Reischauer and Craig, *East Asia: The Modern Transfor-*

mation, pp.638, 694.
(17) See Hans H.Frankel, *The Flowering Plum and the Palace lady*, especially Ch.2 on personification, pp.20-32
(18) MDWJ, Ⅶ, 3.
(19) Ibid., 11.
(20) MDPZ, pp.159-216.
(21) Shao Bozhou, *Mao Dun de wenxue daolu*, p.25.
(22) Ibid.
(23) Hsia, *A History of Modern Chinese Fiction*, p.161.
(24) Jaroslav Prusek, "Basic Problems of the History of Modern Chinese Literature and C.T.Hsia, A History of Modern Chinese literature and C.T. Hsia, *A History of Modern Chinese Fiction*, "T'oung Pao, XLIX (Leiden: 1961), pp.357-404.

2．2．茅盾初期小説におけるモダニズムの要素

　茅盾の小説における19世紀ヨーロッパのリアリズムと自然主義の影響の重要性についてはいくつかの研究で指摘されてきたが，この著者の初期小説における主題や形式の"モダニスト"的要素については現在のところ全く言及されていない。私の知る唯一の例外はプルセークの論点である。[1] 西ヨーロッパに於て「文学上のモダニズム」の現象が表れたのは1914－18年の第一次世界大戦の始まる直前の事で，それは最初は「自然主義」と「象徴主義」の作品の間の弁証法的な関係から発展したものであった。
　20世紀に中国に入り込んだ文学的潮流の中でもこう言ったかなり"前衛的な"ものは，とりわけ受け入れられたり流行するということがなかった。一つには，"モダニズム"と呼ばれる文学革命のイデオロギー的，文化的基盤が一般の中国人の興味や趣向の体系と相いれないばかりでなく，中国文学の現状そのものが西欧やその他の諸外国への関心にわずかに踏み出したばかりで，文化的イデオロギー的な優先からも折り合わなかったからである。
　茅盾の場合は，彼が小説に於て統合しようとした，社会批評，社会的抵抗，政治的革新や革命という題材に適合させるのが困難であることを悟るや，「モダニ

スト」の小説を連想させるような多くの手法をすべて捨ててしまった。こう言った目的から見ると茅盾には「モダニスト」の形式ではなく基本的に「リアリスト」の形式を取ることを選択する十分な理由があった。しかしながら，彼の初期小説においてはこれまで気に留められなかったか，認められなかった，あまりにも多くのモダニスト的要素の事例が見られる。彼の初期の作品がヨーロッパの「文学的モダニズム」の影響をかなりの程度（たとえ限定されたものにしても）受けていた可能性は極めて高いのである。話を進める前に，20世紀の散文への影響に於て"モダニズム"という言葉のもつ意味を考察しておくべきかも知れない。[2]

2．2．1．西欧におけるモダニズム

19世紀「リアリズム」が完全に崩壊した後，「モダニスト」作家たちはもはや絶対的価値という承認され擁護されてきた体系と，自分たちの意識（あるいは彼らの書く人物の意識）とを結び付けようとはしなかった。同様にして，万物はありのままで最良であり，中庸であり，言葉を必要としない実在であった。モダニスト作家と読者は自我の独立を確保し，大変"自意識的"になっていた。それは神の法も，自然も，人間社会をも考慮する必要の無いものであった。アービング・ハウの「現代の思想」という論文は「モダニズム」の定義を自意識的な"前衛"としている。[3] モダニスト作家と批評家は自分達はリベラリズムの崩壊を理解するがゆえに普通の人々より一歩先んじており，他の文学上の諸学派よりも歴史の進行において進んだ位置にいると考えた。[4]

これまでの，既成のもっともらしいリアリズムを否定し，「象徴主義」に傾倒して重要な文体上の影響を受けた結果，モダニスト作家たちは論理的に予め決められた構造やプロットから離脱して，ますます連想上のイメージや知覚的－概念的な歪みに至った。モダニスト作家のあるものは"取り澄ました趣向"を否定するために，刺激的で，邪悪で，歪曲された，不快で，残忍なものを書き，また複雑きわまりない世界の原始的な単純化に憧れ，「道徳以外の真実性」を帯びた人物を尊重するようになった。この不合理な真実性においては，人物像として想定できるのは英雄だけか（あるいは反ヒロイズム），もしくは行き詰まった様子の

歴史上の"近代人"であり，科学的知識（自然主義・リアリズム）の追求は真実性の探求とは相いれないものとなった。

　　　真実性が信仰を失った人間の最後の砦となった。そしてその名のもとに，絶対性は揺らぎ，道徳は消散し，知性の体系は解体した。[5]

彼の大変優れたエッセイである「現代の思想」から引用した上記の文章はわれわれに示唆するところが大きい。アービング・ハウは現代作家の置かれた状況を分析してこれは，伝統的モラルと貴族趣味に対する必然的な反乱であったとしている。

　　　モダニストの文化はやがてその分裂の兆しを察知し心に留めるであろう。──そして分別ある年齢に達すると「譲渡を禁ず」という大きな赤文字の認印のあるパスポートを手にするのである。[6]

もう一つ別のエッセイ『近代文学のモダニズム』では，ライオネル・トリリングはフレイザーの『金枝篇』，ニーチェの『悲劇の誕生』『道徳の系譜』，フロイトの『文化への不満』を挙げ，20世紀ヨーロッパのモダニズムの発展とその根底にある立場（世界観）に与えた影響を指摘している。トリリングはフレイザー，ニーチェ，フロイトを列挙し，人類にとって最初の二つの力，非合理的，非道徳的な力，つまり倫理学や神の意志，意識ではなく，人間という実在の真の基盤としての力を仮定したとき，彼らは重要な役割を果たしたとしている。[7] 歴史的に見て今世紀の20年に及ぶヨーロッパ大戦の間に，知識人達が現世の出来事に対する人間の理性の力と世界秩序に対する不信を著しく強めたことは疑いない事実である。第一次世界大戦の無意味な人命の損失は，かつて社会観を構成していた物の見方，論理的実証論，19世紀的楽観主義に対して前衛的な人々が戦前から抱いていた「幻滅」を流行させることとなった。どちらにせよ，西欧の文学は，第一次大戦以前から形式上，主題上の同一性を持っていたわけでは決してない。

ジョージ・ルーカスのようなマルキストの批評家は明かにモダニズムやモダニスト文学を悲観的に見ていた。彼らの著作にみられる「モダニスト」という言葉は例外なく軽蔑のために使われている。彼らの見解では，モダニスト作家とは，社会階級間の闘争や連帯を含めた社会的現実を正確に書くという人間としての責

2.2.2. 主観的な内的対話

多くの批評家はモダニズムおよび，その人間の主観的な心の推移や理性から解き放たれた霊魂に注目し，文学的なモダニズムによって達成された技巧的な進歩を強調している。それらの意見は，モダニズムの，人間の実在に対する悲観的な見方の妥当性や偽善性には無頓着である。モダニズムを分析した文芸批評家や理論家も現れるが大変少なく，著作においても，モダニスト作家が文学技法のほとんどの打破を達成した，というレオン・エデルの言説などが見られるくらいである。"流れては束の間に消えていく思考の，文学的描写――知覚的経験の意識内における描写"[9]

モダニスト作家は概して歪みを表現したり主観的な内的対話の混乱を表現するのに優れている。例えば「内面の独白」や「意識の流れ」に用いられている。又それが作り出す人物像の著しい傾向は，理性も意識もない状況に陥った人物，激しい情熱と病的な信念喪失の間で揺れ動く人物，あるいは孤立した倦怠と退廃的な刺激と興奮の間で分裂した人物等を描いていることである。[10]

ジェロスラブ・プルセーク教授は既に茅盾の素描における"内的独白"の広範な使用を指摘し，トルストイから学んだ客観的語りと主観的語りとの相互作用に注目している。[11] 19世紀リアリズムから導入した"客観的な""主観的な"ナレーティブ・モードの開拓以外にも，その著作における「文学的なモダニズム」の影響を示唆するような新しい一面が，茅盾の初期小説にはあるようだ。

2.2.3. 倦怠，疎外，分裂した意識

茅盾初期小説の若い主人公達が抱えた多くの問題の中でもとくに苦闘したのは，当時彼らの生活を覆っていた「倦怠」と「不安な感情」であった。1910年から1928年の間にヨーロッパで描かれた作品の主人公と同様に，これらの主人公は自己実現のために奮闘し，同時に彼を取り巻く現実や分裂した自意識，疎外，倦怠に悩まされている。

『虹』における若い女性の主人公である梅は，自己自身の誠実さを追求する中で人間として成熟していく。彼女は伝統的な中国社会が女性に定めた窮屈な束縛と，無為な存在であることの倦怠から逃れようとして戦う。梅はやがて彼女にも抑制できない感情と環境の力に惑わされるジレンマを身にしみて感じるようになる。もし彼女が自由にできると考えている人間の情熱が，必ず彼女の意志力を越えるものであったなら，どうして彼女は自分の自由意志を飼い慣らすことが出来ようか。この様な存在そのものの矛盾に捉えられて，梅は，人間は二つに分離され，自分の人生に対して十分に過酷で巧妙な調整を行うか（この場合彼らは事実上家畜であって人間ではない），あるいは全く無力で救いのない生物－人間になるかしかない，と結論を下す。[12]

　登場人物の心の中の内的矛盾と不安を形象化するために，モダニスト作家達は19世紀の後半にかなり発展していたナレーティブの技法を，本質的に20世紀的な技法，つまり，断片的な流れではあるが内的に連関したイメージ（しばしば"意識の流れ"と呼ばれる）を表す，連続していながら"不合理な"一連の言葉を体現する「描写」に適応した。

　この作家の初期作品にはナレーティブの詳細な描写によって，分裂した思考，不安，瞑想，心的表象，夢，不安などを描いた例が大変多い。しばしば彼のスタイルそのものがモダニストのよく使う手法を思わせるような内的現実の転換やもつれを形象化している。例えば『幻滅』ではナレーティブは静がしばしば陥るいとわしい気分を伝えてくれるが彼女がそういった状況に陥る「明確な理由」は示さないのである。主人公の静は"過敏症"以外の何物でもない空想的な恐怖に対する誇大妄想的な反動をむしろ自分で理由づけようとするが，彼女は全く自分の気持ちをコントロールすることが出来ない。彼女はただ座り込んで，彼女の思考は「乱雑な旋回」に捲かれるのだった。

　場面は印象的な配列の細かな描写によって進展し，静のそれらに対する反応に「従う」──声はもつれて落ちていく。ハエが怒ったようにうなりながら，野蛮なやり方で彼女の西向きの窓ガラスを突き破ろうとしている。彼女の机の上に置かれた封を切った封筒の唇（茅盾の擬人化で，彼はこのような特殊な形容句を好んだ。）

が彼女のすさんだ気分にあらがうように「口をひらいている」。語りの声は,静がどの様に内なる刺激に反応し,いかに彼女の感情が彼女の視覚と聴覚を支配しているか,——つきつめれば全ての物は彼女にとって憎悪の対象でしかないが——を読者に伝えるために非人称的な「第三者の客観性」に戻っている。場面は静の心が最近起こった出来事からもう一つの出来事へと思い巡り,恋愛から性的な出来事へ,あるいは殺意へと旋回して幕を閉じる。[13]

『路』(1931)において主人公薪(火薪伝)は,明かにつながりのない次々と移り変わる心的なイメージの連なりとして描かれる。この物語の象徴を考察していくと明かにつながりのない心的イメージの一片に突き当たる。——第一章で揚子江をわたる薪の乗ったフェリーに出て来るたくましい腕の二人の大男は——第二章で政治的に象徴的な意味を持つものとして回想される。[14] 同じ小説のもう少し後では,少なからず現実主義と自然主義の様式の折衷(一つのプロットの中の一人以上の人物に対して内的外的な現実を描写するナレーティブの声がある。)とそれ以上にモダニストのスタイルが見られる。ナレーターの声は私達に語り続け,外的な状況とそれに対する薪の心理的過程を描写すると同時に,主人公として君臨している薪が抱いている哲学的な立場が,目に見えて発展していく事実に対して"信憑性のある解説"を提供している。しかしモダニストの技法と折衷したナレーティブの声は,直接的には薪の"たとえ彼女(蓉)が本当に僕を愛していてもそれが何になるのだろう。"[15] という反問のような形を取って散見される。

2.2.4. 幻　　覚

茅盾の最初の短編小説『創造』の最後を思い起こしてみたい。夫の君実は妻の小さな琥珀彫りの兎が目の前で段々膨張して人間の大きさになるという幻覚に襲われる。茅盾はここではいつものやり方から逸脱しており,普通モダニスト作家達の間に見られる技法を用いて知覚的概念的な歪みを示している。(おそらくイデオロギー的な"虚偽の意識"の兆候として)。同様に1928年に描かれた"詩与散文"(Poetry and Prose)でも茅盾は若い男性が性的な欲望に陶酔する有様を,彼は若い女性の愛らしい目や口や鼻に泡のような金色の閃光が浮かぶのを見たと描写し

ている。[17]

　もちろんこの様な要素の表現は，直接的な影響を明確に証明しているわけではない。ここで論議されているモダニストの技法の多くは西欧において1850年から1910年の間に描かれた新ロマンチスト，および象徴派，自然派，現実派の小説に由来する。茅盾がより直接的に身をもって影響を受けたのは，1910年以後のヨーロッパの小説よりは，むしろ中国の古典や，イギリスにおける19世紀後半の"モダニスト以前の"作品と思われる。（これは一つの文化的自覚と，他の芸術や文学に現れた傾向としての部分的な同化作用との間の"ラグタイム"と密接な関わりがある。）また，自然主義を克服した，人間という"有機的生物"に対する機械論的な見方や，"細部にわたる科学者的態度"に例証されるモダニストスタイルの事例との類似点を酌量しなければならないだろう。一方で，プルセーク，マリアン・ガーリック，A．R．デービス，C．T．シア（夏志清），ボニー・マクドゥガル，その他の研究に示されるように，中国がヨーロッパ文学の最新傾向に対して興味を示して注目するようになり，その傾向が広まったのは1920年代初期であった。[18] 実際のところその興味と言うのは，極めて濃厚に中国的な関心や文学的経験による色彩に染まっており，その覚醒は，部分的で時には表面的でしばしば気まぐれであるが，私がこの章に於て提示した仮定と相反するものではない。言い替えれば，それは一定の影響についての無視できない内的な証明である。さらに二三の顕著な事例について考えてみたい。次に示すのは1929年に描かれた短編小説"曇"（Tan）からの引用である。

　　　多くのまとまらない疑問が入り乱れて，あわただしく彼女の意識を旋回し転倒させていた。家を出る？　生活は？　恋愛？　蘭への復讐？　何若華？　公園のベンチでの小さなドラマ？　大女と小男？　不良少年の流し目？　堕落？　自　由恋愛？　悲劇？　自活？　女店員？　教師？　女流作家？　女革命党？[19]

この"意識の流れ"の技法は読者に対し張女史の思考を直接感じさせるために使われているが，これはむしろモダニストの影響についての説得力ある証明でもある。この技法はこの物語の最後に於て効果的に使われてもいる。

『虹』からもう一つの例を挙げると，茅盾は梅（メイ）の中の多様なレベルの意識を努

めて描写し、それらを文学的手法の中に織り込んでいるが、これは彼の他の作品にも現代中国文学の他の作家の作品にも全く見られない、珍しい例である。『虹』の中の特別な場面に於て効果を上げるために彼が採用したスタイルも又同様に、ヨーロッパのモダニスト作家の作品の影響を連想させる。

　梅は恵師団長の公館から帰宅するが、(彼女たちが)教師生活を送っている学校の前で偶然李無忌に出会って狼狽する。茅盾は彼女がベッドの中で本を読もうとする様子を描くが彼女の注意を読書に引き付けて中心にすることが出来ない。彼女は部屋の暗闇の中に横たわっているので、ナレーティブは深い眠りの中をどこまでも彼女の意識を追ってゆきその心の内へ私達を連れ込む。つまり最初幻覚が生じて、それが鋭敏な聴覚に移り、想像上の音が生じる。梅は彼女の腕時計の秒針の音に引き込まれることにより、隣室にいる張女史の物音を聞く。(そう思い込む。)それから彼女の時計の音は彼女に成都の家にあった一風変わった時計を思い出させ、彼女の以前の生活や父親の事を思い起こさせる。彼女は突然、早くもひどく遠く隔たってしまったような、そして彼女が後に残してきた微かな足跡以外に、もはや何も残っていないことを実感する。(彼女が夫のもとを去って自分の道を進み始めてからの)彼女の人生は、一日が一年にも等しいほどに複雑で変化に富み刺激の多いものになっていた。次に彼女は軍笛を聴き、軍隊行進を見る。そして突然、恵師団長の客間が現れて、師団長は彼の二番目と三番目の妻が断髪にするのを、穏やかに微笑みながら拒んでいるところである。梅は"様々な色彩の束ねられた髪の房の中に埋められた。"というところで、やっと彼女が経験を再現して追憶しているのではなく夢を見ているということがわかる。(夢の中で)結局梅が見たのは、恵師団長が、楊嬢と笑いさざめきながら髪を剃り落とした二人の妻の頭を撫でさする場面であった。[20]

　この詳細な一連の夢は、性的な含意を暗示した不安な超現実的なイメージで終わっている。茅盾の小説とシュールレアリズム(超現実主義)との関わりは大変珍しいのだが『虹』のこの点におけるプロットの総合的な文脈とこれが一連の夢であるという事実は、小説の基本的な現実主義的なスタイルを減じたり、現代中国文学においては受け手の側も非現実主義的な要素に馴染んでいないのであるが、

彼のプロットの卓抜性を損ねることもなく、この余り使われていない技法を採用することを可能にしている。

モダニズムは"焦点の意識"（登場人物や主要な人物の遠近法を通じてプロットが表現される。）における思考や信条の断片を織り込んだ性格描写の技法を多く用い、モダニスト作家達が現代人の根本的な「内なる現実」と見なした苦悩、退廃、疎外、倦怠などを強調するために綿密に描写されている。茅盾はこういった点の強調では、人物の肖像化に於て様々な技法を用いている。『路』では、彼は主人公の薪（若く貧しい学生で卒業後待ち受けている不愉快で無秩序な世の中に対して何の期待も持っていない。）を次のようなメタファーにおいて描写している。

　　彼は生きて呼吸している人間ではなかった。いやむしろ彼は機械であり外部の物事をとり込む一つの機械でしかなかった。彼はそれらを見たり聞いたり、反応することはできるが、それらはまるで泡のように一瞬のうちに消滅していくのだった。[21]

この特殊な形容句は「崩壊した意識」の描写のみならず、急速に機械化される世の中における人間の疎外と結び付いた「擬人化」でもあって茅盾のメタファーの典型である。[22]

五四時期の"現代""白話"中国文学の新進作家たちは自らの文化的伝統、古典的言語、儒教的な概念（中国における"古い学問"）をすべて拒絶した。ある程度その空白を埋めるために、彼らは近代化された個人主義の西洋へ思い入れるようになった。そして新しく、斬新で、彼らの年輩者を動揺させるようなものなら何でもヨーロッパ及びアメリカから取り入れてみようとした。それらは自己嫌悪に近い過激な因習打破の精神であり、若者達の反乱の精神にありがちな「ロマンチック」な自己陶酔の戯れさえ見られる。しかしながら自己告白的な文学、自己の利益や主観に対する堕落、「ロマンチック」な個人主義、新しい形式に対する徹底した実験、審美的な原理などを活発に経験したにも関わらず、多くの五四作家の中には文学をしてすでに無効にされた道徳的幻影に奉仕させようとする儒者の願望が、なお生き残っていた。その違いはと言えば、その道徳的幻影が著しく政治化され革命的になってきたと言うことである。[23]

1920−25年の中国の作家に対する西欧の前衛的な文学の影響を扱ったものにボニー・マクドゥガルの記述がある。

　　——中国の現状はといえば，このむしろ偶然の現象に対して決して有利なものではなかった。ヨーロッパの前衛に対する降って涌いたような関心と言うのは，一般的な風潮としての切迫した西欧化，現代化と関係があり，それが頂点に達したのは実験的な時期——最後の軍閥政府の混乱期であった。[24]

私達が，ヨーロッパや西欧で19世紀に勃興し，特に「文学上のモダニズム」の出現を導いた文学的傾向と，突如として中国に出現したヨーロッパ的現象を対照させてみると，それがはたして（中国に）持ち込まれたものかどうか何とも疑わしくなる。

ヨーロッパにおける19世紀の中葉及び後半の数十年に及ぶ時期は，ジャック・バーズンによれば，時期的に文学的な「リアリズム」がこの時期の文学的，科学的，政治的に進歩的な諸勢力の合流した最前線に於て形成されたということである。これらの諸勢力が，早いペースでの産業化と世俗化の促進によって社会を前進させた。バーズンが既に指摘しているように，このブルジョワジーと科学者と芸術家との密着した同盟関係は，19世紀後半の20年間のうちに瓦解し，（少なくとも西欧においては）「文学上のモダニズム」が現れる第一次大戦以前の時期以来，芸術家と科学者・技術者の間には幅広い隔たり（深淵）が存在するようになった。[25]

2．2．5．批判的リアリズム対モダニズム

ルーカス，アーネスト・フイッシャー，そしてその他多くの今世紀におけるマルキスト批評家たちは「モダニスム」に抵抗して彼らが「批判的リアリズム」と呼ぶものを弁護してきた。「批判的リアリズム」によって彼らは19世紀の「リアリスト」の小説やドラマで特に強調された立場や形式の継続をもくろんだ。もちろん社会的不正という疫病にかかった社会，つまり非社会主義諸国における芸術や文学の社会的抵抗の目的を実現することもあった。[26]

「批判的リアリスト」は，最初包括的な社会的文脈をその時代における個人とその社会的"典型"としての性格を通して明確に描写しようとし，そこにおけ

る社会的な力の相互作用を探求する作家であった。そこにあるのは社会的不正を暴く意志と不正を正すために人間の合理性を追求することへの絶対的信頼であり，それゆえに価値があった。そのイデオロギー的な視点と形式から見て茅盾が「モダニスト」である以上に「批判的リアリスト」であることは確かである。長編小説『子夜』は言うまでもなく，特に『当舗前』[27]や『春蚕』三部作のような短編小説，1932年に出版され，彼の転機となった作品『三人行』の直後に書かれた全ての著作では，社会的，政治的なアプローチが急速に支配的になっている。彼の後期の作品における主人公の生活の困窮として現れる経済的な要素の強調から，彼の選択した「自然主義的な」スタイルと言うものはこれらの作品の根本にある政治的視点や目的と一致すると推測しえるかも知れない。比較的に見ると以前よりマルキスト的立場であるが。

　茅盾が1927年以後，そして小説家として華々しい活躍を開始した時，実際に中国共産党の党員であったかどうかはいまだに疑問とされている。彼が全く党から脱落していたのか，同調してはいるが正式には党に参加せず活動もしない"同伴者"であったのかも不明である。1932年までには，彼は初期の作品のペシミズムから立ち直って共産党の指導下での革命の遂行と中国の潜在力に対して確固とした信念を取り戻していたように思える。しかし茅盾が左翼作家連盟の時期にマルキストの見解により近い方向に戻っていたからといって，それは茅盾が「現代化された」社会に想定される恩恵に対して抱いていたアンビバレントな感情が解消されたことを意味しない。

2．2．6．反道徳的官能主義

　茅盾の大変興味深い，一般には過小評価されてきた小説『追求』においては，西欧のモダニスト作家の間でよく使われるモチーフとの興味深い相似形が見い出せる。——つまり因習打破の，アンモラルな態度や人物類型に見えるうわべだけの見せかけの魅力，そして自己破滅的な快楽主義，ニヒリズム，自己中心的な，一切を受けつけない反道徳的言動による実存的意味を追求することである。

　『追求』は茅盾の小説の中での最初の代表的力作，『蝕』三部作の最後の作品で

第4節　欧米における茅盾研究（翻訳）

ある。この中で彼は1925－27年の革命に身を投じて，完全に失敗し，意気阻喪し，幻滅し「何の希望もない」急進派の若い世代の学生達がどうなって行くかという切迫した問題を引き続き探求している。このような問題提起は彼の初期の小説に繰り返し見られるものであり，茅盾は又，多くの理想主義的で激烈な若者の反乱を誘引した中国共産党が今後どうなっていくかを問いかけているようでもある。茅盾はまた，より広く中国の行く末についても問題提起している。つまり国家の存亡の危機を救うことに対して革命と（あるいは）共産党の最初の約束が生かされるか否かである。

『追求』における中心的人物の一人，章秋柳はいつも近視眼的で性的な脅迫観念に捉えられている形象である。それは，なんとか持ちこたえてきた武漢政府が崩壊して以後，上海に一年かそれ以上も住んでいる（身を隠している）彼女やその友人達にとって空虚な幻滅感に対する唯一の対処法であった。彼女は未来についての計画をすべて無視することに決め，快楽と「刺激」だけを追い求める生活哲学を選んだ。それは未来のことを考えず，全く現在のみを生きることによって得られるものであった。彼女は，友人の王詩陶，――王は妊娠しており，子供の養育という現実的な経済問題に直面している。――に次のように語る。

  理想の社会，理想の生活，理想の恋愛，それらは他人も自分自身さえも欺く不愉快な詐欺手段にほかならない。――人生において私は満足感のみ追い求める。私は享楽と刺激を追う生活に心をまかせたい。まるで悪魔に魅入られたように。[28]

事実，彼女が王詩陶にこう言った時，彼女は最大限の官能的・経験的に最大限に満足できる経験を求めて，街娼になることすら考えていた。

もちろん，秋柳や彼女の友人である史循（かなり堕落した奇怪な人物）の人間性や道徳的性格が，この小説で茅盾が採用した「モダニスト」の20世紀的観点に基づく否定的実存主義に対して，この作家のイデオロギー的，哲学的関係から表現されるということはまったくない。史循は，明かに否定的で人に訴えるものがない人物として設定されている。章秋柳は堕落した官能主義者に起きた著しく「否定的」な出来事にも目をつぶる。史循はクロロホルムの服毒による自殺未遂で入

院したのである。秋柳はロマンチックで読者に訴えるものが乏しい。秋柳が"悲劇的な恋愛"を経験した者は，誰でもその悲劇的な経験の崇高さによってより強く英雄的になると信じていることから，彼女のロマンチシズムが読み取れる。弱められ，自己破壊的になった史循はこのロマンチックな信条に対する強力な反証である。(29)

2．2．7．茅盾の現代社会における立場

『追求』に出て来る人物のほとんどに共通するペシミズムやニヒリズムと，多くのモダニストの作品のナレーティブの声や人物の行動に一般に見られるものとは著しい類似性がある。しかしながら，それを私達が彼の初期の作品に見られる立場とそのモダニストの技法の，特徴的ではあるが限定された活用に結び付けてみた時，私達が彼の小説に見る茅盾の現代社会の諸相に対する告発は，モダニストの主観論とは隔たったマルクス主義的な急進主義と人道主義とから発生しているということが明らかになる。彼は中国の富強に役立てなければならないと考えている現代技術の危険な人間破壊の側面のいくつかに対し全く過敏でさえある。

茅盾がよく用いる象徴は，モーターをつけた川船の航路，そしてそれが農民が土を積んで作った水路を破壊していること（『当舗前』）あるいは，転覆の危険のある小さな船に乗った人々（『虹』）などである。実際，外国の技術の浸透によって起きた老通宝一家の受難は『春蚕』三部作においては物語の中心テーマである。

『虹』の一節にあるように上海の新しい革命的生活に向けて梅を運んで行く隆茂輪（船の名前）は「近代文明の生んだ，巨大な怪物」(30)と呼ばれている。茅盾は機械の擬人化を好んだが1934年に書かれたエッセイ「現代化的話」にその主旨がまとめられている。(31) そこでは読者を上海の紡績工場の丹念な描写に引き込み，綿糸の加工の過程を機械の擬人化に見せる。彼のレトリックは風刺的に上海の産業，商業界に対する"後援者"（圧縮器）の社会的関係を擬態化している。茅盾は上海の現代化について（そこにおける都市のブルジョワジーはおそらく大変に傲慢であるが。）それが地方の社会的崩壊と急速な衰退の犠牲の上に達成されたものであることを手厳しく指摘している。

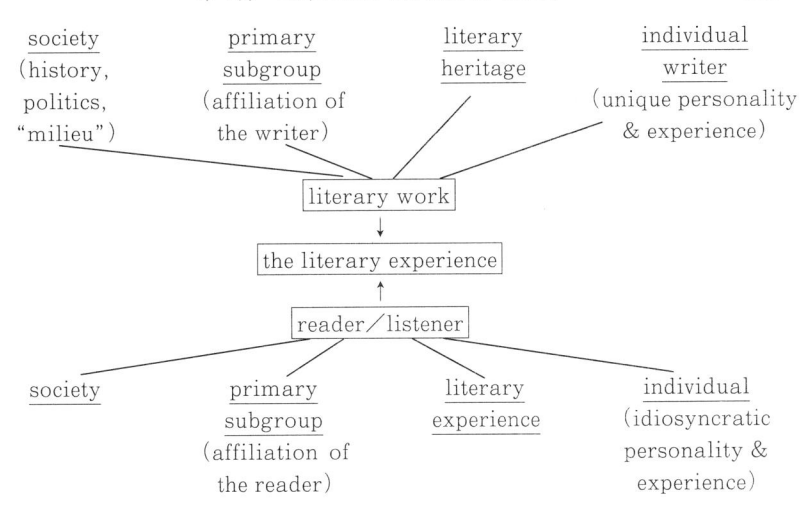

第4節　欧米における茅盾研究（翻訳）

```
society              primary           literary          individual
(history,            subgroup          heritage          writer
politics,            (affiliation of                     (unique personality
"milieu")            the writer)                         & experience)
         \              |                 |               /
          \             |                 |              /
           \            |                 |             /
            +------[ literary work ]-----+
                        |
                  [ the literary experience ]
                        ↑
                  [ reader/listener ]
            /           |                 |             \
           /            |                 |              \
society         primary              literary          individual
                subgroup             experience        (idiosyncratic
                (affiliation of                        personality &
                the reader)                            experience)
```

　多くの他の「自然主義」の影響下にある作家やルーカスのようなマルキストの文芸理論家と同様に，茅盾はそれが書かれた社会的環境の反映としての文学，という主張を原点にしているイポリット・テーヌに負うところが多いようである。[32] 彼の小説における「文学的なモダニズム」の要素および「現代化」に対する彼のおそらくは両義的な感情について触れてきた。次に，より大きな問題に対する茅盾特有の事例を見てみたい。文化的伝統と中国のような"現代化の途上にある"社会の社会経済的組織との相違こそが，西欧の「モダニズム」のような，「現代化された」世界における人間存在のあり方とは徹底的に異なる立場を表明する文学の高揚を促したのではないか，という問題である。同じ問題をよりつきつめれば，（あらゆる社会で産業化が「可能」であり，不可避的に「達成されるべき」かと言う重要な問題は除外するとして）日本や西欧のような技術が発達し，産業化された全ての社会は，産業化社会特有の疎外された文学に豊かに表現されたような，価値の転換や変形を経験するのだろうか？　私達は「文学的経験」（つまり文学的活動の経験）の主要な構成要素を上のように図式化できよう。

　「普遍的な」美や美の基準の追求において，文学批評家や理論家は，文学作品の「受け手」に与える様々な影響に対し，特別な注意を払うことを怠ってきた。

ことはどうあれ，この図表の上部は全ての文学作品の「模倣的」要素を強調する批評家（すなわち，文学的経験と，内と"外"の現実との連関）と「象徴的」「形式的」な要素を強調する者との相違点を明らかにしている。前者が「社会」や「小グループ」の影響を強調するのに対して，後者は「文学的伝統」の影響を強調している。厳密な歴史的経済的決定論に固執するマルキスト批評家の場合（ルーカスの用語では"俗流マルキスト"）一つの小グループ（社会階級）の影響が過大に認められ，その他の重要な考察が事実上除外されたも同然である。[33]

　茅盾の場合は，彼の小説を"ブルジョア"として退けた中国の現代作家達の作品こそ中国の人々の「文学的伝統」と歴史的な展望の両方を損ねるものと感じた。事実，茅盾の作品は時事的ではあるが，いま現在の中国の指導体制についてその困難や弱体性に言及せず，"害悪"と決めつけてはいない。もし事実，中国における急速な産業化，機械化がわれわれのモダニスト文学に見られるような疎外に近い傾向を結果として導き出したのなら，それは全く厳密な意味でモダニスト的要素に該当するものであり，彼の初期の作品の再評価を促すものである。一方で「モダニズム」の生命はその性質上はかないものである。たとえ最も「現代化」された社会の疎外はさらに悪化するにしても，文学と芸術における「モダニズム」の全盛期は既に去った。われわれ西欧の人間が再びモダニストの芸術や文学の非道徳的な立場から転じて，積極的な道徳的な見方（それがどの様な見方であるか見当もつかないが）を支持する新しい文学に行き着くなどとはとても考えられない。

註
（1）　大変簡略ではあるが，茅盾の初期小説のいくつかについて論じたものとしては，Jaroslav Průšek, *Three Sketches of Chinese Literature* (Prague: Academia Prague, 1969), especially p.42. これは茅盾のモダニスト的主観要素に触れている。茅盾自身を扱ったものではないが，広い範囲での基盤となる資料として次のようなものがあげられるかもしれない。
　　　Bonnie S.McDougall, *The Introduction of Western Literary Theories into Modern China 1919-1925* (Tokyo: Center for East Asian Cultural Studies,

1971), passim. 茅盾の活動や初期の知的，文学的興味（関心）についての最も詳細な論説としては，次のものがある。

　Márian Gálik, *Mao Tun and Modern Chinese Literary Criticism*（Wiesbaden: Franz Steiner Verlag GMBH, 1969）.

(2) 西欧における文学的モダニズムについての私の論議は次の著作に基づいている：Jacques Barzun, *Classic, Romantic and Modern*（Chicago: University of Chicago Press, 1961）, pp.110-114. Irving Howe, "The Idea of the Modern" in Irving Howe, ed., *Literary Modernism*（New York: Fawcett Publications, 1967）, passim; Ernst Fischer, *The Necessity of Art*（Baltimore: Penguin books, 1963）, pp.76-100; Raymond Williams, *Modern Tragedy*（Stanford: Stanford University Press, 1966）, especially pp.69-73; Georg Lukács, "The Ideology of Modernism" in Realism In Our Time（New York: Harper & Row, 1971）, passim; Georg Lukács; "Franz Kafka of Thomas Mann?" also in Realism In Our Time; Lionel Trilling, "On the Modern Element in Modern Literature" in Howe, ed., *Literary Modernism*.

(3) 先に引用したそのすぐれた著作の中で，マクドゥガルはレナート・ポジョーリに従って，「モダニズム」のかわりに「アバン・ギャルド」という言葉を好んで使っている。彼女はポジョーリの「アバン・ギャルド」についての議論を要約して四つの主要な特徴（活動性・敵対・ニヒリズム・苦悩）をあげている。

　それらは，その他の「モダニズム」の記述と著しく類似するものである。

　See McDougall, pp.1913-4.

　1922-23年は，中国でも西欧のアバン・ギャルド文学への関心が最も高い時期であったようだ。しかし少なくとも中国では，西欧文学理論の紹介と翻訳に限定されていた。20世紀はじめの中国における「モダニスト」および「アバン・ギャルド」の影響が実際の作品に現れているかという問題についてはさらに研究する必要がある。

(4) Raymond Williams makes a similar point in *Modern Tragedy*, p 73:
　革命における自由主義は，両側面において捕えられる。機械的，非人間的過程の減少と社会構造を悲観的に見るイデオロギーへ向かう人間的反乱の活路とである。なぜなら人間はきわめて不合理で破壊的であるから。

(5) Howe, p.19.

(6) Ibid., p.14.

(7) Trilling in Howe, ed., *Literary Modernism*, pp.71-7.

(8) E.g., Lukács, "Franz Kafka or Thomas Mann?"; also see Ernst Fischer,

The Necessity of Art, pp.107−115, 210−211.

(9)　Leon Edel, *The Modern Psychological Novel* (New York: Grosset and Dunlop, 1964), introduction, p.v.

(10)　Georg Lukács, *Writer and Critic and Other Essays* (New York: Universal Library, Grosset & Dunlop, 1971), pp.12−13.

　　現代文学に特有の性格と生み出した知的環境そのものが、ブルジョア社会の中で長い間かかって芽ばえた傾向から派生したものである。一見したところ、現在は突然の変化によってもたらされたようだが、それに先立ってはっきり認められる動きがあるはずである。19世紀の特殊な傾向について見るなら、初期においては、ショーペンハウエルがブルジョアの生活の倦怠、陶酔という特徴的二律背反を表した。ニーチェにおいてさらに綿密となり、世紀の変わり目に文学的全盛をもたらした。

(11)　Prusek, *Three Sketches*, pp.15−19.

(12)　See *Rainbow*, Ch.4, p.86.

(13)　*Disillusionment*, Ch.6 in *Corrosion*, p.32.

(14)　*The Road*, Ch.2, p.17.

(15)　Ibid., Ch.3, p.32−1.

(16)　"Creation" in *Mao Dun Wenji* (MDWJ), Ⅶ, 34.

(17)　"Poetry and Prose" in MDWJ, Ⅶ, 45.

(18)　See, For example, A.R.Davis, "*China's Entry Into World Literature*," excerpt cited in McDougall (cited above in n.1), p.190.

(19)　"Dense Cloud", Sec.5 in MDWJ, Ⅶ, 118

(20)　*Rainbow* (Shanhai: Kaiming Shudian, 1939 edition), p.176−7.

(21)　*The Road* in MDWJ, Ⅱ, 284.

(22)　See my discussion of *tropes of machinery* in Chapters I and Ⅵ as well as the treatment of *personification* in Chapter Ⅵ below.

(23)　See Berninghausen and Huters, *Revolutionary Literature in China* (white Plains: M.E. Sharpe, 1977), introductory essay.

(24)　McDougall, *The Introduction of Western Literary Theories into Modern China 1919-1925*, p.218.

(25)　Barzun, *Classic, Romantic and Modern*, pp.102−4.

(26)　Lukács, *Realism In Our Time, passim*: also "The Intellectual Physiognomy of Literary Characters" in Lee Baxandall, ed., *Radical Perspectives in the Arts* (Baltimore: Penguin Books, 1972), pp.89−141.

(27) "In Front of Pawnshop", MDWJ, Ⅶ, 243-253. For an English translation and introduction to this story, see my piece in Berninghausen and Huters, *Revolutionary Literature in China*.
(28) *Seaching*, Ch.6 in *Corrosion*, p.374
(29) Ibid., Ch.3 *Corrosion*, p.317 (MDWJ, Ⅰ, 322).
(30) *Rainbow*, Ch.1, p.10
(31) MDWJ, Ⅸ, 165－171.
(32) Gálik, pp.66－7.
(33) Lukács, *Realism In our Time*, p.17.

2．3．形　式

作家の特性を分析する過程では，その作家の文体を作るのに用いられている様々な文学的技法や工夫，慣習，修辞的方法，比喩，物語り戦略や言葉のモティーフ，決まり文句といったものに直面するものである。もちろん，作家の文体はその創作時期ごとに変化を遂げるものであるし，ある作品に用いられた要素の幾つかは，次作品では姿を消すかも知れない。しかし作家には必ずその全創作にわたって一貫して用いられている独特の特性を醸し出す要素というものがある。この章では茅盾や五四運動時期の他のリアリスト作家中に見られる特性であるが，特に彼の初期の作品に見られる文体の典型について概説したい。

2．3．1．物語の構造と修辞的技法
2．3．1．1．描写の過程

茅盾の好んだ構文の技法には，彼が作品中の場面に挿入する叙情的表現，作品中の「中心的意識」に用いられる天候や自然環境や感覚的刺激等の断片的描写がある。彼はそうした一節を『虹』『路』など一連の初期の作品おいて章や段落などの出だしとして使っている。またそうしたものはナレーションに終止符を打ったり，彼の構想の中にあるプロットやエピソードを次に続くプロットと分ける際により多く使われているのである。後者に於てその例は，枚挙にいとまないほど見られる。私は特に彼の作中に出て来る明かりの性質（自然の光，人工的な光など）を表現する方法には強い印象を持っている。その明かりは作中の人物や場面に出

てくるものなのだが，それがしばしばナレーションの流れに区切りをつける時に使われることもある。

『虹』の中で，例えば梅の親友徐綺君は1921年の9月に盧州を発つのであるが，彼女と梅はまず風光明媚な龍馬潭へ見送りのために一緒に行く。その詳細な自然環境の描写の中にも茅盾はかなり意図的に"光のゆらめき"に注意を引くような方法を特徴的に使っている。(1)

『虹』の第六章の出だしで，晩の茶会での気味悪い明りの描写は，後の感覚的刺激の描写として他のものにも共通する顕著な一例である。そしてそれはすぐ次の展開で出てくる雰囲気や問題の変化の前兆として重要なものである。梅と徐綺君は盧州の小学校の教員として雇われるが，その茶会は大きな町からこの地方都市へ移ってきた学校の，開校の前の晩に行われたのであった。その部屋を照らす安全灯は風にきしんで，その揺れるフレームの不安定さで，明かりは暗い茶色の壁を這い回り，「ヒステリックな雰囲気」を醸し出している。(2) これは梅が，彼女の存在をよく思わない数人の田舎の女教師たちとの争いにすぐ直面するという前兆的な様相を書き出すのに使われている。

ときどき茅盾は「聴覚の背景」（背景の音や雑音）の簡単な描写を同じように場面やエピソードを他の場面から分けるために使用している。上記の『虹』の第六章の最初のセクションで他のシーンへの移行となっているものは，鐘の音と軍歌である。また『追求』の始まりの上海学生クラブの古時計の正確な回転作動音も思い起こされる。この時計の描写は，それが象徴的な，又そのペースを決める役割を果たしている点で，彼の好んだ技法の範例といえる。なぜならそれはここに出て来る人々（張曼青，王仲昭，その他）がこれから，非人格的で無感動な歴史的過程，混沌としているが重要な歴史的時代を通過しなければならないことが，その二行下に書かれている古時計によって示されていると言えるからである。又同時に，時計のチックタックという無感動音は，場面から場面への移行を示す幕あいとしても機能している。

『路』の中に，薪が外国警察に四時間拘留された後，漢口から武昌へ汽船で帰る場面がある。揚子江のさざ波の上に踊る光の簡単な描写は薪の思想方向の転換

第4節 欧米における茅盾研究（翻訳）

を導入している。[5] 実際，日中の熱い時間帯に船荷を積み降ろす苦力(クーリー)たちの上に照りつける太陽の描写と，武昌にもどって黄昏時，銀色の月明かりが，レストランで食事をした後大学へ帰る薪と杜若の上に降り注ぐシーンへの交差は，第一章を三つのセクションに分ける役割を果たしている。

この基本的スタイルは，後期の茅盾の作品でも消えることはなかった。後の1936年の作品『多角関係』の第三章では，その始まりも終わりも，オレンジ材の格子作りの窓に斜めに差し込む日光の描写で，その日ざしが，金持ちの商売人の太った指にはめられた巨大なダイヤモンドの指輪に反射している場面である。[6]

２．３．１．２．時間の配置

彼の基本線である「リアリスト」の，「擬似」流派の考えにしたがって，（彼や他の文学研究会の人々は「人生のための芸術」を標榜した。）茅盾の小説の多くは厳密に年代順に書かれ，活動や事件がプロットによって表される結果として一直線上に展開してゆく。例外はほとんど無い。彼が初期作品で適用している"現在の報告"「以外」に，時間を取り扱ったナレーティブを採用した三つの珍しい例があるが，これらはおそらく重要であると思われる。それは『創造』の第二節（二章を参照），『虹』の最初の章で，四川省を後にする梅の揚子江での船上の旅，『幻滅』の第九章で，そこには北伐に向かう軍隊の宣誓式典の様子が描かれている。(1927年3月終わりの南湖) それは十章で，同じ年の1月から3月の間に武漢革命政府のもとで三つの異なった任務を担った静の，幻滅の経験以前に描かれている。[7]

２．３．１．３．修辞的な語りの存在と距離

"距離"とは，ここでは読者と，プロットの事件との間の直接的な緊密性，意味の即時性における多様性を言う。"距離"の第二の見方は，読者がそれによって物語中の人物に共感する（あるいは共感を持たない）「感情移入」の程度である。事実上，ナレーティブの文章の他のあらゆる要素は，読者がプロットの中で取り上げる"距離"の程度に影響を与えるかも知れない。明かに"距離"は物語全体に一貫しているか，あるいは様々である。[8] 多くの技法の中でも著者が基準の

調整（美的基準）に最も利用できるのが，ナレーションに著者の声が浸透し（実際には「暗示された著者」），著者が作品について読者に論評を与えることが出来る「修辞的な存在」の有効性である。[9]

　茅盾の小説は普通"カメラの目"，"三人称の意識"と呼ばれるナレーティブモードによって分けられる。それは普通非人称の「客観的な」ナレーションとは区別される"語り手の声"の存在を認めることを避けている。[10] 茅盾は（現代中国文学の他の作家と同様）小説に於て社会的現実との接近に深く関わり自分自身を「リアリスト」作家と見なしていた。しかしながら，彼の好んだナレーティブモードは，古典的な19世紀「リアリズム」のナレーティブモード，つまり，均質で，しばしば饒舌なナレーティブの表現よりはむしろ，20世紀前半の「現代ヨーロッパ文学」の特徴により近いものである。（従属的な人物として人格化されるか，舞台わきの眼に見えない存在におとしめられるかである。）ここで彼は，「自然主義」の「科学的」概念に影響を受けているかも知れない。しかしながら，彼が読者に直接語りかける声によって非人称的形式の仲裁を許しているので，彼の初期小説に於てそれらは例外的存在である。ある時には彼が維持した審美的な距離の程度に於て，これは重要な影響をもっている。そのほかの場合，それは完全に文学上の慣習の利用，あるいは物語が語られるのを暗黙のうちに認める代名詞の使用に相違ないものとなる。

　例えば，『幻滅』に於て抱素は，主人公の静に向かって，同級生が，君は最近彼女は恋に落ちようとしている若い女性のような風情だと噂をしていた，と語ることによって彼女を誘惑しようとする。テキストは続けて「我らの"小姐"はまったく驚かされた。」と述べている。[11] この主人公に対する「我らの"小姐"」（我們的小姐）という言い方はとりわけ注意する価値があるわけではないが，ただ茅盾の小説においてはこの様なナレーティブの工夫が全く見られないと言うことに注意されたい。（彼はこの様な形の書き方を，評論においては頻繁に用いている）

　『動揺』の最初の二章，茅盾の『蝕』三部作の『幻滅』に続く中編小説では，私達は同様の二つの例を見ることが出来る。「私達は王栄昌が良識ある小商人であることを知っているはずだ。（我們要知道）彼は普通店の外へは足を運ばないけ

れども」(第一章)⁽¹²⁾胡国光は，差し迫った選択に心を奪われていて，若く美しい女性，朱民生に交際を申し込む機会をつかむことに失敗した後，一人笑いする。ナレーションは，これが自分がうっかりチャンスを逃したことを悔やんだ笑いなのか，それとも協商会で彼が選ばれる見込みがあると言う知らせに促された，祝福の笑いなのか？としている。この点に関しては，「著者にもはっきりわからない」(作家還不大弄得明白，第二章)⁽¹³⁾この二つの事例は，いずれも改訂版「茅盾文集」では権力者の存在を認めるような修辞的技法を外している。

　茅盾が，しばらく設定された時間を離れてプロットを進展させる方法，虚構の小説世界の人物の独立した見解に於て生じる事件を，読者に観察させるような修辞的技法，を見合わせた事例はいくつかある。これら傍観的技法は，人間の実存に対するより普遍的な言説を含んでおり，読者を，小説世界と現実世界との関係に於てより深い理解に導くものであった。

　『幻滅』の第七章にはこの種の局外の語り手の顕著な例が見られる。抱素と最初の関係を持った後，静は自分がかつてそれを望んでいたこと，（男性と性的関係を結ぶこと）を正直に認めないわけにはいかなかった。しかし既にそうなってみると，後悔の感情も襲って来るのであった。暗示された著者は次のような解説を付け加えている。

　　　人間と言うのは全く奇妙な生き物である。人々を絶えず前進させるのは"希望"であるが，一度"希望"が"現実"に転ずると，倦怠と無感動に陥る。これはとりわけ，まだ満たされたことがなく，予測することしかできない幸福の希望においては真実である。⁽¹⁴⁾

この著者の形式としての「リアリズム」への論評が，「修辞的存在」における「暗示された著者」の非人称のナレーションが小説テキストからほとんど消されている，20世紀初めの傾向（ヘンリー・ジェームズ式の？）に結合しているのはおそらく不幸なことであろう。この選択はしばしば，物語展開の散文体形式，あるいはその反復の形式を取る。上に引用したような局外の語り手による解説の例は茅盾の初期小説においては大変珍しい。むしろ，もっと正確にいうならば，一部の作家が，中国文学の趣向と実際に照らして最も同質性の少ない，19世紀ヨーロッ

パ「リアリズム」の一面を適用するのに不本意だったのが，局外の語り手による解説の不在の理由かも知れない。中国における前近代の通俗文学は（茅盾はそれらに通じていたのだが），単一の局外の語り手による解説に適用される一定の表現に置き換えられる。茅盾は時折，この"語り手の決まり文句"の一つを利用している，そしてその様な修辞的な技巧の一つを採用することの利点を考察するのは，彼が小説で断固として遠ざけた形式を，維持するために払った代償を推しはかるために有効である。

　一つのことば"無庸諱言"（意味は"隠し立てするに及ばない"）が『動揺』に出て来る。ここで描かれるのは，方羅蘭が妻の突きつけた離婚請求に動揺し，彼が夢中になっている女性の"どっちつかずの"態度にも混乱している様子である。（その女性は孫舞陽で，彼女は口では奥さんのもとに戻りなさいと言いつつ，彼にキスしたり，肉体的魅力を誇示して彼を惑わせるのである。）ナレーションは，方羅蘭は，舞陽が，もしかして彼が本当に離婚の意志があるのかどうか確かめようとして彼を試すためにこんな振舞いをしているのかも知れない，と考えていることを告げる。方の「動揺」，不安，優柔不断，の描写において彼の心は「焦点的意識」として受け取られ，読者に，何が起きようとも，それは方の明かに不完全で不十分な理解に限定されると言うことを了解させる。しかし著者は，それが信頼「出来ない」ものであるのに，読者の中にはこの問題に対する方の見解が信頼できると考えることで，混乱が生じることを望んでいない。暗示された著者はこの点に対する非難を断言している。

　　　方羅蘭の女性に関する経験について言えば，どんなに控え目に言っても（無庸諱言），非常に狭いものであると言える。彼の妻のような女性以外には，そう，彼はこの世の中に他にどんな種類の女性がいるのか夢見た事もなかった。孫舞陽のような女性がいるとは夢にも考えたことがなかった。[15]

この決まった言葉"無庸諱言"を用いるまでもなく，読者はここで，人物の"信頼できない"焦点の意識から，局外の語り手の声による"信頼できる"論評への移行を認めるであろう。ウェイン・ブースは，この様な声の移行やナレーティブの戦略から引き出される美学的な結果について多岐にわたり論じている。[16] 多

くの事柄の中でも彼が特に指摘しているのは，ナレーティブの声の多様な形式と「距離」の調整との間の関係である。

　もう一つ興味深いのは『幻滅』の中で"局外の語り手による解説"によって，静，慧，抱素が，五・三〇運動の最初の記念日に，上海のフランス租界の映画館で上映されている『罪と罰』の映画を見に行くことに，言及されていることである。

　　　映画は人類の歴史と同じ様なものであった。いつも議論や何かのために短い休憩時間が入り，何の結論も出ないうちに再びスクリーンに向かってそれが始まるのに合わせなければならない。満足な結論に達するのはいつも変わらず難しい事なのである。[17]

こう言ったタイプの，暗示された著者の声による修辞的な介入は茅盾の初期小説においては非常にまれである。それは事実上『虹』（1929年）以降は姿を消しているだけでなく，この様な特殊な一節の中にある事例も，著者自らが集成した1949年以降の版本では全く削除されている。[18]

　以下に見て行くように，茅盾は性格描写や構文上の方法で，外的にも内的にも全く現実性を確信できなくなった人物，言うならば，彼らの上に，そして中国に何が起きているのか，いま現在，自分達が何を考え，感じているのかも定かでない人々の肖像を描いている。あるテーマについて，しばしば文体的に誇張される理由の一つは，私の考えでは，暗示された著者の声によって具体的に示すことなく，人物と読者との間に一定の「距離」を維持する必要があるからである。私達は短編小説『色盲』から引き出された現象に，特別な事例を考察できるかも知れない。

　林白霜は何教官（献身的な政治活動家で革命家でもある）に対して，何が彼を恋愛の追求に向かわせるのかを説明しようとする。

　　　「――私は私達の時代の巨大な波に翻弄されてきました。周りは真っ暗闇で進むべき方向も知りません。私は疲れはてて，ただ波に押し流され，打ちのめされ，翻弄されることを望んでいないのです。私は休息を望み，身を寄せる場所を求めています。私が夢みているのは，あの暗く巨大な渦巻く波の

中から現れ，私達に一時の安息を与える小さな緑の島です。恋愛はこの小さな緑の島にほかなりません。」

林白霜はこの最後の一言に，いつもより厳粛なうやうやしい口調で言った。と言うのも，彼は何教官の笑顔を期待したのに，何教官はにこりともしなかったからである。しかしながら彼はいささか皮肉を述べずにはいられなかった。

"それは恋愛に救いを求めるあなたの理論ですね"

林は，まるでこんな辛らつな皮肉は予想していなかったと言うように口元をひきつらせた。[19]

表面的には，この声の調子への言及（うやうやしい調子），つまり，彼の人物の対話を構成し，補正する作家の信頼の欠如を単に補うために拡大されたメタファーに従う声の調子を説明するのに，それは既にその声の調子を推量するのに必要な情報を十分に読者に与えていると言うかも知れない。一方で，彼の意識から「独立」した見解を持っている人物達の描写の意味を説明するにも，より妥当であると言ってよいと思う。つまり局外の語り手の声による「信頼できる論評」は，その距離の調整によって見いだされる。茅盾が，読者に，林のある状況における隠喩的な描写の"私的な"あるいは「ロマンティックな」アピールを排除しようとして「意識的に」遠近の交錯を用いたとも言い難い。しかしながら，これは独立した局外の語り手の位置に含まれる結果に過ぎない。

私達は上記のエピソードとそれが構成されている方法が美的「距離」の程度に於て次のような事実にあることを見ることが出来る。著者は読者の林白霜に対する感情移入と（林は武漢革命の失敗後避難して来た若い知識人で，茅盾の初期の段階ではロマンティックな人物である）林のアンビバレントな意識からくるイデオロギー的な分裂との間の壊れやすい緊張をうまく説明している。"偏平的な人物"である何教官は，中国共産党，あるいは革命を目標として政治闘争に関わる急進派の代表であるが，作家がわれわれに興味を持つような理由を与えなかったので読者

がその人間性について何の興味も持たないような人物である。実際，私達は事実上何教官の人格について何も知らされない。既に第五章で論じたように，この偏平な人物は林に十分「説得力」を持たせるための，反対の見解を持つ引き立て役に過ぎない。（茅盾の初期小説の基本にある立場に与えられたものである。『色盲』も例外ではなく，その中には恋愛と政治活動の弁証法的関係がある。）

2．3．1．4．アイロニー

　1927年から1931年にかけての中国における政治的状況や革命に対する茅盾の幻滅が大きいほど，彼の小説に於てアイロニーの利用が多くみられるのも明かである。実際に作品の中のアイロニーの存在は予測できる。そしてそれは激しい変化を支持し，社会の病弊を告発することに於てあまり教訓じみてはいないアイロニーである。アイロニーと風刺とはかなりの美的距離の維持を促進する。この作家に普遍の報告者的な「リアリスト」のナレーションの形式が，そのままアイロニーや風刺となっているわけではない。私達は初期の作品に十分多くのアイロニーや風刺の足跡を見るのである。（付け加えるならば，茅盾の1931年以後の作品のいくつかにおいては，より広範な風刺の利用がみられる。）

　王仲昭は，ジャーナリズムの世界に置けるアイロニーの存在を鋭く意識している。彼が"追求"しようとして選択したのは社会的地位を得ることと人生にうまく適応することであった。社会ゴシップの欄を担当する若い記者として，彼はいつでもある人々から（誘拐，恐喝，強盗などの記事を）正式なニュースの項目としては，紙面から「除外」して欲しいという手紙を受け取っていた。それらは王仲昭が何よりも読者のためになると信じているものであったが。王仲昭はむしろ理想的にはこれらの記事を社会の健全さの指標——上海の脈打つ鼓動——として見ることが重要だと考えていた。そしてそれらを特筆大書することで，自分の編集している紙面を改善しようとしていた。皮肉なことには，同時に彼はその様な記載を止めろと言う手紙を受け取ることである。彼はまた同じ様な種類の人々から多くの手紙を受け取った。それには彼の紙面で大々的に記事になるはずのある名士について取るに足らない情報や多くの細かいことが書いてあり，その問題に

ついて彼の邪魔をしているのであった。[20]

　事実上，『追求』は多くの茅盾の作品の中でも最も「アイロニック」なものである。それは人物による一連の発見そのものを表象する小説の基本的構造によるものである。（世代の肖像，つまり"ロスト・ジェネレーション"として，その象徴性を強調しているような人物は，この作品では一人に限られない。）『追求』においては彼らが発見するのは，彼らが思っていたような形ではなくて，いつも悪い結果に終わる。「しかも」互いに依拠して，それぞれが"追求"している，疎外された者同志の自己実現の結果は，現実には達成できない"夢"（憧憬）に基づいている。張曼青は，"中心的矛盾"の両面を解決しようとしていずれもその試みが失敗に終わる端的な事例である。彼は結婚相手に恵まれず，個人的な生活では幻滅を強いられるが，彼の最後の"憧憬"（夢），つまり教師として社会に最小限の貢献をしたいという夢も教育体制そのものに対する幻滅によって崩壊する。

　『追求』の中ではペシミズムやアイロニーを強調するために著者によって用いられる文体の技巧が大変多い。例えば「外観」と「現実」のギャップについてしばしば言及されるが（「外観」は幸福そうで希望に満ちているとか，楽天的な様子であるが），現実は，一見してみたよりずっと深刻で挫折を感じている。『追求』の終わりで，章秋柳は，病院にいて，（『幻滅』の静と同じく平和と静けさを求めてそこに留まっている。）王仲昭に訪ねて来てくれるように頼んでいる。彼は彼女のもとを訪ねて，彼女が"習静"（俗世から逃れること）の平和と静けさを求めて好きこのんで病院へ来たあげく，寂しくなって退屈しているのだとからかった。すると秋柳は突然笑い出す。「彼女は心から幸せそうに笑っている」[21] しかし茅盾はことが思う通りに運ばないと言う点について間髪を入れず，読者の注意を促している。彼はほとんどくだけた調子の局外の語り手による論評によって示す。

　　　この様な努めて装った不自然な冷静さは，洞察力ある人間にとっては，見かけとは裏腹に，実のところ彼女が非常に狼狽していると言う事実を容易に見抜かせるものであった。[22]

　暗示された著者によって与えられるこの"特権的情報"は，読者に張秋柳が王仲昭が来るより以前に混乱状態にあった事を教える。茅盾はすぐに，後者に対

してもその行動を見透かしてしまう。王は彼女に，彼女のもとを訪ねるように言った本当の理由を問いただす。そして彼女が史循が死ぬ前に，彼から梅毒を移された恐れがあるということがわかり，いま病院にいる医者よりも信頼できそうな医者を紹介してくれるように，王に頼むのだった。

2．3．2．比喩とシンボリズム
2．3．2．1．拡張されたメタファー

　茅盾の拡張されたメタファーの中でも最長のものは『色盲』の中に表れるが，それについては別に引用した。（註19を参照）彼の友人の応答の横柄な態度を看取して，林は引続き彼の実存的メタファーを念入りに作り上げる。

> 「——そうだ。私は確かに暗黒ばかりを見てきたと言った。しかし必ずしも，暗黒ばかりを目にしたことが，ペシミスティックになっている唯一の理由であると言うわけではない。——いや，ちょっと待って，私の話が終わるまで——もちろんこの世の中にはこれと正反対の明るい色彩もあることはよく知ってる。私は間違いなく誰が赤で，誰が黄色で，誰が白いか見分けられる。しかし世界全体を見回してみたとき，そこに見えるものは全て灰色の暗闇に覆い隠されている。私自身も自分の無力さの理由を知らないけれども，ただ一つわかっているのは私が精神上の色盲であること。この状態が私の苦悶の原因だろう。」[23]

　物語のタイトルから引き出される精巧なメタファー以外にも，政治的シンボリズムを目的とした色彩の使用がみられる。茅盾はプロレタリア革命の側に立っていると思われるこの作品の最後まで，この「赤い」色について明かにしない。しかしいくつかの小説に於て，彼は赤を中国共産党のコードとして用いている。暗闇，灰色の闇と言うのはここでは明かに林白霜のイデオロギー的"後退性"と革命勢力への信頼の喪失とを表している。事実上茅盾は彼が以前に使った"小さな緑の島"（革命活動と，それに続く反動的な鎮圧の荒波から，恋愛——個人の人生の追求への逃避）という拡張されたメタファーを『色盲』の第四節でも再び用いている。

『虹』の出だしに於て，揚子江を下る船は，梅の新しい前進のメタファーである。彼女は降り掛かる多くの困難を抜け出て，いま四川を後にして来た。それは峡谷を通る道のようなものであった。(小説の年代的記述からみると，小説の最初の最初の三分の二の終わりまで来る。『虹』の第一章は"フラッシュフォワード"――物語の途中に未来のある場面を挿入する表現方法――である。)梅を乗せて行く，汽船のモードは，これもまた中国の産業化と現代化のメタファーである。ちょうど梅のように，中国は上海に例証される，より産業化された未来への道程にあったし，その道は生やさしいものではなかった。ちょうど揚子江の岸辺に沿う小さな木製のボートが，通りかかる汽船の衝撃で転覆するように，第一章で予期されるのは，中国の多くの平凡な市民達がこの過程で粉砕され，零落していくであろうということである。[24]

『幻滅』の最初の章で恵が上着の裾をもてあそんだときに見える，明るい赤色の下着はコミュニストとの関係をほのめかしていると想像できて興味深いが。この小説においてはそれ以上発展しない。[25] 慧が『幻滅』で再び登場したときは一貫して共産党員であるとか革命家としてではない。ただ彼女がドレスの裾端"一角"をもてあそぶ場面が，数ページ後で，慧と靜という二人の人物の弁証法的関係を文体的に強調している点が興味深いのである。靜は，彼女の感じ易い視線から，閉ざされた性愛の世界を遮断している，純潔，道徳，貞淑で縁取りされたカーテンの裾を決して開けてみようとはしなかった。[26] 多くの点で茅盾の小説における最初の試みは成功をおさめている。靜と慧の間の弁証法的関係の巧みな維持はいくつかのレベルで遂行されている。慧の明るい赤色の下着はいくつかの政治的意味合いを持っていると思われる。それは"一角"の恋愛・ロマンス・性愛の側面によって，靜の，興味は持っていても，あえてそれを見ようとしないことと対照を為している。慧の派手で華やかな衣服と比較して靜の控え目で，取り澄ました装いは，二つの異なる文脈における"一角"の使用によって結び合わされるイメージである。

『幻滅』における明かな，より効果的なシンボルの設定は，第六章の靜の部屋に飛ぶ。靜は「猩紅熱」にかかり，検疫のために第八章まで，2ヶ月間病院に隔

離される。[27] 茅盾が武漢の経験から戻った後，国民党官憲の目を逃れて上海のアパートに数ヵ月間，閉じ込もっていたことは事実である。この様に小さな部屋に閉じ込められた静はアパートに隔離された著者自身の抑圧と倦怠を象徴化することによって，ひどく過労した心理状態を表現しているようだ。この「猩紅熱」も又，静の政治的彩色を想起させる。『幻滅』のこの時点では彼女が既に共産党員であるとかコミュニストの同調者であるとの指摘はされないし，彼女は革命勢力のシンボルを心に描いてもいない。

　私の推測では，茅盾は政治的意見合いを持つ一貫した"隠されたコード"の一部としてと言うよりむしろ，自分自身の状況（"紅軍"及び中国共産党と共同して働いていた人々に対する弾圧による，1927年の政治的孤立状態）に言及する形で政治的シンボリズムの特殊な事例を挿入しているのだと思う。思うに，茅盾はここでは些か"過敏"になり過ぎているし，読者の中のほんの少数の者にしか理解できない"内輪のジョーク"にふけっているようである。

2．3．2．2．機械の形容句，及び機械をイメージしたシンボリズム

　第一章に於て既に，現代の産業化や急速な技術革新の時代と，それに並行したかれの小説の人物，人間の現実を容易に認められる特有のシンボルに対する茅盾の思い入れについて述べた。いくつかの作品に於て茅盾は中国に拡大する技術革新によって，機械化の時代に直面しながら，無知で無力なプチブルジョワ，労働者，農民など，多くの人々の悲惨な結末を容赦なく書いている。事実，私が言及した『虹』の第一章では（註24を参照）梅が揚子江を下って上海へ行くときの汽船を"怪物"と描写している。梅を，耐え難い束縛，彼女の故郷である四川の地方的閉息から脱出させるのは，この近代的な船舶である。彼女は自分の"逃避"の手段となるこれを"近代文明の産物"とも"巨大な怪物"とも呼んでいる。[28] 梅は田舎の後進性にはうんざりしていたので，この度の最後には未来への活路が開かれることを切望していた。（このシンボリズムについては読者は小説の終わりでそれを解釈するであろう）彼女は自分が乗船している汽船"隆茂"の立てる波に押し流されそうになっている小舟にも同情を感じなかった。[29]

初期の小説に於てこの著者は, 現代人, それはしばしば"モダニスト"と呼ばれる西欧の作家の作品には頻繁に見られるものであるが, その意識の断片と疎外の問題に関心を示している。茅盾の機械の形容句はしばしばもう一つの好んで使われる文体的技巧, "擬人化"の方法である。おそらく西欧の自然主義の影響であろうが, この形容句を含め茅盾の文章のスタイリスティックな特徴は, そこに於て人間や, 人物の特殊な一面がいくつかの機械的なイメージによって描写されることである。例えば, 『追求』の第三章では, 張曼青の心は史循の待つ病院へ勘定を払いに急ぐときの, 人力車の車輪に喩えられる。彼の思考は古い思い出と新しい感情が入り混ざって人力車の車輪より更に早く旋回していた。しかしちょうど車輪のように, 彼の旋回する思考は車軸をもっており, その車軸とは秋柳であった。[30] これは同じ小説の一つ前の章で用いられる直喩と全く同様である。そこにおいては落胆した王仲昭の意識の中を旧友達の姿と声が旋回し言い争う。「かれの頭の中ではレコードが回って, 友人達の声をきしんだ音で再生しているかのようだった。」[31]

『路』の第一章における薪の特徴づけのように, ——「彼は呼吸している生身の人間ではなかった。いやむしろ彼は機械であり, 外部の現象をとり込む一つの機械でしかなかった。」[32]——これらの機械的擬人化の形容句は形式的に見て茅盾が"自然主義"の"科学主義"に負うものであることは明白であり, そこにおいては人間は概念化された精巧なメカニズムにほかならない。ときおり著者はユーモアのために, 科学的, あるいは擬似科学的形式を採用している。形式的要素の明かな事例は, 『動揺』の中の一節に見られ, そこではナレーションは"目に見えない非人称"であることを失い, ナレーティブの声はおどけた, 嘲るような調子を帯びる。方羅蘭は, 妻の陸梅麗と離婚してから, 孫舞陽のもとへ足しげく通うようになる。

　　　（ナレーティブの声）

　　彼がそこへ通うようになったときの「ちょっと通りがかったから訪ねてみた。」というのは, ちょうど動く物体が徐々にその速度を加速するときの物

理的現象のようなものにほかならないと言えよう。[33]

2．3．2．3．シンボリズム

茅盾の初期小説のシンボリズムに対する直接の"指摘者""記載者"はほとんどいない。事実彼は読者が彼の採用したシンボルをナレーティブから"局外の語り手の声"と同一と見なされないよう願っており，又「過激な」シンボルが出版者や政府の検閲ともつれないように，と言う細心な配慮によるものと受けとめられることを期待している。彼の使用したシンボルの多くは実際政治的に重要な意味をもっている。

『幻滅』の中で中国語の"シンボル"（象徴）という言葉が使われるのは，静が抱素に送られた物の中に彼女の手紙と抱素から慧に宛てた手紙とを見つけ出し，写真に写っている女性が誰であるかを認めた時である。この手紙はこの女性が抱素に全てを傾けていることの"象徴"である。（静は彼と最初の関係を持っていた。）[34] 抱素が反動的な南京政府（つまり国民党右派）の秘密工作員であることにおいて，この行間には十分に政治的なシンボリズムが存在する。そして静は自分に妥協し，彼女の"純潔"と潔白の両方を個人的政治的レベルで失った。しかしながらこの事例における"象徴"は基底にある政治的シンボリズムに対して読者の意識をほとんど，あるいは全く喚起することが無い。

『蝕』の中で茅盾が"シンボル"あるいは"シンボリズム"について言及しているもう一つの例は，『追求』の中に見いだされる。彼はその中で王仲昭が，上海の夜の世界，ダンスホールにただひたすら現代中国社会における政治的意味，あるいは"シンボリック"な重要性を発見しようとする様子を書いている。王はもともと上海の夜のシニシズムと退廃の雰囲気は大戦後（ベルリン表現主義の時代）のベルリンの雰囲気を回想させるものではないかと考えていた。しかし王が上海を書こうとしたとき，そこにあるのは何の意味もない，惨めさと下劣さだけであった。王が書く価値があると認めたのは章秋柳だけ，そして彼女の「魅惑的な美貌，人目を引く愛らしさ，会話の鋭敏で刺激的な形式」だけであった。[35]

王仲昭はそれ以前にも上海の夜の盛り場で何度かミス章にあった事がある。そ

の時彼女は一人で，彼に多くの事を打ち解けて話してくれた。――彼女の会話は熱情，悲痛，退廃したシニシズム，政治，恋愛に満ちていた。――そして彼は彼女の話したことを忘れることが出来なかった。[36] 問題なのは彼が彼女をもとに退廃的な上海の夜について記事を書くことで，章秋柳はダンスホールの女性（"職業ダンサー"）でも，社会的に重要な人物でもなかった。

> しかし彼の目的とする対象を象徴化（象徴了）しているのは章秋柳ただ一人だった。それにしても，彼女を書くことですべてに代えるのはあまりにも無理があるとは言えないだろうか。[37]

もちろん，章秋柳に象徴される"対象物"は，深遠な社会的意味を持つ記事を書くために上海の夜の生活を描写すると言う目標である。

王仲昭の目的はリアリスト作家としての茅盾自身の目標と関連があるように思われる。[38] 私達はこの一節から，著者自身の小説の限界に対するある心許なさを想起する。彼は意識的に時代精神を形象化し，中国における社会的，政治的，経済的な力を表象するような人物を創造しようとしてきた。

また『路』のもう一つ別の象徴的場面では，その最初の部分で，武昌へ戻っていく汽船の上で二人のたくましい男が低い声で話しているのを薪が耳にする場面がある。一人がもう一人に語りかける。「この国で頭角を現そうとするならたった一つの方法は盗賊になることだけだ。もし生き残りたいと思うなら，開かれている道はやはりこれ一つだ。」[39] この二人の厚い筋肉のついた腕と自分の華奢な痩躯を比べて，薪は自分にはこの世の中で生きる権利はないと感じた。この二人の武骨な男は『路』の中で再び姿を現さないが，この変わった出来事に何かシンボル的な意味を解釈したいという誘惑にかられる。私自身の解釈では茅盾は貧しく，没落した郷紳階級の知識人である主人公の弱さと自己疑念とを強調しようとしているのだと思う。そして又，薪が象徴する階級の人々と，「人民」との比較，「そして」二つの階級の狭間の空白と差異に光を当てようとしている。薪は自分のゆくべき道を外れて資産家の娘との結婚を考慮することになる。一方で，二人（労働者階級を暗示している）の"大柄な男"（高大的漢子）は迷うことなく現実的解決へ向かおうとしている。つまり，"匪賊"になると言うのは"共産革命分子"

第4節　欧米における茅盾研究（翻訳）

になると言うのと同義だからである。

　これもまた茅盾の小説の構造的な特色であるが，薪が人生の選択に苦慮し始めるのが二つの特別な場所の間を船が通過する時だと言うことである。それはそれ自体主人公の直面する二者択一を象徴する意味をもっている。つまり，武昌（革命闘争を意味している）と漢口（政治的妥協，退廃的快楽，ブルジョワの富，帝国主義の支配を意味している）である。薪が揚子江を横切ったときの，漢口の外国軍隊，風にあおられる停泊中の巨大な軍艦についての記述を，読者が見落とすことはまず無いであろう。(40) 事実，揚子江や上海湾の外国軍艦の存在は，中国における外国の感傷や帝国主義の象徴として繰り返し用いられる。例えば『牯嶺の秋』の最初の章でも，1927年の7月末，武漢から避難する三人の青年達が船のデッキからにらみつけるのは，その銃口を漢口の桟橋に向けている日本の軍艦であった。

　『色盲』では，茅盾は「カラーコード」にイデオロギー的なニュアンスを込めることによってシンボリズムの援用をはかっている。既に引用したように，島の"緑"は革命闘争とその挫折（暗闇）の幻滅，欲求，混乱からの保護を意味している。後に林白霜は，煙突が空を覆う通りを下って行ったとき，行き交う人々の顔を満たす"紅く輝く深遠な力"をイメージしたとき（産業化と近代化），太陽は鈍い赤い光を放ち（コミュニストの支配のもとに入る），革命的な目標に向かって再び政治闘争に情熱を傾ける決意をする。(41)

　次に林は外国のビルの谷間の"金融街"に足を運ぶ。（上海の下町の商業街）そして彼はマラリアにかかったように身震いする。白銀色の霜がたちこめて（中国における外国の経済支配は資本主義にとってプラスになるか？）彼を凍らせ，通行人の紅潮する顔を凍てつかせていた。通りを行く通行人は，彼の前で（その光のもとで）その影も形も，"冥土"へ向かって急いでいるようであった。(42) 彼は狭い通りを抜けて，やすらぎを覚える静かな店の並ぶ路地へ入って行った。しかし，しばらくすると，蒸し暑くて眠気を催す"黄梅"時（晩春の湿気の多い頃）の気候のように風も凪いできて，押しつぶされるような倦怠に襲われた。ここで使われる色である"黄色"は，たまたま"黄梅節"という名の特殊な気候を象徴するにとどまらず，五四世代の若者にとっての，自国の伝統的な「中国」という風土の，停

滞と倦怠とを象徴している。

　茅盾の初期小説のいくつかにおける，主人公の感情が，中国の繁栄のために闘争するという旺盛な決意と，否定的で運命論的で夢想的な，退廃と失望との間を揺れ動くという，いつものパターンには，まだ他のバリエーションもある。この『色盲』ではこのモチーフの，より精巧な表現を見ることが出来る。そしてそこにおいては，それぞれの段階における政治的シンボリズムは色彩で示されている。

　『色盲』のプロットを形成する林白霜の気持ちの上での動揺は，（その主人公の基底構造になる他のものと同様に）恋愛と政治との間の彼のディレンマの例証となり，それに直接結び付くと予期できる。このロマンティックな恋愛と政治的関与との間の，二つの選択のテーマ，林の生活における"中心的矛盾"を強調する文体的技巧がほかにもいくつかある。その中でも第四章の最後の場面，何教官が林に"恋愛はゲームと割り切れ"（人生の重大事を女性や恋愛に託すること無く性愛だけを享受すること）と言って立ち去る場面である。そこで林は，部屋のどこからか，女性達が様々な旗を掲げて彼の方に行進して来て通り過ぎる情景を見る。それらは彼を吸い込んでしまおうとしているようであった，彼はよろめいて，机の正面にある椅子に倒れ込んだ。「かれは上半身を机にもたせかけて，腕を延ばすと机の上に積んであった国際政治や経済の本を握り締めた。」[43]

　何教官に向かって恋愛について真剣に熱弁をふるった林が，そう行った"まじめな"本を手にするが「読もう」としないで懐に入れるのは，明かなシンボリズムである。林白霜は，革命家としての欠陥と，自称する「カサノバ」にもなりきれないことで身動きが取れなくなっている。政治活動を離脱する理由として，恋愛を追求しようとする彼の試みの転倒に突き当たり，力なく机の上に乱雑に積み上げられた書物に逃避するのは，ディレンマの二つの支柱の間で揺れる林の興奮した状態を際だたせている。ここで『創造』の中で嫻嫻のランプに立てかけた『婦女と政治』という雑誌を思い出す人もいるかも知れない。そしてこの事実に固有のシンボリズムは，物語りの最初の寝室にこの様な雑誌が置かれたことが，十分に物語の結末を予期するシンボリズムとなっていることである。

　『色盲』もまた従属的ではあるが，林の選択に関する鋭いディレンマを含んで

いる。彼は恋愛を追求する上で，李蕙芳と，趙筠秋との選択に迫られる。つまり，新社会の建設のために集団的な政治闘争に向かうより，個人的私的な適応に自己実現を求める試みである。『路』の火薪伝は，蓉と杜若との間に同様の選択を迫られる。『幻滅』の中では抱素は最初慧を選び，後に静を選ぶ。『詩と散文』の青年丙は，「詩」である従妹への新しい恋と，「散文」である，彼が既に誘惑されて情事を重ねている若い寡婦である桂との間で悩むが，すべてこのテーマのバリエーションである。これら若い男性の主人公のうち一人として"勝者の女性"を決めることはできないし，ただ選択のアイロニーと，モチーフのシンボリズムを確定するだけである。

『詩と散文』の結末は大変にシンボリックである。両者とも自分のものにしようとしていた青年丙は，結局は二人の女性を失う。しかしながら，彼はこの逆転にほとんど怯まず，得意げに，寝室の鏡の前に立って格好よく敬礼し，「史詩的な」人生を送る古い友人を"手助けする"自分を想像した。(つまり，軍隊における名誉や栄光の追求のために女性を犠牲にしたのである。しかしそれが共産党の軍隊なのか国民党であるのかさだかでない。)

2．3．3．茅盾の形式における慣例
2．3．3．1．人物の典型化

茅盾の小説では人物の容姿は，しばしば物語における人物の役割や，人格のタイプを基礎に決められる。例えば頑強な男性人物で，潜在的に革命家である場合，普通角張った顔と濃い眉の持ち主である。そして容貌は，見たところ，頰や瞳が輝いているのである。輝く瞳をもった人物の中には『路』の中で共産党員を装う雷，[45] 同じ小説の熊，[46] 船の上で出会う三人の"同志"の一人である『牯嶺の秋』の老徐，彼は"大きな丸顔，濃い眉毛，生き生きと輝く瞳"[47] と描かれる。老徐は間違いなく若い左派，あるいは共産党の革命家で，1927年の前半，湖南省において宣伝活動をしていた一人と見られる。又重要なのは彼が，武漢から九江への船の旅の間"機関銃のようにしゃべっていた"と言うことである。[48] やはり頑強で，人間的にも強い人物の典型であり，濃い眉で印象づけられるのは，進取の気

性をもつ企業家の自主的で大胆な性格である。この特殊な「典型」の顕著な例は『子夜』に出て来る気むずかしい呉蓀甫，彼の初期のプロトタイプとしては『虹』の中で梅が父親によって嫁がされた我がままな商人，柳遇春がいる。

　ときどき著者はこの"濃い眉"を単純なステロタイプだけでなく，もっと複雑な性質の"矛盾した"人物にも適用している。一つの例は，負傷した革命軍の若い兵士で，静の看護で回復する強猛である。[48] 強兵士の容貌は静と通じるところもある。静は彼が生まれも育ちも良いことを感じ取っている。彼の洗練された容姿から，彼が兵士であるとは想像できない。しかし彼の英雄的で弓形の濃い眉は燃えるような決意を示している。（そしてナレーティブは特にこの身体的特徴を彼の勇敢さの表れとしている）しかしながら眉が黒く濃くても，彼は少しも粗野に見えない。[49]

　『色盲』の林白霜は全く別のケースである。彼は濃い眉でもなく，比較的意志が弱くアンビバレントな若者である。彼の場合，この法則を説明するのには例外に当たるようである。しかし振り返ってみると，私達は林が武漢革命政府，北伐におけるかつての革命家であったことを知るのである。（強猛や張曼青など他の主人公達と同様である）つまり彼は濃い眉を持つ資格があるように思えるのである。私の解釈では，林白霜は彼の時代の"中心的矛盾"と茅盾の理解する彼らの世代のディレンマに捉えられている。林は革命に対してある程度の潜在能力を持ち，快楽的なロマンスにも同様に潜在力をもっている。彼の Baishuang（白い霜）という名前自体が物語においてシンボリックな意味を持つのではないだろうか――推測してみると，上海の外国帝国主義の力に誘惑されて，彼が金融街に踏み込んだ場面で，冷たい銀の（金の money）光が霜のように行く手を遮って，林の目にはそれが幽霊のような姿に変わるのが見える。結果的に林のアンビバレンスは『色盲』における彼の人物像のもっとも重要な一面である。そして茅盾は形式的にこの人物に曖昧な性質を賦与することによって矛盾の典型としているのである。

　むしろ前近代の中国小説でよく使われたステロタイプの特徴に"あばた顔"がある。茅盾の初期小説では二人のあばた顔の，あるいは"麻子"というあだ名の人物が登場する。想像できるように彼らはきわめて好ましくない人物である。

第4節　欧米における茅盾研究（翻訳）

銭麻子，と言う廬州にある梅の学校の物理教師は粗野な好色家である。(51)『三人行』でアヘン窟の所有者，高利貸しとして登場するあばたの陸については見てきたが，彼は二人の悪漢の内の一人であった。蓉と言う『路』の中の気位の高い少女も顔にあばたがあるが，茅盾は女性の人物についてはそれを様式化していないようである。

茅盾の1928－29年の小説で最も一般的な女性主人公は，郷紳家庭の子女で，両親か，片親を無くしていて，生活に困っている。茅盾がその様な女性達をアピールするタイプとして扱う場合，多かれ少なかれステロタイプに従ういくつかの初期人物が出て来る。『自殺』の環嬢，『動揺』の陸慕游，『虹』の梅，『曇』の張嬢，『色盲』の趙筠秋等である。『幻滅』の静と，『路』の蓉に見られる重要な相違はこのステロタイプのバリエーションを表している。

茅盾はよくこれらのタイプを対になるような"対照的な"人物と照らし合わせる。つまり，意志が強く，独立しており，活発で挑発的で，愛情関係でも男性を傷つけてしまうような女性達である。例えば，『幻滅』においては静と対照的な慧，『動揺』では方梅麗に対する孫舞陽，『追求』の章秋柳，（彼女な張慢青と比較するよりは，王仲昭のとりすました女友達，陸俊卿に対抗するものとなる。）『色盲』における李蕙芳（趙筠秋と対になる），『路』の蓉と著しい対照をなす杜若等である。

人物の典型化に際して茅盾はよく"決まり文句"に訴える傾向がある。（同一性，個性，特異な性格などを表す，性癖やあだ名など）彼が"決まり文句"を使うのは基本的には，平凡なわき役に対してであって，その背景の説明や冗長な描写を省いて，経済的状況などに触れることでわずかに個性を出そうとしている。又これが中国の古い説話に一般にみられることから，この文学的技法（装置）は，この著者においては前近代の中国小説の影響に起因するのかも知れない。もちろん同様に考えられる他の可能性としては，このような"決まり文句"はディケンズのような19世紀のヨーロッパの作家に由来するものであるかも知れない。（このケースに於て私達は茅盾の文学的な経験そして中国の文学的遺産における読者の文学経験を推測することができる。このような技法が一般に使われたのも"借用"を可能にする基盤があったためである。）一方で，彼が小説の人物に適用した決まり文句のいく

つかは茅盾の直接目に触れた身体的特徴でもある。それらは彼の人物描写が，もっと手の込んだ職人芸による形式ではなく手短かな方法をとったことの反映にほかならない。

『動揺』では南方特産店の主人倪甫庭は，"ドジョウ"というあだ名で知られ，周時達は，話をするときに，いつも肩をすくめる癖があり，彭剛は，いつも"眠そうな眼"をしている。

ある時はしばしば決まり文句となって表れる茅盾の形式における簡単な人物描写は，作品自体の「立場」にとってあるシンボリックな暗示となる。例えば，『牯嶺の秋』では若い主人の雲（雲少爺）と，老宋，小さな山村から来た単純で直情な人物，との対照が描かれる。若旦那の雲は（タイトル自体が決まり文句となって彼を明示しているが）酒飲みで，よく扇子を使う。彼は他の二人の仲間ほど革命に真剣であるとは思えないが，一方で老宋は党員になるほど成熟していないが，非常に革命的である。

『蝕』の中に出て来る多くのあだ名の中でも，特に言及しておきたいのは『幻滅』の中で"探偵"というあだ名の方嬢，および李克について描かれる"小さくてすばやい"（短小精悍）および"合理主義者"（理性人）などが三部作の最初の二篇の中に見られる。

こういった特徴づけは，『路』の中でもっと頻繁に使われている。薪には様々な形容がされていて，"とても緊張した""小さな白い顔"そして"懐疑的である"とあり，一方，杜若は，いつも"威勢よく笑う"（元気旺盛的笑），雷はいつも声を立てずに笑い，熊は，動作ののろい長身に小さな顔が載っている。

茅盾の典型化や人相のパターン，人物描写の形式には別の側面もある。それは中国の前近代の古典や伝統的なナレーティブに見受けられる「人物描写」と裏腹なものである。つまり登場人物の外見上の特徴の記述が行われるとすれば筋の中で，その人物が最初に登場した直後に行われるのが一般的である。このことは，少なくとも後から数章にわたって散在している，人物の心理的，感情的な「内面的性格」についての，明かに間接的な表現とは対照的である。

これについての一つの説明は，これら初期の作品の大変短い期間のみに見受け

第4節　欧米における茅盾研究（翻訳）　　189

られる。つまり，登場人物の肉体的外見はほとんど変化が期待できないのに，彼らの性格やイデオロギー的目標や価値観が，激動期の試練や後の成熟のレベルにおいて動的なものとなっている。しかしながら茅盾が登場人物を紹介する時に，社会階級や，物語での役割，道徳性を示す「ありふれた」特徴や，ステロタイプに一致するような身体的特徴の短い描写をはさむのはおそらく中国的伝統に拠るものであることは否定できない。一方で作家が主人公の内面の人格描写までに及ぶようになったのは西洋の文学モデルから影響を受けたものである。しかしこれはとりたてて斬新な仮説ではない。テキストの中の固有の文体の形跡からそれを論証することが必要のように思われる。

2．3．3．2．常套句とモチーフ

　上記の「シンボリズム」の節で，私達は茅盾が『色盲』という短編の中で「カラーコード」を使っているのを見てきた。「コード」の中での二つの要素は彼の初期の作品に一貫した常套句である。

　「灰色」
　彼女と張との間に何かが起こっていると言う噂を聞いての帰り道，涼華は，バラ色の色彩がすべて消え去り，「全てが灰色」と感じている。[52] 初期の「実存主義的享楽主義」の議論の中で，私は張秋柳が，彼女自身の平凡な人間の「灰色の人生」を燃やしてしまうような強烈な型破りの生活をしてきたと言う告白をしていることを指摘した。[53] もし私達が，『自殺』の中で還嬢が，"自分を慰めるバラ色の雲の中にいた"そして何ページか後に続く"彼女の眼前に浮かぶバラ色の希望"という描写を思い起こすなら，この"バラ色"が"灰色"の反対で希望を表すことがわかるだろう。

　『色盲』の最初の方で，主人公の林白霜は，楽天的になるにはあまりにも弱い自分を"私はいつも人生の灰色の憂鬱な哲学を払おうとし，成功できなかった。"と述べている。[54]

「光明」(輝かしい未来，光栄)

『曇』で，若い女性主人公は，父が母を粗末に扱うだけでなく，彼女の「輝かしい洋々とした未来」(光明熱烈的程途)の前に立ちはだかると言う理由から彼を恨んでいた。(55) これはまた彼女が上海の学校で味わった"灰色"の単調な生活との対照である。(56) これと同じ対象物の一対は他の初期小説に於ても見られる。『追求』の第六章に於て張曼青は，彼女の世代の人々全てが生きている時代の"犠牲"になっていると考える。

> 彼女は多くの若い友人達が，皆灰色の環境によって吸い尽くされ，社会の塵芥のように意味なく生きていると思った。彼らの若い生命は光明を求めていた（名誉，光，栄光，革命的未来）しかし彼らの若さはこの時代の隅ずみに浸透した暗闇に呑まれてしまっていた。(57)

いくつかのケースに於て「黒暗」と「灰色」の二つは区別されている。「暗闇」は，反革命的な抑圧の「一面的な」シンボリックであり，「灰色」は文脈から，より物悲しさ，倦怠感を指しているようである。他の例では，二つの決まり文句の間の違いははっきり識別できない。事実"暗黒"にせよ"灰色"にせよ直ちに"光明"との対照性が認められ，この著者の弁証法的スタイルに於てもう一つの重要な要素を表している。その形式においてはあらゆる存在に固有の敵対する勢力の間の「闘争」の現実的な二元的性質が強調されている。

茅盾の初期小説における"光明"についての例は，静が湖北の労働運動に仕事を見つけて「輝かしく洋々とした新生活」(光明熱烈的新生活)に入って行く時の一時的な感情に見られる。又『自殺』の環嬢は誰も彼女が妊娠したという屈辱的な秘密を知らないのに，「人生の道は"光明"に満ちている」と確信している。(58)

おそらく茅盾の初期小説で最も広く使われる決まり文句は，顔の表情，挙動，日常的な無意識の態度や心構えの描写を含むもので，そこに示されるのは思考の停滞，困惑，混乱，瞑想，扇動，失意，あるいは幻惑で取り乱した何かである。この決まり文句，"惘然"（呆然とする）は，よく使われ，例えば『詩と散文』では，青年丙は，彼の従姉妹が白い薔薇の花束を持って彼を訪ねて来る幸せな瞑想にふけっている。彼は我を忘れて（惘然）薔薇の花にキスしようとしてかがみこ

む。⁽⁵⁹⁾　同じ物語の後の方で，丙はもの憂げに（頹然）ベッドに横たわり，萱の頂上を凝視している。⁽⁶⁰⁾『自殺』は1928年7月8日の日付があり，『詩と散文』よりおそらく6ヶ月早く書かれている。環嬢は同様の状況で書かれたわけである。恋人の写真を引き裂いて，環嬢は後悔の涙にくれる。涙が彼女の手の上に落ち，彼女は顔を上げてぼんやり（惘然）と寝室の電灯を見つめた。⁽⁶¹⁾

　関連する決まり文句では，人物が混乱したり，興奮したときに靴の爪先で何かをつついたり蹴ったりする，ということがある。『路』の蓉は嫉妬の感情を持て余して，校庭の"紫荊樹（ハナズオウ）"の根本あたりの草を蹴っている。⁽⁶²⁾ 同様に『三人行』の上海公園の場面では（第十五章）恵と話をするうちに興奮した薪はじっと地面に目をやって，靴の爪先で草を蹴り始める。⁽⁶³⁾

　もう一つ別の決まり文句として内面の葛藤や抑圧，当惑を示すときの，唇をかむと言う言い回しがある。『路』は第七章に於て薪の疑念と抑圧とを描写するのにこの特殊な文句を多く使っている。⁽⁶⁴⁾ 同じ言葉は『幻滅』や『動揺』でも見られる。（後者の例では金鳳姉が冷笑を隠すために唇をかむ，とある。）⁽⁶⁵⁾

　最も重要なモチーフの多くについては既に今までの章で述べてきた。人物が一人で寝室に閉じ込もって古い手紙や回想録を通してあるモチーフを再現するというのは『曇』や『自殺』で見られる。ここで私達は初期の人物達の倦怠，密室恐怖症，狂気のような絶望，塞ぎ込みなどが，1927年の秋に上海へ戻ってきた最初の一年の彼自身の経験に由来すると言う仮説を裏づける。⁽⁶⁶⁾

　頻繁に使われ，効力あるモチーフであると確信するのは異性との出会い，あるいは著者自身の思い出の中で重要性を持つ何人かの異性との接触であり，恋愛や誘惑のエピソードが，公園や，あるいは山の中の避暑地などを舞台として展開される。このモチーフの例は『幻滅』『創造』『自殺』に見られ，この仮説を裏づけるようなバリエーションが他のいくつかの作品にも見られる。

2．3．3．3．噂

　1920年代終わりから1930年代初めにかけての中国社会の危機と不安の感情が，多くの作品の歴史的背景を形成した。「噂」が小説の中で重要な役割を果たすこ

とは予見できる。しかし同時に幾つもの歴史的事件が中国で演じられているのであり，著者も噂が人物に与える衝撃という形でそうしばしば扱えるわけではない。

『虹』では登場人物の日常において噂が主役であることがわかる。二人とも引用しているが，梅（そして私の想像する暗示された著者）は，廬州の学校でいわゆる「新派」（進歩的）教師を軽蔑していた。彼らは忠山で，酒宴を開いたが，それを「保守派」のライバル達に知られるのを恐れていた。保守派である県中派の教師達は「新派」の教師達が一晩中，忠山で酒盛りをしていたと噂を流す。[67] ここでは，これら新派の教師達は彼らのライバル県中派に比べて進歩的であると自負しているけれども，事実上両者とも同じ教育課程を教えているという事実が風刺を強めている。この章の数頁先では，提督，恵師団長の根も葉もない詰まらぬおしゃべりが，梅が県中の学校を受け持つと言う噂となって，広がる。この理由を説明すると，いわゆる "保守派" の何人かが，以前は梅を軽蔑していたが，今は彼女を「新派」の重要なメンバーと見なして関心を持ち，彼女を改心させようとしたことの表れである。[68]

当時中国のあらゆる共同社会で噂が大きな力をもっていたことは明かである。（そして事実それらは中国の多くの人々の人生に直接的な衝撃を与えただろう）それらは社会の権力者にも影響を及ぼした。例えば，胡国光，呉蓀甫，『動揺』に於て湖北省を支配する革命政権，といった（田舎や郊外の小さな街の）"二流の" 支配者達まで影響を受けた。『動揺』の最初の場面は，胡国光が，北伐の革命勢力が彼の（地方長官の）官職を乗っ取ると言うのでどうすべきか（逃げるべきか留まるべきか）悩んでいるところである。[69]『路』の始まりでは，揚子江に面した漢口の，江漢関埠頭でおびただしいトランクや箱が降ろされる騒ぎの光景が描写される。1930年5月，噂を聞いた武昌の金持ち達が，（おそらく武漢地域が紅軍によって攻撃されるという噂だろう）財産を保管するために川向こうの漢口の外国租界に移送する場面である。[70]

2.3.3.4. 擬人化

茅盾が，場面や人間の描写において，本当に芸術上の効果を狙うときにはいつ

でも擬人化を用いる傾向があるように思う。『動揺』において，例えば，胡国光が居間に入って行くと，乱暴な息子がそこで暴れたすぐ後で，怒って投げつけたティーポットが砕けて，その破片が床に散らばっていた。

　　——床一杯に散らばった破片，その死んだ様に青ざめた破片の顔は天井を見つめていた。あたかもひどい不法行為が彼らの上に降りかかって，彼らも又賢明にそれを非難しているかのようであった。ティーポットの蓋は無事なままテーブルの隅に行儀良くうずくまっているように見えた。(71)

　そして母と息子の喧嘩を安全な場所から観察していた斑の猫が"勇気を奮い起こして"（大着胆子）女主人の方へにじり寄り，彼女を見上げた。(72)
　第二章において，作家の文体的"特徴"を示す擬人化が『創造』の最初にあることには既に着目した。『創造』の第三章ではジェラシーに起因するもっと多くの擬人化が見られる。三面鏡になっている妻の自惚れた化粧台，主人がまだ寝ている寝室の全ての物が驚嘆している，余りに長く当番に回されてベッドが不平の"ため息"をついている，と言ったように。(73)
　しばしば自然の擬人化は人物の感情と適切な環境との間の一致あるいは調和を意味している。あるいは雰囲気や風景を反映している。——いわゆる"感傷の虚偽"である。『動揺』の第一章では，「午後遅くの斜めの太陽光線が茶の間のマントルピースの上の肖像画に愛らしく寄り添っている。」続いて祖父の時計が擬人化されて，"その指定された巡回路を疲れも見せずこつこつと歩いていく"その音が張曼青を思い出の夢想の中に誘い込んで行く。(74)『虹』の第九章でも茅盾の冒頭の描写は太陽光線に彩られる。——「太陽の光は，失念したようにぐずぐずとけだるかった。」——梅や黄因明に感情的現実を添え，形式的な補強としての機能を持つ。(75)
　『追求』では，章秋柳が全く偶然に王仲昭に出会うが，ちょうどその時は済南事件が起きていた。（1928年5月3日の済南大虐殺，日本軍が示威行進中の中国人に発砲した）彼女は彼を誘って，一緒に歩いてフランス租界の公園へ向かった。彼としばらくつきあった後，彼女が話すつもりだったのは，史循の自殺の試みについ

てであった。彼女が既に彼の心にあると見抜いている芽生えかけた恋の秘密の話を，彼が話してくれるかどうかと思いながら，秋柳は彼に史循の悲しい物語を感動を込めて話した。

　　——太陽さえもが彼女の話をあえて聞こうとせず不意に雲の影に身を隠した。木の葉が揺れて微かなため息をつき，暗い，何かを予言するような雰囲気が漂って来て公園を包んだ。(76)

　ここに引用したいくつかの事例以外にも，同じように印象的な例が，この作品及び『幻滅』の中に見られる。(例えば小地主の奥さんが一晩中さらしておいた衣服が，朝のこぬか雨の中で風に揺れているのを"あたかも眠れない夜を過ごしたかのように"としている)(77)『自殺』の中の蛙の合唱，『三人行』の最初の一場面，『色盲』の中での"お節介な夜風"というのは趙筠秋が，突然の風に絹のドレス（旗袍）の全部掛けていないボタンが飛ばされるのではないかと恐れたからである。

2.3.4. 結　論

　これらのテキストを詳細に検討してきて，これらの小説や短編小説に固有の，又それらの基底にある「立場」を理解する上で，作品に広く行きわたっている形式的要素の貢献が非常に大きいことを知った。

　私の結論の一つは，形式的な付帯物の反復が，ある程度証明しているように，茅盾の初期小説における多様なプロットや主題的関心は，事実上2，3の中心的主題のバリエーションであると言うことである。私はまだこれらの特徴的な文体の多くに，異なった使われ方をしている統合されたシンボリズムを一致させ，論証するところまで行っていないし，むしろ様々な要素の調和（イデオロギー的，伝記的，心理的，その他この文学的モデルにふさわしいもの）をその「印象性」に帰結させ，作品そのものよりは，文学作品とインスピレーションとを統合させようとしているが，この領域を探求するためには多くの課題が残されている。

　もう一つの結論は茅盾の形式的な想像力によって惜しみなく示された緻密な注意力（少なくとも他の作家に比べて）である。彼の主要な人物における「思考の過程」や「感情的な現実性」はテキストの中に明らかであり，彼の初期小説におけ

る「主観的真実」の重要性を示している。これらの作品の精神活動，夢，真理的イメージ，感情のありか，連想的な意識，などの詳細な描写から明かなことは，それらが私達の想定していた「歴史的次元（広がり）」とは逆比例にあると言うことである。

既に見てきたように，これらの初期の作品の主人公達はおそらく左派か，中国共産党の知識青年として武漢政府に参加している。公園でライフル銃の銃声（娯楽場の演習）を聞いたときの，ミス徐の心に流れ込んだ分裂したイメージの洪水は，茅盾に精通した読者であれば，"陀螺"のミス徐も又その様な人物の一人であるとすぐに気づくだろう。(78) しかしながら，時折特別な歴史的事件と関連を持つだけの，これらの初期の小説の文学性と形式的現実性は，それらと，報告的なスタイル，及び更に"歴史性"の強い後の作品との間の対照性を強調している。私の意見では，ここで採用された形式によって書かれた1927－31年の作品の，私達が「心理的リアリズム」と呼ぶものの支配性（優越性）は，大変強いもので，根本的に歴史的な，イデオロギー的な解釈を圧倒するものである。

註

(1) *Hong* (Rainbow), Ch.6, p.123 (MDWJ, II, 126).
(2) Ibid., p.115 (MDWJ, II, 118).
(3) Ibid., p.121 (MDWJ, II, 124).
(4) *Zhuiqiu* (Searching), Ch.1, p.260 in *Corrosion* (MDWJ, I, 265).
(5) *Lu* (The Road), MDWJ, II, 282.
(6) *Duojiao Guanxi* (Complex Relationships), *Corrosion* MDWJ, IV, 18-26.
(7) *Huanmie* (Disillusionment), pp.54-65 in *Corrosion* (MDWJ, I, 60-74).
(8) See Eastman, *A Guide to the Novel*, pp.53-56.
(9) See Wayne C.Booth, *The Rhetoric of Fiction, passim*.
(10) Ibid., p.153
(11) *Disillusionment*, Ch.2, p.12 *Corrosion* (MDWJ, I, 14)
(12) *Dongyao* (Vacillation), p.98 in *Corrosion* (omitted from MDWJ version, MDWJI, I, 105).
(13) Ibid., p.106 in *Corrosion* (also omitted from MDWJ, I, 114).
(14) *Disillusionment*, p.41 in *Corrosion* (MDWJ, I, 45).

(15) *Vacillation*, Ch.9, p.210 in *Corrosion* (MDWJ, Ⅰ, 45).
(16) See Booth, *The Rhetoric of Fiction*, Chapters 10 and 11, especially p.282.
(17) *Disillusionment*, Ch.3, p.18 in *Corrosion*.
(18) See MDWJ, Ⅰ, p.20 and compare with pre-1949 editions of *Corrosion*.
(19) "Color-blind" in MDWJ, Ⅶ, 69-70.
(20) *Searching*, Ch.2, p.283 in *Corrosion* (MDWJ, Ⅰ, 287-8).
(21) Ibid., Ch.8, p.426 in Corrosion (MDWJ, Ⅰ, 424)
(22) Ibid.
(23) "Color-blind" in MDWJ, Ⅱ, 11-12.
(24) *Rainbow*, pp.9-10 (MDWJ, Ⅰ, 11-12).
(25) *Disillusionment*, p.3 in *Corrosion* (MDWJ, Ⅰ, 4).
(26) Ibid., p.6 (MDWJ. Ⅰ, 7).
(27) Ibid., p.32 and p.45 in *Corrosion* (MDWJ. Ⅰ, 36 and 50).
(28) *Rainbow*, pp.9-10 (MDWJ, 11-12).
(29) Ibid.
(30) *Searching*, p.319 in Corrosion (MDWJ, Ⅰ, 325).
(31) Ibid., p.288 in *Corrosion* (MDWJ. Ⅰ. 293).
(32) *The Road*, Ch.1 (MDWJ, Ⅱ, 284).
(33) *Vacillation*, Ch.9, p.203 in *Corrosion* (MDWJ, Ⅱ, 210).
(34) *Disillusionment*, Ch.7, p.43 (MDWJ, Ⅱ, 48).
(35) *Searching*, Ch.2, p.299 in *Corrosion* (MDWJ, Ⅱ, 304).
(36) Ibid.
(37) Ibid.
(38) See "From Guling to Tokyo", Sec. 3.
(39) *The road*, MDWJ, Ⅱ, 283.
(40) Ibid., 282.
(41) "Color-blind", Sec. 5, MDWJ, Ⅶ, 92.
(42) Ibid., 93.
(43) Ibid., 88.
(44) "Shi yu Sanwen" (Poetry and Prose) in MDWJ, Ⅶ, 49-50.
(45) *The Road*, Ch.6 in MDWJ, Ⅱ, 328.
(46) Ibid., Ch 5.
(47) "Autumn in Guling", Sec. 2, p.5.

第 4 節　欧米における茅盾研究（翻訳）　　　197

(48)　Ibid.
(49)　*Disillusionment*, Ch. 12, pp.70-71 in *Corrosion* (MDWJ, Ⅱ, 79-80).
(50)　Ibid.
(51)　*Rainbow*, Ch.7, pp.158-159.
(52)　"A Female" Sec.3.
(53)　*Searching*, Ch.8, p.428 in *Corrosion* (MDWJ, Ⅰ, 426).
(54)　"Color-blind", Sec.1, MDWJ, Ⅶ, 57
(55)　"Dense Clouds", MDWJ, Ⅶ, 100.
(56)　Ibid.
(57)　*Searching*, p.370 in *Corrosion* (omitted in MDWJ, Ⅰ, 376).
(58)　*Disillusionmen*, Ch.10, p.62 in *Corrosion* (MDWJ, Ⅰ, 69).
(59)　"Poetry and Prose", Sec.1, MDWJ, Ⅶ, 36.
(60)　Ibid., 41.
(61)　"Suicide".
(62)　*The Road*, Ch.2 MDWJ, Ⅱ, 288.
(63)　*Of Three Friends*, MDWJ, Ⅱ, 478.
(64)　*The Road*, MDWJ, Ⅱ, 334 and 336.
(65)　*Disillusionment*, Ch.7, p.43 in *Corrosion* (MDWJ, Ⅰ, 48); and Vacillation, Ch.3, p.124 in *Corrosion* (MDWJ, Ⅰ, 133).
(66)　E.g., see "Dense Clouds", MDWJ, and Ⅶ, 100.
(67)　*Rainbow*, Ch.7, p.174.
(68)　Ibid., pp.179-180.
(69)　*Vacillation*, p.95 in *Corrosion* (MDWJ, Ⅰ, 102).
(70)　*The Road*, MDWJ, Ⅱ, 279.
(71)　*Vacillation*, p.95 in *Corrosion* (MDWJ, Ⅰ, 102).
(72)　Ibid.
(73)　"Creation", MDWJ, Ⅶ, 23.
(74)　*Vacillation*, p.275 in *Corrosion*.
(75)　*Rainbow*, p.219.
(76)　*Searching*, p.330 in *Corrosion* (MDWJ, Ⅰ, 336).
(77)　*Disillusionment*, p.7, in *Corrosion* (MDWJ, Ⅰ, 9).
(78)　"Spinning Top" (Tuoluo), Sec. 4, reprinted under the title "Zhongqiu zhi ye" (Mid-autumn Evening) in *Zhongqui zhi ye*.

第5節 「重写文学史」と汪暉『子夜』論

汪暉の五四論

　1980年代後半に入ると，「重読」「重写」という旗幟のもと徐循華，汪暉，王暁明ら若手研究者による茅盾論，特に『子夜』の解読が試みられた。共通しているのは「茅盾伝統」，すなわち『子夜』モデルの規範化，制度化と文学史におけるその位置づけである。

　中でも汪暉の『子夜』論は，方法論的にはきわめて興味深いものであり，そしてまた既成の文学史に対するきわめて大胆なアンチテーゼでもある。汪暉氏は一連の魯迅研究でも知られ，主な論文に「歴史的"中間物"与魯迅小説的精神特征」(『文学評論』1986年5期)「魯迅研究的歴史批判」(『文学評論』1988年6期)『反抗絶望――魯迅及其《吶喊》《彷徨》研究』(博士学位論文，台湾，久大文化，1990年10月)などがある。

　汪暉氏は，五四文学伝統の継承発展と捉えられてきた茅盾の『子夜』は，むしろ五四文学伝統への「背離」「棄却」「歪曲」「一面的な発展」を示すものと捉え，五四文学の茫然性と個人性を顧みている。

　汪暉の問題意識は，『子夜』『林家鋪子』と農村三部作によって茅盾伝統が形成されたとして，五四文学と『子夜』の異質性を指摘するのみならず，1970年代の改革文学に至るまで影響を及ぼす，その伝統の根の深さを文学史的に解析するものである。

　五四との「断絶」を主張する根拠として「予言与危機――中国現代歴史中的"五四"啓蒙運動」(上・下)[1]における汪暉の五四観を概観してみたい。彼は，人性の解放，理性の復帰といった五四の定義づけは，神話的解釈にすぎないとしながらも，人々の期待や過去に対する認識形成を物語るその神話作用にこそ，精神史の可能性を見ようとしている。まず，"五四"啓蒙運動の特色として「態度

の同一性」が強調される。そして，いわゆる「総体的反伝統主義」と呼ばれるものは，ひとつの「理論」をなさず，論理分析の加えられていないイデオロギーであって，一種の理性の旗幟のもとに覆い隠された感性の力であるとする。そして「態度の同一性」が支配的であったために，懐疑主義が構築され，論理的前提が崩壊したために実用主義の傾向を示すようになった。「思想の自由」の原則そのものが実用的態度と内在的に関連している。

『子夜』論の前提も，五四の本質規定から始まる。「「五四」文学作家は，「反伝統」の過程で，それぞれに異なるばかりか，互いに矛盾さえする思想観点を出発点として，中国伝統社会がいかに人を損なうかを浮き彫りにした。知識分子はその時覚醒した個体として，社会生活の舞台に現れ，社会及び人性問題に関心を寄せたが，イデオロギー上は，曖昧な混沌とした状態に身を置いていた。異なる芸術流派，文化流派の間の論争の多くは，彼らの現実や芸術に対する態度にまで及んだが，それは理論的認識ではなかった。事実上「五四」文学伝統は異彩百出する中，明かにその重要な特徴を現している。それは「個人性」である。作家の人生問題の思索は，個人の，生活と自我に対する直感的観察に源を発している。」[2]

そして，茅盾は作家としてではなく，一人の理論家として「五四」文壇に登場し，最初から理論の明晰性への興味を誇示していたが，イデオロギー上の不透明な状態が，彼の理論と主張を自ら矛盾させた，とし，初期の小説に見られる無意識の自己表現に着目している。

決定論の再検討

彼は，決定論が中国伝統小説の天命論の流れを汲むものであるとし，茅盾における決定論の本質を分析している。彼によれば，現代作家である茅盾は，当然天命論者ではないが，環境決定論者である。この環境とは，個体の決定性の全く外にある存在のようであり，世界と個体に対する決定論式理解方法は，茅盾をして「法則」「必然性」に対する追究を最重要の位置につかせ，個人の命運を理解する過程で，終始環境，法則，必然性などと個体との拒むことのできない対立を強調

するように決定づけた。

　中国伝統小説の天命観念は，中国小説の形而上学と解釈できるが，それはストーリーの源泉と推移の脈絡を示し，プロットの発展，および全体の構造の予測を理解し，それ自体の表現しようとしているのは，やはり天命である。この天命によって制約された叙事構造に従って，人物の天意の使命が終わると，小説の伸展する駆動力がなくなる。『子夜』もまさしくこれと同じように，慌しい突然の終結，帰結なしの叙事構造は，まぎれもなく個体の外部のいたるところに存在している絶対的力の至上の地位を証明している。

　「人自身の戦いの過程は，天命の巨大な網の中に展開されるだけで，人の主体性と尊厳は一様に抑制され，天命の祭壇の前を匍匐するのみである。」[3]

　『子夜』において，プロットの発展や全体の構造をも規定する決定論は，必ずしもイデオロギー上の問題としてのみ扱われるものではなく，汪暉の言うように茅盾文学の背景にある文化心理傾向にも着目すべきであろう。茅盾自身が，大衆化，通俗化に重きを置くがゆえに，旧白話小説の伝統を意識的に踏襲しようとしていることから，中国伝統小説の天命観との重なりも，さらに一考を要すると思われる。[4]

　ところで新文学の提唱者である茅盾の小説は，五四期に西欧から輸入されたハミルトンの『小説作法』に見られる所謂三分法，つまり小説の構成要素を「構造」「人物」「環境」の三項目に分けるもので，それをテーヌの学説とつなぎ合わせ，環境決定論的色彩を強めた。また彼の新文学についての基本認識は「中国に今新しい派の小説を紹介しようとするなら，必ず写実派，自然派から紹介すべきであるし，また表象主義（象徴主義）を紹介すべきである。ただこうした紹介は一種の「準備」，一つの「過程」にすぎない。」[5]というものであった。そして事実，『子夜』における意識的な新しい試みは，一過性のものにとどまったのであり，あくまで過渡的な作風であったことも確かである。いずれにせよ，茅盾についてはテーヌ，ゾラなどに依拠する写実主義の忠実な模倣としての側面をあわせて検討すべきだろう。則ち「作家は作品において，宇宙における神のごとくでなければなりません。到る所に現在し，しかもどこにも姿を見せないのです。芸術は第

第5節 「重写文学史」と汪暉『子夜』論   201

二の自然なのですから、この自然の創造者は、神と同じ方法で動かなければなりません。」(6)というところまで小説世界の仮構は押し詰められる。

汪暉の解釈学

　汪暉は、作品の普遍的な文化心理構造を一助として、文学史の秩序における内在的変動、伝統文学の多重関係における作品相互の「意義」を確認しようとしている。作品の「意味」ではなく「意義」を問おうとするスタンスの取り方自身が独特のものとして映る。このような視点から、中国伝統小説の天命観と決定論、更に政治イデオロギーを越えた中国社会イデオロギーとの関連、ギリシャ運命悲劇の英雄と、民族英雄の系譜、『子夜』によって形成された伝統を映す鏡としての改革文学など、複層的な文学現象を綿密に分析し、五四文学伝統とは明らかに異質な「範式」の形成とその影響を実証しようと試みている。彼の提示する「文学秩序の変動」は、「体系の上での解釈」という悪循環に対する矯正剤のようなものである。

　汪暉氏の分析視角と、その根拠となっているガーダマーの解釈学における伝統の捉えかたについて留意しておきたい。彼の解釈学は、ハイデガーの存在の問いのように、精神史的固定化や、一面性を問題の根源性に連れ戻そうとしている。啓蒙主義の理性が、非理性の烙印を押した権威に対して、彼はその相対的な性質を認める。彼にとっては、権威への関わりの有する可能な洞察性格を明確にし、永続的な批判が引き受けられることによって、はじめて予料の英知が保証されるとする。すなわち歴史学的な規定性が含蓄している歴史的なものは、欠陥ではなく様々な可能性の豊潤さとして捉えられる。狭い意味での歴史学的意識が「措定することからの独立性」に集約されるのに対して、ガーダマーはアプリオリ的な構成理論とは別の意味で措定の観点について語り、歴史学的意識の様々な基盤を解釈学的な思想圏の中に取り込んでいる。彼の影響作用史の原理とは、自己知の内に昇華せず、そしてまた、自己知を放棄しない事によって、伝承や歴史の可能性を手にすることである。(7)

ガーダマーにとっては，人間存在の有限性と歴史性とは，積極的に評価されるべき大前提である。従って，歴史的存在としての人間の本質は，自己が伝統という土壌に根ざしていることであり，理解という行為そのものが，主観性の行為というより，伝承的出来事の中に入り込むことである。汪暉氏の分析は，茅盾文学の新しく形成した「伝統範式」の機能に着目して，その見直しと同時に，現代文学史の見直しをも謀っている点にある。自己の視点そのものを歴史的に措定することから，長く研究史の桎梏となっていた「体系の上での解釈」は断ち切られるであろうが，汪暉のアプローチは，批判に終始して新たな見解を構築する側面が弱い。

　汪暉氏は，前述のような影響作用史を間接的に文学史解釈の一助とし，一方でエリオットの文学史に対する批評理論から引用して，新しい芸術作品の出現による既成の秩序の変動に注目している。この中で，伝統的文化心理構造から，循環的な伝統生成のメカニズムを希求したとき，天命論と環境決定論者である茅盾のデテルニミズムとのアナロジーが浮上して来るのである。

　また直接引用されてはいないが，エリオットの「批評の効能」には，共通の遺産や，共通の伝統があると，芸術家は意識するにせよしないにせよ，互いに結び付くこと，どの時代にも真の芸術には無意識の内に相通ずるものがあること，また精神的権威の原理としてのクラシシズムなどが述べられているが，いずれも汪暉論文の関心に重なる点が大きい。[8]

民族英雄を生む文化心理

　論文の第三項において，汪暉は『子夜』を古代ギリシャの運命悲劇になぞらえて，そのあらゆる本質的特徴を分析している。運命悲劇の特徴は，運命の絶対的権威を認めることを前提に敗北する英雄を描くことにあり，運命に対する確認と，英雄に対する崇拝は，ちょうど対立物の統一の関係になる。かくして，絶対的運命と抗争する悲劇的英雄は，逆境にあって奮闘する強固な意志と能動的精神，人の内在的精神力と生命の激情を表現し，人々の同情と憐憫を獲得するのであり，

汪暉はその主観ロマン的色彩に，所謂「両結合」の予告を見る。

「茅盾の小説は元々性格の弱々しい善良な人物，中でも女性の複雑な心の内側や，軟弱な男子の心理の描写に長じていた。しかし『子夜』における呉蓀甫に対する描写は，懸命に彼の強い意志や凶悪な姿を誇張するものだった。」「この知識がありながら辣腕も備え，経験ばかりか謀略も持ち，雄大な計画を立てるだけでなく，進んで実行できる人物は，知識人の柔弱さ，無力，淡泊を好む傾向，行動力の欠如，等を一掃しているが，これこそ民族の運命を変える希望ではないだろうか。」(9)

『子夜』の誕生した時期は，まさに民族の危機が激しさを増し，内乱が頻発する時代であり，人々は強力な権威力が新秩序を建立することを期待していた。汪暉は民族の危機は折しもこの民族固有のこのような伝統心理を惹起し，普遍的な英雄崇拝と権威への期待を強めたと見ている。これは意識的なものではなく，無意識の次元での心理傾向である。例えば後の『喬工場長就任記』や『新星』などの改革文学に見る「敗北した英雄」と呉蓀甫との酷似は，それを裏付けるものだ，と汪暉は強調する。そのような民族固有の心理こそが，まさしく中国社会イデオロギーとして立ち現れてくる。

以上見てきたように，汪暉が『子夜』の五四文学伝統に対する批判的な止揚を指摘したように，"Mao Dun's Early Ficton 1927－1933" においても，茅盾の『子夜』以前の作品における「中心的意識」が分析され，30年代の長編小説との継続ならぬ断絶が強調されているが，いずれも，茅盾の，潜在的な無意識の領域を綿密に分析した結果であるという点で，一致している。顧みれば，茅盾の作品については，その理論や主張の明晰さに眼を奪われ，無意識のもたらす偏向であるとか伝統的文化心理の発露など，作品の内面的な問題はことさらなおざりにされてきた。いま，その一端が問い直されていることは，興味あることと思われる。

またレトリックの問題から思い起こすことは，茅盾にはきわめて読者論的発想が強く，そのために数々の文学論争で孤立に陥ったのではないかと考えていたが，文学の性質からもそれが裏付けられるということである。新文学をあくまで新思潮を鼓吹する際の道具として考えていたその文学観も含めて，改めてその文学の

本質が探究されることを期待したい。ここで取り上げた問題点はそのための布石としての意義を持つと考える。

註
（1） 汪暉「予言与危機――中国現代歴史中的"五四"啓蒙運動」上・下『文学評論』1989年3－4期。
（2）（3） 汪暉「関於『子夜』的幾個問題」『中国現代文学叢刊』1989年1月号。
（4） 更に，茅盾「自然主義与中国現代小説」の中に旧章回体小説に西洋の小説が与えた影響が指摘されている。この辺に茅盾の意識が窺われる。
（5） 茅盾『我走過的道路』上，人民文学出版社，1984年。
（6） フローベルのルイズ・コレ宛書簡，1852年12月9日。
（7） E.フフナーゲル『解釈学の展開』以文社，1991年。
（8） 汪暉は，「在歴史与価値之間徘徊」（『文学評論』1987年3期）の中で経典文化について述べ，「20世紀の中国文学の進展過程は歴史と価値との衝突を離れたことがなかった。」としている。
（9） 前掲「関於『子夜』的幾個問題」。

第5節 「重写文学史」と汪暉『子夜』論（翻訳）　　205

『子夜』に関する幾つかの問題

●**翻訳解題**

　著者の汪暉氏は，1959年生まれ，江蘇省出身で現在中国社会科学院文学研究所研究員であり，一連の魯迅研究によって注目されている，若手の精鋭である。

　その代表的論文の一つである「魯迅研究の史的批判」については，［汪暉「魯迅研究の史的批判」に寄せて］（『季刊中国研究』第16号1989年）の中で丸山昇氏の解説，奥山望氏の訳によって既に紹介され，汪暉論文の提示する問題点をめぐって，多角的な検討がなされている。このきわめて示唆に富む論文において，汪暉氏が，単にこれまでの魯迅研究における政治イデオロギーの桎梏を批判するにとどまらず，五四の再考，経典文化に対する批判という伏線が垣間見られることが，私には強く印象に残った。このような視点から現代中国文学を見直すことは，文学史を精神史として捉え直す上での，大きな転換点を示していると思われる。

　以上の二点についての関心が，最もストレートに表れている事例として，「『子夜』に関する幾つかの問題」をここに訳出したい。汪暉氏の魯迅研究の持つ話題性にひき比べれば，あまり人目を引かないのであるが，『子夜』の形成した伝統を措定して，文学史の問題に切り込んだ異色の評論である。日本を訪れた際，彼自ら，この評論は，批判を受けたその魯迅論よりも更に，問題視される内容を備えていると語っていたという。『子夜』論として見た場合，個々の論点は，これまで指摘されてきたこととあまりかけ離れていないが，問題意識や，作品の意義づけは，全く独創的で新しいものであり，氏の研究全てに通じる視点の骨格を窺い知ることができる。また，彼は冒頭と最後の部分で，エリオットの文芸批評から文学史の秩序の変動に関する部分を引用している。これは「魯迅研究の史的批判」で強調されているように「体系」が暫時的なものであることを証明し，体系を超越して作品の奥深くに分け入り，その思想を問い直すべきことを主張する彼自身の文学史観を代弁していると思われる。

原題「関於『子夜』的幾個問題」原載は，『中国現代文学研究叢刊』1989年第一期。

＊『子夜』について

　『子夜』は，1933年，開明書店出版の茅盾の代表的長編小説で，当時の社会性質論争においてトロツキー派に対し，中国における資本主義の運命を提示した作品とされる。上海に大製糸工場を所有する民族資本家，呉蓀甫と，買弁資本家，趙伯韜との抗争を中心に，世界経済恐慌と外国資本の攻勢，労働争議の断面，農村の疲弊，都市の青年男女の挿話などを織り交ぜ，1930年の中国社会の鳥瞰図を描き，中国におけるリアリズム文学の最高峰として，また世界文学的作品としても高く評価されている。

（一）

　ある文学作品の文学史的な観察を行うことは，その作品に対する芸術的評価とは異なる。エリオットの見解によれば，既成の文学作品は，共時態の秩序を構成しており，一つの真に「新しい」要素を備えた作品がこの秩序の中に入り込むと，既定された構造にただちに変化が生じると言う。時に，芸術上頗る円熟した作品とされていても，このような「新しい」要素を全く持ち合わせないために，旧来の文学構造に対する再認識を惹起させることができないことがあり，またこれと別に芸術上とりたてて完璧な作品とは言えない場合でもそれ自身の「新しさ」によって，その文学秩序に対する新たな認識を生じさせることがあるかも知れない。『子夜』はそれが誕生した日以来，作家から評論家に至るまで誰からも芸術的完成度が高いとは言えないにせよ，メルクマールとしての意義を備えた小説であると見られてきた。作品の史詩性，つまり作品の三十年代初期中国社会および，各階級生活に対する広大かつ正確な描写，分析や，作品が中国文学にもたらした生命ある全く新しい人物形象体系，特に民族資本家呉蓀甫の形象は，確かに五四以来の新文学に対して，新しい重要な要素を持ち込んだ。事実，『子夜』の上述

した二側面におけるユニークで力強い表現は，その作品自身が魯迅に代表されている，五四の芸術的伝統とは異なる芸術範式を形成している。さらに言えば，『子夜』，『林家鋪子』と農村三部作［１］によって，一種の「茅盾伝統」というものが形成され，それが，後の中国文学の発展に与えた影響は，人々に旗幟とされた魯迅伝統をも越えているかもしれない。[1]一つの新しい芸術範式の形成は，必然的にそれ以前の芸術範式に対する止揚と離反を包含する。その出現は必ず，人々の旧い文学構造への，とりわけ旧い芸術範式に含まれている芸術スタイル，及び現実に対する態度についての認識を改めさせ，更に重要なのは，人々に旧い芸術範式から徐々にあるいは部分的に離れさせて新しい範式の後列につかせるよう導くということである。かなり長い歴史的期間，茅盾伝統，特に『子夜』によって形成された芸術範式は，終始リアリズムの名のもとで，魯迅伝統の歴史的存続と見なされてきた。だが，このように「存続性」を重視し，「分離性」，「反逆性」あるいは「革命性」を見過ごす文学史の方法では，「新文学」の形態に内在する変動過程を，深く示すことはできない。

　ある芸術作品が一つの芸術範式となりうるかどうかは，なによりも作家の独特な芸術的発見と力強い表現によって決定される。しかし，「範式」が一旦形成されると，その後に続く文学作品は，その範式の主導的役割を果たす要素を繰り返し強調し，むしろ私達の，この「全く新しい」範式に対する認識を改めることができる。今日『子夜』を読み返して，私はなおも茅盾の壮大な気宇と微に入る芸術感覚を覚える。しかし，三十年代のいわゆる「社会分析小説」から五六十年代の「階級分析」の枠組みの下に形成された作品と『子夜』との関係を考えたとき，また蒋子龍，柯雲路［２］の筆による改革者の形象を，呉蓀甫，屠維岳の形象にまで遡ってみたとき，私は『子夜』範式の影響の深さと，人を深思に誘う文学史的な意義を感じ始めた。この範式は，現実に対しても，個人に対しても，叙述のスタイルの上においても，「五四」文学伝統に対する最初の重要な反逆であったが，このような反逆が中国文学の発展に対して結局どのような意味を持ったのだろうか。もし「五四」文学伝統は，中国の伝統文学に対する自覚的な反逆過程において形成されたのならば，『子夜』の五四文学伝統に対する批判的な止揚は，

やはりそれと伝統文学との何らかの関係を物語るものなのだろうか。もう一歩問いつめると、さらに「茅盾の政治イデオロギーの分析，叙述のモデルと，中国社会イデオロギーとの関係」にまで波及する。こういった関係は，『子夜』出現後の類似の文学作品が唯一の文学範式の継承ではなく，更に広範な文学以外の背景を持つことを物語る。今日の文学が「改革英雄」の気質や政治手腕について描写する時の『子夜』との共通点は，この民族が厳しい局面に直面した際に，改革とその成功を渇望する過程での普遍的な文化心理傾向を説明するものかも知れない。事実上，一つの文学伝統の運命は，特定の時代の，社会政治，文化の雰囲気と相関関係がある。しかし，これは決して文学伝統自身の歴史的意義を減じるものではない。『子夜』は一つの独立した作品として「卓越」「優秀」などの言葉を戴くが，ひとつの文学現象としての『子夜』範式は，実のところ熟考するに値する。

「五四」は中国文学の歴史上，光輝に満ちた一楽章である。その一連の主題は，今日のわれわれにとっても，なお魅力に富んでいる。しかしながら，中国現代文学の歴史的発展は，決してわずかに「五四」伝統の継承，発展の過程ではなく，ある意味では「五四」伝統への背離と棄却の過程でさえあり，それを歪曲し，その一面だけを発展させてきた過程なのである。「背離」「棄却」「歪曲」「一面的な発展」は，何等かの事実と必然性を表現している。これらのフレーズは，ここでは決して道徳上の否定的意味をこめているわけではない。私が言いたいのは，このような視点から文学史を考察することは，「継承」「延長継続」の視点から文学を考察するより，あるいは一層意義があるかも知れないということである。これは一つの重要な研究課題であり，それにはまず，文学の過程において現れた重要な文学現象や，芸術範式と作品を，綿密に分析し，かつ批判を加え，それによってそれらの文学史的意義を確定することが必要である。『子夜』を読み直すのも，私が取り組んで来たこの様な仕事の重要な一環である。そして，私の分析方法と基本的な構想は，私の中国現代，当代文学の進行過程に対する上述のような認識と理解の仕方に従うものである。

(二)

　『子夜』が生まれた時代は，中国社会の政治的力量と政治イデオロギーの分化が日増しに明確になる時期であった。左翼作家群の形成は，彼らの中国社会政治の力とイデオロギーに対する選択に密接に関連している。茅盾は，政治活動と理論建設に熱心な作家であり，大革命前後の幻滅，動揺，そして追究を経験した後，「マルクス主義者」たちの批判と彼自身の自己批判の中にあって，社会に対する明晰かつ科学的な一連の理論で，中国と自己の直面する全ての問題を解釈しようと務めた。小説は，一つの芸術的な表現方法として，茅盾が中国社会問題を分析，描写する基本手段となった。

　それゆえ，『子夜』と「五四」小説の第一の相違，つまり『子夜』範式でもっとも特徴的なのは，小説に現れた政治イデオロギーの明晰性，系統性，であり，小説の機能の面から言えば，それは文学イデオロギーの論弁性を著しく強めている。中国小説の政治イデオロギー性と党派性の伝統は『子夜』において始まり，確立されるに至った。

　「五四」文学作家は，「反伝統」の過程で，それぞれに異なるばかりか，互いに矛盾さえする思想観点を出発点として，中国伝統社会がいかに人を損なうかを浮き彫りにした。知識分子は，その時覚醒した個体として，社会生活の舞台に現れ，社会及び人生問題に関心を寄せたが，イデオロギー上は曖昧な，混沌とした状態に身を置いていた。異なる芸術流派，文化流派間の論争の多くは，彼らの現実や芸術に対する態度にまで及んだが，それは理論的認識ではなかった。事実上「五四」文学伝統は，異彩百出する中，明らかにその重要な特徴を現している。それは「個人性」である。作家の人生問題の思索は，個人の，生活と自我に対する直観的観察に源を発している。人生の環境と体験の中から，それが深いものであれ，浅薄なものであれ，社会に対する理解が生み出される。郁達夫，郭沫若の小説は，個人の留学経歴と，困窮した境遇の中に社会の不公平に対する認識が生まれたものであり，廬隠，冰心，丁玲は，各自異なる女としての生き方から，自分の置か

れた社会関係に対する態度を表現した。また魯迅という，この中国社会の偉大な批判者も，一連の系統立った明確な理論体系を用いて，生活を解釈したわけではなく，彼の中国伝統社会と人生に対する無情な分析には，明らかに彼個人の経験構造と情感の様相とが現われている。これらの作家は，生活を観察する個人性によって，決してイデオロギー上社会構造に対して明確で系統的な分析モデルを構築することはなく，社会生活に対する認識と理解の深さはまた，イデオロギーの曖昧性，混沌性を伴い，これによって，作家は現実に対する態度に批判的もしくは漠然的になる二重傾向を現した。このような漠然性は作家の社会イデオロギーにおける不透明な状況からも，生活を把握する直観的で非論理的な分析方式からも来る。しかしながら，まさにこの直観的，非イデオロギー的な把握方式こそが，彼らに政治イデオロギー範疇の制限を超越させ，現実の人間のもっと複雑な人性構造を把握させた。階級分析のイデオロギー範疇の中であれば，阿Qという農民形象は，確かに不可思議なものであることが想像できるだろう。

　茅盾は作家としてではなく，一人の理論家として「五四」文壇に登場し，最初から理論の明晰性への興味を誇示していた。しかしながら，イデオロギー上の不透明な状態が，彼の理論と主張とを自ずから矛盾させたのであり，これは，彼が推奨していた互いに矛盾撞着する思想家と芸術家の名前にも見ることが出来る。例えばニーチェとトルストイ，クロポトキンとレーニン，等々。一方で，茅盾は最初から芸術の思想性あるいは哲学的背景に興味があり，芸術の題材の，広範性と非個人性に興味があった。また，自己表現の傾向に対しては，理解不能のため，攻撃を加えた[(2)]。しかしそうだとしても，茅盾の『蝕』と『虹』とは，社会背景や重大な政治的題材への関心を誇示しているにも関わらず，政治イデオロギーの漠然とした状態は，なお依然として彼の小説中に深い自己表現を流露させた。静女士から，方羅蘭に至るまで，かくの如しである。これらの小説と作家は，不安と困惑の中で模索し築きあげた，生活に対する一つの態度に密接に関連している。

　『子夜』の執筆は，作家の社会政治イデオロギーが，すでにはっきりした状態の下で進められた。「態度」の問題は既にほとんど解決していて，重要なのは社会分析である。つまり明晰で，系統的な社会科学理論の指導のもとで，芸術の形

第5節 「重写文学史」と汪暉『子夜』論（翻訳）　　211

式を用いて，この社会及びその各階層の運動を分析することである。事実上，理論分析の結論は，小説の思想啓蒙の前提と基礎を形成している。『子夜』執筆の直接の背景となったのは，1930年夏から秋にかけて，にぎやかに展開した中国社会性質に関する論戦［3］である。茅盾は回想して述べている。「私がこの小説を書いたのは，つまり形象の表現によってトロツキー派と，資産階級の学者に応えようと思ったからである。中国は資本主義的な発展の路を歩むことはない。中国の民族資産階級の中には，フランスの資産階級の性格を備えた人がわずかながらいるけれども，しかし1930年の半植民地，半封建の中国は十八世紀のフランスとは異なる。中国の民族資産階級の前途は，わめて暗澹たるものなのである。」[3]
小説の中心思想と創作動機の論弁性は，明らかに作家のイデオロギー的明晰性と関連がある。このような明確な問題と，判断に直面して，個人的な態度は既に意味を失っている。茅盾が後に公開した『子夜』の何度か変化した執筆概要から，私達が気づくことは，作家の念頭に最初に湧き出たのは，人物でも物語でもなく，中国社会階級の膨大なモデルであったことである。作家は，彼の中国社会階級構造に対する理論分析に基づき，自分の上述の執筆意図に照らして，小説の人物及びその関係を次のように分ける。二つの資産階級の団体，両団体に挟まれた知識分子，両団体の外にいる独立者，政客，失意の軍人，流れ者，敵に内通する労働者，反逆者の群れ，小資産階級の群れ等々。それぞれの群れの中を，左，中，右，異なった職業の階層に分けている。小説の人物の面貌，プロットの発展，人物関係は，完全に各階層人物の経済，あるいは政治利益の必要に応じて動き，その中に度々中国社会の重大な政治事件を織り込んでいる。最初の章ごとの概要では，都市生活の状況に合わせて，農村の動乱や紅軍の活動の場面を設定している。茅盾と瞿秋白の執筆大綱についての討論の様子から見ると，焦点は主に芸術描写の分野にはなく，各階級のイデオロギー判断の分野にある。例えば民族資産階級には出路はないのだから，二つの大集団の講話の結末は，一勝一敗にすべきである，といったことから，大資本家が乗るであろう車のブランドや，ヒステリックになった時の獣性の状態，等々に至るまで。……これら一切は，人物に対して言うならば，すべてアプリオリな政治イデオロギー，あるいは党の政策判断である。茅盾

は自覚的に，系統的社会科学理論を，小説の創作に運用した。彼は，作家は「該博な生活経験を持つだけでなく，訓練された頭脳をあわせ持ってこそ，この複雑な社会現象を分析できるのである。」[4]と強調している。『子夜』は作家の社会理論分析に比べて，はるかに豊富な内容と作家独自の偽りの無い経験を含んでいるけれども，このような明確な社会分析理論と論弁性の色彩は，作家の生活を描写する基本構造スタイルを規定した。全ては作家の理解する社会の「本質」と「必然」に合致しなければならない。

このように，系統と明晰な社会理論によって，社会階層と人物を分析する傾向は，作家を科学的であるよう努力させ，「個人の意志では変化できない」様相で，生活を表現し，とりわけ「生活の本質」と「法則」を表現した。この様にして，叙事スタイル上，『子夜』は，つとめて作家の個人性と主観性を取り消そうと努め，これによって小説の叙事は客観的で，非情感的な特徴を現した。これは，『子夜』が，叙事スタイル上，「五四」小説の伝統と異なる，もう一つの重要なジャンルを構成しているということである。

プルセークは，『「中国文学研究」導論［4］』の中で既に論証している。中国の文学伝統には二つの分岐がある。その一つは文人文学であり，もう一つは講釈師を代表とする民間文学である。五四新文学は，文人文学の伝統につとめて反対する中で起きたが，その作品はかえって文人文学と密接な関係にある。彼が指摘したのは，五四文学の中のまぎれもない個人的経歴から離脱しようとしない傾向と，旧文人文学との内在的関連である。この様な題材の個人性は，作品の主観叙情的傾向に影響している。郭沫若，郁達夫ら，ロマン主義作家は言うに及ばず，たとえ文学研究会の「人生の為の文学」にしても，個人の感傷的情緒に満ちあふれている。「冷静，冷静，冷静」と呼ばれていた魯迅にしても，彼の小説の生活と伝統に対する容赦ない分析は，単に彼の個人的経験と密接に関連しているだけでなく，あの複雑で奥深い情感の道程に浸透している。「五四」文学中に大量に第一人称が出現したのもまさしくこういった芸術の主観的叙情性の必然的な表現であった。一般的に言って，五四小説は叙情に際して，特に「私」と「現実」の関係，「私」の「現実」に対する感覚，体験と観察を強調している。「現実」「郷

土」「歴史」さらにもっと抽象的な人生観等々。すべて「私」の独特な眼差しと情緒に相関連している。これによって五四小説の中には確かに芸術対象の「主観的変異」が存在している。五四小説のこの様な主観性と情感性の特徴の形成は，少なくとも三側面の要素を含んでおり，プルセークの主張した文人文学の伝統は，僅かにその中の一つに過ぎない。より重要なのかも知れないのは，第一に「五四」作家が，自由と個性の覚醒中に，独立した眼で彼らの生存する世界を推し量ったことである。個人の運命と民族の責任とは，この時まだ一つの統一された認識体系の中に組み込まれて理解されているわけではなく，彼らは個体の立場から，社会の不合理性を明示していたが，これに応じて，個体の独立性の確認は，必然的に個人感情の充分な発揮を惹起する。第二に，二十世紀小説における基本的な傾向の一つは，他者の見た「現実」と違う，この「私」が見た「現実」を強調し，主体の経験構造の，主客関係における重要性を強調するものである。現代の芸術は，音楽，絵画から小説に至るまで，様々な様式の中に，この根深い主観性を呈している。

　ただその主観性は決して個人の経験からだけではなく，作家が社会を分析する理論体系から来ているのである。科学を自任する，いかなる理論体系でも，必ず個人の主観的感情の要素を排除することで，主観性を客観性の名の下に覆い隠している。五四の時でさえ，茅盾の自然主義に対する崇拝は，「客観」と「科学」に対する追究を包含していた。「私達は自然派作家が，科学上発見された原理を小説の中に応用していたことに学ばなければならない。……そうでなければ，おそらく内容の薄弱と意図の単純さという二つの弊害を免れ得ない。」[5]『子夜』においては，作者は五四小説中によく見られる第一人称の主観的視点を捨てたばかりでなく，ある一人の人物の視点や，ある人物の運命的観点から生活を観察する（例えば『倪煥之』）ことも拒絶している。彼は，芸術的な対象を絶対的に超越した高見を選んで，全てを見おろす。在らぬところなく，知らぬところない，変幻して定まらない叙事視点，この様な全ての対象を超越した叙事視点があらゆる主観的経験の客観化の条件を提供している。構造上から見て，小説は著者が現実の本質を最も表現できると考える場面を組合せ，またその場面にある「本質」的意味

を持たせることを端緒にしようと努めている。例えば、『子夜』冒頭の第一章では、呉老大爺が農村から都市にやってきて脳出血で亡くなるが、著者は本の中だけでなく幾度も注意を促している。「呉老大爺は、古い硬直した屍のようなものであり、太陽と空気に接触すれば、すぐ風化してしまう。これは二重の隠喩である。：読者はもしある経済学の名著を読んだことがあれば、これが何を指しているかすぐおわかりだろう。」[6] 双橋鎮、交易所、接客ホール、工場などその他の場面もすべてきわめて「典型」的に「本質に合致して」様々な社会階級力の歴史的運命と様相を繰り広げている。小説は全部でわずか十九章だが、適確で膨大な規模をもって中国社会における基本的な政治、経済関係を明示している。まさにこの「客観的再現」と「科学的分析」の外観の下にこそ、ある根深い主観性が覆い隠されている：作家が、作品の材料を取捨選択する時、多くの生活現象は、主観的認識の過程において、外側に排除され、その他のいくつかの現象はまた、主観的認識の過程の中で、「本質に合致するように」小説の構造体系の中に組み込まれるが、これらは全て作品に組み込まれた後、主観的認識過程における「現実」ではなくて、純客観的「現実」として現れ、主観的認識過程は叙述の客観性の中に隠滅される。上海の近代工業と金融に対して長年研究をおこなってきたある経済史の専門家が、既に指摘している。『子夜』の中に描写された趙伯韜式の人物は現実にはもとから存在しない。しかしながらこのような人物が小説の中ではかえってある「現実」の存在として直観的に読者の面前に姿を現す。だがそうだとしても、『子夜』の主観性は確かに個人性ではなく、それは独立個体の感覚、体験、情緒を濾過することからくるのではなく、「科学的理論」自体から来るのであり、この様な「科学的理論」は、イデオロギー的普遍性を備えていることによって、個人の経験の範囲を超越し、客観的真理の外観を装って現れて来る。作家の現実に対する取捨、変形と改造は、この様な何等かの個人の主観的範囲を超越した「客観的真理」に負うのであって、個人の経験に依存してはいない。

　二つの点について説明しなければならない。第一に『子夜』が芸術対象を超越した視点を備えていると言うのは、作家の小説全体に対する把握であり、具体的な描写においては、叙述視点の変化はきわめて臨機応変であり、客観描写、内的

独白，心理分析などを……巡回させ，織り混ぜている。この点に関しては，プルセーク，楽黛雲［5］など批評家の文章の中に，既に綿密な分析がなされている。第二に，小説の非個人性，非情感性と客観性を強調するのも，全体の構造と客観化の叙事方式の視点から言うのである。作家の立脚する理性的立場からの評価や，潜在意識の中に浸透している人物に対する同情（例えば呉蓀甫に対する）を排斥するものではない。しかしこれら全ては，作家自身の精神的遍歴とかなり隔たっている。

　小説の政治イデオロギーの系統性，明晰性，と叙事過程の非個人化，非情感化とが相関連していることが，『子夜』と五四小説伝統の間のもう一つの相違であり，現実の「全体性」，「時事性」，「共時性」を反映している。

　五四小説は，特に個人の運命を重視したので，従ってそれは一般にせいぜい主人公の運命と関係する僅かな現実によって，生活を反映するだけで，同時に個人の運命の歴史性を特徴としているので，時事性を強調しない。『風波』『薬』そして『阿Q正伝』のような小説にしても，時事背景の描写は決して特別重要な地位を占めていない。しかし，まさにある外国人学者が言うように，「現実がまだ歴史になっていない時分にすばやく，きわめて正確にそれを把握する，これこそ茅盾の芸術の基本原則である。」[7]「茅盾が描写しているのは，個人の，あるいは一家庭の運命ではない。これは茅盾の創作における法則のようである。描写しているのは，どうやら全集団であり，階級全体であり，ひいては民族全体のようである。……たとえ，具体的な個人を描写していても，なお人に集団全体の個人化を感じさせる。」[8] それだけでなく，小説は殆ど中国社会のあらゆる重大な社会問題，及び社会階層を小説の構造の中に組み込み，特にその時間性と時事性を強調しているようである。『子夜』には，既に副題がある。"a Romance of China in 1930"，民族工業の破滅，工農紅軍の勃興，李立三路線の影響……『子夜』中の一連の事件は，すべて1930年という正確な短い時間と関連している。作家は，ただ，歴史過程と現実運動の瞬間的形態をとらえようと尽力しているので，結局このような小説では，人物の全ての運命の足跡を追うことは不可能である。時間の慌ただしさが奥行きのある，全体的な空間形態で補われるので，その結果時間の

延長継続から見て，人物の命運と物語の発展が，突然止まり帰結しない。五四小説とこれとの相違はたいへん顕著である。

これら全てによって，一種の独特な効果が醸成されるが，それはつまり現実の明晰性と，絶対的な支配力としての，現実の神秘性である。目標の明確な個人の活動，さらに集団の活動と神秘的「法則」との撞着は，まさに全ての実存を超越する現実の力の確かな存在をさらに証明している。それは，既に呉蓀甫によって，朱吟秋などの者を呑込み，趙伯韜によって呉蓀甫を牽制し，金融市場の変幻を通じて，全ての投機者を操縦し，労働者と革命者の闘争を通じて呉蓀甫の事業に抵抗したり，その破滅を促進したりしている。……しかしこれら現実の具体的力は，決して勝者ではなく，真の主役でもない。まさしくプルセークが言っているように，茅盾の小説は，物語を演じる人々が弱者であり，無力な人であるかのように，感じさせるところがある。彼らは，プロットの中では活動するが，決して本当の重要人物ではない。彼らは，ただ自分の意志と関係なく現れたり，消えたりし，発生した事件がひとりでに進行しているようで，結果的にはかえって人物の行動と裏腹になる。(9) 小説中の大部分の人物は，ただ社会環境を解き明かすだけであり，主体的に社会環境を形成しないのである。(10)

総じて言えば，政治イデオロギーの明晰性，系統性，生活描写の客観性，全体性，芸術過程の非個人性と非情感性……これがまさに『子夜』の構造形態の基本的特徴である。こういった特徴は，一方では五四文学中に出現した主観の誇張や感情の過剰になる傾向を抑制し，現代小説は，現実に対して，個体の有限性に対して更に冷静な態度を持つようになった。もう一方では，また「必然性」の名の下に現実的と言うより神秘的である絶対的な力を際立たせ，個体は，この様な超越的で絶対的な力の下を匍匐するだけの，哀れな操り人形になった。忍耐，奮闘，巧妙な謀略と悲壮な勇気，これら全ては最終的にこの様な絶対的力の巨大な網の中に消え去るであろう。人物の「現実」から抜け出ようとする激情は，無情な厚い氷壁に遭遇したように，速やかに冷却される。この様な意味で，小説の主役は呉蓀甫と言うよりも現実という絶対かつ神秘的な力であると言えよう。——この力は，背景や環境とは異なるがその中に潜み，また具体的な人物とも異なるが，

常に彼らの明確な目標を持つ行動によって表現される。

　私が見たところ，上述した『子夜』の特徴は，中国古典小説が，天命によって人物の運命や物語を統轄するのとよく似ている。中国の伝統小説は，天命の観点から大地を見おろし，天地は不仁，万物を以て芻狗となす［６］。一つの超越的存在として，「天命」はたなごころの上を人民がせわしく行き交うのを醒めた眼で静観する高僧のように，彼にとっては人類の奮闘，叫び，忍耐の全てはただ永遠の静けさに過ぎない。この超越の視点においてこそ，小説家が世の中の苦痛や忍耐に寄せていた尽きることの無い関心が，ついに遙か遠い天のはてに消え去ってしまい，個人の生命の意義への追究や，運命を変えようとする努力は，荘厳な，聖なる天命に覆われて光彩を失い，人間のあがきも叫びも，ただ天命の実証となる。……個体と集団の主観の力は，作品の中心となることも，独立した意識を得ることも出来ず，なすすべもないまま，笑ったり泣いたり，悲しみと喜びの交錯する形で天命に対する限りない沈思と嘆きを表す。[11]人自身の戦いの過程は巨大な天網の中に展開されるだけで，人の主体性と尊厳は一様に抑制され，天命の祭壇の前を匍匐するのみである。「坎坷に遭遇するもみな天数，風雲に際会するも，豈偶然ならんや。」（『水滸伝・第三十一回』），「万事は人の主を為すに由らず，一心命と衡を争い難し」（『三国志・第一〇三回』）。現代作家である茅盾は当然「天命」論者ではないが，環境決定論者である。この環境とは，個体の決定性の全く外に存在するもののようだ。この様な世界と個体に対する決定論的理解方式は，茅盾をして「法則」，「必然性」に対する追究を最も重要な位置につけさせ，個人の運命を理解する過程で，終始環境，法則，必然性などと個体との拒むことの出来ない対立を強調するように決定づけた。対照的に，魯迅の小説の個体に対する理解は環境から離れていないが，環境を個体の外部にある絶対者として理解していないのは明かであり，個体と環境を一体化したものと理解し，これによって悲劇の原因は環境ばかりでなく個体からもくる。また，ロマンチストの郭沫若は『女神』の中で，人の巨大な想像力を頌えている。明かに茅盾の人の運命に対する理解は，その思考方式において，中国伝統小説の何等かの特色を感じさせるものである。中国伝統小説の天命観念は，中国小説の形而上学と解釈できるが，それはストー

リーの源泉と推移の脈絡を示し，プロットの発展，および全体の構造の予測を支配し，それ自体の表現しようとしているのは，やはり天命である。この天命によって制約された叙事構造に従って，人物の天意の使命が終わると，小説はもはや伸展する力を失う。『子夜』もまさしくこれと同じように，慌ただしい突然の終結，帰結なしの叙事構造は，まぎれもなく個体の外部の至るところに存在している，絶対的な力の，至上の地位を物語っている。

　人のコントロールできない力を絶対化するあらゆる傾向は，宿命論と主体性の喪失を惹起する。茅盾の『子夜』における上述の叙事構造は，中国伝統の影響と浸透だけによるものではなく，他にも深い原因がある。第一に，若い頃，茅盾は自然主義の理論や創作を信奉したが，その自然主義を「客観」に照らして追究する過程で，種族，環境，時代という三種類の力を，人類を支配する絶対的な法則あるいは力と見ており，必然的にある程度の宿命の傾向を惹起する。第二に三十年代の茅盾は系統的に「社会科学」理論を研究し，努めて対象を階級的，経済的，政治的関係を用いて解釈しようとしていた。周知のように，この理論は，中国に伝播するに際して，すでに人の能動的力を軽視し，それによって機械的性質を備えたのである。これは，かなり複雑な問題であり，ここでは展開することが出来ない。本稿にとってもっと重要なのは，これら全てが証明しているのは，『子夜』が，現実に対して，個人に対して，そして叙事スタイルにおいても，五四文学とは深刻，かつまだあまり重視されていない相違を現しているということである。このような相違は，別のレベルでは，紛れもなく五四文学の自覚的な謀反の伝統と関係がある。これでも，吟味する価値が無いとは言えまい。

（三）

　まさしく『子夜』は人事の与らない超越した力の描写によって，小説に古代ギリシャの運命悲劇の特徴を備えさせている。運命悲劇の特徴は「運命」の絶対的権威性を認めることを前提に敗北する英雄を描くことである。よって，運命に対する確認と，英雄に対する崇拝は，ちょうど一種の対立物の統一の関係になるわ

第5節 「重写文学史」と汪暉『子夜』論(翻訳)

けである。『子夜』の作者は，現実の力を絶対化し，神秘化したあと，「現実」あるいは「環境」，もっと的確に言えば現実と環境の「法則」と「必然性」の中に潜伏して，深い暗闇の中であらゆる「運命」をコントロールするようになり，小説の主人公の呉蓀甫も又，こういった絶対的運命と抗争する悲劇的英雄になるのである。小説の内在する情感から言うならば，人々の同情と憐憫をかきたてるのは，まさに悲劇的英雄，呉蓀甫の敗北を運命づけられた抗争なのである。

　『子夜』は英雄を描いた小説である。これはその基本的な構造スタイルと，現実の力の絶対性に対する理解とによるものである。この点に関しては，鋭敏な批評家が，みな既に直観的に指摘している。例えば朱自清はこう言っている。「呉と屠の二人は，すこぶる英雄の風格で描かれている。呉は特にそうである。よって一部の読者が彼らに示す同情と偏愛は，これはおそらく作者も当初は，予想しなかったことであろう。」[12] 韓侍桁は言う。『子夜』は「この過大な計画の結果，かえって一人の英雄を造りだしてしまった。そしてこの書もまた，この英雄個人の悲劇の書となった。」「この英雄の敗北は，まるでギリシャ神話の中の英雄の死のように描写されていて，読者を痛惜させる。」[13] 更に私の興味を引くのは，韓侍桁が小説は未だ「大規模に中国社会現象を描写する意図」を実現していないので，「またこの希望が作者の能力をはるかに越えるものであったので，この書はリアリズムとなることができず，きわめて濃厚なロマンチックの色彩を帯びたものとなった。」[14] と考えていることである。私が指摘したいのは，大規模な現実の描写，精神力と労力を傾注した英雄の塑像，客観性，法則性，必然性，あるいは「現実主義」の名のもとに生み出された「きわめて濃厚なロマンチックの色彩」，あるいは主観ロマン的な作品，それらは『子夜』以後の中国現代小説に備わった一般的な傾向であったことである。その奇形的発展は，所謂「両結合」の創作方法の理論的発展と，小説創作のいわゆる「革命的リアリズムと革命的ロマンチシズム」の基本的趨勢である。『子夜』自身とこれとの隔たりは大きいが，一つの予言であったと言えば，幾分理屈が通るだろうか？

　呉蓀甫の形象は二重的である。第一に，彼は作家の明晰で確たる政治イデオロギーのカテゴリーの中に，一人の民族資本家のあらゆる「本質的特徴」を表現し

ている。これは，彼と買弁金融資本家（趙伯韜がその代表である。）と労働者階級との二重の矛盾の中に，また農民革命運動と更に小さい民族資本家との二重の衝突の中に具体的に表現されている。第二に，この「憎むべき」資本家の形象は，もう一つ別のレベルでは，悲劇的英雄という基本的特性を備えている。彼は，民族工業発展の偉大な希望の星であり，「国家が国家らしくなり，政府が政府らしくなる。」という合理的な願望，一般人が持ち得ないような，欧米遊歴で得た現代工業管理の知識，非凡な気迫と手腕を備え，更に重要なのは，全ての悲劇的英雄がそうであるように，稀有な献身の精神と忍耐強さ，自虐的なまでに強固な意志を備えている。彼は個人の享楽を全て犠牲にし，目標を明確に定めて自分の未来に向かって前進し，たとえ財産を蕩尽しても決して投降しない。時々現れる猜疑狼狽，落胆，ひねくれた振舞い，苦悶阻喪などは，基本的には彼個人の英雄の天性を揺るがすものではなく，むしろ「永久普遍の必然の法則」が改変不能であることを証明している。まさに古典悲劇の中におけるように，運命の絶対的権威もまた悲劇的英雄の失策や過ちを通じて表現され呉蓀甫の悲劇的運命は，最終的にはあの変更できない「社会法則」によって決定されるけれども，（帝国主義の統治下においては，中国民族工業は，永久に発展することはできない。半封建，半植民地の中国は永久に資本主義の道を行くことはない。）それは彼自身の一連の過失によって表現されなければならなかった。最終的には放棄できない「濡れた肌着」のような小さな工場を買収したことも，公債市場で罠に掛けられたことも，皆彼自身の失算として表現されている。しかしながら，これらの過失は皆，彼が偉大な目標を追究する際に出現したのであり，過失は彼の不幸を証明してはいても，その英雄としての気概を損なうものではない。悲劇的英雄呉蓀甫は人が逆境にあっても奮闘する強固な意志と能動的精神を，人の内在的精神力と生命の激情を表現し，こうして，同情と憐憫を獲得している。これはまさに，アリストレテスがギリシャ運命悲劇を総括して指摘した基本的特性と同じではないだろうか？確かに，呉蓀甫を彼の周囲の詩人，経済学者，軍官，投機商，小工場主と比べれば，彼の個性の卓越していることは，容易に見て取れる。

　茅盾の小説は元々性格の弱々しい善良な人物，中でも女性の複雑な心の内側や，

軟弱な男子の心理の描写に長じていた。しかし『子夜』における呉蓀甫に対する描写は懸命に彼の強い意志や凶悪な姿を誇張するものだった。ある評論家が言っているように，顔の血色もよく，胸を張って凄味のある笑いを見せたり，歯がみし頭を垂れて考え込む呉蓀甫の姿はあまり人の注意を引かないが，むしろ彼の失敗に際しての苛立ち，意気阻喪，思わぬ予感や悪夢，重責に耐えられない虚弱さ等の方はかえって偽らざるもののように思える。しかし人物の「英雄的気概」に対する自覚的，観念的ですらある描写こそ，作家の心の奥にある「もう一つ別の」気質に対する思い，現実の状況をかえる「力」への探求を明かに示している。この知識がありながら辣腕も備え，経験ばかりか謀略も持ち雄大な計画を立てるだけでなく，進んで実行できる人物は，知識人の柔弱さ，無力，淡泊を好む傾向，行動力の欠如，等の精神状態を一掃しているが，これこそ民族の運命を変える希望ではないだろうか？呉蓀甫の階級的身分は，茅盾が人物の身上に期待と情熱を傾注するのを制約し，彼は終始，本心から理論分析の枠組みを越えて，文章の中の人物に対処できなかった。しかし正にこの理性的判断の制限の中に，この様な感情的趨勢が現れたことは，茅盾の心の奥深くにある「英雄」の形象を更に立証している。もし，呉蓀甫の形象の悲劇的英雄が，情感のレベルにおいては，多かれ少なかれ，彼の政治イデオロギーのフレームとの矛盾を意味するものならば，彼の潜在する「英雄」モデルは，かえって更に深い民族文化心理を包含していることになる。運命を変える期待は，知恵，経験，辣腕を一身に備えた力強い英雄に集中した。

　これは全く，意識的なものではなく，期せずしてそうなったのである。『子夜』で『子夜』を論ずるのでは，証明は難しい。もし『子夜』の叙述パターンを『喬工場長就任記』および『新星』の，改革に失敗した英雄の叙述スタイルと関連づけて考えれば，問題ははっきりして来るだろう。喬光朴は，工業改革に失敗した英雄であり，彼も同様に，知恵，経験，辣腕を一身に集めた力強いタイプの英雄である。呉蓀甫が欧米に遊学したように，喬光朴もソ連帰りである。さらには奮い立ったり，もの思いに沈む時に，顎骨を引締め，左頬の上に筋が盛り上がる顔つきにしても，呉蓀甫のあばただらけの，血色のよい顔を思い起こさせる。組織

が混乱し、人心も乱れて、派閥の深刻な電気工場に対して、喬光朴は、彼個人の管理知識、精励する態度、豊富な経験、とりわけ果敢な実行力、目標を堅持する意志力と辣腕、大胆な手際、独断専行をたのみにし、彼の管轄範囲内で次第に秩序が立て直される。しかし呉蓀甫が益中公司から双橋鎮に至るまで、完全無欠に計画できたにもかかわらず敗北の運命を免れ得ないのと同じように、喬光朴も最終的に自分の立て直した電気工場を離れざるを得なかった。特に興味深いのは、呉蓀甫は、頭脳明晰で実行力に富み、若輩であるが思慮深く、驕らずへつらわず、恐れずに自分に反抗する屠維岳を気に入っていることである。屠維岳が呉蓀甫の影であり、その補足であるとすれば、郗望北もまた喬光朴の影であり、その補足である。知識、気迫、手腕、意志、力、資本を備え（経済的あるいは政治的）采配をふるい、時勢を見極め、それでも敗北の運命は逃れえない。――呉蓀甫、屠維岳から喬光朴、郗望北にいたるまで例外はない。この系列上に於て著名な人物としては、同様の学歴背景、政治背景、個人経験、政治的権謀術数を備え、野心に満ちた古陵県委書記李向南もいる……これらの人物は、敗北した英雄であり、人格神の魔幻的色彩を備えている。私は当然のことながら『子夜』が我々の「改革文学」の原型であるという証拠はないし、更に『喬工場長就任記』が、『子夜』に直接的に啓示を受けていると確信を持って言えない。しかし直接の影響関係を持たないことが、かえってあい通ずる期待、共通の理想、共通の文化心理、共通の情感趨勢および異なってはいても、似通った現実の境遇を物語っている。このことを否定できようか？

　喬光朴と李向南は、人々のある期待、困難に直面して権威を渇望する期待を表明している。この種の期待は「英雄」の身に託され、辣腕と知識の結合の中に託され、ついには眼も眩む様な神秘的な個人の力に転化し、英雄の失敗によって、強烈な衝撃を惹起する。呉蓀甫から喬光朴、さらに李向南に至るまで、身分はかけ離れていながら、専断的な辣腕と現代的な知識という内在的一致性を隠し持っている。この様に身分のかけ離れた人物によって支えられた系列は、確かにわが民族と、我々多くの知識分子の文化心理を物語っている。

　呉蓀甫という形象の封建的伝統的色彩は、単に中国民族資産階級と封建階級と

の密接な関係を明らかにするだけでなく，ある普遍的な民族心理を暗示しているようである。茅盾が思わず知らず呉や屠を一層英雄的に描いていたとき，彼は内心のある無意識の期待を吐露していたのではないだろうか？『子夜』は確かに暗黒が今や過ぎ去ろうとし，光明が目前にあることを暗示しようとしているが，しかし光明とは何を意味しているのだろうか？小説家は，旧社会を打ち破る革命を期待しているのかも知れないし，更に一つの健全で生気に満ちた秩序を期待しているのかも知れないが，いかにしてどの様な力に頼って，どんな手順でその様な秩序を打ち立てるのか判然としない。『子夜』の描写に際して流露するその様な「英雄」に対する無意識の賞賛と期待は，あるいはまさに潜在意識の探尋ではないだろうか？

　『子夜』によって，『子夜』を論ずるとしたら，私の上述の推定は明らかに根拠の無いものかも知れない。もし『喬工場長就任記』『新星』等の作品がなければ，『子夜』に含まれる以上のような内容も現れることはない。しかし私はもう一度，本文の最初に言及した，エリオットの観点を引用しようと思う。「現存の芸術原典は，ある種の理想的秩序を構成している。この秩序には，これらの芸術原典の総てを補足するような新しい（全く新しい）芸術作品が出現することによって，変化が生じる。もし新しい作品が出なければ，現存の秩序そのものは落着する。秩序は，新しい作品の出現した後，秩序が破壊されないために，必ずたとえ僅かでも変化して，全体的な新しい秩序を作り出し，これによって改めてこの新しい総体の中の一つ一つの作品の地位と意義，及びそれらの間の関係が決められる。その中には旧新の間のつりあい，順応が反映されている。誰でももしこのようにヨーロッパ文学とイギリス文学の形態の秩序を理解するならば，彼は現在が過去の支配を受けることのように，過去も現在も影響の下に改変されるのだと言う思想を，もはや誤りと見なすことはできないだろう。」[15] まさしく喬光朴によって，李向南の形象は「既存の芸術原典」が構成する「理想的秩序」に加わり，これによって，旧秩序の中ではっきり現れなかったものを照射し，また文学伝統に内在し，隠された延続と統一を私達に認識させた。

　五四小説，とりわけ魯迅を代表とする小説伝統は，終始普通の小人物に注目し，

英雄は出現しないばかりか，英雄に対する期待も表現していない。郭沫若の，詩歌の中における偉大な自我の謳歌は，英雄崇拝よりもむしろ反英雄的と言える。五四文学の伝統は，全体から見て言えばむしろ幾分，反権威，反専制，反英雄的傾向，人の憂患と民族の憂患を表現し，あるいは厳しい沈思，批判を，あるいは個性の普遍的な覚醒の期待を表現した。『子夜』に内在する心理趨勢は，この意味から言えば，五四文学に対する背逆を打ち立て，五四が謀反を起こした英雄崇拝と権威への期待にわずかながら接近を増している。『子夜』自身は，作家の自覚的な理論分析の枠組みによって，また人物の身分の限定によって，まだ充分にこのような崇拝と期待を表現してはいない。しかしそれは確かにある意向と，ある継続発展の可能性をもたらしている。残念なことに，『子夜』の誕生した時期は，まさに民族の危機が激しさを増し，内乱が頻発する時代であり，人々は強力な権威力が新秩序を建立することを期待していた。民族の危機は，折しもこの民族固有の，このような伝統心理を惹起した。私はこう考える。茅盾は創作過程において，知らず知らず自分の明確な階級的立場から逸脱し，「計画上」は英雄ではない「英雄」の身上に情熱を傾けた。まさにこれは，特定の歴史的背景と固有文化心理のなせるわざである。無論，先に述べたように，作家の現実の力に対する絶対的かつ神秘的な描写もまた，作品に一つの「運命的悲劇」の基本パターンをもたらしている。残念なことに，ここではもう呉蓀甫を描写する芸術言語に対して分析を加える暇がない。しかし，一つの重要な言語現象としては，誇張あるいは蔑みのことばが，裏腹に賞賛と同情を吐露し，前者は更に政治イデオロギーの明晰性を備え，後者はかえってもっと内在的な隠された心理を表現しているのである。これはどのような結び付きなのだろうか？

　文学の歴史は変遷の歴史であり，人々の世界に対する新しい認識に伴って，不断に新しい意義を生み出す歴史であり，そして又，エリオットが述べているように，新しい要素が加わることによって，秩序が変動する歴史である。歴史の過程から見て，如何なる文学伝統も全て多種多様な発展の可能性を提供している。以後の文学はこれらの可能性に対して，拒絶や継承だけでなく，さらに以後の文学のために，新しい発展の可能性を提供する。私の『子夜』に対する解読は，五四

文学の伝統→『子夜』モデル→当代改革小説を中国伝統文学の多重関係の中に構成したものである。まさに芸術伝統から与えられた種々の可能性がいかに拒絶され，またいかに発展させられたかという視点から，改めて小説の文学史的意義を解釈したのである。

1988年10月17日
夜稿卒

註
（1） こういった影響の意義，および評価については，別の問題とする。
（2） 『トルストイと今日のロシア』『四五六月の創作を論ず』『文学と人生』『「大転換期」はいつ来るのか？』などの文章を参照。
（3） 『茅盾選集』第一巻，上，696頁。
（4） 『我が回憶』。
（5） 『自然主義と中国現代小説』。
（6） 『「子夜」はどの様にして書いたか』。
（7）（8）（9） プルセーク『叙情と叙事：茅盾と郁達夫』。
（10） プルセーク『叙情と叙事：中国文学の現実と芸術』。
（11） この問題に関しては龔鵬程『伝統天命思想の中国小説における運用』に系統的分析がある。この文は『中国小説史論叢』（台湾学生書局）に見える。
（12） 朱自清『子夜』『文学季刊』第二期。
（13） 韓侍桁『「子夜」の芸術思想と人物』1933年11月『現代』第四巻第一期。
（14） 同上。
（15） T.S.エリオット『批評の効能』から引用した。『アメリカ作家の文学論』第168頁，1984年，三聯版を見よ。

訳注
［1］ いずれも1930年代初期の作品で，茅盾の代表作。
［2］ 蒋子龍は，1941年，河北省生まれ。天津の業余作家。『喬工場長就任記』など企業に題材をとる作品を数多く発表している。柯雲路は1947年北京生まれ。作品に『三千万』『新星』『夜と昼』など。
［3］ 社会性質論争，中国社会の性質をめぐって，1931-33年『読書雑誌』『動力』などの雑誌を中心に展開された。大きく分けて資本主義社会説と半封建社会説があり，革命理論や政治闘争とも直結していた点に特徴がある。

［4］ 原題，Průséku, Jaroslav, "Studies in Modern Chinese Literature" Berlin: Akademie Verlag. 1964。
［5］ 楽黛雲，北京大学教授。中国現代文学（比較文学）茅盾に関しては「茅盾早期思想研究」「『蝕』和『虹』的比較分析」などの論文がある。
［6］ 老子，第五章を参照。

第4章　抗日戦期文化界と出版メディア

第1節　香港時期の散文『客座雑憶』考

はじめに

　茅盾主編の文芸総合誌『筆談』は，1941年9月1日，香港にて香港筆談社より刊行され，同年12月1日第七期を以て停刊した。社長兼発行人は曾克安である。散文小品を主とし，詩歌，小説，翻訳などを掲載した。創刊号の巻頭で茅盾が述べているように，柳亜子「羿楼日札」刑天（茅盾）「客座雑憶」尚庵「菰蒲室雑記」の連載随筆において，それぞれ辛亥革命前後，国民革命軍北伐前後，淪陥後の上海を代表させ，あたかも歴史絵巻のように配してひときわ眼を引く。[1]『筆談』の原版では，検閲による削除の跡が生々しいものの，筆致は伸びやかで，回顧を介して抗戦の「醜悪の中に光明」を見出だそうとする茅盾の意図が，これらの随筆に顕著に現れているようだ。茅盾は，抗戦期に入ってから，1938年，1941年，1948年の，三度香港に赴任しているが，『筆談』の編集に当たったのは，二度目の香港滞在期間中である。[2]

　ここで「客座雑憶」に着目するのは，もとより茅盾には自伝的回想が大変少なく時期的に貴重なメモリアルであることと，散文創作としての趣向への関心からである。1920年代を再現し，作品中には陳独秀，張東蓀，瞿秋白，蔡和森，周仏海，楊明斎，張国燾，劉仁静，葉楚傖，邵力子，李漢俊，欧陽予倩，汪優遊，蕭楚女，惲代英，陳啓修，顧孟餘，など多彩な文人，政治家が登場し，文壇および革命史の秘話が時にカリカチュアされて描かれる。同時期には，鄒韜奮，胡愈之，許地山，謝六逸，陶行知など往来のある人々を記念する文章も少なからず見受けられ，改めてその交友歴を辿ることができる。

　1940年前後は，政治的に見て，微妙な時期である。1939年から蒋介石の密令による生活書店への打撃は大きく，1941年には各地の生活書店が封鎖された状態にあって，香港も例外ではなかった。「客座雑憶」において，大革命期の回顧が試

みられるのは偶然ではなく，この二度目の香港滞在時期は，新疆政変や，皖南事変直後であり，ほとんど1927年の四・一二クーデターの再演を思わせる状況にあった。盛世才の招きで，杜重遠ら生活書店の人々とともに，新疆の文化建設に参加していた茅盾は，『反帝戦線』誌に「顕微鏡下的汪派叛逆」[3] という長文を寄せて，かつて彼自身も国民党左派として行動をともにした汪精衛，陳公博，周仏海らの変幻をことごとく暴露している。この時論は見ようによっては，ほとんど盛世才の寝返り，つまり新疆政変を見通して，密かに警鐘を鳴らしているかのようにも受け取れる。また1940年5月には，茅盾は延安に赴き，一度は取り下げられた党籍回復を再び申し出ていると言う。[4] そのためか「客座雑憶」の中にも人物評価に慎重な配慮が見られる。そこで，作品に触れる前に抗戦期における茅盾の足跡と，『筆談』の背景となる香港滞在時の状況について見ておきたい。

抗戦期の茅盾——『筆談』に至る報刊活動

ところで，当時すでに文化界の重鎮として，多岐に渡る文化活動に関わっていた抗戦期の茅盾についての研究はきわめて乏しい。そこで，まず1937年から1939年までの報刊工作の経緯を簡単に振り返りたい。

1937年10月に広州が陥落すると，12月，杜重遠の誘いに応じてベトナムのハイフォン，昆明，蘭州を経て，39年3月に新疆のウルムチに至る。茅盾の回想によれば，抗日戦争が勃発して間もなく，『文学』『中流』『文叢』『訳文』が停刊に追い込まれ，これらの雑誌の名義を利用して『吶喊』を創刊し，その刊名を第三期から『烽火』と改めた。巴金らと協力して，上海陥落後は，同誌を引続き広州で出版している。この時期，『救亡日報』（社長　郭沫若，主編　夏衍）や『抗戦』（主編　鄒韜奮）などに幾編かの散文を書いている。37年10月に上海を離れて長沙に子供を疎開させ，再び上海に戻るが，陥落後の上海は「孤島」と化しており，この年の大晦日に夫人を伴って香港に逃れる。[5] 38年4月に『立報・言林』が復刊され，その編集に当たるとともに散文や長編連載「你往哪里跑」（後「第一段階的故事」と改題）などを執筆した。邵伯周によればこの「小報」は「茅盾が香港に

建立した，一つの小さな，しかし重要な「文芸陣地」であった。」[6]

　ところで『文芸陣地』は，茅盾と同じ時期に，上海から武漢に移動してきていた生活書店の，徐伯昕，鄒韜奮らと協議して，広州で出版することに決まった総合的文芸刊行物である。茅盾は早速『新華日報』で仕事に当たっていた楼適夷や，また董必武らに執筆を依頼して回った。こうして2月下旬，『文芸陣地』の編集に当たるため広州に赴いたが，様々な困難のため，結局香港に移住してのち，創刊号を出すこととなった。茅盾が編集したのは18期まで（二巻六期）である。38年末，茅盾が新疆に去ると，編集は楼適夷が引き継いだが，この時期がもっとも困難な時期であった。ところで，文協の事務所が，最初香港に設けられたのは，39年2月のことである。39年夏には，楼適夷は香港で「文協香港分会」の活動に加わり，生活書店の助けで秘かに上海に赴く。これ以後，『文芸陣地』の編集は，孤島上海に移り，また第五巻（1940年）に二期を出して以後は，叢刊の形式を取って，国民党の検閲を逃れようとした。

　その時茅盾が重慶にいたので『文芸陣地』は，法の網をくぐって重慶で復刊となる。茅盾の体調が良くなかったので，編集は編集委員会（沙汀，宋之的，章泯，曹靖華，欧陽山など七人）に委ねられ，茅盾が指導した。生活書店の徐伯昕の助力により，40年12月に，順調に六巻一期の編集を終え，翌年1月に出版した。

　しかし，正常に出版できたのは，六巻一，二期の両期のみで，一期を出した後，皖南事変が起き，文化工作者たちは重慶から一路延安，香港に向かう。二期出版の数日後，茅盾，宋之的，章泯，葉以群も秘かに香港へ逃れた。

南方局の文化政策

　この二度目の香港における活動の背景として，周恩来を中心とした中国共産党南方局，およびその影響下にあった救国会，民主同盟など第三勢力との交渉について『回憶南方局』『中国共産党歴史資料叢書　南方局党史資料』[7]等の資料を紐といてみたい。

　南方局の前身は，武漢の長江局である。

1938年8月から9月, 日本軍が迫る中, 10月に周恩来, 董必武をはじめとする共産党幹部は武漢から重慶に移動し, ここに党工作の秘密機関として南方局を置いた。南方局は南方各省における地下組織を強化し（上海地下党とも連絡を取り合っていた。）地下組織によって大衆工作を行い, 一方国民党の要人への働きかけを行っていた。奚如の回憶によると茅盾は, 上海戦終結後, 37年11月末, 香港, 長沙を経て漢口に赴き, 長江局に周恩来を訪ねている。周恩来との往来は幾度かあり, 39年にはソ連に怪我の治療に向かう途上, 盛世才に招かれた周恩来と鄧穎超を茅盾夫妻が接待している。40年9月には, 周恩来は重慶から延安に打電し, 重慶での工作を依頼する。41年1月には, 周恩来が民主党派, 無党派人士を召集し皖南事変の状況と中共中央の対応について話し合うが, 茅盾もここに臨席する。そして同年2月には, 香港ゆきを指示されるのである。

『周恩来伝』[8]によれば, 中共中央政治局の一連の会議は, 中国共産党の一連の会議の中で, 国民党支配地区の活動が持つ重大な戦略価値を認め, 中間勢力を味方につける問題を最優先として協調した。南方局は内部の組織において, 二つの地域性を持った工作委員会を設立し, 地下の党組織を指導する活動と南方局が指導する合法的活動を区別したと言う。この二つの工作委員のうちひとつは, 西南工委（西南工作委員会）であり, もうひとつは南委（南方工作委員会）である。このうち, 南委は, 広東省, 広西省, 福建省, 浙江省, 香港, マカオなどの地区を管轄した。書記は方方, 副書記は張文彬である。

皖南事変後, 左派知識人の流れ込んだ香港においても, 南方局が置かれ, 党中央からは廖承志が派遣された。さきの『周恩来伝』によれば, 茅盾, 胡縄, 張友漁, 韓幽桐, 葉籟士, 胡風, 宋之的, 葉以群, 戈宝権らの香港ゆきは, 文化人分散化をはかるためのものであったが, さらに文化活動への党の指導を強めるために, 廖承志, 夏衍, 潘漢年, 胡縄, 張友漁の五人からなる文化工作委員会が設置されたのである。南委系統の深刻な破壊状況を修復するための方策であった。

中央檔案館の「廖承志等関於文化統戦組織的具体意見致中央書記処併周恩来電」（1941年3月24日）によれば,「甲, 統戦委員会は, 廖, 藩, 張友漁, 胡縄, 章漢夫で組織することとし, 夏衍の参加は要しない。内外総座談会には, 藩, 廖, 張

友漁，范長江，夏衍，鄒韜奮，金仲華，茅盾など八人を含める。」とある。張友漁の回想では、『華商晩報』の編集に当たって、社論の文芸部分は茅盾，夏衍に，民主運動は鄒韜奮に，国際問題は喬冠華に，思想問題は胡縄に委託したと言う。同紙に茅盾は精力的に執筆しており，『劫後拾遺』の中で，茅盾は張友漁を「三個半国際問題専家」の「半」に挙げている。また呉佩綸によれば，1941—45年，南方局は重慶学生運動にも積極的に関与している。新民主主義青年社や，西南連合大学における民青の組織などが主な成果と言えよう。

南洋への視点——茅盾文学の新しい展開

南方局に言及したのは，当時南洋（いわゆる馬華文学）を巻き込んだ抗戦文芸の全貌の中で，改めて作品を位置づける必要性を語っているように思われるからである。つまり，茅盾の抗戦期の作品は，南洋華僑をも読者として想定することによって，その小説の通俗性と時事性が一層成熟をきわめた時期と言えるからで，回想の中でも「香港や東南アジア一帯の読者は，武俠小説やサスペンス小説を愛好している。」[9]と述べ、「腐蝕」において神秘的な国民党特務機関の内幕暴露に題材を取った動機を説明している。

また同時期，シンガポールにおいて南洋工作に当った胡愈之と茅盾は，商務印書館時代からの古い同僚で，抗戦期の一見錯綜した活動においてもかなりの接点を持っている。生活書店を外から支えた編集協力者として，胡愈之はその筆頭であり，上海文委の一人で生活書店の発展を見守ってきた夏衍は彼を生活書店の「軍師」と呼んでいる。茅盾の立場は胡に次ぐもので，『文学』『文芸陣地』『筆談』の編集および，『中国の一日』の企画編集，その他にも『作家論』をはじめ，幾多の文芸読物を執筆刊行している。[10]

ところで，方修『新馬華文学史論集』[11]から馬華新文学を辿ると，それは南洋の色彩に彩られながらも，リアリズムに依拠し，常に大陸の影響を受けて，五四反封建文学，階級文学に呼応するばかりでなく，北伐革命，抗日戦争に題材を取り，事件に対する意見や主張を表現した作品も少なくない，という。ここでは，

馬華新文学の時期区分がなされ，

　（一）　1919年冬―25年中，　萌芽期
　（二）　1925―31末，　　　　発展期
　（三）　1932―36年，　　　　低潮期
　（四）　1937―42年初，　　　繁盛期

とされている。これは当然，抗日衛馬の前線として，救亡工作が活発化し，出版物が増大，各種の文学芸術運動が展開されたことによる。これは一方で南方局の文芸政策に直結した問題と考えられよう。

　茅盾の場合，女性特務の世界を描いて，重慶の暗黒を暴露したとされる『腐蝕』も，また『走上崗位』『清明前後』など，圧迫を受けながらも国難に立ち向かう民族資本家を軸に，抗戦社会の構図を書いた作品も『霜葉紅似二月花』の如く，辛亥革命前夜の江南の小鎮に題材を取り，雅俗共賞の民族的手法に昇華させた作品も，故国の情勢を案じる南洋華僑に対するメッセージとして見た場合，彼らを郷愁に誘い，愛国心に訴える効は少なからぬものがあると思われる。それにしても『霜葉紅似二月花』で再び提起される主題は，行会問題である。五四期にギルド社会主義に共鳴して以来，茅盾は新しい社会像をひとえにこの関心に沿って描いてきたように思われる。閉塞した大家庭の人間模様は，五四以来の知識人作家が好んだありふれた題材であるが，茅盾の場合はそこにも自ずから社会派小説としての新境地が開花している。

註

（１）　『筆談』第一期，1941年9月1日。
（２）　香港滞在時期の茅盾については，林煥平や杜埃の回憶が詳しい。林煥平『茅盾在香港桂林的文学成就』浙江人民出版社，1982年を参照。
（３）　茅盾「顕微鏡下的汪派叛逆」『反帝戦線』第二巻第10期11期合刊。
（４）　前掲　林煥平『茅盾在香港桂林的文学成就』36頁。
（５）　同上。
（６）　邵伯周『茅盾評伝』四川文芸出版社，1987年1月，265頁。
（７）　『回憶南方局』『中国共産党歴史資料叢書　南方局党史資料』南方局党史資料編輯

小組編。
（8）　金冲及主編，狭間直樹監訳『周恩来傳』中，阿牛社，1992年。
（9）　茅盾『我走過的道路』下，人民文学出版社。
（10）　生活書店を外側から支えた編集協力者として，茅盾，胡愈之の他に，鄭振鐸，伝東華，陳望道，黄源，平心，沈茲九，陶行知，戴伯韜，謝六逸，沙千里が挙げられる。趙暁恩『六十年出版風雲散記』中国書籍出版社，1994年，75頁。
（11）　方修『新馬華文学史論集』（三聯書店香港分店，新加坡文学書屋聯合出版，1986年4月）。

客座雑憶（全訳）

『新青年』政治を談ずるの前後

　民国11年『新青年』雑誌は、亜東図書館[1]から離脱して、印刷や代理発行などの関係を断ち、上海に独立して門戸を構えた。同時に新青年社内部にも又変動があった。「元老」の中の何人かは、既にうわべは親密でも心は離れていた。『新青年』は、原名を『青年雑誌』と言い、もと陳独秀が創設したもので、「文学革命」を提唱するに及び、同志もやっと増え、『新青年』と改名したのである。「五四」前後には北京で編集し、しかも何人かが、変わるがわる仕事に当たるにまかせていた。ここに至って、既に亜東を離脱した上には、印刷発行も自分で賄い、編集も又、陳独秀一人の主事に委ねた。この時ちょうど陳は、北平から上海に居を移したのである。上海に移ってから編集した第一冊目の『新青年』[2]は、陳の「政治を語る」の一文を載せた。表紙には一つの小図案が描かれ、それは、地球の上で東と西が互いに手を握っているものであった。内容は多彩で、一つの専欄は、名を「ソビエト・ロシア研究」と言ったかと思う。

　この一期の『新青年』は、過去の「文学革命」を中心任務とした『新青年』を終わらせたとはいえ、「政治改革」を中心任務とした「新青年」に着手しはじめた。聴くところでは、「政治を語る」の一文の立場には、若干の老幹部が同意せず、いままでどおり続けていこうとした。あげくの果て、陳独秀は、『新青年』を携えて、上海まで来て門戸を構え、『新青年』を以って、政治闘争の武器とした。この時の『新青年』及び陳独秀は既に赤化と見なされていたけれども、中国共産党は、まだ成立しておらず、第三インターナショナルとも正式な関係はなかった。

　その時、唯物史観を論じていたのは、陳ら一派だけでなく、当時上海で『時事新報』[3]の文筆活動を指示し、又フランスの唯心論哲学家、ベルグソンの「創化論」を紹介して名をなした張東蓀もいた。[4] いかに結党（共産党）するか方法を構ずるにあたっては、張も又参加した。その後、張はしばらく湖南に赴いたこと

があった。そして上海に帰ってすぐ、「内地旅行の教訓」の一文を発表するや、議論は大いに様がわりし、まるで別人になりかわったかのようであった。当時人々は、一度の内地旅行が、なにゆえ張の思想に対して、この様な多大な影響を生じたのか頗る怪しみ理解に苦しんだようであった。しかし張に近い者の言うには、内地旅行に赴く前、張は既に梁任公[5]に随行して遊欧すると言う知らせをうけとったとき、彼ら一派の政治立場及び文化工作の方策をどうするか既に決めていた。張は論調を改めざるを得ず、内地旅行で得た教訓というのは、彼の大きな転換においては間奏曲に過ぎなかったのである。

『新青年』が、「政治を語り」初めて以後も、「理論」方面は実に錯綜していた。ラッセル博士[6]が中国にきて学術講演を行ったとき、『新青年』は、ラッセルの著作の翻訳を載せたし、ラッセルの思想体系に対して、批判をしなかった。「ソビエト・ロシア紹介」の欄は、当時のソ連国内の政治、経済、民衆組織、婦人解放などの情報をあれこれ載せたが、細かすぎる嫌いがあり、系統ある研究分析の文章に欠けていた。だいたいこの時の『新青年』は、お手上げの状態で、これを「理論指導」の刊物と言うには、理論的文章を執筆できるものは、きわめて希であり、唯物弁証法を研究したことのあるものは、当時わずかに李大釗ただ一人だった。又これを、現実の政治問題を批評する刊行物として見れば、月一度発行する大型総合誌は、活況を呈しているがために、その終焉が近いことに思い至らなかった。久しからずして、陳独秀は広東に赴き（当時広東の教育委員会の総責任者であった。）『新青年』の編任は、李漢俊[7]に委託され、いつも原稿が足りなくて、出版も又不定期となり、外界の圧迫を受け、ついに停刊した。

その後、『嚮導』[8]週報が出版されたが、既に中国共産党も正式に成立していたし、瞿秋白、蔡和森も帰国して、人手は比較的多かった。この時も再び、現実の政治問題に対する批評の任務を専ら『嚮導』に委ね、『新青年』を思想と指導理論の専門的刊行物として復刊させる予定があったが、未だ実現を見ない。

周，楊，因縁の一幕

民国11年初秋、上海『民国日報』[9]は、周仏海[10]の広告を載せた。簡単に言う

と，共学社叢書の中に，彼の翻訳したクロポトキンの「互助論」の一冊があるが，これは共学社に原稿を売ったためで，原稿を売った関係と言うこと以外，彼と共学社は別段，何の関係もない云々と言うものであった。共学社とは梁任公の組織する団体であり，商務印書館からも叢書を出しており，そして又研究系[11]文化運動の一別動隊でもあった。周がこの様な広告を登載したのは，その時彼が新しく成立した中国共産党に加入した事による。

　夏休みも終わり，周は，大学生活を続けるために日本に引き返そうとし，恋人の楊も又連れだっていた。さきに，周と楊の恋愛は，娘方の父母の同意を得ていた。楊の父は，湖南の人で，「実業家」と言うことだが，上海に仮住いしているのである。思想は頑迷で，権勢と利益に目がなかった。彼は，周が貧乏学生でもあり，娘との許婚は不本意であったが，娘が熱心なのと，妻が娘に加担した事で，ついにやむを得なかった。周と楊女史が日本へ渡る段になって，これに先立ち，楊の父は，儀式をとり行うことを二人に強要した。「革命家」の周仏海は，「マルクス主義的恋愛観」の立場から，当然承知しなかったし，そんな道楽のために使う「余分な金」はない，とも言った。楊父は，周が陳独秀一派であることを知り，自分も又「新文化を研究したことのあるものである。」とはったりを言い，陳と近付きになろうとした。こうしてある夕べ，陳は寓居で宴を設け，周と楊の送別とし，併せて楊の父母を招き，又陪客として数人の友人を迎えた。養父は洋装のいでたち，顔をつるつるに剃り，だいぶ若作りで，新式企業家然とした風貌だった。宴席の間，楊は，自分の思想がすこぶる新しいことを誇示し，ただ新しいことにも限度があり，人倫大礼は廃することはできないとして，「先輩」の資格でもって陳に，結婚の儀式を行うように周を説得してくれと頼んだ。陳は答えずに，話をそらした。――散会して，来客の多くは，去ったが，ただ楊は依然として立ち去るつもりが無いようだった。妻が促すと。怒って気色ばんだ。そして再び挙式の事を持ち出したので，陳はそれが必要ないことを説明した。そこに至って，突然楊は，挙行しないならそれもよし，ただ陳が保証してくれと言った。陳は大いに驚き，恋愛は当事者双方の意志であり，外部の人間がなんで保証できようかと言った。楊は，固執し，陳が保証してくれなければ許可できないと言い，陳は

固く拒み，ついにゆき詰まった。楊の妻は，帰宅を促し，娘も父を説得した。ついに楊はかっとなって，声を張り上げて娘をそしり，明日，周と一緒に渡航することを許さないと言った。又，その無恥と不孝を大いにののしった。陳は顔色を変えて，楊に向かって言った。「娘に説教したいなら，家に帰ってからにしてもらいたい。ここは私の公館だ。あなたの娘は私の招いた客人である。あなたはここで私の客人を罵るような事は出来ない！」

この様な次第で，楊は暫し食ってかかっていたが，慚愧きわまって怒りが爆発し，いきなり娘の頬を殴りつけて怒鳴った。「わしは生来他人から少しだって屈辱されたことはなかった。いまおまえの如き小娘のおかげで屈辱をうけた！」娘は泣いた。楊は更に怒った。陳はテーブルを叩き「出ていけ！」と一喝した。その時，陳の友人楊明斎はまだその場にいた。明斎は山東大漢で，身体つきは魁偉，長らくロシアにいたので話は吃りがちとはいえ，笑顔を絶やさず，あたかも北京の山東人商店の番頭のような風格があったが，女性を圧迫するなと腕まくりをして楊に殴りかかった。大騒ぎとなって，収拾がつかなくなった。楊は，形勢思わしくないのを見て取り，急ぎ門を走り出ると，まだなおも，娘を認めない，駈落ちなど許さないとわめいていた。この夜，楊の娘は家に帰らず，周と旅館に同宿した。次の日，楊の妻は娘の衣装箱と布団を旅館に送り届け，周と楊の二人はついに船に乗った。

聞いたところでは，この後，楊はなおも娘と婿を認めなかった。北伐前夜に至って，周が共産党を離脱した旨が新聞に載ると，楊の態度は一変した。周が官途が順調となると，楊も又これにあやかり，自ら「英雄を見る目があった」と誇らしげであった。抗戦前，周は，江蘇教育局長に任官した。ある人が公館の中で楊を見かけたが，この岳父はあたかも大家の老執事のような姿態で現れた。そのころ，周は毎週末かならず上海に赴き，花柳界に遊んでいた。楊の娘が追跡して行って，妓楼の中で周を見つけ，その場で大騒ぎになった事があった。楊の父はこれを聞き，娘が婦道を知らぬのかといぶかしく思った。だが，娘にどう教えたものかわからず，大いに狼狽した。現在，周は又，偽財政部長に「栄任」しているが，この老人が今度はどんな格好で姿を現すか知らない。楊がもし前事を回憶するなら，

その同族，明斎先生に感謝すべきだろう。もしあの時，この山東大漢の「義俠的行為」がなければ，楊の娘は，家に引き戻されていたかも知れないではないか？

民国9年以後の上海における新聞の副刊

「五四」前後，上海の新聞で明かに党派と関係し，政治的立場があったのは，『民国日報』『時事新報』及び『中華新報』[12]であった。『民国日報』が国民党の機関誌であることは，人の知るところで，明かに三民主義の立場を取っていた。副刊『覚悟』は最も前衛的であった。当時，邵力子[13]は，総経理と『覚悟』の編集を兼ねていた。『民国日報』の経済は，甚だ余裕がなく，邵は教鞭を取って自活していた。『覚悟』の外稿は原稿料も殆ど払えなかったが，進歩的な思想を堅持していたので，進歩人士が喜んで尽力し，青年の投稿も少くなかった。邵は以前，友人に語った事がある。「『覚悟』のために原稿を集めるのは，新聞社のために借金を集めに行くのに比べればだいぶ容易である。」と。斉盧戦の後[14]，邵は上海を去って広東に赴き『覚悟』は，陳なにがし[15]が引き継いで編集に当ったが，邵氏の進歩的思想を引き継ぐことはできず，『覚悟』は，暫時，青年の信仰を失って行った。

『中華新報』は，政学系[16]を代表し，その時政学系の人物は，南でも北でも，皆関係があった。然るに『中華新報』は，政治上の中間派の姿で出現した。この新聞も経済は十分でなく，売上高も中位だったが，毎日，きわめてその売上を支えている長編の社論を載せていて，これは，当時上海の各新聞に於て，特に人目を引いた。当時主編は，陝北楡林の人，張季鸞[17]であった。民国13年，『創造日』が副刊形式で『中華新報』に於て出現したが，これは，当時上海に陣取っていた創造社同人の仕事で，紹介に立ったのは，中華学芸社[18]の鄭心南のようである。その時，日本の作家，芥川龍之介[19]が上海を遊歴していて，張と鄭は自ら主催して彼をもてなした。成方吾も又そこにいた。創造社のとある心づもりは，思うに，この宴会の席上，偶然提起されたことのようでもある。張は援助を惜しまず，後に『創造日』を出版した。しかし『創造日』の思想立場と『中華新報』そのものが同じでないことは，はっきりしている。新聞は新聞，副刊は副刊なのであ

る。

　『時事新報』が研究系の機関誌であることは，誰もが知っている。「五四」以前には，新文化運動に反対の態度であったが，その後，急変して，自ら提唱者を任じた。副刊『学灯』は，既に上海の青年学生の間に，やや深い印象を与えていた。しかし張東蓀が「内地旅行」で「教訓」を得て以後，新聞と副刊の態度も次第に不一致になり，『学灯』は，進歩的態度をなお維持していると言っても，それは紹介に偏っていて，批評はほとんど見ることが出来なかった。「ニーチェ哲学」をもって身を起こした李石岑が編集を引き継いで後，研究所紹介の気風は最も濃厚になったようで，読者を「花瓶」としか見なかった。

　この三つの副刊では，『創造日』はしばらくして停刊となった。しかし，『創造日』は，『中華日報』出版に「間借り」をした性質のもので，『覚悟』や『学灯』が新聞の一部分であったのとは異なるのである。

陳某の春婆一夢

　『民国日報』副刊『覚悟』の編集を引き継いだ陳某は，無名のやからであったが，北伐以後の一年間で，瞬く間に，一躍上海党政府の時の人となった。陳は，浙江省の人，杭州の江中学で修学し，後，江蘇，安徽両所の中学で教えたが，長くその職にはいなかった。『覚悟』に投稿した縁で，葉楚傖と邵力子[20]の両公に嘆願して，とりなしをたのんだ。最初『民国日報』に入ったとき固定した職務はなく，総編集室の雑務が常であったので，その同僚達はからかって「雑用係」と呼んでいた。その後，邵が上海を離れると，『覚悟』は主催者を失い，葉は則ち陳をその職務に当てた。いわゆる「西山会議派」[21]が出現して以後，陳は運が向いてきて，この派の上海における一小頭目になり済ました。16年，寧漢分裂[22]の時，陳は「反共」の貫禄ある資格によって，又呉中に人無き時に当たって，ついに大活躍をした。上海特別市宣伝部長及び市政府教育局長の肩書をついに一身に受け，気炎は鼻をつき，実に尊大横暴であった。地位を頼みに文化出版界にゆすりを働き，実に陳は悪事の率先者であった。済南惨案後の上海愛国民衆の日貨排斥運動を，陳は又秘かに財産作りの道具とした。一時，不当に入手した資材は，

聞くところ，二三十万に達した。昔日の貧乏書生がにわかに大金を手にしたものだから，ほとんど使い方がわからなかった。小公館は，多いときには六つか七つ，にわか妻が八人か九人，それでも飽きたりず，地位を利用して部下の女職員を脅迫したり，誘惑したりしていた。しかし陳が最も見込み違いをしていたのは，自分の力量を省みず，当時のいわゆる「日貨検査委員会」及び党政機関を，ことごとく制覇し，一方の旗がしらになろうとした事である。その結果，内部の摩擦を引き起こし，過去の悪行は上に通じ，後ろだてがあると言っても，庇護を得られないのに，陳はまだ夢を見ていた。南京から電報がくるに至って，陳は喜び勇んで出向いたが，災いが目前に迫るとは知らなかった。南京についてから，すぐ監禁され，その後手にいれた物の大半を吐き出し，初めて釈放された。その後は復帰できず，一人の妻と，二人の妾を手元に残し，上海で「姿をかくして」過ちを反省した。陳のはかない夢は，わずか一年余りであった。

李漢俊を記念する

　今おそらく李漢俊を思い起こすものはいないだろう。しかし李は，品性といい学問といい申し分の無い人であった。

　李漢俊は，湖北の人で，国民党の老同志，李書城[23]の弟であり，漢俊も又国民党員，そして中国共産党結党時，最初の加入者の一人でもあったが，民国14年共産党との組織的関係から離脱した。国民革命軍が北伐に取り掛かった時，李は，湖北省政府委員兼教育局長に任じられ，誠実に執務し，郷里の人々の福祉のために努力した。武漢政府が反共となるに及び，李は正論を保持し，ついに詹大悲[24]と共に共産党の嫌疑で殺された。詹は，また湖北省の人で，当時湖北省政府兼財政局長に任じ，純粋な国民党員で，共産党とは元々なんの関係もなかった。

　漢俊が難を被ったときは，年は40余りだった。見かけは元々痩せていたが，精力は人並以上であった。湖北省教育局長時代の生活は質素で，雑務に努め励み，それでも読書人らしい面目を保っていた。先ず起った京漢路二七ストライキの時，李氏は舞台裏で多くの策を講じ，ストライキが失敗すると，李は漢口に安居できなくなった。ちょうどその時，陳独秀は，陳炯明[25]を広東へ招聘赴任させたの

で，李は上海に赴いて『新青年』主編となった。兄の公寓に寄寓し，辛うじて小さな部屋に身をおいていた。この時，李氏は固定収入もなく，売文による自活に頼っていて，夜ごと万字を草しては，翌朝は疲れを知らなかった。李は幼少の時より日本に留学し，日本語と日本語の文章の造詣は，日本人でも感服するほどであった。又，英仏独の三か国語については，読んで訳すことが出来，三つの中で仏語はやや劣った。

　李氏は，もとは工学を学び，革命に献身してはいたが，元々著述を志していたわけではない。故に翻訳書もそれほど多くはないし，今単行本の翻訳でも，久しく絶版になっているのではないだろうか。ちょうど『新青年』主編の時も，いつも原稿が足りないと言って，李は夜更けまで翻訳をしては紙数を補っていた，自分の報酬は倹約して，かなりの愛煙家であったことを除いては，これといった嗜好もなく，衣服は素朴で田舎者のようであった。不幸にも災禍に遭い，その長所を発展させることが出来なかったのは，まことに中国革命の一大損失である。

民国十年前後の上海戯劇界

　中国で最も早い話劇団体は，「春柳社」[26]である。時は民国以前，日本留学生の主催によるものである。「春柳社」の旧人で，今なお話劇運動を堅持し，輝かしい業績を上げているのは，おそらく欧陽予倩[27]先生ただ一人であろう。当時はまだ気風が開かれておらず，「春柳社」諸君子の熱意と気迫は，結局壁に突き当ったのであった。

　しかし種子は，決して石田の上に落ちたのではなかった。民国元年から二年間，「民鳴社」[28]が再び陣容を整えた。時まさに袁氏が兵を擁して重きをなし，民主に背いて，革命勢力を除去しようとしていた。「民鳴社」は部隊を借りて反袁の宣伝を行い，そのために大多数の人民の欲求を反映したため，三馬路の大舞台前には，観衆が押し寄せ，頗る一時の盛をきわめた。然るに環境に阻まれ，「民鳴社」の上演するところは，限られた側面の糾弾に過ぎなかった。この時の「民鳴社」の主要人物は，その後，映画の仕事に従事することになる潮州の人，鄭正秋氏[29]である。しかし「民鳴社」の方は，ついに政治的関係で，旗を降ろさざる

を得なかった。

　その後,上海戯劇界では,いわゆる「文明劇」が一角を占めた。そしてこれは実は「民鳴社」に由来している。一つには,「民鳴社」の演劇作風には,既に頗る「文明劇」の気風があったし,二つには,このすぐ後の「文明劇」を始めた者には,「民鳴社」の人物が少くなかったからである。

　「五四」前後,「海派新劇」がまさに圧倒的優勢でもって,上海に覇をとなえていた。これは又「文明劇」ではなく,実に特殊な形式であった。シナリオは新編で,題材はあるいは旧小説に取っていた。例えば「狸猫換太子」とか「済公活仏」の類である。また時事に題材を取ったものとしては「閻瑞生」がある。歌あり台詞ありで,旧劇のようでもあり,又新式の舞台セット（いわゆる「からくり舞台セット」である。）「九音連弾」を宣伝の歌い文句にしていた。当時九ムーの「新舞台」でリハーサルのリハーサルを行ったが,劇のストーリー中,閻瑞生が水に飛び込んで生命を存える一幕があるので,結局舞台に本当の水の舞台背景を置いた。（広告では水量は数百ガロンと言うが,確かに事実だろう）そして閻瑞生に扮する汪優遊[30]が,舞台の上で水泳の腕前を披露した。「新舞台」は民国9年以前最も研究された舞台セットであるが,その研究と言うのは,一言で述べるならば,できうる限り実物を舞台の上に載せると言うことであった。又思い出すのは,ある一幕で汽車が必要となって,舞台の上に本物そっくりの汽車とレールを置き田舎者を大いに驚かせた事である。

　この時の「海派新劇」は,どれも皆その長さを競っていて,10本20本の連続上演をあたりまえと見なしていた。

　しかしこの時,「海派新劇」の計画者,俳優として重要人物の一人であった汪優遊は,真の話劇の提唱を決意し,『戯劇』[31]雑誌をもって理論上の宣伝を行った。

　汪は安徽省の人で,初め海軍で学び,周作人[32]と同学である。その後,戯劇界に入った。「五四」新文学運動の潮流が,久しく上海戯劇界にまぎれていた「汪座長」の思想を大いに変え,前進を促したが,生計の関係で汪はなおも嫌悪する舞台生活から足を洗うことが出来なかったので,最初は刊行物によって宣伝

しようとしたのである。『戯劇』月刊の創刊では，汪は私費を投じ，自ら筆をとった文章も多く，仮名で旧劇を批評したり，当時「海派新劇」が一時盛況を極めた社会的原因を分析したりして，正論も多く先覚的でもあった。彼は，「機械仕掛け」や，「九音連弾」，10本も20本も連続上演する「海派新劇」は，もともと芸術的価値が無いとし，しかし生活の基礎が以前と大いに様変わりした都市の小市民の欲求を，正統の京劇が満足させることが出来なくなっていることを示しているとしている。この立論は，もとより価値のあるものである。

『戯劇』月刊は，しばらくして停刊した。おそらく実践のともなわない話劇運動，つまり机上の空論は，やはり持続し難いのだろう。その後，上海話劇運動は，日増しに発展したが，汪はかえって消沈していった。ある者は，その生活と理想の矛盾を解決できぬ苦しみが一因であると言った。抗戦の一年前に汪は，この世を去った。私は汪には頗る天才的な素質があったと思う。惜しいことには早くから職業的関係で一定の型にはまった生活が醸成され，抜け出すことができず，終生その発展を束縛した事である。これはひとえに生活の悲劇とは言えまいか。

蕭楚女と惲代英

民国15年の『中国青年』[33]雑誌は，当時の青年運動に於て，一つの権威ある刊行物であった。『中国青年』執筆陣の中で，最も読者に歓迎され，影響もかなり大きかったものとしては，蕭楚女[34]と惲代英[35]の名を挙げることができる。

蕭楚女は湖北の人で，惲代英とは同郷である。楚女が幾らか年長である。二人とも健筆をふるい，又，同じように天才的な雄弁家で，その生活の質素勤勉であることもよく似ていた。宴席での二人はいつも諧謔に富んでいた。楚女は酔いにまかせてしゃべり，目は生き生きとして顔を歪め，口角泡を飛ばし，激昂きわまっては周囲をおびえさせた。代英は，終始顔色を変えず，落着き払って，一貫して冷静で，又諧謔の気風を保っていた。

二人の文章も，風格を異にしており，代英は綿密で，楚女は豪放，代英は，厳格さとユーモアの入り交じった中に扇動力があり，楚女の方は，強引にはじき飛ばし，気勢人を奪うかのようであった。講演も同様であった。楚女の演説の口調

は進軍ラッパのようであり，代英の方は，ある時は風刺を交え，ある時はユーモラスに，ある時は，重々しく二三時間も講演者はとうとうとして止む事なく，聞く方も倦む事なかった。そして，趣深く通俗性があって，刺激性の強いことが，二人が共に長じる点であった。

　「楚女」の名が，各新聞，刊行物に見えたとき，読者は皆，女性作家だと思った。それが実は男子だと知るや，その気質を想像してスマートであか抜けして，風采の明るい人と思うのだった。ある集会があったとき，楚女は早々にきていたのに，まだ楚女と面識のないものが「蕭楚女はまだ来ないのか？」と尋ねるので，楚女が答えて「会議とあれば，彼はすぐ来るに決まっている。」と言い，周りのものが大笑いしたこともあった。楚女は，身体が大きく，顔は黒くてあばたがあり，服装も構わないで，兵卒のよう，美男子の類には，はるかに及ばない。そのためか楚女は久しく結婚しなかった。往年，ソ連に学んで帰ってきた郭女士（河北人）と出会うが，彼女もまだ配偶者がいなかった。郭もまた身体つきは魁偉，あばた顔で，双方の友人が「釣合がよい」と言って紹介したのである。しかし二人は知り合った後も，気持ちは通じあわなかった。民国16年春，楚女は広東で殉難したが，その時なお独身であった。郭女士も又，北方工作に於て，久しからずして捉えられ殺害された。

　民国15年2月，楚女は上海から広州に赴き，国民党中央宣伝部に任職し，黄埔軍官学校の政治教官を兼任した。軍校の学生で楚女の授業を聞く者は，およそ二，三千人もおり，大講堂でも収容できず，運動場で授業を行った。最初の授業の時，授業が始まってすぐ，その日の担当官が楚女に「もっと声を高くして下さい」と頼んだ。楚女の声は元々朗々としていたが，屋外で人数が多く，後列のものは聞き取りにくかった。そこで楚女は全精力をふり絞って声を出し，力んだ余りベルトが切れてしまったが，幸いボタンがしっかりしていて，ズボンは少しずり落ちただけだった。楚女は腰に手をやったまま，90分の講演を終えた。その後「こんなに困ったのは初めてだ。」と人に語っている。しかし楚女の性格には，又きわめて穏やかな一面もあった。朋輩がたまに意見を戦わせるとき，楚女は常に調停役に回った。ある夫婦が反目しているときには，妻の方を励ましてついには丸く

第1節　香港時期の散文『客座雑憶』考　　　　　　247

納めた。

　北伐軍が起こると，楚女は肺病のため従軍北上することができず，広州の東山医院に留まって療養した。翌年，病気は更にひどくなった。捉えられた日には，数碗も吐血し，二人の男に両腕をとられて，医院を出て行ったが，すぐにその場で殺害された。

　代英は，武昌文華大学を卒業して，初め「少年中国社」[36]の有力分子となり，後に中共に加入し，青年運動の闘士として，少共中執委に任じた。北征前，上海国民党党務工作は，多方面の圧迫破壊を受け，最も困難辛苦の時であったが，代英は，国民党地下工作に没頭し，上海特別市党部の宣伝部長に任じた。国民党第二次全国代表大会の時，代英は上海の六人の代表の一人として，広州に赴き出席した。大会においては演説の才能を発揮し，会代表の支持を得た。大会閉幕後，代英は広東に留まり，黄埔軍校総教官に任じ，その学識教養はもとより，端正厳粛な人柄，仕事上の責任感，質素な生活などによって，同僚や学生達の信用も厚かった。国民政府が武昌に移った後，中央軍事政治学校が成立すると，代英は政治総教官に任じた。ある時，同僚が代英に結婚のことを尋ねると彼は，にっこり笑って「独身主義でない限り，いつかは結婚するものだ。」と言うので，いつごろかと尋ねると「私にもよくわからない。」と言った。二，三ケ月たって，代英は突然一日休暇を申請した。これは破天荒の事であり，結婚話は事実かと思われた。翌日早朝，代英はいそいそとやって来たが，感情を表には出さず冷静に穏やかな顔つきで，ただ頭は刈っていた。やってきてすぐ仕事に取りかかった。結婚のことをたずねる者がいると，落着き払って，「確かにきのう結婚したんじゃないの？」と答えた。

　代英とその夫人は，元々従姉妹同志で幼少時に婚約した。代英は革命に奔走していて，家族は煩わしいので，独身主義で行きたいと，父母にも書簡で知らせていたが，彼の未婚妻はこれを聞いて独身を誓い，小学校で教えて自活した。代英が仕事の関係で武昌に比較的長く居留することになると，直ちに父母の命令で結婚することになった。夫人は端正淑静で，生活はきわめて質朴，結婚後もそのまま小学校で教えた。

政変以後、代英は再び上海に住まい、革命に尽力した。その辛苦困難は片言では語り尽くせない。一年後、一機関に手入れがあり、代英は捉えられ、5年監禁の判決が出たが、代英であることは知られていなかった。期間満期となって釈放されるが、再び叛徒の密告があり、護送された後殺害された。

代英は努力家で寛大で、何の嗜好もなく、怒って声を荒らげるようなことなど一度もなく、友人は彼を「聖人」と呼んでいた。一年中、灰色の長袍を着て、帽子も被らなかった。体貌は痩身なのに、精力は人並以上だった。災難にあって挫折を強いられ、その抱負の発展を得ぬとは、これ又中国革命の一大損失である。ああ！

武漢時代の民運

武漢時代、民運は、一時もて囃された。しかし当時の民運は、法律の範囲内にあって行動が常軌を逸することはなかった。当時、上海の各新聞は漢口で裸体行進があったと報じ、孫伝芳が五省連師であった時さえ、たびたび広州で裸体行進があり、公妻を実行しているなどと言ったが、どれも識者の一笑にも値しないものであった。

当時民衆運動は、武漢三鎮においては、実際のところ労働者は工会を組織し、店員は店員職工会を組織したに過ぎず、皆国民政府の法令に従って活動をした。ただ初めての仕事なので、幹部も不足し、幼稚な行為も時としてあった。例えば婦女工作者は、纏足の解放を宣伝し、工場の門前で待ち受けて、女工に宣伝し、13,4の幼女が両足を巻始めていて眉を曇らせ、びっこを引いているようなのは、説得してその場で解いた。しかし保守派は、婦女協会は人を派遣して路を塞いで足を解く事を強要していると噂を流した。もっと甚だしい笑い話もあった。メーデーで民衆大会が開かれることになり、党要人は皆演説に出席することになった。武漢総工会は事前に、各工会及び職工会に通知して、この日、各工会、職工会会員で会に参加するものは全員長衣を着てはならないと言った。ところが、某工会の風紀係（皆、16, 17の少年である。）は、会に参加する者全員が長衣を着てはならぬものと誤解して、厳重に執行した。国民政府農政部秘書長の某が長い単衣を着

ていたので検挙し,なお従わないので,長衣の裾を切ってしまった。その時確か一人か二人切られたものがいたと聞く。後で上司が聞き,直ちに制止した。しかし保守派は噂を流し,又大げさに拡大宣伝した。

　この後,「民運の行きすぎ」の一語が言い渡され,関係各方面では,会議を開いて討論し,重大な政治問題とした。その実「行きすぎ」論者は,もとから民運を嫌っており,ただ三大政策があるために,胸の内を直言できないのだった。もし活動の方法や技術面の問題から彼らを分別するなら,矯正することも容易である。行水したらいの水を子供と一緒に捨てる人がいるだろうか。

工商学連合会時代の上海学連会

　「五四」以後,上海学連会内部は四散し,「六・三」運動時のような猛々しい生気ももはやなかった。当時二三の「つわ者」は,卒業して外国に渡ったり,あるいは別に活路を求めて一時のうちに散って言った。後に残った学生群衆の印象は,ただ功名主義や色恋事件ばかりだった。

　だからと言って上海学生そのものに革命精神がないと決めつけることはできない。上海学生群衆は,革命的小ブルジョア知識分子の先駆であり,これは疑いを容れない。「冒険家の楽園」上海は,租界地十里,売弁政客の投機の風潮に満ち,それが必然的に学生会に反映して,毎回の群衆運動高潮時に若干の「波乗り」を生じたことは,どちらかと言えば理の当然であり,これにこだわり,上海学生群衆を恥ずかしめるのは,的を射た論調とは言えない。

　1924年,国民党改組以後,上海学生運動に新しい展開が始まった。その時,学連会は不振であったけれども。各学校の目覚めた学生群衆は,改組後の国民党の革命的宣言と綱領の影響下に群衆の中に入り込み,革命運動を始めていた。「五・三〇」運動が爆発するに及んで,ついに疾風怒涛が至って,万木一斉に鳴り,既に「六三」革命の伝統を有する上海学生群衆は,この大運動に突入した。もとより,学問に埋没して外事を問わないことをモットーにする学校も例外ではなく,空前の上海学生の大連合会が形成され,一時盛況を極めた上海学連会が生まれた。

　工商学連合会[37]が成立してからは,上海学連会と全国学連会を併合して構成

分子とした。しかし運動の中心が上海にあったために，商工学連会における上海学連会の比重は，全国学連会を陵駕していた。当時上海の中等以上の公私各校で上海学連会に加入しないものはなかった。南市にある某校（東南体師であるらしい）に拠点をおき，規模を拡大し，組織を厳密にし，運動の最高潮期には人の出入りが激しく，車馬でごった返し，一大行動機構のようであった。

　しかし運動に当たる中，外力を受けて分化し，内部の齟齬が生じた。いわゆる「法律派」は，評議会において若干の技術上の問題を提起した。争論は止まず，一度会を開けば，貴重な時間をいたずらに空費した。又群衆の耳目を内部に引き付け，外界における運動全体の険悪な危機をなおざりにした。

　評議会は学連会の「立法機構」を掌握し，学校は会員単位であり，票数から言えば，いわゆる「法律派」は，実際少数であったが，この派はほとんどが名士の学校を代表しており，統一戦線を計るにも，学連会は特別彼らに対し気を使っていた。

　この年7月以後，運動は様々な高圧と破壊のもと，ついに終結を告げた。上海学連会はほとんど強制的に非合法団体とされた。さきに高尚な議論を戦わせていた連中は，忽然と姿を消し，学校単位の会員はいつの間にか減少し，活動は潜伏に転ぜざるを得なかった。しかし一たび，この大動員，大検閲，大闘争，大鍛錬を経て，上海学生群衆の組織と実力は昔と比べものにならなくなった。困苦を堪え忍び，才気の人に抜きんでるものも多かった。彼らは後に1927年大革命時代の少壮派の粋となる。しかしその後10年の内に挫折を強いられてほとんど消えてしまうのだった。

湘人のユーモア

　1927年，武漢方面では「行き過ぎ」を名目として，当時の民衆運動に攻撃が加えられたが，湖南の農民運動が最も恐れられ，あたかも大禍が目前に迫っているかのようであった。しかし，湖南農民運動の一体何処が不法なのかと問いつめると，大抵あきれたように答えることができず，ただ奮然として「もめごとばかりでやり方がなってない。そんなこと聞くまでもないだろう。」と言うのだ。時に，

第1節　香港時期の散文『客座雑憶』考　　251

イギリス，アメリカ方面の某新聞社駐在特派員がいわゆる「行き過ぎ」の材料を一つ二つ手にいれようと農政部に問い合わせると，当部も答えることができない。

　その後，湖南農政部会の報告が，少しずつ外に伝わるに連れ，いわゆる「行き過ぎ」の真相がやっとわかってきた。当時『漢口民国日報』[(38)]は，湖南通信を載せたが，これによって農村のもめ事の因果や，いわゆる「行き過ぎ」の事実が一般に知られるようになった。湖南省の農村状況を熟知している某氏が笑って言うには，「これは単なる湘人のユーモアですよ！これを行き過ぎと呼ぶなら，大袈裟じゃないだろうか？」

　いま，記憶の及ぶ限りでその経過を略述する。北伐軍の軍事的進展が迅速であったのは，農民の助力によるところが少なくなかった。これは周知の事実である。しかし，湖南，湖北，江西三省の農民運動はと言えば，北伐以前から既に展開していて，湖南省について言うなら，北伐軍に組織された農民は百万を下らなかった。故に北伐軍と有益に協調できたのである。湖南と湖北が平定された後，農民協会は合法団体となり，発展は更に速やかとなった。当時，水準以下の生活に呻吟していた農民の欲求は，政府があらかじめ約束していた「減租減息」の実現くらいのものであった。しかし地方の土豪劣紳の頭の中は依然として「土皇帝」思想で満ち満ちていた。減租減息の法令を遵守しないばかりでなく，佃戸が農民協会に加入することを禁じ，耕地を回収して他に貸し出すことを脅しの手段とした。当時，武漢政府は，これに対してまだ有効かつ合理的な措置をとれなかったので，紛糾は日毎に多くなった。農民はやむを得ず，自営の手段をとったが，これが一時騒がれたいわゆる「行き過ぎ」である。しかしその自衛の方法をよくみると，大変ユーモラスである。当時流行の方式は二つあった。

　一つは「押し掛けの寄食」である。これは湖南省農民の発明である。当時，湖南省各県の官庁は，土豪劣紳と気脈を通じている者が多かった。佃戸が新しい納税法令に依拠することは，土豪劣紳にとってみれば「欠租欠息」であった。そこで私的な拷問を加えた後，往々にして官庁に拘留し，農民協会が保釈を求めても効果がなかった。全村挙げて農民は一つの方法を考え出した。百人から二百人を集めて当の土豪の家に押し掛け，拘留されたものの釈放を座して待ち，食事の時

間になっても解散せず囚人は自発的に食事を始める。一日中居座って三度の食事をする。当時，湖南省の米価は，甚だ廉価であったが，百人から二百人が二，三度も飯を食えば，土豪とて惜しいと感ぜざるを得ない。その結果，拘留者は釈放されると言うわけである。

　もう一つは「引き回し」であり，かつ木製の大きな帽子を頭にかぶせる。これもまた湖南省に於て始まった。土劣は，北方軍閥と結託していて，農村での破壊乱暴は尽きる事なく，官庁は全く知らぬ顔であった。農民協会は証拠を捜査し，諸官庁に告げたが，相手にされず，土劣は勢いに乗じてごろつきを雇い農民を殴打した。農民は人を集めて示威し，当の土劣を引き回し，紙の帽子をかぶせて当の土劣の犯した条項をそこに書付けた。その後，紙の帽子は破れやすく，往々にして引き回しが終わるまでには破れてしまうので，木製に改めた。引き回しが終わると，当の土劣の家に送り返した。これを「名誉的制裁法」という。引き回しの時も，当の土劣は帽子を被っていることを除いては，その他の行進者となんの区別もないのであるから。

　この二つのやり方こそが，当時のいわゆる「行き過ぎ」の唯一の材料であり，公平に論ずるなら，甚だユーモラスでもあり，土劣自らが招いたことでもあるのだ。

「算盤の珠」と「褐色の心」

　陳某[39]は，「五四」の時，北大教授であり『北京大学月報』出版時には，陳は原稿を書くことに甚だ勤勉であり，法律についてよく語った。その時陳には思想的傾向はなく，ただ李守常，陳独秀とは頗る接近していた。あるいは北大においては，英米派に重んじられず（陳は日本留学生である），志を得ないために「左傾」の傾向ありとも，信疑の程は知らぬが，いわゆる「褐色の心」であろうか。

　その後，亭林[40]君の助言により，陳は欧州遊学を果たすが，「馬氏経済学」を専攻するためと言うのだから志を賞賛すべきだろう。欧州滞在中に傾向は定まり，後再びソ連に赴いて一年余り，北伐の一年前に帰国して，北京で教鞭をとったが，この時は，まだはばかって，共産党であるとは言わなかった。「三・一八」で，

第1節　香港時期の散文『客座雑憶』考

段祺瑞が，北京をデモ行進中の請願民衆に発砲し，即死者26人，重傷220余人医院での死傷者又20余人を数え，同時に段政府が多数の党員に逮捕令を出すと，陳某もついに軟化して広州にやってきた。3月20日の中山艦事件[41]以後の事である。この時陳は「跨党分子」（一人で二つ以上の党に籍をおく）と見なされており，ある人に無実を訴えて言うには，「国民党は私を隠れ共産党員と見，共産党は私を隠れ国民党員と見る。どっちみち難儀なことだ。」と。苦悶に耐えない様子であった。

　北伐軍が武漢に攻め下り，臨時首都を定めると，陳も随行した。その時，両党の連席会議はあったけれども，紛糾は少しも減じなかった。しかしそのいわゆる「紛糾」とは，実にとるに足らぬ笑うべきもので，一例を挙げるなら，陳が主編を務める新聞の広告看板が，忽然と，消えた事件があった。陳主編の新聞は，中宣部に直属し，漢陽門の船着場にある城壁に，一枚の広告看板を打ちつけた。だが，粗末なものだったので，数日後，大風に吹かれて落ち，漢陽門派出所の警官が拾って所内に放置しておいた。その時，ちょうど湖北省党部の発行する同じ形式の広告看板を取り付けていた。そこで後者が，前者を取り去って取り替えてしまったのだと言うものさえ現れた。又『民国日報』が元々共産党人員の所轄であることから，このとるに足りぬ広告事件は，ついには両党関係にまで波及した。陳はとりわけ慌てふためいた。そして共産党員の資格で陳独秀に訴え，「同志」このような「幼稚」なのは相手に出来ませんと言い，予め厳重に調査するように主張した。この後，漢陽門派出所から公文が届き，派出所に保存されていた現物が突然出てきて，このいわゆる「紛糾」が実は風神のいたずらであることがわかったのである。

　民衆運動「行き過ぎ」論について既に述べてきたが，陳も又「行き過ぎ論」者であった。しかし平素から「左右ともに難」と自訴しているのは相変わらずであった。夏斗寅が反乱を起こすと[42]，武漢政府は，初めぼんやりしていたが，夏軍が間近に迫るとことの切迫を知り，慌ただしく中央軍政校学生の改編を命じたが，模範教師がこれを拒んだ。そこで，葉挺を指令とし，近郊の広場で抗戦し，夏軍は惨敗し，武漢は初めて危機を脱し平安を得た。広場における戦勝がまだ届かな

いとき，武漢におけるひとにぎりの頭の「切れる」お偉方は，皆ことが困難と見て取って，人心恐れ惑い，漢口フランス租界の旅館は臨時の旅客で一杯になった。陳が管理している新聞社の同僚も，若干の俸給を欲求して「難を逃れる」準備を始めていた。陳は亭林君に何度も会って支持を仰ぎ，亭林君は「あわてるな。金は出せないよ。」と言い，陳に持ち場を離れないよう命じた。陳が夏軍討伐について尋ねると，その答えは，万事うまく行っている。全く問題ない。——しかし実はこのとき得ていた軍事消息は最悪の状況だったのである。陳はその時は安心して引き下がった。夜半になって，消息は非常に悪く，慌てて亭林を探したが，会えなかった。事件後，陳はことさら面白くなかった。共産党の者に会うと陳は「何処の党に足をかけているのか」と誇られる。陳はこのことを挙げ，自分の潔白が明らかであるとして「君達は私が誰かの走狗になっていると罵るが，皆どうして又私を走狗と見るのか？」と。

　清党後，陳は日本に一二度居り，「亡命客」となった。あるいは，陳はこの時第三党[43]と関係あることを否認しているが，しかし第三党の中に友人が多いことは認めている。そのためある時は親善で取り込んでおり，第三党が東京にやって来ると常に接待役をかって出た。又ある人に向かって感慨深げにこう述べている。「私はずっと算盤の珠のようなものだった。他人に繰られ，人の打算にしたがっていた。今後はもう算盤珠にはならない。他人が私を何と呼ぼうと，私は先ず自分の算盤を弾いてみるのだ。」時は瞬く間に過ぎ，10年も立ったが，陳氏はこの算盤を自守しているようである。ところで彼は東京にいる間に小説に思いを向け，「褐色の心」を書いた。いまこれを見ると，さながら彼の自画像のようである。それとも予期しないいわゆる潜在意識の流露だろうか？

いわゆる「小ラサール」について

　昔，いわゆる「北大三傑」と呼ばれたのは，鄧中夏，張某，劉某[44]であり，皆北大出身で，ごく早い時期に共産党に加入し，その後声望のあった者達である。鄧は早くに殉難して既に評価が定まっている。劉と張のその後の変幻は，なお窺い知れないが，この十数年来，変化は思いもかけず，現実は無情にも，ついに正

体をさらけ出させた。

　劉は，革命に従事し始めたとき，自ら「小マルクス」を任じていた。張は，「小ラサール」[45]を任じていた。その後，「小マルクス」は「小トロツキー」に変じ，張は弱みを見せまいとついに「万難を排して」，生ける「ユダ」となり，一昨年には一つの釈明によって[46]，人々の苦笑を誘った。狐や鼠でも恥を知っているように。何とも「傑物」であることよ！

　「小ラサール」は，当初いわゆる「労働組合書記部」から身を起こした。これは，1920年，上海で存立した組織で，中共労工運動の最も早い全国的機関である。曾てこの中から頭角を現したものは，今は既に散りぢりとなり，その変幻は，問うべくもない。張はこの組織を根拠地として，当時個人的野心を持っていたが，しばらくして中共内部で最初の「小組織」による陰謀が発生し，この「小ラサール」が実にその首謀者であった。内部闘争を経て以後「小ラサール」は，公衆の面前でその誤りを認め，かつ足を洗って改心することを「宣誓」した。これが彼の最初の「自白」である。しかし口頭では堅く誓って見せて，影で人目を盗んで画策していたのは以前と変わらない。「目論見を起こすごとに，賢くなる」方式は次第に巧妙になり，秘密の内に形跡を繕った。得意とするやり方に二つ有った。一つには，縁者の間を行き来して，謙遜と熱意を示して，やすやすと天真な青年の好感を得るやり方，二つには，公開の批評にあっては，常に様子を見て適切に処置し，抗し難いとみたときは，即座に「悔い改める。」しかしもう一つの話を用意していて，その「誤り」の動機をカムフラージュするのである。

　1930年以後，張は武漢，湖南，安徽区にあって，軍事工作人員の中に自己の勢力を拡大して行った。「囲剿」が激しくなると，彼は大部分の部隊を率いて，西に向かい漢水まで来て，北上して行った。この時には中央との連絡は切れており，この「小ラサール」は，ついに，轡のはずれた馬のごとく，十分にその「軍閥作風」を発揮した。これが彼の全盛時期である。その後，朱毛の大軍が北上すると，「小ラサール」は，いわゆる「国際路線」を開こうとして，軍を西へ差し向けたが，重大な損失を被った。「西安事変」の時，彼は和平解決に異議があった。しかし「蘆溝橋事件」以後，彼は「立場を変えたい」とふと思いつき，ついに橋山

の黄陵にまつりに行く機会を借りて,「万難を排」せんがために, 裸踊りをするごとく一枚の自白書を書いたのだった。

両湖書院の風光

　北伐の時期, 武漢中央軍事学校は, 武昌両湖書院に置かれた。中門を入ると大きな池があって両側を廊下が囲み, 池水の深さは一丈ほどだろうか, 青い小波の他には何の飾りもないが, 当初この両湖書院を建てた時, なぜ中門の後ろに突如として大きな池を作ったのだろうか? 軍校として借りてから, この池の風光は役に立たず, 軍規の邪魔にもなっていて, 両側の渡り廊下は狭いので, 数千の学生が出校するときには, 二列になって無理に通過しようとすれば, 包囲隊形をとったとしても, 池を挟んでだいぶ時間をかけてやっと通過し終えるのである。

　「両湖書院」の軍校は, 歴史は浅いが, しかしこの大池は一連のロマン的悲喜劇を目撃している。当時軍校の学生は, 文書で選考し武漢にきてから再び試験を行ったが, 各地から武漢に押しかける青年男女の数は数千を下らず, 武昌の旧式旅館は満杯になった。皆, 未来の軍官学生ばかりであるが, 時が経つに連れて, 受験生の中には初対面のものから面識のあるもの, 相愛の者まで出てきて, 甚だしきは, 入学する以前に革命の種子を胚胎する者もいた。この革命高潮期にあっては人事の変化は激しく, 初め相思相愛の者も気持ちが移ろい,「入学」期間には失恋者が出て, この池の春水は自殺を誘引する場所となった。幸い発見が早く, 人命は損なわれなかった。後で一時期, 学校当局は, ついに歩哨をほかの四方に派遣し, 未然に防ぎ止めることにした。しかし夏斗寅事変後, 軍校学生は模範師団に改編され, 火薬の臭いも嗅ぎ, そして五百人余りもいた女性隊は, ほとんど霧散してしまった。こうして「両湖」の風光は隈無く軍事化されたのである。

訳註
（１）　亜東図書館　中国における現代出版事業史において最も重要かつ影響力のある書店で, 汪孟鄒の創業。1913年上海で創立し, 1953年停業。
（２）　上海に移転して最初の『新青年』　第八巻第一号（1920年９月）。この期より, 特

第1節　香港時期の散文『客座雑憶』考　　257

　　　に「ロシア研究」専欄が設けられる。
（3）　『時事新報』　1907年上海で創刊される。最初の名は『時事報』で，1911年5月18
　　　日『時事新報』と改名。1949年5月停刊。
（4）　張東蓀　研究系の中心人物。「五四」時期「ギルド社会主義」を宣揚した代表的人
　　　物の一人。かつて『時事新報』の主編であり，また梁啓超とともに『解放与改造』
　　　半月刊の主編を担当した。
（5）　梁任公　即ち梁啓超（1873-1929）字は卓如，号は任公，広東新会の人，近代資
　　　産階級改良主義者，戊戌維新運動の指導者の一人。
（6）　ラッセル（B.Russell, 1872-1970）英国の哲学家，数学家。1920年来華し講義
　　　を行った。
（7）　李漢俊（1890-1927）湖北潜江の人。中国共産党第一次全国代表大会代表の一人。
　　　1927年寧漢分裂後，国民党反動派によって殺害される。
（8）　『嚮導』　中国共産党の機関刊行物。1922年9月13日，上海において創刊。第六期
　　　より北京に移り，さらに上海，広州，武漢などの地に移転した。1927年7月18日停
　　　刊，二百一期を発行する。
（9）　『民国日報』　1916年1月22日上海で創刊。中国国民党第一次全国代表大会後，国
　　　民党の機関報となる。1925年末「西山会議派」の手に握られ，国民党右派の報紙と
　　　なる。1932年初『民報』と改名し，1937年12月停刊。1945年11月，原名で復刊し，
　　　1947年終刊。
（10）　周仏海（1897-1948）湖南沅陵の人。早い時期，中国共産党に参加し，1924年離
　　　反。国民党中央宣伝部部長などに任じる。抗日戦争勃発後，汪精衛に従って敵に投
　　　降。汪政府の行政院副院長などの要職を歴任する。
（11）　研究系　即ち「憲法研究会」。1916年袁世凱の死後，進歩党の党首梁啓超，湯化龍
　　　らが組織した政治派閥。憲法の研究を名目に，実際には政治投機活動を行っており，
　　　研究系と呼ばれた。
（12）　『中華新報』　政学系の報紙。1915年10月，上海で創刊された。
（13）　邵力子（1881-1967）字は仲輝，浙江紹興の人。同盟会会員。1909年柳亜子らと
　　　ともに文学団体「南社」を組織，文学の革新を提唱する。
（14）　斎盧戦後　1924年9月直系軍閥斎燮元と皖系軍閥盧永祥との間で上海の争奪をめ
　　　ぐって行われた戦争。
（15）　陳某　陳徳征を指す。浙江蒲江の人。早くから新文学社団「弥酒社」に参加する。
（16）　政学系　1914年成立した反動官僚政客集団。もと「欧事研究会」という名で，後
　　　に政学会と改名，袁世凱統治時期の国会で派閥を成し，「政学系」と呼ばれる。第一

次国内革命時期とその後，国民党反動派系の一つとなる。

(17) 張季鸞（1888-1941）　陝西楡林人。新聞記者。1916年より前後して北京，上海の『中華新報』総編集。1926年以後『大公報』総編集。

(18) 中華学芸社　1916年中国人留学生により東京に組織された学術団体。原名は丙辰学社。後上海に移り，中華学芸社と改名。雑誌『学芸』を編集，出版する。

(19) 芥川龍之介（1892-1927）　日本の作家。1921年大阪『毎日新聞』社の海外特派員の身分で来華，遊覧。

(20) 葉邵　葉楚傖と邵力子を指す。葉楚傖（1886-1936），江蘇呉県の人。同盟会会員。

(21) 「西山会議派」　1925年11月23日，国民党右派鄒魯，謝持，林森ら10余人が北京西山碧雲寺で所謂「国民党一届四中全会」を召集し，反ソ，反共，国共合作反対の反動議案を可決した。この後上海に「国民党中央党部」が成立し，北京などの地に「地方党部」が設けられた。彼ら一派を「西山会議派」と呼ぶ。

(22) 寧漢分裂　1927年蔣介石が「四・一二」反革命政変を発動して後，武漢国民政府は，共産党と国民党左派人士のイニシアティブのもと，「聯共反蔣」の姿勢を取っていた。4月18日，蔣介石は南京に別の国民政府を組織し，主席を自任した。この時南京と武漢の両国民政府が対峙する局面が出現し，歴史では「寧漢分裂」と呼ぶ。

(23) 李書城（1881-1965）　字は暁園，湖北潜江の人。同盟会発起人の一人。

(24) 詹大悲（1887-1927）　字質存，湖北蘄春の人。辛亥革命期間，武漢軍政府を支持した。寧漢分裂後1927年7月国民党反動派によって殺害された。

(25) 陳炯明（1875-1933）　広東海豊の人。辛亥革命に参加。1920年広東省省長兼粤軍総指令に任じる。1922年6月，英帝国主義および直系軍閥と結託して孫中山に謀反を起こした。

(26) 春柳社　進歩的特色を備えた総合的芸術団体。1906年冬，東京で成立した。戯劇，音楽，詩歌，絵画等の部門を分設し，戯劇を主とした。中国初期の話劇（新劇）を最初に上演した団体。

(27) 欧陽予倩（1889-1962）　名は立袁，湖南瀏陽の人。戯劇家。春柳社の主要なメンバーの一人。脚本『桃花扇』『黒奴恨』など30余りを著す。

(28) 民鳴社　鄭正秋により組織された話劇団体。映画『西太后』を撮影し，同名の舞台を演出した。

(29) 鄭正秋（1888-1935）　名は伯常，広東潮陽の人。早くから話劇（新劇）活動家，映画の脚本，監督を担当する。明星映画会社を創立し，『姉妹花』など20余編の映画の脚色監督に当たる。

(30) 汪優遊（1888-1937）　名は効曾，字は仲賢，上海の人。初期の話劇活動家，俳優，

第1節　香港時期の散文『客座雑憶』考

劇作家。

(31) 『戯劇』　1921年5月上海で創刊。汪仲賢,沈雁冰らが発起,組織した民衆戯劇社編,中華書局発行,六期を出す。

(32) 周作人（1885-1968）　原名遐寿,又の名を啓明,浙江紹興の人。作家。『自己的園地』『魯迅的故家』『魯迅小説的人物』の著作がある。

(33) 『中国青年』　中国共産主義青年団中央委員会の機関刊行物。1923年10月上海で創刊され,後に武漢へ移転,1927年7月上海に戻り,前後して『無産青年』『列寧青年』と改名される。

(34) 蕭楚女（1897-1927）　原名蕭秋,湖北漢陽の人。中国共産党初期の青年運動指導者の一人。1927年広州において「四・一五」反革命大虐殺の犠牲となった。

(35) 惲代英（1895-1931）　江蘇武進の人。中国共産党初期の青年運動指導者の一人。1930年上海で国民党反動派に逮捕され,翌年4月南京で犠牲となった。

(36) 「少年中国社」　即ち少年中国学会。1919年7月李大釗,王光祈らが北京で発起成立,『少年中国』『少年世界』などの刊行物を出版した。

(37) 工商学聯合会　「五・三〇」運動の時,上海市総工会,学生聯合会,各商界連合会が発起組織した群衆団体。

(38) 『漢口民国日報』　国民党湖北省党部の機関報,実際は中国共産党中央宣伝部が指導。1926年11月創刊。寧漢分裂後に改組され,国民党反動派の報紙となった。

(39) 陳某　陳啓修を指す。1927年武漢『中央日報』の主筆を担当。

(40) 亭林　顧孟餘（1889-1972）河北宛平の人。「中山艦事件」後国民党中央宣伝部部長となり,1927年武漢中央日報社社長を兼任した。

(41) 中山艦事件　1924年国共合作後,黄埔軍官学校校長であり国民革命軍第一軍軍長であった蔣介石が共産党人を排斥しようとして,1926年3月18日に起こした陰謀事件。

(42) 夏斗寅謀反　1927年「四・一二」政変後,蔣介石の策動のもと,5月中旬,武漢政府所轄の独立十四師団長夏斗寅が大部隊を率いて河南へ北伐に赴いた際,部隊を率いて謀反を起こし,直ちに葉挺の部隊に撃破された。

(43) 第三党　即ち中国国民党臨時行動委員会（中国農工民主党の前進）1927年寧漢分裂後,1930年国民党左派鄧演達らにより上海で組織された。

(44) 張某,劉某　張某,張国燾（1897-1979）を指す。江西萍郷の人。中国共産党第一次代表大会代表の一人。1935年,紅軍総政治委員の時,紅軍北上の決定について中央に反対し,党と紅軍分裂の活動を押し進めた。1938年4月叛党ののち党籍を除かれた。劉某,劉仁静を指す。中国共産党第一次代表大会の代表の一人。のちトロ

ツキー派となる。

(45) 「小ブルジョワ」 ラサール（F.Lassalle, 1825-64），ドイツ労働運動で機会主義派の頭目。ビスマルクに通じて，密かに手当を受け，ドイツ労働運動を売り渡した。

(46) 一紙自白　張国燾が1938年4月17日国民党特務機関に直接手渡した，共産党離党の決意の意志表明を書面で述べたもの。

第2節 「生活書店」と作家
　　——胡風と茅盾の周辺から——

はじめに

　生活書店，読書生活出版社，新知書店などは，1930年代の上海で次々と成立して，国統区，香港の出版工作の主な担い手となったことは良く知られている。大革命以後，抗日戦までの革命出版工作は，中小出版商による小規模な，非常に限られたものであった中で，「生活週刊」は，1930年当時，5万部さらに12万5千部まで発行部数が伸び，かつてない広範囲な読者を擁しており，その販路も，国内のみならず，南洋，日本，ヨーロッパにまで及んでいた。当時の進歩的書店が，小規模で経営不振のため短命であったことを考えれば，この躍進は群を抜いたものであり，先駆的な存在であったと言ってよいであろう。

　生活書店の行った事業の全容は，そのまま共産党指導下の文化運動の具体的な姿であり，鄒韜奮の活躍は言うまでもなく，徐伯昕，胡愈之[1]という二人の地下党員が，文壇，救国会，民主同盟，さらには八路軍の各地駐屯事務所とまで直接的な連携を企ることにより，書店そのものも，さまざまに姿を変えて，抗戦下の地下工作を遂行した。

　胡愈之について言えば，国際問題の専門家，エスペランティストとして知られ，早くから文学運動の組織化に重要な役割を演じた商務印書館出身グループの一人として，その活動は，多岐にわたっている。この論稿では，特に共産党の指導が具体的な形をとってあらわれた過渡期のジャーナリズムの流れの中で，胡愈之に着目し，とりわけ茅盾と胡風との関係におけるその位置づけについて改めて考えてみたい。

　胡風については，独立したテーマとして論じたいが，ここではそのアウトラインを提示し，ひとつの傍証として胡風の回憶を中心に，「生活書店」に関する記

述をいくつか拾っておきたい。抗戦期文学の,理論と創作をめぐる論争のみならず,その背景にある組織や,利権問題から,胡風と茅盾の関係の一端を見てみたい。そして,一出版機構を超えた存在である「生活書店」という組織の特異な一面（特に地域的状況）をふまえながら,一方で共産党との関係,もう一方における作家との関係を見てゆくことによって,戦後の「政治と文学」問題にも影を落とす,抗戦期の文芸問題の一端について考察したい。また,これまで抗戦文芸の「死角」とされてきた「東南文芸運動」[2]そこに深く関わった何人かの作家,活動家に対する視点を確立する上でも,「生活書店」の実態に関する状況整理が必要でないかと考える。

I 組織について——共産党南方局との関係を中心に

生活書店の前身は,職業教育に関する出版事業を行っていた中華職業教育社であり,正式名称を生活出版合作社と言い,合作社形式の規約を自ら起草したのは,胡愈之であった。合作社として「生活書店」は,利潤の二割を公益金として職業教育に還元し,非社員の投資を一切受けない閉鎖集団であり,資本家の投資を受けない新型書店として出発した。

『生活月刊』の時期,書店と連絡のある作家は少なかったが,胡愈之が中心となって,左連,社連の作家との接触がはじまる。胡愈之は生活書店編纂委員会を組織し,自ら主席となった。後に張友漁など党員が編輯責任者として赴任することもあった。

一般の著作者,作家と出版社の関係と異なり,作家が直接編輯に参加したことは大きな特徴であり,茅盾,鄭振鐸,胡愈之,夏衍らが挙げられる。邵公文の回想では茅盾が最も書店と密接な関係にあったと言う。[3]

組織的な特徴としては,人事管理を重視していたが,人事部がなく,徐伯昕が直接人事を管理していたことと,また「事業の発展は人材による」として,練習生というかたちで,人材（青年幹部）を育成し,また皖南事変後は,生活書店の周縁にあった進歩的書店に移籍して,生活書店の事業方針を踏襲していった。練

第2節 「生活書店」と作家

習生のほとんどは，生活書店の拡大に伴い，各地において党との関係を深め，共産党に入党している。近年彼らの出版事業に関する回想，記録が出版されるようになり，貴重な資料と言える。具体的には，文化供応社の趙暁恩，華華書店の孫明心，科学出版社の陸鳳祥，文光出版社の汪允安，柳亜子の援助で耕耘出版社を開いた黄宝珣らがいる。生活書店の化名書店，合作単位とされる出版機関以外にも，生活書店同人が移籍した書店は数多く，その影響力はかなり広範囲にわたる。[4]

　民主管理体制を敷くために三つの制度を設けた。ひとつは社員が参加する細胞組織としての小組であり，民主集中制度を採用した。一方で業務系統を整備し，また同人自治会を置いて，自主管理を促進した。

　生活書店は1937年，武漢が中心で，民衆革命運動を展開，華南，西北の中，大都市に支店を置く。上海から武漢に移ってから，本店，支店という組織系統に，さらに総管理処を設置した。東南区分管理処（浙江，福建，沿海地区の各支店と香港，シンガポールの二海外支店）と西南区分管理処（広西，広東，湖南，雲南，四省の各支店）があり，これは秘書処，総務部，主計部，営業部，編輯委員会，生産部などから成る大きな組織であり，書店全体の指導，管理に当たる。

　各支店への派遣員は，必ずしも最初は共産党員ではなかったけれども，各地で八路軍や地下党との接触を深め，入党者が増え，各地分散化と支店の増大が，共産党の影響力を強める結果となった。漢口，重慶で，中共中央長江局，南方局の国統区における指導が始まって，生活書店は周恩来から重視され，1939年から47年の間にわたって，直接の指導を受けた。書店の幹部と南方局が常に連絡を取り，鄒韜奮も八路軍と直接関係した。一方で皖南事変（1941年1月）の後，重慶を除く，六支店の全てが閉鎖，南方局の指示により三家書店の中心は香港に移り，星群書店には生活書店の同人が集う。しかし中心が香港に移っても，周恩来の指示で重慶の生活書店は自ら営業停止することなく，強制閉鎖までここにとどまった。重慶，桂林，上海では，党の指導の下で，経営の全権を委ねられていた。また華北，蘇北抗日根拠地分店は，共産党指導委のもとに掌握されていた。生活書店は，南方局の文化工作の一環である民衆，および知識人に対する政策を活動の指針とし，実践する機関でもあった。また事務組織のない救国会の実質的な事務組織と

しての役割を果たした。

　主な支店は，重慶，西安，桂林，香港の四支店であり，この香港支店が東南アジア網を掌握している。

　重慶分店：1937年12月19日開業。最大の分店であり，華西地区の出版活動の中心地である。戦前から，商務印書館，中華書局の分店があったところであり，多くの新書店が武漢から移転し，乱立した。初期，接待任務が重要であり，文化人の出迎え，宿舎の手配などに追われる。1938年5月，書店内の共産党員が，中共党支部を設立，主に民衆団結に当り，積極分子を党員として育成，また読書出版社，新知書店と協力して，読書界聯誼会を発足させた。1938年10月，総管理処が重慶に置かれ，業務が拡大し，邵公文が支部書記となる。

　西安分店：西北区の出版発行活動の中心地。1937年12月成立。ちょうど西安事変から一年後に当たる。曹靖華訳の「鉄流」（セラフィモーヴィッチ原作）の重版，毛沢東「論持久戦」などを出版。延安供応書刊，蘭州分店，天水支店に出版物を供給するだけでなく，新疆の出版社とも交流を持っていた。国民党軍党局による差押え等の迫害があった後，1939年4月，国民党により封鎖され，「中国文化服務社」に占拠される。

　桂林分店：1938年3月15日成立。西南区出版活動の中心地。1938年，胡愈之は周恩来の同意を得て，政治部第三庁の職を離れ，桂林において文化活動と統一戦線工作を展開した。胡愈之は，救国会の研究員，文化部副主任として『国民公論』を桂林にて復刊させるに至った。夏衍主編の『救亡日報』，范長江が主編をつとめた国際新聞社も桂林にあり，密接な連携を保った。胡愈之は自ら救国会を代表し，広西建設研究会（社会知名人士40人）を代表する陳此生と協力して資金を集め，民間の通信社である文化供応社有限公司を設立（1939年10月），編輯部主任となり，500種以上の書籍，『文芸雑誌』『新道理』などの定期刊行物は，生活書店各支店を通じて販売された。1940年秋，胡愈之は南方局の命により，香港経由で南洋工作に向かう。

　香港支店：海外発行の陣地。1938年7月1日，正式開業。海外への窓口である一方，上海陥落後は，上海の書籍を内地に供給する経由地の役割を果たす。甘邊園

第2節　「生活書店」と作家　　　　　　　　265

が経理,同年9月,シンガポール分店経理を兼務。香港支店では,『立報』総編輯の薩空了の協力が大きい。販売部を開く一方,出版活動を押し進め,内地各支店には,物資を中心に支援を行う。主な定期刊行物に『世界知識』『理論与現実』『文芸陣地』があり,国内で出版,香港で印刷されたものとしては,『全民抗戦』『婦女生活』『読書月報』がある。

　香港分店の開業期間は二年間であり,1940年秋閉鎖する。しかし,東南アジア発行網は,東南アジア各国に張り巡らされ,生活書店の全収益に占める南洋地域のシェアは,抗戦期のみならず,内戦期に入って再び大きく拡大する点が重要と思われる。

　以上のように,出版物発行の基地は,戦況によって,香港,桂林の間を移動し,香港からは,海外へ,桂林本の供給地は,主に重慶という役割分担があったようである。

II　出版事業の性格——徐伯昕の事業報告から

　生活書店における幹部であり,党の地下工作員であった徐伯昕と胡愈之の活動を中心にその事業方針を一瞥したい。

　胡愈之の入党は,1933年で,馮雪峰によれば,胡愈之の党籍がはじめて公開されたのは,文革の時のことである。1936年に潘漢年の通訳という形で渡欧し,王明は,今後胡愈之の任務は潘漢年が直接指導すると述べたと言う。潘漢年も秘密党員であり,胡愈之によれば,潘漢年は,上海に駐在する党中央機関と,中央指導者の安全を守る「中央保衛部門」の指導者の一人で,党籍を隠すために故意に国民党左派を賞賛する文章を書き,党内同志は,彼と交わりを断っていたということである。徐伯昕について言えば,その入党は1942年8月10日,周恩来が紹介人となり,蘇北で入党手続きを済ませるが,この時,鄒韜奮は癌に侵され危険な状態にあった。[5]

　徐伯昕は,鄒韜奮の遺志を継いで,文化事業とそれが社会に及ぼす影響を重視

し，また文化事業は，その基礎にある商業性を無視することはできないとして，営業面での強化を押し進めた。一方で純粋に商業的な老書店と生活書店，読書出版社，新知書店，文化生活社とを区別し，新事業と称していた。

　生活書店は，業務系統が整備され，資金繰りや供給が迅速であり，供給地を区分，特定していた。内陸の販路が断たれても，上海を出版の基地として，香港，南洋に販路を拡大した。とりわけ市場調査が徹底しており，また社会運動と相関連しつつ，その経営規模を拡大していったと言える。徐伯昕には「業務管理における統計の重要性」という文章があるが，市場調査（マーケット・リサーチ）が徹底しており，また社会運動とタイアップするかたちで，その経営規模を拡大していったと言える。出版の社会における役割（系統工程），出版社と作者の関係などにも，相互の合作という概念を適応して，新しい考え方を導入したといえる。資金面では，鄒韜奮が国民党のブラックリストに載っていることから，全て，徐伯昕と会計担当の孫夢旦が協力して仕切っていた。

　宣伝工作，特に広告利用の巧みさについては，徐伯昕の部下である趙暁恩が，手記を著している。それによれば，政治運動，文化運動と密接に連携して，短期間に多くの部数を一挙に販売するのがその主な手段であった。広告も自社刊行物に登載するだけでなく，知識人読者の多い『申報』をはじめ，多くの出版物に「生活書店連合広告」のかたちで読者にアプローチをはかった。また周恩来の香港南方局文化工作についての報告にもあるように，鄒韜奮や茅盾の名は，それ自体きわめて大きな宣伝効果があり，「名人」の文章を広告に登載することで売行きが左右されたと言う。[6]

　また大きな特徴としては，主な利潤源が重版本にあり，重版本のシェアが3割を占めるという点が注意を要する。中でも魯迅の重版本がきわめて多い。[7]

　胡愈之については，経営不振の『南洋商報』を立て直すために派遣され，生活書店の主要な根拠地として，その関連諸組織の資金調達までを取り仕切っていたことが，幾つかの資料から明かであるが，特にそういった資金の流れについて見ておくと，桂林文化供応社（実質的には八路軍桂林事務所が指導していた）にも皖南事変後，南洋に赴いた胡愈之のはからいで，シンガポール愛国華僑の指導者陳嘉

庚から供応社に資金の一部が提供され，間接的には八路軍にまで資金が流れている。(8)

またシンガポール上海書局が『華商報』に出資し，そのかわり『華商報』の販売網を東南アジア一帯に拡大するというかたちで，資金調達を行っていた。この時期の胡愈之の主な活動は，民主同盟を組織したことと，陳嘉庚の信頼を得て，1942年1月には，陳嘉庚の指導するシンガポール華僑抗敵運動委員会成立後，宣伝部工作を担当したことである。

Ⅲ　茅盾と「生活書店」——胡愈之との協調，胡風との確執

「生活書店」をめぐる歴史的状況をふまえて見れば，茅盾がウルムチへ，胡愈之がシンガポールへ赴いた時期は，生活書店の拠点拡大に大きな意味を持っていたと言える。(9)

そこで，シンガポールの状況については，方修氏への聞き取り調査(10)をふまえて，その周辺を見て行きたい。

ひとつ注目したいのは，生活書店分店そのものは，全く取るに足らぬものであったにもかかわらず，1930年代後半に入るとその出版物の反響は甚だ大きかったという証言である。茅盾の小説について言えば，シンガポールにおけるその販路は徐々に開拓され，『大衆生活』に連載された茅盾の長編小説『腐蝕』については，実際雑誌が届くや，当地の青年たちが生活書店シンガポール支店前に列をなし，ヒロインの運命に深い関心を示したという現象が実際見られたようだが，その背景には，中国の主要な都市が次々に陥落し，愛読されてきた文芸雑誌や小説などが入って来なくなると同時に，香港からの雑誌流入が増大し，多くの読者を獲得したという状況がある。また文学作品が大いに歓迎されて迎えられた背景には，魯迅亡きあと，茅盾と郭沫若の作品がこれに替わって広く読まれていたという下地がすでにあった。『大衆生活』は，『華商報』と密接なかたちにあったが，その影響力は『華商報』以上であり，香港，アモイ，華南，シンガポール，南洋各地で，1935年ころから大きな影響があったと言う。茅盾の小説の中で，外国版が最

も多かったのが『子夜』であり，国内版が最も多かったのがこの『腐蝕』であった。国統区の青年知識人へのメッセージであるとともに，「サスペンスや武俠小説を愛好している」⁽¹¹⁾香港や東南アジア一帯の読者を意識して女性特務の世界を設定したところにその多元的な，独自の世界が成立していることを，改めて認識する。生活書店の最初の支店であった香港において，胡愈之がいちはやく東南アジア一帯へ代理店など販売網拡大を企り，自らシンガポールに赴任したこととが，皖南事変によって大きな打撃を受けた生活書店の事業展開に，大きく貢献していると言える。

　そして，時期的には，この頃から胡風の回想録の中に，茅盾，胡愈之との確執が散見される。

　『胡風回想録』を見るかぎり，胡風は左連期から，茅盾と身近に接していながら，茅盾についての記述は一貫して冷ややかで，茅盾の愛人とされる秦徳君のことなどにも度々筆が及んでいる。また胡縄に度々依頼された『大衆生活』への執筆には応じなかったという記述も見られ，生活書店同人と行動をともにしながらも，常に一定の距離を置いている印象を受ける。中でも，茅盾主編『文芸陣地』発刊前後の出版事情や，魯迅著作の印税問題あたりから，生活書店の指導者たちへの反発や不信感が顕在化してくる。

　例えば，1938年1月1日熊子民の力で第6期を出すが，この時代理店となった生活書店漢口分店の厳支配人が，喜んで引続き出版を請け負ってもよい，本店の責任者を呼んで，契約してもよいと言うので，胡風はその言葉を信じて，一方で出版を申し出ていた上海雑誌公司の張鴻飛と折衝を見送っていた。そこへ，茅盾が来て『文芸陣地』を出すことになると，生活書店は版元になることを取りやめてしまう。そして胡風が不利な条件でようやく上海雑誌公司から出版の承諾を取り付けた『七月』の代理販売についても，生活書店は『文芸陣地』の方を優先させて，三千部委託の約束を三百部に変更してしまったと言う。⁽¹²⁾

　また武漢で『七月』の編輯継続を急いでいた時，胡愈之が『文芸陣地』との合併を申し込んできた。胡愈之の話では，茅盾と胡風とが共編し，茅盾が新疆に行ってからは胡風が編集するという話である。しかし，この二つの雑誌は性質も読者

第2節 「生活書店」と作家　　　269

も違うから共編できないと言って胡風は断わる。しかし，胡愈之は何度も『七月』を生活書店から出せないかと打診して来る。そこで重慶に行った折，生活書店に行ってみると，今度は「出さない」という返答を受け，胡風は「屈辱されたような怒り」を覚えたと述べている。[13]

『文芸陣地』はこの頃がもっとも苦しい時期で，胡愈之にすれば胡風の協力がえられなかったことは恐らく痛手だったかと思われる。その後，重慶でも胡愈之は胡風と往来があり，文芸問題などについて語り合うが，胡風が重慶を去ってからは，二人は，二度と連絡を取ることはなかった，という。[14]

また，胡風の回想録には，1942年5月，広西で行われた「保障作家権益会議」について次のような記載がある。「保障作家権益会議」には茅盾，田漢も来て，桂林で調査が行われ，茅盾の著作の海賊版についてはすぐに決着がつくが，魯迅の方はなかなか調査が進まない。しかし蓋を開けて見れば，結局私編の『魯迅短編小説選集』は科学書店の陸某が，『魯迅雑文選集』は，文献出版社の車某の仕業であることが明るみに出る。この二つの出版社は，いずれも生活書店の社員が皖南事変後移籍して開いた出版社である。この直後，桂林に来た徐伯昕に胡風は，「勝手に編印し，印税を支払わない書店の店主は，調べてみればみな貴方の生活書店出身の書店員ではないか。」と言うと，彼はきまりわるそうに「よく言ってきかせよう。厳重に取り締まるべきだ。」と言った，[15]という。しかし，胡風によれば，回収した魯迅の印税は，徐伯昕が金塊に替えて許公平に渡すことになっていたのに，結局許公平の手に渡っていなかったという。

ところで，党の指導下にあった文学運動や，出版事業に対する胡風独自の見解は，胡風『意見書』の中では「作為参考的建議」に見ることが出来る。[16]

ここで，胡風は「指令もしくは党の決議をもって，ある一集団，文学組織が文学出版事業に対して合法的独占を行うことは，許されない」というレーニンの言葉（『党の組織と党の文学』）を引用しつつ，文芸運動の問題点を「大セクト主義が小セクト主義の温床となり」「行政的な手段によって低俗な，虚偽の作品を保障している」等々，具体的に列挙している。また，ここで提起された「出版の自由」は，党の指導からの逸脱を意味するとして批判された。

方修氏は「胡風事件問答」の中で，次のように述べている。たとえ胡風の名誉が回復されても，胡風が茅盾らを罵倒したという事実は消えるわけではない。胡風に対する「名誉回復」は，あくまで「政治的」な結論であり，これをもって胡風事件を全くの「冤罪」とすることはできない。セクト主義活動の問題は少しも，解決していない。(17)

　「胡風批判」は，国統区で大きな影響力を持った胡風の文芸理論や，胡風と魯迅，胡風と国民党との関係が，論議の焦点となってきた。そのため，胡風と茅盾との関係も，文学論争や，魯迅と絡んで左翼作家連盟成立前後から国防文学論争に至る時期の検証が必要だろう。しかし，ここで見落とされてならないのは，この時期についての，胡風の詳しい手記である「魯迅先生」を見ても，「茅盾は，最初から大出版社に雇われた編輯者であり，大雑誌の主編であり，つまり資本家の代理人なのである。」(18)「『文学』に至っては，これは商業雑誌である。それは専属の書店から発行され，より多くの販売利益を得る事を第一目的とする。多くの読者の要求など決して顧みられることはない。」(19)と，文化出版事業において茅盾とは一線を画した胡風の立場が強調されていることである。こういった認識が胡風自身の「茅盾に対する複雑な矛盾した関係と態度」(20)の背景となっている。

結　語

　これまで見てきたように，共産党の指導が徹底した生活書店の出版事業のあり方を見ても，表向きは，民主集中制を標榜しながら，それが官僚式機構に移行する中で，「軍師」とされる胡愈之，茅盾らの主導権は揺るぎないものとなる。左翼作家連盟の時期から，何事も茅盾と合作しなければことが運ばなかったことを，自分一人では解決できない「矛盾」(21)と感じてきた胡風が，後に路翎に書き送った「低俗な趣味と軽薄な政治的興奮が，出版界と読者を覆い，そこに茅盾が君臨している」(22)という書信のくだりは，胡風批判の材料として度々引用されたものであるが，今一度，共産党と，愛国的資本家の二人三脚によって，支えられた「生活書店」という出版文化事業の性格と，そこでは統一戦線工作も投機に過ぎ

ないと見る胡風の立場に，ひとつの裏付けを与える作業も必要ではないだろうか。

註
（1） 胡愈之に関する最近の文献には，胡愈之『我的回憶』江蘇人民出版社（1990年7月），陳源『記胡愈之』生活・読書・新知三聯書店（1994年8月），朱順佐・金普森著『胡愈之伝』杭州大学出版社（1991年12月），于友『胡愈之伝』新華出版社（1993年4月），胡愈之・沈茲九『流亡在赤道線上』生活・読書・新知三聯書店（1985年12月），方修主編『胡愈之作品選』上海書局有限公司（1979年12月），費考通・夏衍等著『胡愈之印象記』中国友誼出版公司（1979年2月），林万菁『中国作家在新加坡（1927—1948）』万里書局（1994年5月）がある。徐伯昕については『新文化出版家徐伯昕』中国文史出版社（1994年2月）を参照。
（2） これまで文化運動の空白のように扱われてきた「東南文芸運動」であるが，文芸の中心地は分散化したものの，全く組織がなかったわけではなく，改めて見直しがはじまっている。詳しくは，王嘉良，葉志良『戦時東南文芸史稿』上海文芸出版社（1994年9月），王嘉良，葉志良，毛策『中国東南抗戦文化史論』浙江人民出版社（1995年1月）。
（3） 邵公文『従学徒到総経理——書店生涯回憶——』新華出版社（1993年9月）。
（4） 生活書店史稿編輯委員会編『生活書店史稿』生活・読書・新知三聯書店（1995年10月）538—539頁によれば，生活書店の化名単位は21，合作単位は14である。
（5） 当時，徐伯昕，胡愈之が党員であることは，知られていなかった。
（6） 趙暁恩「徐伯昕与生活書店的推広宣伝工作」（『新文化出版家徐伯昕』中国文史出版社，1994年2月，256—282頁）。
（7） 魯迅の著作について見ると，1943年10月19日，魯迅逝世九周年記念の集会が開かれるが，生活書店と峨眉出版社は，魯迅の著作30余種を販売。また胡愈之（許公平，梅雨）を責任者とする復社出版社は，『魯迅全集』『西行漫記』などを出版，生活書店と復社出版社は特殊な業務関係にあり，『魯迅全集』は，大後方各地の生活書店が予約，輸送し，その一部は延安にも及ぶ。
（8） 趙暁恩『六十年風雲出版散記』中国書籍出版社（1994年4月）。
（9） 1938年の徐伯昕の事業報告によれば，当時主な拠点は，ウルムチとシンガポールであったとしている。また胡愈之の回想によれば，生活書店の販路拡大には，当時特定の作家の貢献度が非常に大きく，南洋には王紀元，華南には巴金，茅盾がいたと特筆している。
（10） 方修氏は，1921年生まれ，広東省潮安の出身で，1930年代よりシンガポールに定

住の後，ジャーナリストとして活躍しており，当時の新聞界に詳しい。
(11) 茅盾『我走過的道路』下，人民文学出版社（1988年9月）260頁。茅盾作品の読者論的視点を含めて，1940年前後の状況については，拙論「「客座雑憶」考」（『筑波中国文化論叢』14号，1995年3月）で既に触れている。
(12) 胡風『胡風回憶録』人民文学出版社（1993年11月）99頁。
(13)(14) 同上，144頁。
(15) 同上，280—281頁。
(16) 復印資料『胡風意見書』144—177頁の部分。(1954年6月24日)。
(17) 方修「胡風事件問答」（方修『看龍集』春芸図書貿易公司，シンガポール，1994年8月初版）3頁。
(18) 胡風「魯迅先生」『新文学史料』1993年第1期。21頁。
(19) 同上，13頁。
(20) 同上，21頁。
(21) 前掲『胡風回憶録』69頁。
(22) 1946年3月10日付，重慶から上海へ送られた胡風の路翎宛書簡。

第3節　東南アジアにおける抗日文化運動と大陸作家

はじめに

　以下の「方修先生談話録」は，1995年8月，シンガポールにおいて，ジャーナリストであり，新馬（シンガポール・マレーシア）華文文学史研究の開拓者である方修氏に直接会見した際の，二時間にわたるインタビューを文章化したものである。新馬華文文化界の重鎮でもある方修氏は，1921年生まれ，本名呉之光，祖籍は広東省潮安で，1938年に中国からマレーシアに渡り，1941年『新国民日報』記者となり，1945年には『民声報』および『中華晩報』外勤記者となる。1946年シンガポールに渡り，1951年2月より『星洲日報』社で新聞編集，同年4月『星洲週刊』を創刊，また『南洋新聞』の編集に携わり，前後して，『文芸』『星期小説』『青年知識』『文化』等副刊の編集を兼ねる。50年代中期には，馬華文学資料の発掘と整理を進め，『馬華新文学史稿』を著し，文芸界できわめて高い評価を得た。1966年から1978年の間，シンガポール国立大学中文系で教鞭を執り，1978年以降は，研究，執筆活動に専念している。著書には『馬華新文学史稿』『馬華新文学簡史』『戦後馬華文学史初稿』『新馬文学史論集』など。雑感，随筆に，『避席集』『晨夜集』『游談録』『文学・報刊・生活』等約20種ある。編集では『馬華新文学大系』10冊『馬華新文学大系・戦後』4冊『馬華文学六十年集』10冊などがある。膨大な史料によって，五四白話文学運動の馬華文学への影響を実証したことの意義は大きく，また距離を置いた視点から中国近代文学に，鋭い批評的分析を加えている。

　私自身は，茅盾を研究対象としており，その関連から抗戦期の胡愈之など，周辺の文芸工作者についても，関心を広げつつあったものの，東南アジアの華文文学には，もとより予備知識がない。この対談そのものも，方修先生のご専門に沿った内容というよりは，むしろ，青年期を戦時下の，シンガポール，マレーシアで

新聞記者として過ごされた方修氏に，同時代の証言者として，当時の状況をお話していただくようなかたちとなった。

　質問の内容は多岐にわたるが，およそのポイントとしては，
　　（1）　大陸の作家や，文学運動，文学思潮の東南アジア華人社会への影響について。読者論的な視点もふまえて。
　　（2）　抗日文化運動や，政治組織に関する資料の問題。
　　（3）　「生活書店」や胡愈之について。

以上三点に関心が集中しているが，どの質問についても，想像以上に多くを語っていただき，収穫は大きかった。

　中国近現代文学の地域的研究への糸口として，この対談もひとつの意義を持つと考える。例えば台湾における魯迅などについては，すでに論著も見られ，昨今注目を集めつつあるが，中国の東南地域，および東南アジアについては，かなり空白の部分があるように思われる。そうした思いから，ややグローバルな視点ではあるが，作家と，出版事業，読者と社会環境といった側面から，近現代文学史を見直してみたいと考えたのである。個人的には，この対談の内容は，その後の問題意識に寄与するところが大きかった。

方修先生談話録（1995年8月30日）

（文責）桑島　由美子

問：方修先生が，1919年から1925年の文芸思潮について述べた論文の中で，次のように述べていらっしゃる部分がありました。「しかし，この時馬華文芸会が受容したのは，中国の創造社，郭沫若らの強烈な，先鋭的な反封建社会の文芸思潮ではありませんでした。受け入れたのは，「五四」初期の，中国の文学研究会，葉紹鈞，茅盾，鄭振鐸などの文学思想で，かれらの文学思想は穏健なものでした。」私は，当時の馬華文芸界が，「五四」期の文学研究会，特にその文学研究会の主張を，具体的にどのようなかたちで受容し，またどのような影響をもたらしたのか，詳しく知りたいと思います。つまり，文学研究会の主張が1919年から1925年までの間に馬華文芸にどのような影響を与えたのでしょうか？

答：影響関係と言えるようなものはありません。当時文学研究会が主張していたことは，ただ一つだけ，文学創作を，遊戯，消遣とみなすな，ということでした。そして，シンガポールの作家は，当時のあらゆるものを受容しました。例えば問題小説，当時たくさんの問題小説があり，謝冰心の問題小説などがそれです。当時は反封建，つまり婚姻の自由，恋愛自由，婚姻自主の主張，非人道への反対がありました。郭沫若も「五四」から出たと言えますが，しかし，1925年以後，郭沫若らが持ち込んだのは新興階級思想の一部分でした。1925年，郭沫若，蔣光慈らは上海で無産階級思想を提唱します。彼らの作品は，反資本家，反軍閥，反帝国主義の思想を帯びますが，これは「五四」初期には見られませんでした。当時，魯迅がいくら先進的と言っても，「祥林嫂」のようなもの，封建制の婦女への圧迫などを書いたにすぎません。1925年当時には無産階級を代表して語るようなものはなく，資本家や帝国主義打倒といったものは，1925年になって現れ，私達はそれを受け入れることができたので，1927年頃ようやくその影響が見られるよう

になりましたが，それは一種無産階級思想を帯びたものでした。資本家打倒，革命といった当時の比較的先進的，進歩的なものは1925年頃に見られるので，早期にはなかったものです。早期には多くは婚姻問題，婚姻の自由，婚姻の自主などを論じていました。

問：それは，政治的に見て，国共合作がはじまり，1925年以後，左派が出現した，そのような当時の思潮と大いに関係がありますか？

答：そうです。……。中国がソ聯の十月革命以後，そのような階級理論を受け入れたのは1925年頃ですが，早期には微弱であり，ソ聯の十月革命は1917年とは言っても，それが本当に中国に紹介されたのは，ずっと遅れてのことです。

問：基本的には20年代中頃に始まったと。

答：ですから，ここに来たのは，1927年頃で，早期にはありません。早期に見られたのは，婚姻問題であり，反封建であり，学生の風潮を風刺したり，婚姻問題を描写したりしたようなものです。例えばある人が父母の命令で，妻を伴い，生計のために南洋にやって来るが，そこでもう一人別の女性と恋愛関係に陥る，どうしたらよいだろうか？この問題はいかに解決すべきか？当時のこういった問題小説は，どのようにしてこの問題を解決するかと言うことが主題です。

問：いま述べられたのは，シンガポールのお話ですか？

答：シンガポール，マレーシアなどです。

問：27年頃，そういった作品があったのですか？

答：いいえ。1919年以降にはすでにあったのです。当時『新青年』がすでにあり

ましたし，魯迅，胡適，陳独秀らの『新青年』もすでにここで見ることができました。こちらでも，大陸からやってきたものを，つまり魯迅の，父親はどうあるべきか，婦女はどのように戒律から逃れるべきかという提唱を受け入れて，こちらでもそれを見ることができました。階級的な性格の作品は1925年にようやく，徐々に始まりました。

問：例えば，茅盾の小説は，1920年代から1940年代まで，シンガポールでは販路がなかったのですか？

答：ありません。抗戦後，1930年代後期になってやっと少しずつ販路ができました。とりわけ1941年には，老沈（茅盾を指す）は中国から香港に来て，1940年か1941年には，再び重慶から香港にやって来ました。1941年頃，彼は香港で，執筆したり，雑誌を起こしたりしていました。特に当時鄒韜奮が香港で，『大衆生活』を刊行し，老沈は，そこにあの『腐蝕』を発表しています。ほとんど毎週雑誌がまだ到着していないうちから，老沈のその小説を読むために，大勢の人が書店に列を成しました。

問：連載されていたんですか？

答：この『腐蝕』という連載小説は，重慶のある女性工作員を描き，彼女がどのようにその抑圧された特務の境遇から抜け出すかをテーマとしています。そのヒロインは趙恵明と言い，このあたりの若い女性や青年の読者は，皆この趙恵明の運命に関心を寄せました。『大衆生活』は週一度の刊行で，鄒韜奮が編輯していたのです。毎月，今日雑誌が届くという日には，多くの青年が書店の前に並んで雑誌を待ちました。老沈のこの『腐蝕』という小説は，その若い女性の命運に深い関心をはらっています。数人の読者は老沈に，彼女を死なせないで，とか堕落させないで欲しい，活路を与えてあげてほしいといった投書を送っています。

問：抗戦以後，茅盾の小説はシンガポールでとても売行きがよかったと？

答：そうです。売行きは格段によくなったと言うべきでしょう。特に日本の侵略が迫って，領事館が設置された頃，当時雑誌や書籍はほとんどが，香港から来ていましたから。中国はすでに壊滅的で，いたるところ日本に占拠されていました。まともな本はすべて香港から来るようになっていました。以前魯迅たちが出していた雑誌や文芸書などはほとんど来なくなり，かわりに香港からの雑誌が多くなりました。そこで老沈がそこに連載したようなものが自然読者の閲読の対象となったのです。読者は増える一方といってよいでしょう。早期には，郭沫若がおり，1930年代頃には，郭沫若，創造社，蔣光慈，魯迅など。後に魯迅が亡くなって，茅盾，郭沫若が売れ筋になりました。

問：南洋に於て大陸の代表的な作家の作品に対する受けとめ方において，顕著な特徴は何ですか？

答：評判の良いものも，そうでないものもあります。例えば艾青の評判は大変良いです。艾青，臧克家，田漢などがどれもこちらでは，好まれています。その頃，この三人が，最も著名な作家で，抗戦の頃もっとも歓迎されたのもこの三人です。艾青，臧克家は，早くから，田漢は少し後からですが，こちらでは，彼らの本を愛読するばかりでなく，彼らの作風を模倣して作品を書くほどでした。臧克家，艾青，田漢，何其芳などの作家がこのあたりでは最も好まれていたのです。このあたりで有名でない作家もいるわけで，我々が受け入れたものはさほど多くはありません。詩の方で言えば，やはり郭沫若，田漢が早いでしょう。彼らの早期の作品も受け入れられていて，彼らの劇も上演しているほどです。巴金，曹禺，郭沫若などはみなここでは，一流として歓迎されています。これは，20年代から30年代の早い時期の頃のことです。抗戦時期，つまり30年代中頃になって，何人かの詩人が出現しました。つまり田漢，艾青らが現れ，このあたりの読者達の新しい偶像となり，彼らを模範の対象としたのです。田漢のように超一流であれば，

何でもかまわないので，田漢のシナリオは我々も上演したし，巴金の場合もそうでした。それ以外のものは，私達のところでは，あまり知られていません。

問：当時，彼らの戯曲，話劇がもう上演されていたのですか？

答：田漢などはほとんど。こちらの読者は熟知していたし，田漢，郭沫若，魯迅に詳しかったのです。二流の，陳長銀，田陶，周碧寒などは，あまり知られていません。

問：五四文化運動時期の指導者，それはまた文学研究会の同人であったり，また商務印書館の同僚であったりするわけですが，俗に「老商務」と呼ばれる彼ら，胡愈之や茅盾らは，出版事業の実権を握っており，かつ彼らの運動の基本方針には，普遍的要素があり五四以降，方針そのものは，さして変わっていません。南洋の華人社会においても，彼らを高く評価し，その基本を受け入れました。このことは，彼らの主張が，運動の普遍性を備え，中国ばかりでなく，南洋でも彼らの基本線が受け入れられたことを証明するのではないでしょうか？

答：そうですね……。一般に彼らは普遍的なものを受け入れていました。彼らの提起した主張は激しいものではなかったし，誰もが受け入れることができました。例えば，創作は消遣のためではなく，人生のためにあるべきだと提起し，広く受け入れられました。しかし，中国にもっと強い思潮が起きてきた時には，ここの人たちはほとんどが，また比較的進歩的な作家は，新しく起きた思潮を，例えば新興階級である，無産階級文学の思潮を受け入れたのです。ここの青年も比較的受け入れていました。当時の思潮は，総じて激烈な急進的なものでしたから。

問：それは，20年代を指すのですか？

答：20年代から30年代前後です。30年代のちょっと前，特に27・28・29年頃には

急進的な思想，思潮が起こってきました。これは一時的な動きです。長期的に見れば，文学研究会などは，普遍性を備えています。こちらの，読者と作家には，少なくとも二つあり，思想が比較的進歩的な者は，文学研究会のような思想には満足できませんでした。例えば，百人の作家がいたとすれば，五十人は，文学研究会のような思想には満足できないはずです。彼らは更に激しく，進歩的なものを求めました。なぜなら世界の思潮がここに到来して，それは，時代の進歩につれて，ますます激しくなったからです。一方では，比較的急進的な思潮を受け入れ，一方では文学研究会の主張をかなりの普遍性をもって受け止めていました。

問：陳嘉庚の『南洋商報』をめぐる，国民党と共産党との争奪はどのように展開されたのですか？

答：『南洋商報』はもともと何等共産党的な色彩はなかったのですが，例えば早期について言えば，最も早い1923・24・25年の頃，陳嘉庚はその頃『南洋商報』を起こしたのですが，彼はただ，事業の提唱，つまり工場を立て，製品を産みだそうという主張をしただけです。彼はただ商人が事業を起こすのに不利な措置に反対したまでで，当時共産党が何物であるかを知りません。当時，軍閥が中国を乱し，資本主義の発展を妨げていたことに異議があるだけで，共産党的な色彩はありませんでした。1941年はじめになって，胡愈之がやって来てからは，少し状況の変化がありましたが，当時陳嘉庚はすでに現役を退き，株を売って，姪や娘婿に株を分け与えていました。肝心の『南洋商報』は当時売行き不振でした。抗戦時期，読者は新聞社に進歩性を求め，新聞社が大衆の抗日感情を反映することを期待したものの，『商報』はやや遅れていました。そこで，彼は胡愈之を総編輯として招き，改革をはかったのです。その時も，彼は共産党の主張に偏向した発言はしていません。彼はただ，抗戦を支持し，分裂に反対し，国共分裂に反対し，汚職を処分し，中国の政治を改革せよと主張しただけで，親共の色彩はありませんでした。胡愈之自身は，中国共産党の党員です。

問：地下党員ですね？

答：地下党員です。しかし彼自身は，社論の表現を見ても，公平で，正常なものでした。

問：紙上では，親共の立場を明かにしていないと？

答：そうです。しかし，国民党とは少し議論を，いくつかの問題で議論をしています。彼は，抗戦後，シンガポールに於ける民主同盟の指導者であることを明言しますが，その時一般民衆の目標は，抗戦，分裂への反対，国共摩擦への反対という点で一致しています。彼はどの社論においても，英国人が日本の南洋攻撃，南洋侵略の防衛をすべきだと主張しました。また植民地主義者は，民主的な措置をとるべきだと，常識的で正当な主張に徹しています。当然国民党はこれに反論しようと思いますが，読者の見方からは何等異論は出てきません。何人かの国民党員だけが，彼は胡愈之というやつは，聞き分けが無いとか，われわれに言いがかりをつけている，対抗していると不満をもらしていますが，当時国民党は盛んに延安を罵倒しているのに，胡愈之がそれに同調しなかったのが原因です。

問：国民党の方では，このあたりの事情について何か資料が残されていますか？

答：あります。彼らの新聞，彼らがここで関わった『南洋商報』『星洲日報』などです。例えば，国民党代表がこちらに来て行った講演などは，どの新聞にも載りました。「華僑同胞を宣慰し，華僑同胞は……すべきである。」と言ったぐあいです。

問：それは，国民党の新聞ですか？

答：どの新聞にも載りました。特に偏見とかは見られません。

問：CC派のようなものも？

答：載っています。彼らの活動，理論も登載されたし，メンバーの誰かが来て行った講話，会議なども検閲なしに，そのまま載せています。『南洋商報』だけでなく『星洲日報』にも載せているし，マレーシアの多くの新聞にも載っています。国民党の新聞は，当時，檳城の『光華日報』があり，彼らもそのまま載せています。このような系統の資料は当時の新聞に見られ，内容も豊富です。

問：抗戦時期の文学資金の調達では，老舎が重要な役を果たしています。これは1929年から1930年の間，シンガポールに滞在したことと直接関係があるのでしょうか？

答：資金というと？

問：文協（中華全国文芸界抗敵協会の略称）の資金です。

答：文協は，抗戦後のことになりますね。

問：老舎との関係は？

答：関係はないでしょう。老舎はシンガポールでは身を隠していました。老舎はシンガポールには殆ど知人もなく，華中で教師をし，静かに小説を執筆していました。誰とも交わらず，友人もなく，外で活動することも，作家と交流することもなく，ただ小説を書いていました。抗戦後，彼は文協の小主席となりますが，文協とは特に関係ありません。重慶にいた時などは，老舎は右翼作家も含めて，一般の作家に広く受け入れられていましたが，それは彼が割合過激でなく，思想言論もさほど急進的でなかったからです。当時，重慶では多くの作家が国民党の

迫害のもとにあり，郭沫若のような人は身動きできませんでした。老舍は誰にでも受け入れられたので，皆が彼を「文協」の指導者にしたのです。そのことと，シンガポールでの滞在は関係はありません。

問：40年代，胡愈之は表面上は無党派文化人士ですが，彼は実際には救国会の代表であり，共産党の身分を隠していました。茅盾の状況も，胡愈之と同様，地下党員の立場にかなり近かったのではないですか？

答：いや，老沈は，早くに党との関係が途絶えて，晩年になってやっと恢復したはずです。

問：離党はたしか1928—29年頃ですね。

答：当時は既に離党していて，ずっと最期まで恢復は実現しませんでした。地下党員と言えば，二人だけで，直接周恩来が掌握していて，周恩来と直接連絡のある者，つまり一人は胡愈之でいま一人は郭沫若ですが，老沈は全く連絡関係がありませんでした。老沈のこの頃の活動は，あまり活発でありません。ある時は，新疆へ，ある時は香港へといったあんばいで，さらには新疆で教職に就くなどして，しばらくしてやっと戻ってきました。戻ってから，しばらくベトナムへ赴き，何か正式な指導のもとにあったわけでなく，漂泊してゆくえも定まらない有様でした。彼は，新疆では盛世才のもとで長く過ごし，やっと中国に戻ったのです。重慶に行ったのは，教育を受ける場所のなかった一人娘を延安に連れて行くためです。彼は共産党との関係は，大変良かったけれども，地下党員として特別な任務を負っていたわけではない。それは有り得ないことです。

問：徐伯昕によれば，文委のもとでの，左翼作家聯盟と社会科学者聯盟のふたつの団体が，胡愈之によって生活書店と結び付き，左聯の遺産を引き継いでいたと言うのですが。

答：そうとも言えないでしょう。なぜなら当時，胡愈之が生活書店の編輯をしていたことを，左聯の一部の成員は快く思っていなかったからです。魯迅と一緒に雑誌を起こしたのもおもしろくないし，黄源というのが傍らにくっついているのもおもしろくない。胡愈之にはそのような意図があったかも知れないが，生活書店はこれらの作家との団結という点では，やり方がうまくありません。解放後でも，いつでも生活書店は，自ら「我々は」という言い方で，自己評価をしています。当時彼らの仕事はうまくゆかず，生活書店とそれらの団体を結合させたという形跡は見られません。当時，社長は鄭振鐸で，胡愈之がその片腕となり，出版において，多くは，左聯のメンバーと意見が一致しませんでした。左聯のメンバーは，一般的には生活書店を左聯の遺産とは見なしていません。左聯は1935・36年には解散していて，遺産と言えるようなものはありません。最初の頃，彼らの出版物は，左聯が自分で出版物を持ち，すべてを生活書店に頼っていたわけではありません。左聯が，1930年前後に成立した時，生活書店は，まだ活躍しておらず，後期になって，34・35・36年頃，生活書店は左聯と関係を持つようになったので，その遺産であるとか，左翼的な色彩であるとか，特に言えません。私の記憶では，魯迅も，黄源も，生活書店との折り合いが悪く，他の何人かは，鄭振鐸ともうまくいきませんでした。鄭振鐸が編集した世界文庫も，生活書店の仕事ですが，これも世間から批判されました。すべて評判がよくなかったのです。これが，私の見方です。

問：シンガポールは孫中山ゆかりの地であり，国民党に対して特別な思いいれがあるとおもうのですが，そのような状況下で，実質的には共産党である生活書店の基盤拡張には何らかの障害があったのでしょうか？　大陸の出版について，胡愈之や共産党南方局の資料でもこの点については，はっきりしないのですが。シンガポールの国民党，孫中山に対する特別な感情は生活書店にとってマイナスではなかったでしょうか？

第3節　東南アジアにおける抗日文化運動と大陸作家　　　　　　　　285

答：しかし当時，共産党はシンガポールに書店を持っていません。

問：生活書店はどうでしょうか？

答：生活書店はたいへん小規模なちっぽけなもので，それも日本がやってくる頃，つまり随分後に出来たものです。吉林街に生活書店がありましたが，本もない小さな店で，出来たのもあとのことです。人々が生活書店を知るようになったのは，1940年頃で，鄒韜奮が中国で『新生』という大衆雑誌を起こし，中国各地に上海，武漢などに書店を開きました。抗戦後，多くの場所が淪陥し，上海が淪陥し，南京が淪陥し，生活書店にとっても大変な災難でした。業務も大打撃を被りました。残ったのは重慶だけで，香港やシンガポールで発展を見たわけでもありません。香港では彼らは比較的早く足場を固め，1941年にはやって来ています。ここでは，たいした仕事はできませんでした。本当に親共産党的な書刊が，多くの店で売られていて，彼らだけが売っていたわけではありません。生活書店が売らなくても，よそではすべて売られていたのです。多くの上海の書店では輸入も自由で，その生活書店などは特に注意を払われていないし，成果もありません。シンガポールでもそれを知る人は少なく，すべては，後になって，日本が来て，多くの書店が店をたたんでからのことです。

問：抗戦の状況悪化によって，出版事業の拠点が桂林，香港，などへ移ったように思いますが，香港淪陥後は，シンガポールはそれに替わる位置を占め，出版の拠点となることはなかったのでしょうか？

答：いいえ，状況はもっと悲惨でした。淪陥の頃，シンガポールは全てが瀕死の状況で書店はすべて閉店し，売られているのは日本の本，日本語の辞典だけで，中国書はまるで見られず，ただ武侠小説や，愛情小説だけで，誰も書店へ足を運びませんでした。誰も本を読もうとしないので，淪陥後は出版の仕事も足止めです。それに出版も不可能でした。当時，桂林で出版された本が，香港に持ち込ま

れていたのは，販売ルートがあったためです。そこで香港が陥落すると，本も来なくなりました。現物がなければ売ることはできないし，輸送の手段もないのです。……ここはもともと遅れた土地で，全ての印刷所が機能しなくなり，たとえ完全な印刷所があっても，広告や名刺を印刷することしかできませんでした。たとえ書籍を印刷できるとしても，それは我々に許されていないのです。日本は彼らの書籍，彼らの新聞を印刷し，出版機構を接収しました。例えば『南洋商報』『星州日報』も接収されて日本の新聞を印刷しました。ここでは，完全に活動が停止し，何もかもなくなりました。書籍を出版する方法もなく，本を買う人もなくなり，こんな時は誰もが苦しみ，米もなくなり，本を買う気持ちなど起こりません。ましてや書籍，定期刊行物の出版工作など問題になりません。

問：最近私の関心は，西南地域から東南一帯の，広大な地域の抗戦時期の新聞活動，新聞社と当時の文化組織との間の関連や実態の分析にあります。そして，いま一度，第三勢力である民主同盟の政治的背景と位置づけ，民主形式，大衆化の論争の焦点を見直したいと思っています。1940年代の社会的現実に照らして，このふたつは，どのような役割を担ったのでしょう？

答：その大衆化の問題，民主形式の問題は，あちら（大陸）では盛んに議論されました。シンガポール，マレーシアでは，あまり人の注意を引きませんでした。香港や西南地域でこの問題が賑やかにとりざたされている時も，こちらでは話題にする人がなく，討論に時間と労力を注ぐ人もなく，影響は大きくなかったという印象を持っています。時にそれを取り上げた文章があっても，それを顧みる人はなく，このような議論があるという消息を取り上げ，討論を促していても，香港，西南地域，桂林では賑やかでも，こちらではほとんど議論されていません。当時は情勢の変化があまりに早く，誰もそのような思考や問題についていけなかったのだと思います。

問：私は新馬華文文学は，大陸の五四文化運動や，左翼文芸理論，文芸大衆化理

第3節　東南アジアにおける抗日文化運動と大陸作家　　　　　287

論の影響などを受けるだけでなく，逆にシンガポールでの論争が理論を一層深化させた一面があると思うのですが，いかが思われますか？

答：基本的にありえないでしょう。シンガポール，マレーシアの人は，中国の書籍や雑誌を見ることが出来ますが，私達のところの新聞を，中国人が見ることはないでしょう。当時は，書籍や，雑誌もなく，中国人は私達の間で交わされた議論について知ることができません。影響関係は，全く一方通行だったのです。

問：こちらでの言論は，実は彼ら（中国）の言論の反映にすぎなかったと？

答：そうです。何かの意見につきあたって，議論が沸き起こったとしても，全く彼らに影響を与えることはありえません。彼らは私達を理解しないし，中国は私達のことを，蛮，夷，狄と見ているのです。以前は世外，戸外の蛮夷と呼んでいたのですから。

問：郁達夫は，文学に貢献していますが，新馬における文学活動に，政治的背景はなかったのでしょうか？

答：何ら政治的背景はありません。彼は仕事にゆきづまり，家庭もうまくゆかなくなって，避難してきたので，何かはっきりした目的があったわけではありません。奥さんと離婚し，子供の居場所もわからず，著書も家財道具もどう処分していいかわからずに……。才気に溢れ，酒好き，議論好きの彼のことです。

問：郁達夫は他の作家に比べて政治色が薄いですね，左聯からも任を解かれて，左聯を離脱していますし。

答：政治的ではありません。……彼はもともと左聯の人で，後離脱し，杭州に移り住みました。官僚（国民党の役人）とも往来がありましたが，酒びたりの毎日

を送っていたこと自体，そもそも時代からずれています。抗戦にはいり，まわりは彼に抗戦工作を勧めました。奥さんは彼がどの党と関係があるのか知らないし，彼は病身のため，香港にゆき，シンガポールにまで来て仕事を探しました。彼は，こんな風に，身辺のこともうまくゆかない人間だったのです。

問：抗戦時期の，シンガポールの文化団体ですが，中国民主同盟，国際新聞社，同仁社，南僑総会，星州華僑戦時工作団，それにシンガポール華僑抗敵動員総会など，このような文化団体の一次資料に関しては，どのように調査したらよいでしょう？

答：当時民主同盟は，まだないし，いまおっしゃったうちの幾つかの団体は，存在しません。

問：国際新聞社は？

答：国際新聞社は胡愈之が以前働いていた機関のひとつです。

問：国際新聞社の資料は？

答：ありません。支部がありませんでしたし。その他のものはいくらかあります。

問：それでは南僑総会は？

答：南僑総会はあります。

問：一次資料といえるものは？

答：あります。……陳嘉庚の『南僑回憶録』がそれです。終始南僑について語っ

ています。

問：では陳嘉庚の著作を読めば十分であると？

答：十分と言えるでしょう。当時は新聞もありますから、彼らの活動は紙上にも報じられています。『南洋商報』や一般的な現地の新聞にも載っています。陳嘉庚のは、回憶なので、もし更に詳しく知りたければ、当時の新聞を探して、見るべきでしょう。

問：それでは、国際新聞社は？

答：国際新聞社、というものはありません。中国新聞社が戦後になってやっと成立しました。国際新聞社は、ここには支部もありません。ここでは設立されなかったようです。国際新聞社は、胡愈之が以前働いていて、短期間ですが、そしてあとでまた関わりがあったと思いますが、ここでは活動していないし、支部もありません。私の印象では、そう記憶しています。

問：それでは星州華僑文化界戦時工作団は？

答：あります。それはあります。それは、郁達夫、胡愈之らが指導したもので、当時太平洋戦争が勃発し、1941年12月から1942年2月までの一、二ヶ月間でしたが。当時シンガポールだけで日本に抵抗できる、守りきれるとして、これらの文化人は、団結して組織を作りました。それが先ほどお話に出た工作団で、宣伝班、青年幹部養成班などを起こし、出版物を出しましたが、その目的は、シンガポール全体に呼び掛け、シンガポールの青年を組織して日本に対する抵抗を援助するためでした。

問：それでは、彼らは何か資料を残しているでしょうか？

答：あります。『星馬抗日史料匯編』という一冊の本があり，これは日本に留学していた蔡史君らが編輯したものです。許雲樵と荘恵源の二人が亡くなってから，蔡史君が引き継いだもので，たいへんぶ厚い，内容も多少ともまとまったものです。蔡史君はまだ日本で健在のはずです。

問：それでは，シンガポール華僑抗敵動員総会の資料はどうでしょう？

答：それは陳嘉庚たちが主催し，組織した，さらに広い包括的なもので，義勇軍の組織を呼掛け，また抗日のためにイギリス人に銃の支給を求めています。その活動は多岐にわたります。さきほどお話にあった文化戦時工作団などは，郁達夫，胡愈之ら知識分子が組織し，宣伝幹部の育成などを行ったにすぎません。

問：左聯の会員でもあり，同時に『南洋商報』『南僑日報』の記者であった高雲覧，さらには国際新聞社の范長江，徐伯昕，王紀元，沈茲九などの資料は，シンガポールにはあるでしょうか？

答：割に残っているでしょう。范長江はこちらに来なかったし，その国際新聞社はおそらく范長江らがやっていたと思いますが，范長江はこちらに来ていません。高雲覧はここで，作品を残し，沈茲九も作品がありますが，徐伯昕には作品はありません。王紀元にも作品があります。徐伯昕はまあ書店の支配人のようなものです。

問：書店の支配人？

答：他郷の人ですが，いずれにしても書店の支配人か経営者にすぎません。

問：では王紀元は？

答：思い出せませんが，もともと作家出身ではないでしょう。

問：資料となる文章はみな新聞紙上に発表されたのですか？

答：そういうものもあり，高雲覧は割に多くて，たいてい『南洋商報』に載ったものです。彼は1938—39年すでに文章を発表しています。当時まだ『南僑日報』はなく，彼は『南僑日報』の記者でもなく，このあたりで教師をしていました。当時『南僑日報』はまだ出版されておらず，戦後になってようやく出版されたのです。国際新聞社の范長江は全く来ていないし，徐伯昕は書店を経営しているか何かで，王紀元と，沈茲九は何か文章を書いているようですが，いずれも商報です。1941年の『南洋商報』に見ることができます。

問：馬華華文文学の最大の特徴に，社会性に偏重した文学観ということが挙げられると思います。大陸の文学の影響が認められるのは確かですが，一方で背景に華人社会特有の要求，必然性を見ていくとすれば，どのような点に注意するべきでしょうか？

答：よくわかりませんが……。いや，馬華の文学は，華人社会の要求を容れたものではあると思いますが。

問：それ以外には，どのような特徴がありますか？

答：それ以外では……。文学は当然，芸術性，創作の技巧に注意をはらいます。そしてまたある時代の社会現象，政治現象，大衆の心理の特徴などを反映し，創作における芸術の要求に注意をはらいます。

問：馬華文学は，私の印象では，作品の中に他の民族も登場してきます。常にそ

のようなマレーシア，インドの同胞に，その民族の苦難に同情する傾向があるのではないでしょうか？

答：それも社会性が強いためです。

問：反植民主義の色彩は。

答：多少ともあります。

問：この点は，強烈なものがあるのではないですか？

答：作品によって強いのも，弱いものもあります。一般的にはこの辺りの華人は植民地の苦難を経験していますから，多少ともそのような傾向が出て来るのは，あたりまえのことです。

問：それでは，最後の問題ですか，20年代から30年代，中国国内で政変が起きるたびに，例えば国共分裂，皖南事変などで，中国の知識分子が定期的に南洋へ流亡してきました。統計的にその数を把握できるでしょうか？

答：数的に最も多いのは，三回です。第一波は，国共の第一次内戦，特に国民党清党の頃です。流亡してきた知識人の数は最大でした。第二波は，抗戦の時で，臨海地域は，日本人に占領され，福建，海南，広州の知識人は行き場を失って，南洋に逃げてきたり，南洋に限らず，海外に逃れています。郁達夫，胡愈之，高雲覧も確か，この時です。先ほど出た，王紀元，沈茲九もシンガポール陥落までの間に当たるこの時期にやって来ています。第三波は，戦後で，抗戦後，国共内戦の時，1946・47・48年頃来たもので，その数も最大でした。

問：数量的に把握する方法はありますか？

答：林万青の著作『中国作家的南来及其対新馬社会的貢献』を見ればよいでしょう。有名な本で，見つかるはずです。

先行論文

相浦杲

50. 11 茅盾——その人と文学——　　　　　説林2－11
71. 4 リアリズムの系譜　　　　　　　　　野草3
72. 11 茅盾の「腐蝕」　　　　　　　　　　鳥居久靖先生華甲記念論集、中
　　　　　　　　　　　　　　　　　　　　　国の言語と文化

青野繁治

82. 8 茅盾初期文芸思潮の形成と発展（1）　野草30
82. 8 「茅盾訳文選集」（上下）について　　野草30
83. 3 茅盾はメーテルリンクをどう読んだか　中国文芸研究会報39
83. 12 茅盾初期文芸思想の形成と発展（2）　野草32
84. 9 茅盾初期文芸思想の形成と発展（3）　野草34
84. 12 茅盾の異色短編小説『有志者』について

　　　　　　　　　　　　　　　　　　　　　咿啞18－19合併号
85. 10 茅盾初期文芸思想の形成と発展（4）　野草36
85. 12 茅盾の「創作の準備」について　　　大阪教育大学紀要（第一部門）
86. 3 茅盾初期文芸思想の形成と発展（5）　野草37

芦田肇

86. 11 初期茅盾における原理的文学観獲得の契機——そのロシア文学受容——
　　　　茅盾研究ノート（1）　　　　　　東洋文化研究所紀要101

阿部幸夫

81. 1 夏衍と、茅盾の詩と——宇宙中継、四人帮裁判に感あり
　　　　　　　　　　　　　　　　　　　　　NEW ENERGY 44

阿頼耶順宏

81. 10 茅盾追憶（丁玲、馬加、王西彦著）翻訳
　　　　　　　　　　　　　　　　　　　　　東亜172

飯田吉郎
55. 11　茅盾の創作的自覚の形成過程　　　　中国文化研究会会報
56. 12　茅盾の創作方法について――主として初期の文学論を手がかりとして
　　　　　　――　　　　　　　　　　　　　中国文化研究会会報
59. 10　茅盾研究資料解題　　　　　　　　　大安48
石黒やすえ
81. 4　現代文学史における『子夜』　　　　　野草27
井上光晴
82. 8　ある女の日記「腐蝕」――茅盾　　　　マダム
岩崎富久雄
56. 4　子夜　訳注　　　　　　　　　　　　中国語10
内田道夫
59. 11　中国における最近の小説論の動向――茅盾の近著を中心に――
　　　　　　　　　　　　　　　　　　　　　文化23－3、仙台　東北大学文
　　　　　　　　　　　　　　　　　　　　　学会
太田進
76. 4　茅盾の第一段階の物語試論　　　　　　野草18
86. 3　茅盾「走上崗位」校勘記　　　　　　　同志社外国文学研究43．44
86. 3　茅盾「第一段階の物語」再論　　　　　野草37
岡崎俊夫
49. 7　茅盾のソ連見聞録　　　　　　　　　　中国研究（日本評論社）8
小川恒男
90. 3　茅盾の魯迅論について　　　　　　　　四国女子大学紀要9（2）
尾坂徳司
54. 2　私の創作体験（茅盾選集自序）　　　　文学の友38
小野忍
47. 4　茅盾の文学――その一――「腐蝕」について
　　　　　　　　　　　　　　　　　　　　　随筆中国1

49.9	中国現代文学の発展——抗戦前後の長編小説——	
		中国研究九
54.11	茅盾——人と作品一	東洋文化17
72.3	1930年代の上海文壇	東洋文化52
72.6	茅盾と趙樹理	中国の現代文学　東京大学出版会
79.2	茅盾	道標　中国文学と私　小沢書店
79	茅盾雑記	和光大学人文学部紀要14

蔭山達弥

86.9	茅盾と葉聖陶（一）	茅盾研究会会報5

門田康宏

99.	茅盾における西欧文学の受容	早稲田大学大学院文学研究科紀要．第二分冊．通号（45）

木村静江

72.3	茅盾の文学——「時代性」と五四運動評価を軸として	
		東洋文化52

倉橋幸彦

83.3	文学研究会の成立と「小説月報」の改革	
		咿啞彙報

小西昇

55.10	初期の茅盾　その一、二	中国文芸座談会ノート
		六（1－34）
		七（1－26）
68.2	茅盾「虹」	熊本大学教育学部紀要（第二分冊）
72.2	茅盾「子夜」——創作方法について	熊本大学教育学部紀要（第二分冊）
		人文科学20

小林二男
76. 1 「子夜」について　　　　　　　　人文学報、東京都立大学人文学会編
78. 2 茅盾の長編小説「鍛錬」　　　　　季節7

駒田信二
82. 8 リアリズム作家茅盾　　　　　　　マダム

是永駿
70. 7 「蝕」について　茅盾における小説意識の生成
　　　　　　　　　　　　　　　　　　Studiolum 大阪外大
70. 10 茅盾から見た魯迅——第一次国民革命期を中心にして
　　　　　　　　　　　　　　　　　　野草1　共著
71. 6 茅盾「子夜」校勘記　　　　　　　鹿児島経大論集12－1
72. 1 茅盾の自然主義受容と文学研究会　野草6
72. 2 「子夜」論　　　　　　　　　　　鹿児島経大論集12－4
73. 10 茅盾文学における幻想と現実——30年代初期を中心に
　　　　　　　　　　　　　　　　　　野草12
74. 1 「蝕」［茅盾］の改作　　　　　　鹿児島経大論集12－4
74. 4 茅盾と三十年代　　　　　　　　　野草14・15
79. 12 中国近代小説の構造と文体——茅盾小説形成における状況形成について
　　　——　　　　　　　　　　　　　大分大学経済学論集31－5
81. 12 沈雁冰の「冰」について　　　　　中国文芸研究会会報
82. 2 茅盾「走上崗位」評論抄（翻訳）　中国文芸研究会会報32
82. 8 茅盾作品中における「走上崗位」の位置
　　　　　　　　　　　　　　　　　　野草30
83. 1 孫中田の「子夜」論　　　　　　　中国文芸研究会会報38
83. 12 「腐蝕」の文体と構造　　　　　　伊地智・辻本教授退官記念中国語学文学論集　東方書店
84.   「水藻行」論　　　　　　　　　　咿啞18. 19

85.	「動揺」論	野草36
85.	東北師大図書館所蔵の版本数種	茅盾研究会会報4
86. 3	日本における茅盾研究――その新たな展開	
		野草37
88. 6	京都高原町調査（二）	茅盾研究会会報7
89. 8	茅盾の小説文体と二十世紀リアリズム	野草44
89. 9	茅盾文学の光と影（秦徳君手記の波紋）	季刊中国研究16

三枝茂人

| 89. 10 | 茅盾の性欲描写論と『蝕』『野薔薇』における性愛 | |
| | | 中国文学報40 |

坂口直樹

81. 12	"茅盾評論集"の旧版と新版	中国文芸研究会会報13
82. 8	茅盾と"文芸工作者宣言"	野草30
86. 3	茅盾と青年作家育成政策――劉紹棠への対応を中心に	
		野草37
88. 6	茅盾《腐蝕》最後の一頁	茅盾研究会会報7
94. 8	『子夜』における"買弁"の意味	野草54

佐藤一郎

| 54. 12 | 中国における近代ロマンの出発点――茅盾の蝕をめぐって | |
| | | 北斗1（2） |

三宝政美

65. 5	茅盾の日本滞在時代――［正］――小説・随筆を通して見たる	
		集刊東洋学（東北大）13
67. 5	――続――茅盾と克興との間にとりかわされた革命文学論争にあらわれ
	たいくつかの問題をめぐって　　集刊東洋学17

篠田一士

| 86. 9 | 茅盾「子夜」20世紀の十大小説－8－ | 新潮83. 9 |
| 86. 10 | 茅盾「子夜」20世紀の十大小説－9－ | 新潮83. 10 |

島田政雄

47. 6　茅盾とその文学　　　　　　　　中国資料2．1－4号
49. 11　五年後の中国――"幻想小説"茅盾の「春」から、何をすべきか1

白井重範

01. 　「暗黒」と「光明」の相克――茅盾と北欧神話
　　　　　　　　　　　　　　　　　　　　現代中国（75）
02. 9　茅盾と現実――1930年前後における茅盾の現実認識における一考察
　　　　　　　　　　　　　　　　　中国研究月報．56（9）
04. 4　茅盾『動揺』の裏側　　　　　国学院雑誌．105（4）

白水紀子

83. 6　沈雁冰（茅盾）の社会思想――五四時代
　　　　　　　　　　　　　　　　　　　中哲文学会報8
85. 　茅盾と胡風（一）――魯迅と胡風の「子夜」評価
　　　　　　　　　　　　　　　　　　　茅盾研究会会報3
85. 　茅盾と胡風（二）――胡風の政治問題をめぐって
　　　　　　　　　　　　　　　　　　　茅盾研究会会報4
86. 3　「夜読偶記」――状況整理　　　野草37
86. 　日本滞在期の茅盾　　　　　　　伊藤漱平教授退官記念中国論集
　　　　　　　　　　　　　　　　　　　汲古書院
86. 9　『霜葉紅似二月花』の時代背景について　茅盾研究会会報5
88. 6　茅盾「論無産階級芸術」の典拠について
　　　　　　　　　　　　　　　　　　　茅盾研究会会報7
89. 　『子夜』をめぐる最近の中国文学研究の動き
　　　　　　　　　　　　　　　　　　　世界文学70
90. 10　茅盾とボグダーノフ　　　　　横浜国立大学人文紀要（語学・
　　　　　　　　　　　　　　　　　　　文学）通号37
92. 　魯迅・茅盾・胡風――文学遺産の継承をめぐって
　　　　　　　　　　　　　　　　　　　魯迅研究の現在

99.	『蝕』三部作の女性像	転形期における中国知識人　汲古書院

沢本香子
82. 4	茅盾「持ち場につく」の周辺	中国文芸研究会会報
82. 8	茅盾「走上崗位」日本翻刻前言	（魏紹昌著）翻訳　野草30

清水茂
82. 8	「多角関係」の手法	野草30

下村作次郎
78. 10	茅盾ノート（１）文芸批評家から作家への道	千里山文学論集20　関西大学

暁森
86. 3	楊州で開かれた青年茅盾研究者会議	野草37

鈴木正夫
85. 11	茅盾故居と豊子　故居訪問記	茅盾研究会会報4

鈴木将久
94. 3	メディア空間上海──「子夜」を読むこと	東洋文化（通号74）
96. 12	1996年の茅盾（特集　中国文学）	季刊中国（通号47）
98. 12	（異邦）のなかの文学者たち－9－茅盾　異郷で見た「虹」	月刊しにか．9（12）
99. 01	「上海事変」の影──茅盾「林家舗子」の方法	明治大学教養論集317
00. 02	異郷日本の茅盾と「謎」（特集：中国人作家の"帝都"東京体験）	アジア遊学（13）

千田九一
52. 3	真夜中（書評）	近代文学7－3

高田昭二
55. 3	茅盾の小説（その一）	岡山大学法文学部学術紀要4

56. 6	茅盾「子夜について」	東京支那学報 2
56. 2	茅盾の小説（その二）——「蝕」三部作について——	岡山大学法文学部学術紀要 7
57. 2	茅盾と自然主義——ゾラを中心に——	東洋文化 23
59. 1	茅盾の小説（その三）「煙雲」について	岡山大学法文学部学術紀要 11
64. 12	1932年茅盾と瞿秋白との間に交わされた文芸大衆化に関する論争について——現代中国文学史への一つの試み——	岡山大学法文学部学術紀要 21

高橋みどり

73. 7	茅盾　おぼえ書き	有瞳（お茶の水女子大）2

高畠穣

59. 6	茅盾の「夜読偶記」をめぐって	近代文学 14（1）

竹内実

62. 8	マオ・トゥンの反省	文学界 16-8

竹内好

47. 4	茅盾の見聞雑記	随筆中国 1
49. 9	茅盾「霜葉は二月の花より紅なり」	季刊中国研究 9　日本評論社
51. 9	茅盾	近代文学 4（6）

立間祥介

81. 12	茅盾、わたしの歩んだ道（1）：松井博光氏との共訳による訳注	みすず81年12月号
82. 2	わたしの歩んだ道（2）	みすず82年2月号
82. 3	わたしの歩んだ道（3）	みすず259
82. 5	わたしの歩んだ道（4）	みすず261
82. 6	わたしの歩んだ道（5）	みすず262
82. 7	わたしの歩んだ道（6）	みすず263
82. 8	わたしの歩んだ道（7）	みすず264
82. 9	わたしの歩んだ道（8）	みすず265

| 82. 11 | わたしの歩んだ道（9） | みすず267 |
| 83. 2 | わたしの歩んだ道（10） | みすず290 |

谷友幸
| 59. 10 | 「東洋のリアリズム」書評 | 中国文学報（京大）11 |

谷崎夕子
| 82. 8 | 最晩年の茅盾 | 野草30 |

中井政喜
00. 3	茅盾（沈雁冰）と「牯嶺から東京へ」に関するノート（1）革命文学論争覚え書（8）	言語文化論集21.2
01.	茅盾（沈雁冰）と「牯嶺から東京へ」に関するノート（2）革命文学論争覚え書（9）	言語文化論集22.2
02.	茅盾（沈雁冰）と「牯嶺から東京へ」に関するノート（3）革命文学論争覚え書（10）	言語文化論集23.2
03.	茅盾（沈雁冰）と「牯嶺から東京へ」に関するノート（4）革命文学論争覚え書（11）	言語文化論集24.2
03.	茅盾（沈雁冰）と「牯嶺から東京へ」に関するノート（5）革命文学論争覚え書（12）	言語文化論集25.1

中野重治
| 50. 10 | 茅盾さんへ | 展望58 |

中野美代子
| 73. 12 | 「子夜」論——中国近代小説の限界 | 北海道大学人文科学論集第10号 |

南雲智
73. 10	茅盾の自然主義受容についての一考察	桜美林大学中国文学論叢4
74. 12	茅盾の婦人解放論	桜美林大学中国文学論叢5
76. 12	茅盾1922－23年、通俗雑誌批判の意味するもの	桜美林大学中国文学論叢6
81. 10	茅盾と短編集「野薔薇」——その作品について	中国文学の女性像　汲古書院

那須清
61. 3　茅盾と巴金の文章　　　　　　　　文学論輯八、福岡九州大学分校
　　　　　　　　　　　　　　　　　　　　内　文学研究会
鍋山ちづる
82. 8　「腐蝕」の機能について　　　　　　野草30
野原四郎
76. 4　日中戦争前後──茅盾主編「中国の一日」をめぐって
　　　　　　　　　　　　　　　　　　　　文学44（4）
林道生
74. 4　茅盾の「芸術」　　　　　　　　　　人文学報（都立大）98
速水憲
59. 11　「東洋のリアリズム」書評　　　　　新日本文学14（11）
平松辰雄
66. 6　茅盾の作家としての出発点　　　　　漢文学会会報（東教大）
藤本幸三
70. 3　茅盾と革命文学派との関係について　人文学報（都立大）
74. 3　茅盾雑記──1940年前後のこと　　　東京都立大学人文学部「人文学
　　　　　　　　　　　　　　　　　　　　報」第98号
83. 3　茅盾の「蝕」三部作を読む　　　　　北大言語文化部紀要3
古谷久美子
76. 6　「蝕」論　　　　　　　　　　　　　咿啞6
堀田善衛
80. 11　茅盾氏のこと　　　　　　　　　　ちくま116
松井博光
58. 11　茅盾──中国近代史研究の手引　　 大安4-11
60. 3　茅盾のリアリズム「生活の根拠地」論ノート
　　　　　　　　　　　　　　　　　　　　東京都立大学
74. 12　「文学研究会」結成前後（茅盾伝ノート1）

		桜美林大学中国文学論叢 5
76. 4	魯迅、瞿秋白、茅盾	ユリイカ 8－4
78. 7	茅盾のリアリズム──中国現代文学へのささやかな招待──
		中国語（大修館書店）

丸尾常喜

| 73. 2 | 「腐蝕」論 | 北大文学部紀要21（1） |

水谷正

| 47. 6 | 胡桃を持ってソ連へ旅立ち──茅盾氏 | 中国資料 2 |

柳沢三郎

| 46. 6 | 茅盾論のための断想 | 中国文学報96 |

山田敬三

| 85. 7 | 小説月報の「革新」と「反革新」──「文学研究会」結成の経過 |
| | 古田教授退官記念中国文学語学論集　東方書店 |

山田富夫

| 58. 10 | 子夜について | 中国文学報 9　京大中国語学文学研究室 |

楊承淑

| 81. 9 | 茅盾と島崎藤村の自然主義文学観の構造 | 集刊東洋学46　東北大学 |

吉田富夫

| 60. 4 | 茅盾文学序説「腐蝕」を中心として | 中国文学報12 |

李廣国

| 86. 3 | 茅盾「詩と散文」をめぐって | 野草37 |

渡辺一民

| 85. 9 | 上海をめぐって（上）1920年代論（1） | 文学1985年 9 月 |
| 85. 10 | 上海をめぐって（下） | 文学1985年10月 |

茅盾関係文献

《著作・作品集》

『茅盾全集全四十巻』	人民文学出版社	1984年〜2001年3月
『我走過的道路（上）（中）（下）』	人民文学出版社	1984年
『茅盾論創作』	上海文芸出版社	1985年5月
『茅盾文芸評論集上下』	文化芸術出版社	1981年2月
『茅盾散文速写集上下』	人民文学出版社	1980年
『茅盾評論文集』	人民文学出版社	1978年
『茅盾短編小説集上下』	人民文学出版社	1980年
『茅盾訳文選集上下』	上海訳文出版社	1981年
『茅盾論魯迅』	上海文芸出版社	1980年
『茅盾書信集』	百花文芸出版社	1980年10月
『茅盾書信集』	文化芸術出版社	1983年3月
『茅盾書簡初編』（孫中田・周明編）	浙江文芸出版社	1984年10月
『茅盾少年時代作文』毛華軒点注	光明日報出版社	1984年10月
『茅盾詩詞』	河北人民出版社	1984年10月
『茅盾近作』	四川人民出版社	1980年
『茅盾香港文選』（1938－1941年）	廣角鏡出版社	1984年

《研究書》

〈研究資料・論集〉
孫中田・査国華編『茅盾研究資料 上中下』
　　　　　　　　　　　　　　　中国社会科学出版社　　　　1983年
中国茅盾研究学会編『茅盾研究論文選集　上下冊』
　　　　　　　　　　　　　　　湖南人民出版社　　　　　　1983年
庄鐘慶『茅盾研究論集』　　　　天津人民出版社　　　　　　1984年
中国書法家協会浙江分会・浙江省桐郷県文化局編『茅盾筆名印集』
　　　　　　　　　　　　　　　　　　　　　　　　　　　　1984年
唐金海・孔海珠編『中国当代文学研究資料・茅盾選集』
　　　　　　　　　　　　　　　福建人民出版社　　　　　　1985年
『茅盾研究』1～6　　　　　　　文化芸術出版社　　　　　　1984年～1995年
唐金海・孔海珠編『中国当代文学研究資料・茅盾選集』（第2巻上下冊）
　　　　　　　　　　　　　　　福建人民出版社　　　　　　1985年
中国茅盾研究学会編『茅盾九十誕辰紀念論文集』
　　　　　　　　　　　　　　　作家出版社　　　　　　　　1987年11月
『茅盾年譜』　　　　　　　　　長江文芸出版社　　　　　　1984年
『茅盾年譜』　　　　　　　　　浙江文芸出版社　　　　　　1985年
唐金海・劉長鼎主編『茅盾年譜』（上・下）
　　　　　　　　　　　　　　　山西高校聯合出版社　　　　1996年
銭君匋篆刻『茅盾印譜』　　　　湖南美術出版社　　　　　　1986年
中国書法家協会浙江分会・浙江省桐郷県文化局編『茅盾筆名印集』
　　　　　　　　　　　　　　　浙江人民出版社　　　　　　1984年
李標晶・王嘉良『簡明茅盾詞典』甘粛教育出版社　　　　　　1993年6月

〈伝記・作家論〉

邵伯周『茅盾評伝』	四川文芸出版社	1987年1月
鐘桂松『茅盾伝』	東方出版社	1996年7月
丁楽綱『茅盾評伝』	重慶出版社	1998年10月
李標晶『茅盾伝』	団結出版社	1990年
庄鐘慶編『茅盾紀実』	四川文芸出版社	1986年
文化芸術出版社編『憶茅公』	文化芸術出版社	1982年
李広徳『一代文豪：茅盾的一生』	上海文芸出版社	1988年
沈衛威『艱辛的人生――茅盾伝』	台湾業行出版社	1991年
孫中田『論茅盾的生活与創作』	百花文芸出版社	1980年5月
孔海珠・王楽齡『茅盾的早年生活』	湖南文芸出版社	1986年
庄鐘慶編『茅盾史実発微』	湖南人民出版社	1984年8月
邵伯周『茅盾的文学道路』	長江文芸出版社	1982年11月
鐘桂松『茅盾伝――坎軻与輝煌』	河南文芸出版社	1998年
李頻『編輯家茅盾評伝』	河南人民出版社	1995年2月
丁爾綱『茅盾――翰墨人生八十秋』	長江文芸出版社	2000年12月
韋韜・陳小曼『父親茅盾的晩年』	上海書店出版社	1998年7月
韋韜・陳小曼『我的父親茅盾』	遼寧人民出版社	2004年2月

〈研究書〉

1980年～1989年

庄鐘慶『茅盾的創作歷程』	人民文学出版社	1982年
林換平『茅盾在香港和桂林的文学成就』	浙江人民出版社	1982年11月
金燕玉編『茅盾与児童文学』	河南少年児童出版社	1983年
丁爾綱『茅盾作品浅論』	青海人民出版社	1983年

朱徳発・阿岩・翟徳耀『茅盾前期文学思想散論』		
	山東人民出版社	1983年
叶子銘『茅盾漫評』	天津百花文芸出版社	1983年6月
李岫編『茅盾研究在国外』	湖南人民出版社	1984年8月
孔海珠『茅盾和児童文学』	少年児童出版社	1984年11月
『嘉興師専学報』編輯部編『茅盾研究』(第1期)		1984年
丁爾綱『茅盾散文欣賞』	広西人民出版社	1986年
鐘桂松『茅盾少年時代作文賞析』	河南文心出版社	1986年
陸維天編『茅盾在新疆』	新疆人民出版社	1986年
邱文治『茅盾研究60年』	天津教育出版社	1986年
浙江省茅盾学会『論茅盾的創作芸術』		1987年
楊健民『論茅盾的早期文学思想』	湖南人民出版社	1987年
李岫『茅盾比較研究論稿』	北岳文芸出版社	1988年
曹万生『理性・社会・客体』	四川省社会科学出版社	1988年
王嘉良『茅盾小説論』	上海文芸出版社	1989年

1990年〜1999年

孫中田『「子夜」的芸術世界』	上海文芸出版社	1990年
丁亜平『一個批評家的心路歴程』	上海文芸出版社	1990年
金燕玉編『茅盾的童心』	南京出版社	1990年
叶子銘『夢回星移――茅盾晩年的生活見聞』		
	南京大学出版社	1991年
史瑤『茅盾文芸美学思想論稿』	杭州大学出版社	1991年
李標晶『茅盾文体論初探』	厦門大学出版社	1991年
邱文治『茅盾小説的芸術世界』	百花文芸出版社	1991年
鐘桂松『茅盾与故郷』	四川文芸出版社	1991年
羅宗義『茅盾文学批評論』	厦門大学出版社	1991年
黎舟・闕国虬『茅盾与外国文学』	厦門大学出版社	1991年
李広徳『茅盾学論稿』	香港正之出版社	1991年

丁茂遠『茅盾詩詞鑑賞』　　　　杭州大学出版社　　　　　1991年
史瑤主編『中国革命与茅盾的文学道路』
　　　　　　　　　　　　　　　杭州大学出版社　　　　　1992年
陳幼石『茅盾〈蝕〉三部作的歴史分析』
　　　　　　　　　　　　　　　社会科学文献出版社　　　1993年
丁柏銓『茅盾早期思想新探』　　南京大学出版社　　　　　1993年
陸文採・王健中『時代女性論稿』沈陽出版社　　　　　　　1993年
茅盾研究国際学術討論会論文集『茅盾与中外文化』
　　　　　　　　　　　　　　　南京大学出版社　　　　　1993年9月
李庶長『茅盾対外国文学的借鑑与創新』
　　　　　　　　　　　　　　　山東大学出版社　　　　　1993年
丁爾綱『茅盾的芸術世界』　　　青島出版社　　　　　　　1993年
丁爾綱『茅盾 孔徳沚』　　　　中国青年出版社　　　　　1995年
史瑤・王嘉良・銭誠一・駱寒越『論茅盾的小説芸術』
　　　　　　　　　　　　　　　厦門大学出版社　　　　　1995年
黄侯興『茅盾――"人生派"的大師』
　　　　　　　　　　　　　　　山東人民出版社　　　　　1996年
万樹玉・李岫編『茅盾和我』　　中国広播電視出版社　　　1996年
庄鐘慶『茅盾的文論歴程』　　　上海文芸出版社　　　　　1996年
楊揚『転折時期的文学思想――茅盾早期文学思想研究』
　　　　　　　　　　　　　　　華東師範大学出版社　　　1996年
徐越化・顧忠国主編『茅盾与浙江』
　　　　　　　　　　　　　　　海南出版社　　　　　　　1996年
呉福輝・李頻編『茅盾研究与我』華夏出版社　　　　　　　1997年
中国茅盾研究会編『茅盾与二十世紀』
　　　　　　　　　　　　　　　華夏出版社　　　　　　　1997年6月
呉福輝『茅盾研究与我』　　　　華夏出版社　　　　　　　1997年6月
劉煥林『封閉与開放――茅盾小説芸術論』

312　　　　　　　　　　　茅盾関係文献
　　　　　　　　　　　広西教育出版社　　　1997年3月
丁茂遠『茅盾詩詞解析』　吉林文史出版社　　　1999年
2000年〜現在
鐘桂松『茅盾散論』　　　復旦大学出版社　　　2001年3月
鐘桂松『二十世紀 茅盾研究史』浙江人民出版社　2001年3月
李継凱『魯迅与茅盾』　　河北人民出版社　　　2003年12月
蔡震『霜葉紅于二月花——茅盾的女性世界』
　　　　　　　　　　　河南人民出版社　　　2003年6月
周景蕾『茅盾与中国現代文学』中国社会科学出版社　2004年7月
上海図書館中国文化名人手稿館編『塵封的記憶——茅盾朋友手札』
　　　　　　　　　　　文匯出版社　　　　　2004年1月

《出版関係資料》

上海図書館編『上海図書館館蔵近現代中文期刊総目』
　　　　　　　　　　　上海科学技術文献出版社　2004年6月
朱健華『中国近代報刊活動家伝論』
　　　　　　　　　　　貴州民族出版社　　　1997年7月
馮并『中国文芸副刊史』　華文出版社　　　　2001年5月
周葱秀・涂明『中国近現代文化期刊史』
　　　　　　　　　　　山西教育出版社　　　1999年3月
中国近現代出版史編纂組編『中国近代現代出版史学術討論会文集』
　　　　　　　　　　　中国書籍出版社　　　1990年8月
叶再生『中国近代現代出版通史』（全四巻）
　　　　　　　　　　　華文出版社　　　　　2002年
宋原放主編『中国出版史料第一巻／第二巻（現代部分）』
　　　　　　　　　　　山東教育出版社・湖北教育出版社　2001年
王文彬『中国現代報史資料匯輯』重慶出版社　1996年9月

吉少甫『中国出版簡史』	学林出版社	1991年11月
方厚枢『中国出版史話』	東方出版社	1996年8月
兪篠堯・劉彦捷編『陸費逵与中華書局』	中華書局	2002年1月
銭炳寰編『中華書局大事紀要』	中華書局	2002年5月
郭汾陽・丁東『書局旧踪』	江西教育出版社	1999年1月
郭汾陽・丁東『報館旧踪』	江西教育出版社	1999年1月
中国出版科学研究所科研辦公室『近現代中国出版優良伝統研究』	中国書籍出版社	1994年1月
来新夏『中国近代図書事業史』	上海人民出版社	2000年12月
中国出版科学研究所中央檔案館編『中華人民共和国出版史料』	中国書籍出版社	1996年
『商務印書館九十年——我和商務印書館』	商務印書館	1987年
『商務印書簡九十五年——我和商務印書館』	商務印書館	1992年1月
『商務印書簡一百年——1897－1997』	商務印書館	1998年1月
汪家熔『商務印書館及其他——汪家熔出版史研究文集』	中国書籍出版社	1998年10月
桑兵著『清末新知識界的社団与活動』	生活・読書・新知三聯書店	1995年4月
李長莉『晩清上海社会的変遷——生活与倫理的近代化』	天津人民出版社	2002年8月
陳平原・山口守『大衆伝媒与現代文学』	新世界出版社	2003年1月
艾暁明『中国左翼文学思想探源』	湖南文学出版社	1991年7月
劉小清『紅色狂飆——左聯実録』	人民文学出版社	2004年6月

孔海珠『左翼・上海1934-36』　　上海文芸出版社　　　　2003年2月
陳麗鳳・毛黎娟『上海抗日救亡運動』
　　　　　　　　　　　　　　上海人民出版社　　　　2000年12月
生活書店史稿編輯委員会編『生活書店史稿』
　　　　　　　　　　　　生活・読書・新知三聯書店　1995年10月
趙暁恩『六十年出版風雲散記』　中国書籍出版社　　　　1994年4月
邵公文『従学徒到総経理──書店生涯回憶──』
　　　　　　　　　　　　　　朝華出版社　　　　　　1993年4月
生活・読書・新知三聯書店『生活・読書・新知三聯書店　図書総目1932-1994』
　　　　　　　　　　　　　　　　　　　　　　　　　1995年10月
三聯書店史料集編委会『生活・読書・新知三聯書店　文献史料集』上下
　　　　　　　　　　　　　　新華書店　　　　　　　2002年
鐘紫主編『香港報業春秋』　　　広東人民出版社　　　　1991年8月
江蘇省政協文史資料委員会・常州市政協文史資料委員会合編『新文化出版者──
　　徐伯昕──』　　　　　　　中国文史出版社　　　　1994年2月
胡愈之『我的回憶』　　　　　　江蘇人民出版社　　　　1990年7月
陳源『記胡愈之』　　　　　　　生活・読書・新知三聯書店　1994年8月
朱順佐・金普森『胡愈之伝』　　杭州大学出版社　　　　1991年12月
于友『胡愈之伝』　　　　　　　新華出版社　　　　　　1993年4月
胡愈之・沈茲九『流亡在赤道線上』
　　　　　　　　　　　　　　生活・読書・新知三聯書店　1985年12月
方修主編『胡愈之作品選』　　　上海書局有限公司　　　1979年12月
費孝通・夏衍等著『胡愈之印象記』
　　　　　　　　　　　　　　中国友誼出版公司　　　　1989年2月
『胡風回憶録』　　　　　　　　人民文学出版社　　　　1993年11月
林万菁『中国作家在新加坡（1927-1948）』
　　　　　　　　　　　　　　万里書局　　　　　　　1994年5月
林徐典『五四時期的反封建思潮在馬華文壇的反響』

　　　　　　　　　　　新加坡国立大学中文系学術論文　1989年
鄭文輝『新加坡華文報業史1881−1972』
　　　　　　　　　　　新馬出版印刷公司　　　　1973年1月
陳嘉庚『南僑回憶録』上下　　八方文化企業公司　　1993年7月
王嘉良・葉志良・毛策『中国東南抗戦文化史論』
　　　　　　　　　　　浙江人民出版社　　　　　1995年1月
王嘉良・葉志良『戦時東南文芸史稿』
　　　　　　　　　　　上海文芸出版社　　　　　1994年9月
呉野『戦火中的文学沉思』　　四川教育出版社　　　1994年9月
中国人民政治協商会議・西南地区文史資料協作会議編『抗戦時期西南的文化事業』
　　　　　　　　　　　成都出版社　　　　　　　1990年12月
饒良倫・段光達・鄭率『烽火文心——抗戦時期文化人心路歴程』
　　　　　　　　　　　北方文芸出版社　　　　　2000年5月
南方局党史資料集成小組編『南方局党史資料（文化工作）』
　　　　　　　　　　　重慶出版社　　　　　　　1990年6月
王明湘・劉立群・王泓編『中共中央南方局和八路軍駐重慶辦公室』
　　　　　　　　　　　重慶出版社　　　　　　　1995年8月
中国抗日戦争時期大後方出版史編輯委員会『中国抗日戦争時期大後方出版史』
　　　　　　　　　　　重慶出版社　　　　　　　1999年10月

研究論文・初出一覧

第1章第3節　初期の女性解放論『婦女雑誌』『民国日報・婦女評論』
　原題「『婦女雑誌』『民国日報・婦女評論』における沈雁冰の女性主義観」
　筑波大学現代語・現代文化学系紀要『言語文化論集』37　平成5年3月

第2章第3節　茅盾の党籍問題に関する新資料
　原題「喪失と再生――国民革命期の茅盾と創作」
　『一橋論叢』122巻2号　平成11年8月

第3章第3節　民族ブルジョワジーの形象とロシア文学
　原題「茅盾研究と未完のブルジョワジー――十九世紀ロシア社会史から見た『子夜』」
　中国文芸研究会刊『野草』52　平成5年8月

第4章第1節　香港時期の散文『客座雑憶』考
　原題「『客座雑憶』考」
　筑波大学中国文学研究室編『筑波中国文化論叢』14　平成7年4月

第4章第2節　「生活書店」と作家――胡風と茅盾の周辺から――
　原題「「生活書店」と作家――胡風と茅盾の周辺から――」
　日本現代中国学会『現代中国』71

あとがき

　本書は平成11年から12年にわたる愛知大学研究助成個人研究（ｃ）「「文学研究会」同人の研究」を受けて執筆を進めてきた論文に，既刊発表論文，研究資料などを併せて，1920年代から40年代にわたる茅盾のジャーナリスティックな時評，出版文化メディアとの関わりに焦点を当て，近現代文学における文壇，政党，出版文化事業のメディア機能，さらには90年代の文学研究多元化を背景とした茅盾研究の動向についてまとめた論稿である。

　歴史や社会学を専攻してきたため，修士論文で近代文学研究に転じたとは言え，思想や文学のテキストに触れるようになったのは一橋大学大学院博士課程において，木山英雄先生をはじめ，同研究科の先生方のご指導を受けるようになってからである。細分化され，専門化が著しい近現代文学研究であるけれども，特定のテーマについては地域社会研究の視点から見渡すことも必要であると考えていたし，「中国二十世紀文学研究」に見られるようなパラダイムの転換期にあった同時代の中国文化界の動態も興味深かった。一橋大学では，日本留学以前に，中国人民大学で近現代文学を講じていた趙京華先生からも直々に多くのことを教えていただいた。

　その後ふたたび東京から筑波研究学園都市に戻る。筑波大学在職中には茅盾の語彙・文体研究について大塚秀明先生から多くの示唆を与えていただいたことに感謝を申し上げたい。地域研究における近代文学研究の意義を認めて，理解を示して下さったのは紀要編集委員でもあったロシア文学の阿部軍治先生で，投稿原稿をいつも丁寧に読んで下さった。文学研究一般への認識を深めるという側面において，大変恵まれた期間であったと思う。また安藤正士先生を中心に発足した東アジア地域研究学会は，歴史・社会のみならず言語・文化研究についても多くの成果を上げ，今日に至っている。

　就職して大学院を離れてからも一橋大学には頻繁に足を運んだ。いまなお，試

行錯誤が続いているけれども，86年に北京の茅盾故居を訪問して以来今日に至る，茅盾に関する論稿や資料を整理し集成することで，ようやく一つのテーマを対象化できたように思う。また今回の研究成果の刊行については，これまでもご指導をいただいてきた山根幸夫先生から多くのご助言を賜ったことに，心から感謝を申し上げたい。

　最後に汲古書院社長石坂叡志社長と編集部小林詔子氏に心からお礼を申し上げたい。

2005年1月

桑島　由美子

本書の出版は，平成16年度愛知大学出版助成を受けてなされたものである。

索　引

作品名索引………321
人名索引…………323

凡　例

1．読みは作品名・人名とも全て日本語の漢字音に従い，五十音順に配列した。
2．単行の書名・雑誌名には『　』，非単行の作品名については「　」をつけた。
3．作品名・人名とも複数頁にわたる時は，主要な頁のみ掲出した。

作品名索引

あ行

「ある翻訳者の夢」　120
『阿Ｑ正伝』　215
「『愛情与結婚』訳者案」　39
「愛倫凱的母性論」　40
『意見書』　269
『一個女性』　129
『エゴール・ブルイチョフとその他の人々』　117
「エレン・ケイ学説の討論」　40
『淮南子』　47
「袁世凱と蒋介石」　72

か行

『煙雲』　57
『華商晩報』　233
『華商報』　267
『我走過的道路』　76,79
『我的回憶』　22
『我逃出了赤都武漢』　26
『餓郷紀程』　98
「回憶秋白烈士」　97
「回憶南方局」　231
『海上述林』　97
「各県の土豪劣紳を粛清せよ」　71
『覚悟』　44,240
「学生」　96
「学灯」　241
「革命勢力を整理せよ」　71
『漢口民国日報』　24,66,98
『偽自由書』　93
『戯劇』　245
「客座雑憶」　23,229
『救亡日報』　230
「許蒋与団結革命勢力」　72
『虚構のレトリック』　125
『共産党』月刊　24,25,74
『劫後拾遺』　233
『喬工場長就任記』　221～223
『鞏固後方』　70
『嚮導』　62,105,237
『嚮導週報』　66
『近代文学体系的研究』　50,53
『金枝篇』　152
『薬』　215
『曇』　187,190

「羿楼日札」 229	『三百篇』 56	『神話学ＡＢＣ』 56
「血戦後一周年」 95	『子夜』 57,82,85,98,207	『神話研究』 56
『月月小説』 10	「『子夜』はどのように書	『神話研究ＡＢＣ』 47
「顕微鏡下的汪派叛逆」 230	いたか 105	『神話、習俗と宗教』 49
『幻滅』 171,181	『詩と散文』 185,190,191	『晨夜集』 273
「"現代化"の話」 133	詩与散文 155	『新華日報』 231
『コムニスチーチェスキー・	『自殺』 187,189～191,194	『新国民日報』 273
インテルナツィオナー	「自治運動と社会革命」 31	『新小説』 10
ル』 105	『児童の世紀』 39	『新星』 221,223
「古美術歓迎」 95	『時事新報』 236	『新生』 285
「故郷雑景」 133	『時事新報』副刊『学灯』	『新青年』 62,74,236,243,
『胡風回想録』 268	21	277
『牯嶺の秋』 185,188	『色盲』 129,173,183,184,	「新中国文草案」 98
『湖南農民運動考察報告』	186,189,194	『新道理』 264
66,105	『七月』 268	『新婦女』 36
「菰蒲室雑記」 229	「写在《野薔薇》的前面」	「『新婦女』を評す」 37
「五四時期的陳望道」 22	74	『新馬華文学史論集』 233
「互助論」 238	『上海的早晨』 119	『新馬文学史論集』 273
『抗戦』 230	上海『民国日報』 62	「「人格」討論」 32
「香市」 133	『周恩来伝』 232	『世界知識』 265
『国民運動叢書』 64,78	『繡像小説』 10	『生活月刊』 262
『国民公論』 264	『春蚕』 120,160	『青年知識』 273
「国民党清党委員会交布	『准風月談』 93	「青年と恋愛」 42
的有関沈雁冰的幾則材	『小説月報』 11,74	『政治週報』 62,63,77
料為茅盾「回憶録」提	『小説作法』 200	『星期日』 36
供片断的印証及補充」	『小説林』 10	『星期小説』 273
76	「『少年中国』婦女号を読	『星洲週刊』 273
『国家主義とニセ革命、	んで」 37	『星洲日報』 273
不革命』 64	『商報』 280	『星馬抗日史料匯編』 290
さ行	『蝕』 57,181,210	『清明前後』 119,234
『雑談文芸現象』 6	『蝕』三部作 85	『赤都心史』 98
『三人行』 98,127,194	『申報』 77,79	『山海経』 56
	『申報・自由談』 92	『戦後馬華文学史初稿』 273

『全民抗戦』	265	『中国共産党歴史資料叢書　南方局党史資料』	231	「討蒋と革命勢力の団結」	73
『前哨』	91			『道徳の系譜』	152
『楚辞』	47	『中国寓言初編』	47	『動揺』	63,85,86,136,172
『楚辞（選注本）』	49	『中国現代小説史1917−1957』	141	『読書月報』	265
『楚辞中的神話和伝説』	49	『中国社会階級の分析（1926年2月）』	64	「読『中国的水神』」	53
「楚辞与中国神話」	54			『吶喊』	230
『走上崗位』	234	『中国小説叙事模式的転変』	iii		
『荘子』	47			**な行**	
「桑樹」	133	『中国職工運動概論』	67	『南洋商報』	266,280
『創化論』	236	『中国神話研究』	53	『南洋新聞』	273
『創造』	75,129	『中国神話研究ＡＢＣ』	47	「你往哪里跑」	230
『創造日』	240	『中国神話研究初探』	55	『虹』	57,143,157,162,167,173,210
『霜葉紅似二月花』	85,119,234	『中国神話と伝説』	53		
		『中国青年』	62,245	『日本資本主義発達史講座』	102
『孫中山と中国革命運動』	68	『中国ソビエト革命とプロ文学の建設』	91	『野薔薇』	41
				『農村三部作』	127
た行		『中国的水神』	49		
		『中国の一日』	233	**は行**	
『多角関係』	169	『中国文学変遷史』	49	『反帝戦線』	230
『多余的話』	85	『中国民俗学』	53	『ピグマリオン』	136
陀螺	195	「中国無政府主義"質疑"」	31	『悲劇の誕生』	152
『大衆生活』	267,277			『避席集』	273
『太白』	94	『中国問題に関する決議』	104	『筆談』	7,229
『第一階段的故事』	119	『中流』	94,230	『豹子頭林冲』	65
『第三期における中国経済』	106,108	『追求』	127,160〜162,176,181	『フォマ・ゴルジェーエフ』	110
「"男女社交"の賛成と反対」	42	「鉄流」	264	『扶桑笈影溯當年』	26
『談迷信之類』	97	『当舗前』	160	「婦女経済独立討論」	36
『中華新報』	240	『東方雑誌』	40	『婦女雑誌』	35,44
『中華晩報』	273	「"逃"的合理化」	96	『婦女生活』	265
『中国革命中の論争問題』	68			『腐蝕』	85,268,277

『風波』 215
『文化』 273
『文化への不満』 152
『文学』 6,230
『文学月報』 92
『文学週報』 47
『文学導報』 91
『文学・報刊・生活』 273
『文芸』 273
『文芸雑誌』 264
『文芸陣地』 6,231,265,268
『文叢』 230
『北京大学月報』 252
『平民』 36
『ボルシェビーク』 108
『茅盾〈蝕〉三部曲的歴史分析』 124
「茅盾と現実」 147
『茅盾年譜』 83
「茅盾の『夜読偶記』をめぐって」 132
『北斗』 91

ま行

『馬華新文学史稿』 273
『馬華新文学簡史』 273
『馬華新文学大系』 273
『馬華新文学大系・戦後』 273
『馬華文学六十年集』 273
「馬克斯学説和婦女問題」 37
『未完のブルジョワジー』 110
『路』 129,155,167,180,182,185,188
『民国日報』 253
『民国日報・覚悟』 61
『民国日報・杭育』 61
『民国日報・社会写真』 61
『民国日報・婦女評論』 35,41,44
『民声報』 273

や行

『夜読偶記』 52,58,132
『訳文』 94,230
『游談録』 273
「予言与危機——中国現代歴史中的"五四"啓蒙運動」(上・下) 198
「洋八股を論ず」 97

ら行

『リアリズムを越えて』 124
『理論与現実』 265
『立報』 265
『立報・言林』 230
『立報』副刊『言林』 6
『林家鋪子』 207
『ルーゴン・マッカール叢書』 110
『恋愛と結婚』 39
「恋愛と貞操の関係」 43
「魯迅研究の史的批判」 205
『魯迅雑文選集』 269
「論持久戦」 264

人　名

あ行

アンドリュー・ラング	47,54
芥川龍之介	240
イポリット・テーヌ	52,163
郁達夫	93,95
石川禎浩	28
ウェイン・ブース	125,172
ウェルナー	53
ヴォイチンスキー	26
惲代英	61～63,229,245
惲鉄樵	10
エミール・ゾラ	110
エリオット	202
エレン・ケイ	v,30,38
栄宗敬	70
亦如	102
宛希儼	66
袁世凱	72
王亜南	102
王雲五	92
王蘊章	10
王学文	102
王紀元	290,292
王宜昌	102
王暁明	198
王純根	93
王統照	11,13
王任叔	14,91
王明	103
汪暉	v,198
汪允安	263
汪精衛	63
汪優遊	229,244
欧陽予倩	229,243

か行

カターエフ	110
何其芳	278
夏衍	95,232,262
夏志清	126,147
夏斗寅	70,253
ガーダマー	201
戈宝権	232
艾青	278
郭紹虞	63
郭沫若	24,102,275
郭妙然	37
学稼	102
楽黛雲	215
金子筑水	39
甘遽園	264
韓侍桁	219
韓幽桐	232
ギルマン	v,36,38
許寿裳	94
許地山	229
喬冠華	233
喬大壮	94
金仲華	233
クロポトキン	30,210,238
瞿秋白	14,63,66,85,86,98,106,229
瞿世英	13
奚如	232
厳霊峯	102
胡漢民	62
胡秋原	102
胡縄	232
胡適	277
胡風	232,261,268
胡愈之	83,95,229,261,262
胡耀邦	84
顧治本	77
顧仲起	63
顧孟餘	229
ゴーリキー	105,110
呉覚迷	93
呉文棋	63
孔徳沚	77
向警予	61
向忠発	81
耿済之	10
高雲覧	290
高語罕	66
高夢旦	9
黄源	94,284
黄芝崗	49

黄石	56	蔣介石	69,86,95	竹内実	66
黄宝珣	263	蔣光慈	275	チェーホフ	110
さ行		蔣百里	14	張魁堂	81
		蕭楚女	62,63,229,245	張学良	95
蔡和森	229,237	鐘敬文	49	張元済	8,9
堺利彦	25	沈玄盧	21	張国燾	22,229
薩空了	119,265	沈茲九	290,292	張資平	93
シーモノフ	110	沈従文	124	張東蓀	21,229
史量才	92,93	沈沢民	13,62,85,102,106	張文彬	232
施存統	25	沈知方	9	張聞天	14,84
施蟄存	93	秦徳君	268	張友漁	232
ジェームス・ケアリー	12	鄒韜奮	83,229,231,265	張李鸞	240
ジェーン・アダムス	39	スターリン	104	趙暁恩	263,266
謝六逸	56,229	スメドレー	82	陳嘉庚	266,280,288
シュウォルツ	10	盛世才	230,232	陳毅	14
朱其華	102	銭杏邨	91,147	陳啓修	229
朱自清	94,219	宋之的	231,232	陳炯明	72,242
朱徳	103	曹禺	124	陳公博	62
朱伯康	102	曹元標	77	陳石孚	63
周恩来	69,79,232,264	曹聚仁	94	陳独秀	14,21,29,68,229, 236
周作人	47,244	曹靖華	14,264		
周而復	119	曾克安	229	陳此生	264
周仏海	82,229,237	臧克家	278	陳平原	iii
周楊	95	孫毓修	47	陳望道	14,21,95
周蕾	ii	孫倬章	102	陳幼石	124
ジョージ・ルーカス	152	孫伏園	63	ツルゲーネフ	110
徐循華	198	孫明心	263	鄭振鐸	10,13,83,91,98,262, 275
徐伯昕	231,261,266	**た行**			
邵伯周	147,230			鄭明	22
邵力子	22,44,61,229,240, 241	タイラー	47	鄭明徳	76
		台静農	94	丁玲	91,95,209
章錫琛	9	高木敏雄	48	田漢	95,278
章泯	231	高畠穣	132	デンニス	53

トルストイ	110,210	包恵僧	22,75		**ら行**	
トロツキー	104,105	彭家煌	91			
杜重遠	119,230	彭述之	66,67	ラッセル	30	
唐生智	69	彭小妍	124	リディア・リウ	i	
鄧穎超	232			李漢俊	14,21,36,229,237,	
鄧演達	95	**ま行**			242	
陶希望	102			李啓漢	23	
陶行知	229	マジャール	112	李鴻章	8	
董必武	66,231,232	マヤコフスキー	128	李書城	242	
鄧中夏	62	マリアン・ガーリック	29	李石岑	241	
		マンハイム	124	李大釗	35,45,237	
な行		丸山昇	205	李達	14,21	
		夢飛	102	李徳馨	81	
ニーチェ	30,127,210	毛沢東	63,64,103,264	李品仙	69	
任曙	102	毛沢民	66	李立三	67,81,103,133	
		モンテッソリー	39	陸費逵	9	
は行				陸鳳祥	263	
		や行		柳亜子	229	
ハミルトン	200			劉延陵	42	
バルザック	124	柳田国男	47	劉鏡園	102,103	
巴金	124,279	山川均	25	劉仁静	24,229	
伯虎	102	俞秀松	21	劉蘇華	102	
范長江	233,290	熊子民	268	劉貞晦	49	
潘漢年	83,91,232,265	熊得山	102	劉夢雲	102	
潘東周	102	余沈	102	梁閲放	76,77	
冰心	209	陽翰笙	95	廖承志	232	
平塚らいてう	39	楊賢江	22,82	林語堂	94	
プルセーク	126,129,148,	楊虎城	80	林紓	10	
	215,216	楊之華	67	レーニン	26,28,112,210,	
ファジェーエフ	110	楊明斎	22,229		269	
馮雪峰	91,95,265	葉以群	231,232	黎烈文	92〜94	
フェドレンコ	105,108,110	葉子銘	21	魯迅	91,275	
ベルグソン	236	葉紹鈞(聖陶)	91,93,95,275	廬隠	209	
方修	83,267	葉楚傖	229,241			
方方	232	葉蘱士	232			

老舎　　282 ｜ 楼適夷　　231 ｜

著者略歴

桑島　由美子（くわしま　ゆみこ）
東京都出身
一橋大学大学院社会学研究科博士後期課程修了
1998年〜現在　愛知大学大学院中国研究科助教授
専攻　中国近現代文学

近著に『水の中のもの——周作人散文選——』（1998年）駿河台出版社／「周蕾研究初探——中国近現代文学研究と文化研究——」『東アジア地域研究』9号（2001年）／銭理群・呉暁東著（桑島由美子他共訳）『新世紀の中国文学——モダンからポストモダンへ』（2003年）白帝社などがある。

茅盾研究——「新文学」の批評・メディア空間——

平成17年2月28日　発行

著　者　桑　島　由　美　子
発行者　石　坂　叡　志
製版印刷　富士リプロ
発行所　汲　古　書　院
〒102-0072　東京都千代田区飯田橋2-5-4
電話03（3265）9764　ＦＡＸ03（3222）1845

ISBN4-7629-2735-X　C3098
Yumiko KUWASHIMA ©2005
KYUKO-SHOIN, Co., Ltd. Tokyo.